KB067664

본즈 앤 올
Bones & All

BONES & ALL

Copyright ⓒ 2015 by Camille DeAngelis
Published by arrangement with St. Martin's Publishing Group.
All rights reserved.

Korean translation Copyright ⓒ 2022 by RH Korea Co., Ltd.
Korean edition is published by arrangement with St. Martin's Publishing Group
throught Imprima Korea Agency

이 책의 한국어판 저작권은 Imprima Korea Agency를 통해
St. Martin's Publishing Group과의 독점계약으로 ㈜알에이치코리아에 있습니다.
저작권법에 의해 한국 내에서 보호를 받는 저작물이므로 무단전재 및 복제를 금합니다.

본즈 앤 올

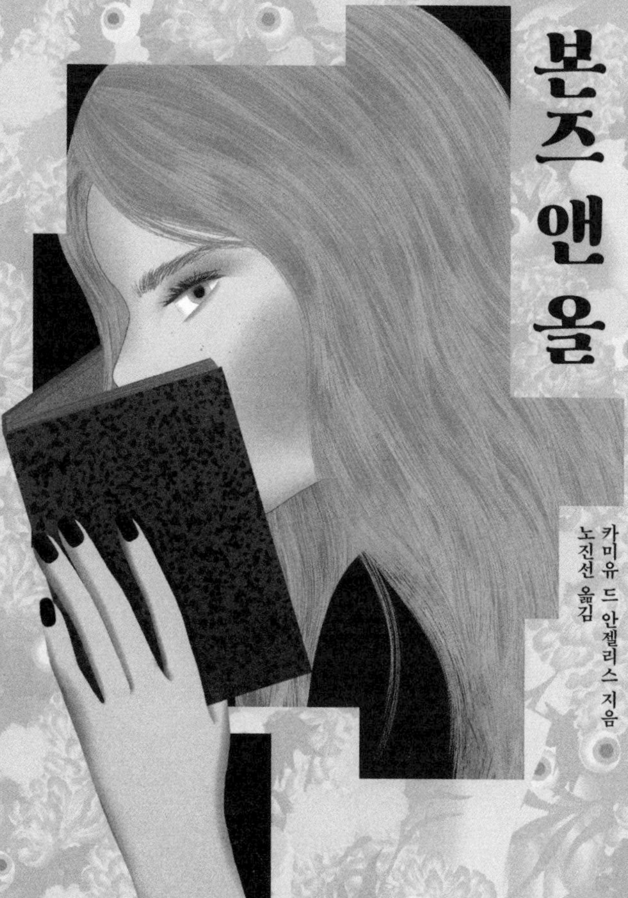

카미유 드 안젤리스 지음
노진선 옮김

RHK
알에이치코리아

케이트 개릭에게

언젠가 잠에서 깨면
사방에 미로가 지어져 있을 것이고
나는 안도하리라.

일러두기

본문의 주는 모두 옮긴이가 독자의 이해를 돕기 위해 붙인 것입니다.

1

페니 윌슨은 간절히 자신의 아기를 원했다. 내 짐작으로는 그렇다. 왜냐하면 날 고작 한 시간 반 동안 봐주기로 했는데 그 짧은 시간에 날 너무 예뻐했기 때문이다. 분명 페니는 자장가를 흥얼거리며 내 앙증맞은 손가락과 발가락을 하나씩 쓰다듬고, 내 볼에 키스하며 솜털 같은 내 머리카락을 쓰다듬고, 민들레 홀씨를 날리며 소원을 빌 때처럼 머리카락을 후 불었을 것이다. 그때 난 젖니가 있긴 했지만 뼈까지 삼키기에는 몸집이 너무 작았다. 그래서 엄마가 집에 돌아왔을 때는 거실 카펫에 뼈가 수북이 쌓여 있었다.

한 시간 반 전에 엄마가 페니 윌슨을 봤을 때만 해도 그녀에게는 얼굴이 있었다. 엄마는 틀림없이 비명을 질렀을 것이다. 누구라도 그랬을 테니까. 내가 좀 더 크자 엄마는 내 베이비시터가 사이비 종교 광신도들에게 살해된 것 같다고 했다. 교외 주택가에 사는 동안 그보다 더 해괴한 일들도 겪었다면서.

하지만 사실은 광신도들 짓이 아니었다. 만약 그랬다면 그들이 나도 데려가서 차마 입에 담기 힘든 짓들을 했을 것이다. 하지만 난 뼈 무더기 옆에 멀쩡히 누워 쌔근쌔근 자고 있었다. 뺨에는 아직 말라버린 눈물 자국이 남아 있었고 입가는 피로 축축했다. 그때도 나는 날 혐오했다. 그 일이 하나도 기억나진 않지만 그 사실만은 알고 있다.

엄마는 내가 입고 있던 오시코시 멜빵바지 가슴께에 흘러내린 핏자국을 보았을 때도, 심지어 내 얼굴에 묻은 피를 봤을 때도 못 본 척했다. 엄마가 내 입을 벌리고 검지를 넣어봤더니—엄마들은 세상에서 제일 용감한 생명체고, 그중에서도 우리 엄마가 제일 용감하다—잇몸 사이에 딱딱한 물체가 있었다. 엄마는 그걸 빼내 들여다보았다. 페니 윌슨의 고막이었다.

페니 윌슨은 우리와 같은 아파트, 안뜰 건너편 동에 살았다. 혼자 살았고 이런저런 허드렛일을 하며 생계를 유지했다. 따라서 그녀가 며칠 사라진다고 해도 이상하게 생각할 사람은 없었다. 우리가 서둘러 짐을 챙겨 이사한 건 그때가 처음이었다. 엄마는 앞으로 자기가 이사의 달인이 되리라는 걸 예감했을까? 우리가 마지막으로 이사했을 때 엄마는 고작 12분 만에 짐을 다 쌌다.

최근에 나는 엄마에게 페니 윌슨에 대해 물었다. 어떻게 생긴 사람이었어? 고향은 어디였어? 몇 살이었어? 책은 많이 읽었어? 착한 사람이었어? 우리는 차를 타고 가는 중이었는데 그렇다고 새로운 도시로 떠나는 길은 아니었다. 내가 그런 짓을 한 직후에는 절대 그 일을 입에 올리지 않았다.

"왜 그런 게 다 알고 싶은 거니, 매런?" 엄마는 한숨을 쉬며 엄지와 검지로 양 눈머리를 문질렀다.

"그냥 알고 싶어."

"페니는 금발이었어. 긴 금발. 늘 머리를 풀고 다녔지. 젊었고 나보다도 어렸어. 하지만 친구는 많지 않았을 거야. 아주 내성적이었거든." 그러더니 원치 않는 기억이 떠올랐는지 엄마가 목이 멘 소리로 말을 이었다. "그날 널 봐줄 수 있냐고 물었을 때 페니의 얼굴이 환해졌던 기억이 나는구나." 손등으로 눈물을 훔치는 엄마는 화난 표정이었다. "이거 봐. 이런 일들을 떠올려서 좋을 게 없다니까. 이제 와서 되돌릴 수도 없잖니. 한 번 일어난 일은 그걸로 끝이야."

나는 잠시 생각했다. "엄마?"

"응?"

"그 뼈는 어떻게 했어요?"

엄마의 침묵이 어찌나 길어지는지 나는 대답을 듣기가 두려워졌다. 우리가 이사할 때마다 늘 가지고 다니는 캐리어가 있었는데 엄마는 한 번도 그 캐리어를 열지 않았다. 마침내 엄마가 입을 열었다. "네가 아무리 물어봐도 절대 말해줄 수 없는 것들이 있어."

엄마는 내게 친절했다. 한 번도 '네가 저지른 끔찍한 짓'이라거나 '괴물' 같은 말을 한 적이 없었다.

엄마가 떠났다. 해 뜨기도 전에 일어나 몇 안되는 물건을 챙겨서 차를 몰고 가버렸다. 엄마는 이제 날 사랑하지 않는다. 설사 날 사랑한 적이 없다고 해도 엄마를 비난할 수 없었다.

우리가 이사한 이유를 잊어버릴 정도로 한곳에 오래 머무르고 나면 엄마는 가끔씩 영화 〈싱잉 인 더 레인〉에 나오는 노래로 날 깨웠다.

"굿모닝, 굿모오오오오오닝! 이야기하느라 밤을 새워버렸네요……."

다만 엄마가 부르는 노래는 늘 슬프게 들렸다.

5월 30일, 내가 열여섯 살이 되는 날에 엄마는 또 그 노래를 부르며 내 방으로 들어왔다. 그날은 토요일이었고 우리는 온종일 신나게 놀 작정이었다. 나는 베개를 끌어안으며 물었다. "왜 엄마는 그 노래를 늘 그렇게 불러?"

엄마는 커튼을 거칠게 활짝 열어젖히더니 눈을 감고 햇살 속에서 미소 지었다. "내가 어떻게 부르는데?"

"어제 일찍 잘 걸 그랬다고 후회하는 사람처럼 부르잖아."

엄마는 웃음을 터뜨리더니 내 발치에 털썩 앉아 이불 위로 내 무릎을 문질렀다. "생일 축하한다, 매런." 그렇게 행복한 엄마 모습은 오랜만이었다.

초콜릿 칩이 박힌 팬케이크를 먹으며 나는 엄마에게 생일 선물로 건네받은 쇼핑백 속에 손을 넣었다. 큼직한 책 한 권과—세 권을 하나로 합친《반지의 제왕》—반스 앤드 노블 서점의 기프트 카드가 들어 있었다. 우리는 그날 서점에서 대부분의 시간을 보냈다. 그리고 저녁에는 엄마가 이탈리아 식당으로 데려갔다. 웨이터들과 셰프가 다들 이탈리아어로 얘기하고, 벽에는 흑백 가족사진이 빼곡히 걸려 있고, 며칠 동안 속을 든든하게 해주는 미네스트로네 수프를 파는 제대로 된 이탈리아 식당이었다.

식당 안은 어두컴컴했고, 나는 붉은 유리컵 속에 든 촛불의 펄럭이는 불빛을 받으며 수프 스푼을 입으로 가져가던 엄마의 얼굴을 절대 잊지 못할 것이다. 우리는 내 학교생활이 어떤지, 엄마의 직장 생활이 어떤지 이야기했다. 내 대학 진학에 대해서도 이야기했다. 내가 뭘 전공하고 싶은지, 무슨 일을 하고 싶은지. 그러다 초 하나가 꽂힌 부드러운 사각형 티라미수가 도착했고, 웨이터들이 모두 내게 노래를 불러주었다. 물론 이탈리아어로. Buon compleanno a te(생일 축하합니다).

식사를 마친 뒤에는 〈타이타닉〉을 상영하는 마지막 극장에 갔는데, 좋아하는 책을 읽을 때처럼 3시간 동안 영화에 푹 빠져들었다. 영화를 보는 동안 나는 아름답고 용감하며, 누군가를 만나 사랑하고 살아남고 행복하게 살다가 과거를 회상할 운명을 타고난 여자였다. 현실에서 내가 저 영화 속 주인공처럼 될 가능성은 전혀 없었지만 누추한 극장의 쾌적한 어둠 속에서는 그 사실을 잊어버렸다.

나는 피곤하지만 흡족한 마음으로 잠자리에 들었다. 아침이 되면 오늘 먹고 남은 음식을 또 실컷 먹을 수 있고, 새 책을 읽을 수 있기 때문이다. 하지만 아침에 일어나 보니 집 안이 너무 조용했고 커피 향도 나지 않았다. 무언가 잘못되었다.

복도를 지나 부엌으로 갔더니 쪽지가 있었다.

난 네 엄마고 널 사랑하지만 더는 못하겠어.

엄마가 떠났을 리 없다. 그럴 리 없다. 어떻게 그럴 수 있을까?

나는 손을 내려다보았다. 손바닥을 보았다가 손등도 보았지만 내 것이 아닌 듯했다. 여기 있는 모든 물건이 다 그랬다. 내가 털썩 앉는 의자도, 이마를 대는 식탁도, 바라보는 창문도. 심지어 엄마조차도.

이해가 되지 않았다. 6개월 넘게 나쁜 짓은 하지 않았다. 엄마는 새 직장에 잘 적응했고, 우리는 이 아파트를 좋아했다. 정말 납득이 가지 않았다.

엄마의 침실로 달려가 보니 침대에 시트와 이불이 아직 그 대로 있었다. 그것 말고 두고 간 다른 물건도 몇 있었다. 머리맡 테이블에는 읽다 만 소설책들이 놓여 있었다. 욕실에는 거의 다 쓴 샴푸와 핸드 로션이 있었고, 그다지 예쁘지 않은 블라우스 몇 개도 세탁소에서 주는 싸구려 철제 옷걸이에 걸린 채 벽장 속에 그대로 있었다. 우린 이사할 때마다 그런 물건들을 두고 갔는데 이번에는 엄마가 나도 두고 갔다.

나는 몸을 떨며 다시 부엌으로 가서 쪽지를 한 번 더 읽었다. 한 줄만 달랑 적힌 글이었지만 나는 엄마가 대놓고 하지 못한 말까지 읽을 수 있었다.

'더는 널 보호하지 못하겠어, 매런. 너보다는 세상을 보호해야 해.'

'널 경찰에 신고해서 다시는 그런 짓을 못 하게 할까 생각했던 적이 얼마나 많은지 네가 알았다면…….'

'널 세상에 태어나게 한 나 자신이 얼마나 미웠는지 네가 알았다면…….'

나도 알고 있었다. 생일에 엄마가 날 데리고 외출했을 때 알았어야 했다. 그날은 우리가 마지막으로 함께 보낸 날이 아니라고 하기에는 너무 특별했기 때문이다. 모든 게 엄마의 계획이었다.

지금까지 엄마에게 난 그저 짐이었을 뿐이다. 짐이자 공포의 대상. 지금까지 엄마가 날 위해 그런 일들을 한 이유는 그저 내가 무서웠기 때문이다.

기분이 이상했다. 너무 조용할 때 그렇듯 귀가 울렸다. 다만 지금은 조용하기는 해도 조금 전에 울린 교회 종에 머리를 대고 있는 듯했다.

그때 식탁에 있던 다른 물건이 눈에 들어왔다. 두툼한 흰 봉투였다. 열어보지 않아도 그 안에 돈이 들어 있으리라는 걸 알 수 있었다. 속이 울렁거렸다. 자리에서 일어나 비틀거리며 부엌을 나왔다.

엄마 침대로 가서 이불 속으로 파고든 다음, 몸을 최대한 공처럼 동그랗게 말았다. 달리 뭘 해야 할지 몰랐다. 잠으로 모두 잊고 싶었다. 깨어나 보면 원래대로 돌아갔기를 바랐다. 하지만 다들 알 것이다. 간절히 다시 잠들고 싶을 때는 절대 잠이 오지 않는다. 잠뿐 아니라 다른 것도 마찬가지다. 무언가를 간절히 원할 때는 절대 그걸 얻을 수 없다.

그날 하루는 멍한 상태에서 지나갔다. 《반지의 제왕》은 펼치지도 않았다. 쪽지에 적힌 그 말 말고는 아무것도 읽지 않았다. 조금 뒤 다시 일어나서 집을 서성였다. 속이 너무 울렁거려서 먹고 싶은 생각조차 나지 않았다. 해가 진 뒤 다시 침대로 돌아가 몇 시간 동안 자지 않고 누워만 있었다. 살고 싶지 않았다. 내가 어떻게 살 수 있겠는가.

텅 빈 집에서는 잘 수도 없었다. 울 수도 없었다. 엄마를 떠올리며 눈물을 흘릴 만한 물건이 하나도 없었기 때문이다. 엄마가 사랑하는 물건은 전부 가져갔다.

페니 윌슨은 내 처음이자 마지막 베이비시터였다. 그 후로 엄마는 날 놀이방에 맡겼다. 놀이방에서 일하는 교사들은 박봉에 할 일이 너무 많은 터라 나를 특별히 예뻐할 위험은 없었다.

몇 년 동안 아무 일도 없었다. 나는 말을 잘 듣는 아이로 조용하고 진지했으며 학구열이 높았다. 시간이 흐르며 엄마는 내가 그런 끔찍한 짓을 했을 리 없다고 자신을 속였다. 기억은 저절로 왜곡되어 좀 더 받아들이기 쉬운 진실로 변했다. 그 사건은 사이비 종교의 광신도들이 저지른 짓이 되었다. 그들이 내 베이비시터를 죽이고 날 피범벅으로 만든 다음, 내게 씹어 먹으라고 페니의 고막을 준 것이다. 내 탓이 아니었다. 내가 한 짓이 아니었다. 난 괴물이 아니었다.

그리하여 내가 여덟 살이 되자 엄마는 날 여름 캠프에 보냈다. 호수를 가운데에 두고 한쪽에는 남자아이들 숙소가, 반대쪽에는 여자아이들 숙소가 있는 캠프였다. 우리는 식당에서도 남녀 따로 앉았고 함께 놀 수도 없었다. 공작 시간에 여자아이들은 열쇠고리나 우정 팔찌를 만들었고, 나중에는 불쏘시개를 모아 모닥불 피우는 법을 배웠다. 비록 해가 진 뒤에 실제로 모닥불을 피운 적은 한 번도 없었지만. 통나무

집 하나마다 이층 침대 네 개에 나눠서 여덟 명이 잤고, 자러 가기 전에는 담당 선생님이 인원을 확인했다.

아침이 되면 호수에서 수영을 했는데 심지어 날씨가 흐려서 물이 차갑고 더욱 탁하게 보이는 날에도 그랬다. 다른 아이들은 물이 허리까지만 올라오는 얕은 곳으로 걸어가서 시들하게 서 있었다. 그저 점심시간을 알리는 종이 울리기를 기다리며.

하지만 나는 수영을 잘했다. 차갑고 검은 물속에 들어가면 살아 있는 기분이 들었다. 가끔은 수영복을 입은 채 잠들기도 했다. 어느 날 아침, 나는 호수를 가로질러 남자아이들 숙소까지 헤엄쳐서 가기로 했다. 그냥 내가 그런 일을 해냈다고 말하고 싶었다. 그래서 나를 껴안은 호수의 물살을 팔다리로 가르는 느낌을 즐기며 앞으로 나아가고 또 나아갔다. 인명 구조 요원이 얼른 돌아오라고 불어대는 호루라기 소리만 어렴풋이 의식하면서.

얼마나 왔는지 확인하려고 수영을 멈췄을 때 그 애를 보게 되었다. 그 애도 여자아이들 숙소가 있는 건너편까지 가겠다고 생각했던 게 틀림없다. "안녕." 그 애가 내게 인사했다.

"안녕."

우린 잠시 멈춰서 수면 밖으로 머리만 내놓은 채 서로를 바라보았다. 5미터 정도 떨어져 있었고, 하늘에는 먹구름이 몰려들었다. 금방이라도 비가 내릴 듯했다. 호수 양쪽에서 인명 구조 요원들이 미친 듯이 호루라기를 불어댔다. 우리는 서로에게 좀 더 가까이 다가갔다. 팔을 뻗으면 손끝이 닿을 정도로. 그 애는 빨간 머리에 지금까지 내가 봤던 그 누구보다도—남자아이든 여자아이든 통틀어서—주근깨가 많았다. 주근깨 아래로 살갗이 거의 보이지 않을 정도였다. 그 애는 우리가 공범이라는 듯한 미소를 지었다. 마치 원래 아는 사이였고 여기서, 아무도 오고 싶어 하지 않는 호수 한가운데서 만나자고 미리 약속이라도 했다는 듯이.

나는 어깨 너머로 힐끗 돌아보았다. "우리 혼날 거 같아."

"영원히 여기 있으면 괜찮아." 그 애가 말했다.

나는 미소를 지었다. "난 그 정도로 수영을 잘하진 않아."

"몇 시간 동안 계속 물에 떠 있는 법을 알려줄게. 그냥 몸의 힘을 빼고 머리를 물에 띄우면 돼. 알겠어?" 그 애가 뒤로 벌렁 누웠고, 양쪽 귀가 수면 아래로 가라앉았다. 수면 위로는 해가 사라진 하늘을 향해 쳐든 그 애의 얼굴만 나와 있었다.

"그러면 안 힘들어?" 그 애가 들을 수 있도록 좀 더 큰소리로 내가 말했다.

소년은 일어나서 귀에 들어간 물을 털었다. "전혀."

그래서 나도 시도해 보았다. 이제 우리는 가까이 있었다. 그 애가 손을 뻗어 내 손을 만질 수 있을 정도로. 나는 다시 일어나 깔깔 웃었다. 그러고는 손끝으로 그 애의 팔을 오르락내리락하며 빠르게 두드려댔다. "나도 알아. 나 주근깨 엄청 많지?" 소년이 말했다.

호수 양쪽의 구조 요원들은 계속 호루라기를 불어댔다. 양쪽 귀가 물에 잠길 때조차도 그 소리가 들릴 정도였다. 하지만 그들은 절대 호수에 뛰어들어 우리를 끌어내지 않을 터였다. 그들도 이런 물에서는 수영하기 싫은 것이다.

우리가 그런 상태로 얼마나 오래 있었는지 모르겠지만 내가 기억하는 것만큼 길지는 않았을 것이다. 이게 내가 아닌 다른 사람의 이야기였다면 어린 시절 첫사랑을 처음 만난 순간이었으리라.

그 애의 이름은 루크였고, 그 뒤로 며칠간 루크는 내게 이런저런 방법으로 연락했다. 두 번은 내 베개에 쪽지를 남겨 두기도 했고, 하루는 점심 식사가 끝나자 겨드랑이에 구두 상자를 낀 채 다가와서 날 강당 뒤로 데려갔다. 남들 눈에 띄지 않는 곳으로 피신한 후에 루크는 상자 뚜껑을 열고 그 안에 자신이 모아둔 매미 허물을 보여주었다. "덤불 속에서 찾아낸 거야." 마치 중대한 비밀이라도 되는 듯이 루크가 말했다. "이걸 외골격이라고 해. 매미는 평생 한 번 외골격을 벗어. 멋지지 않아?" 그러더니 허물 하나를 집어 들어 입에 넣었다.

"꽤 맛있어. 왜 역겹다는 표정을 짓는 거야?" 우적우적 씹으며 루크가 말했다.

"그런 거 아니야."

"아니긴. 방금 그랬어. 계집애처럼 굴지 마." 루크가 두 번째 허물을 집어 들었다. "자, 먹어봐." 오도독, 오도독. "저녁 식사 시간에 소금 통을 가져와야겠다. 소금을 치면 더 맛있을 거야."

루크는 내 손바닥에 허물을 올려놓았고 난 그걸 바라보았다. 그때 마음속 어두운 구석에서 무언가가 번득였다. 세상에는 먹으면 안 되는 것들이 있는 법이다.

멀리서 오후 점호를 알리는 호루라기 소리가 들렸다. 나는 매미 허물을 상자에 던지고 도망쳤다.

그날 밤 베개 밑에 세 번째 쪽지가 놓여 있었다. 앞의 두 쪽지는 새로운 펜팔 친구에게 자기소개를 하는 듯한 내용이었다.

내 이름은 루크 밴더월이고 델라웨어주 스프링필드에서 왔어 + 여동생이 둘 있고, 아미웨건 캠프에서 여름을 보내는 건 이번이 세 번째야 + 1년 중에서 이때가 제일 좋아. 널 만나서 반가워. 이제 함께 수영할 사람이 생겼으니까. 비록 그러려면 규칙을 어겨야 할 테지만……

이번 쪽지는 짧았다.

19

11시에 밖에서 만나 + 우린 함께 여길 떠나서 + 여러 가지 모험을 할 거야.

그날 밤 나는 잠옷 안에 수영복을 입었다. 침대에 누워서 기다리다가 다들 고르게 숨을 쉬자 망사문을 열고 통나무집에서 몰래 빠져나왔다. 루크는 벌써 도착해서 둥그렇게 떨어지는 포치 등의 불빛 너머에 서 있었다. 나는 까치발로 루크에게 다가갔고, 루크는 내 손을 잡더니 어둠 속으로 끌고 가며 속삭였다. "가자."

"못 가." '가면 안 돼.'

"왜 못 가? 가자! 너한테 보여주고 싶은 게 있어." 손을 잡은 채 우리는 비틀거리며 강당 뒤를 지나 남자아이들 캠프로 갔다. 몇 분이 지나자 나무들 사이로 남자아이들이 지내는 통나무집들이 보였다. 하지만 루크는 그쪽이 아닌 더 깊은 어둠 속으로 날 끌고 갔다.

숲은 낮과는 완전히 다른 방식으로 생동감이 넘실거렸다. 나무들 위에 손톱처럼 걸려 있는 초승달은 적당히 앞길을 밝혀주었고, 사방에 개똥벌레들이 녹황색 불빛을 반짝이며 떠 있었다. 개똥벌레들은 서로 무슨 이야기를 할까? 미풍은 어찌나 시원하고 신선한지 소나무들이 내쉬는 깨끗한 공기 같았고, 숲은 매미와 올빼미, 황소개구리로 이뤄진 눈에 보이지 않는 오케스트라의 연주로 떠들썩했다.

그때 나무 타는 냄새가 코를 간질였다. 캠프 밖, 하지만 아주 멀지 않은 곳에서 누군가 모닥불을 피우고 있었다. "핫도그 먹고 싶다." 루크가 아쉬운 목소리로 말했다. 잠시 뒤 앞에서 무언가가 환히 빛났다. 하지만 다가갈수록 모닥불이 아님을 알 수 있었다.

숲속에 빨간 텐트가 쳐 있고 안이 환하게 밝혀져 있었다. 캠핑 가게에서 파는, 접이식 금속 봉과 지퍼로 이뤄진 진짜 텐트가 아니라서 한층 더 신비로워 보였다. 두 나무 사이에 걸린 기다란 빨랫줄에 붉은 방수포를 걸쳐서 만든 텐트였다. 나는 잠시 감탄하며 우두커니 서 있었다. 여기서는 저 텐트가 마법의 텐트라고 상상할 수 있었다. 안에 들어가는 순간 사람들로 붐비는 모로코 시장으로 이동하게 된다고.

"네가 만든 거야?"

"응. 널 위해 만들었어." 루크가 말했다.

내 기억으로는 그런 기분을 느낀 게 이때가 처음이었다. 어둠 속 루크 옆에 서서 나는 따뜻한 밤공기를 들이마셨고, 그 애의 발가락 사이에 낀 양말의 보풀 냄새까지 맡을 수 있었다. 루크의 몸에서는 아직 축축하고 썩은 달걀 냄새 같은 호수의 악취가 풍겼다. 루크는 저녁을 먹고 이를 닦지 않았는지 숨 쉴 때마다 입에서 슬로피 조 햄버거의 칠리 파우더 냄새가 났다.

그때 허기와 확신이 내게 천천히 스며들었고, 나는 몸을 부르르 떨었다. 페니 윌슨에 대해서는 아는 게 없었다. 그저 어릴 때 내가 끔찍한 짓을 저질렀고, 그 짓을 또 반복하려 한다는 느낌만 있었다. 마법의 텐트는 아니었지만 우리 둘 중 하나는 이 텐트에서 나가지 못하리라고 확신했다.

"돌아가야 해." 내가 말했다.

"겁쟁이처럼 굴지 마! 아무도 우릴 찾아내지 못할 거야. 다들 자고 있다고. 나랑 놀고 싶지 않아?"

"놀고 싶어." 내가 속삭였다. "하지만……."

루크는 내 손을 잡고 텐트 안으로 끌고 갔다.

그 안은 임시로 만든 은신처치고는 제법 잘 갖춰져 있었다. 스프라이트 캔 두 개, 무화과잼이 든 과자 한 상자와 도리토스 한 봉지, 푸른색 침낭, 매미 허물을 모아둔 신발 상자, 전기 랜턴, 《마음대로 골라라, 골라맨》 모험 책 한 권, 카드 한 갑. 루크는 책상다리를 하고 앉더니 침낭에서 베개를 꺼냈다. "여기서 자도 될 거야. 내가 바닥에 있던 나뭇가지는 다 치웠거든. 땅바닥이 딱딱하긴 하지만 야생에서 살아남는 훌륭한 훈련이 될 거야. 어른이 되면 나는 숲을 관리하는 레인저가 될 거야. 레인저가 뭐 하는 직업인지 알아?" 나는 고개를 저었다. "레인저는 숲을 돌면서 나무를 자르거나 동물에게 총을 쏘거나 다른 나쁜 짓을 하는 사람이 없는지 확인하는 일을 해. 그러니까 나도 그런 일을 할 거야."

나는 《마음대로 골라라, 골라맨: 유토피아 탈출》을 집어 들었다. 표지에는 정글에서 길을 잃은 두 아이가 있었고, 그들 발밑으로 땅이 흔들리며 깊숙이 벌어지고 있었다. *열세 개의 다른 결말을 선택하세요! 여러분의 선택이 성공 혹은 재앙을 결정합니다!*

'재앙이야.' 나는 그런 느낌이 들었다.

"스프라이트 마실래?" 루크가 캔 하나를 따서 내게 건넸다. "이 과자도 먹어." 그러고는 무화과잼이 든 과자를 하나 집어서 가장자리를 야금야금 베어 먹었다. "하지만 레인저가 되기 전에 철인 3종 경기부터 할 거야."

"그게 뭔데?"

"1.6킬로미터를 달리고, 또 1.6킬로미터를 자전거를 타고, 또 1.6킬로미터를 달린 다음에, 수영해서 1.6킬로미터를 가는 거야. 전부 하루에."

"말도 안 돼. 1.6킬로미터나 수영할 수 있는 사람은 없어."

"어떻게 알아? 해본 적 있어?"

나는 웃었다. "당연히 안 해봤지."

"나한테 영원히 물에 떠 있는 법을 배웠잖아. 거기서부터 시작이야. 난 물에 영원히 떠 있을 수 있지만 그것만으로는 안 돼. 영원히 수영할 수 있어야 해. 그러니까 할 수 있을 때까지 계속 훈련할 거야. 아무리 오래 걸린다고 해도. 그런 다음에는 말을 타고 로키산맥을 가로지르면서 산불과 싸우고, 내가 나무 위에 직접 지은 집에서 살 거야. 집은 2층으로 지을 거야. 진짜 집처럼. 다만 2층으로 가려면 밧줄로 만든 사다리로 올라갔다가 봉을 타고 내려와야 해." 루크는 무슨 생각이 떠올랐는지 얼굴을 찡그렸다. "그래도 봉은 금속으로 만들어야겠다. 나무로 만들었다가는 가시가 박힐 거야."

"먹는 건 어떻게 할 건데? 부엌이 있어야 하는데 요리하다가 집을 태워버릴 수도 있잖아."

"아, 아내가 날 위해 요리해 줄 거야. 다만 부엌을 지상에 만들지, 아니면 나무 위에 만들지는 아직 모르겠어."

"네 아내도 나무 위에 자기만의 집이 있을까?"

"아내에게 집이 따로 필요할 것 같지는 않지만 원한다면 다른 가지에 자기만의 방을 갖게 될 거야. 직업은 아마 예술가일 거야."

"멋지다." 내가 슬픈 목소리로 말했다.

"왜 그래? 난 네가 야외 활동 좋아하는 줄 알았는데."

"좋아해."

"이 텐트가 널 행복하게 해줄 줄 알았어."

"행복해. 그치만 네가 숙소로 돌아가지 않으면 곤란해질 거야."

"아, 그 벌로 내일 식당에서 테이블을 닦으면 돼." 루크가 무심하게 손을 흔들며 말했다. "이 시간은 그럴 만한 가치가 있어."

'내일.' 그 말이 이상하게 들렸다. 마치 더는 아무 의미가 없는 듯이. "그런 뜻이 아니야."

"내일 일은 내일 걱정해. 얼른 내 옆으로 와. 도둑 잡기 게임 하다가 자자."

나는 루크 옆에 앉았고, 루크는 카드를 집어 들었다. 우리는 도둑 잡기 게임을 시작했다. 루크가 자신이 가진 카드를 내밀었고, 내가 그중에서 한 장을 골랐다(당연히 조커였다). 나는 그 카드를 내 카드들 사이에 넣고 이번에는 루크에게 내 것들 중에서 한 장을 고르게 했다. 루크는 고개를 젓더니 카드를 다시 잘 섞으라고 했다. 나는 게임에 집중할 수가 없었다. 그저 칠리 파우더와 썩은 달걀과 보풀 냄새만 계속 맡을 뿐이었다. 루크의 진정성, 열정, 야외 활동에 대한 욕망, 이 모든 것에도 각자 자기만의 냄새가 있었다. 젖은 낙엽과 짭조름한 살갗, 루크의 손을 많이 탄 스텐 컵에 담긴 코코아처럼.

"게임 그만하고 싶어." 내가 속삭였다. '루크는 어른이 되지 못할 거야. 레인저도 되지 못할 거야. 말을 타지도 못할 거야. 산불과 싸우지도 못할 거야. 나무 위의 집에서 사는 일도 없을 거야.'

루크는 들고 있던 카드를 툭 내려놓고 내 양손을 잡았다. "가지 마, 매런. 여기 있어."

나는 떠나고 싶었다. 그러면서도 계속 머물고 싶었다. 루크에게 몸을 내밀고 그 애의 냄새를 맡았다. 칠리 파우더, 썩은 달걀, 보풀. 내가 루크의 목에 입술을 대자 그 애는 설렌 듯한 얼굴로 몸이 굳었다. 그러고는 뒤로 모아 묶은 내 머리를 쓰다듬었다. 말을 쓰다듬듯이. 이내 루크의 숨결이 내 얼굴에 닿았고, 나는 칠리 냄새를 맡았다. 그길로 돌이킬 수 없게 되었다.

나는 비틀거리며 빨간 텐트에서 나와 호수 쪽으로, 선창으로 걸어가 비닐봉지를 호수로 던졌다. 그런 다음 잠옷을 벗어 있는 힘껏 던졌다. 인어공주가 그려진 내 티셔츠가 호수 수면 아래로 가라앉았고, 비닐봉지에 물이 차면서 꾸르륵거리는 소리가 들렸다.

나는 선창에 털썩 주저앉았다. 비명이 새어 나오지 않도록 양손으로 입을 틀어막은 채 몸을 앞뒤로 흔들었다. 하지만 비명은 계속 얼굴 안쪽에서 쿵쿵 울려서 눈알이 빠질 것만 같았다. 마침내 더는 참을 수가 없어서 바닥에 엎드려 호수 속에 머리를 집어넣고 비명을 질렀다. 물이 코로 들어와서 아플 때까지.

소나무 사이로 난 길을 따라 다시 숙소로 걸어가는 동안—몸 바깥쪽은 축축하고 춥고 떨고 있지만 안쪽은 끔찍할 정도로 따뜻하고 충만했다—그제야 엄마가 생각났다. '아, 엄마. 내가 무슨 짓을 했는지 알면 엄마는 더 이상 날 사랑하지 않을 거야.'

나는 최대한 조용하게 다시 숙소로 살금살금 들어갔고, 수영복 위에 여분의 잠옷을 입었다. 누가 물어보면 화장실에 다녀왔다고 말할 것이다. 그러고는 몸을 덜덜 떨며 침대에 누워 마치 세상을 밀어낼 수 있다는 듯이 몸을 동그랗게 말았다. 매미가 되고 싶었다. 살갗을 벗겨서 덤불 속에 두고 오고 싶었다. 아무도 날 알아보지 못하리라. 심지어 엄마조차도. 완전히 다른 사람이 되어 아무것도 기억하지 못하리라.

아침이 되자 비가 내렸다. 내 손톱은 가장자리가 붉게 물들어 있었다. 나는 우비를 입고 양손을 감춘 채 화장실로 달려가 수돗물 밑에서 손을 박박 문지르고 또 문질렀다. 그런데도 손톱 가장자리에는 붉은 기운이 남아 있었다. 칸막이 화장실 문이 열리고 손을 씻으러 나온 아이가 이상하다는 눈으로 날 바라보았다. 그도 그럴 것이 내 손톱은 이미 더할 나위 없이 깨끗했으니까.

나는 다른 아이들을 따라 식당으로 갔다. 온몸이 무감각해서 발밑의 땅조차 느껴지지 않았다. 음식이 놓여 있는 테이블 앞에 줄을 섰다가 와플을 하나 먹었지만 아무 맛도 느낄 수 없었다. 캠프 감독관이 식당 앞쪽에 서더니 마이크를 켰다. "여러분에게 아주 슬픈 소식을 전하게 됐어요. 우리 캠프에 온 친구 하나가 실종됐습니다. 여러분의 안전을 위해 이미 부모님들께 연락을 드렸고, 오늘 오후에 부모님이 여러분을 데리러 올 거예요. 그때까지 아침 식사를 마치고, 각자 숙소로 돌아가세요. 부모님이 오실 때까지 숙소에만 머물러야 합니다."

우리는 식당에서 한 줄로 나왔다. 주차장에는 지방 방송국 차량이 주차되어 있었다. 캠프 감독관은 기자들과 이야기하려 하지 않았다.

숙소로 갔더니 아이들이 방 한가운데 있는 테이블에 어깨를 맞댄 채 모여 있었다. "아까 감독관이 화장실 앞에서 말하는 걸 들었는데 루크가 살해된 것 같대." 한 아이가 속삭였다.

다른 아이들은 숨을 헉 들이쉬었다. "왜 그렇게 생각한대? 누구 짓이래?"

"얘들아." 방 반대편에서 우리의 담당 선생님이 말했다. 선생님은 팔짱을 낀 채 망사문 앞에 서서 나무들 사이로 난 길을 따라 흐르던 빗물이 흙탕물로 변해가는 걸 바라보고 있었다. "그런 얘기는 더 이상 듣고 싶지 않구나. 그만하렴." 선생님은 원래 재미있는 사람이었다. 늘 흔쾌히 우리의 머리를 땋아주었고, 단어 암기 게임도 함께했다. 선생님의 얼굴에서 미소가 사라진 건 나 때문이다. 루크가 사라진 것도, 다들 집에 가야만 하는 것도 나 때문이다. 나는 창문을 마주 보는 침대에 누워 책을 읽는 척했다.

성난 폭풍우가 계속 불어닥치고 흙탕물로 변해버린 강물은 허리까지 차오른다. 너는 며칠이나 정글을 헤매지만 잠을 청할 마른자리를 찾을 수 없다. 그러다 기진맥진해서 눈을 감고 수면 아래로 미끄러져 들어간다. 그렇게 물살에 떠내려간다.

끝.

나는 땅이 꺼지게 한숨을 내쉬며 책을 덮었다. '나도 그랬으면 좋겠네.'

"감독관이 말하길 어젯밤 루크가 숲속에 혼자 있었대." 아까 말했던 소녀가 목소리를 더 낮춰서 다시 말했다. "루크의 침낭을 찾아냈는데 온통 피투성이였다는 거야."

"그만하라고 했다."

선생님의 명령에 아무도 다시 입을 열지 않았다. 다른 아이들이 우정 팔찌를 새로 만드는 동안 나는 구석에 누워 내가 이 세상에서 사라져버렸으면 좋겠다고 생각했다. 한 시간이 지나자 첫 학부모가 나타났고, 아이들은 하나씩 더플백을 들고 숙소에서 나갔다.

엄마도 날 데리러 왔다. 창백한 얼굴로. 그러고는 아무 말 없이 날 주차장 쪽으로 데려갔다. 다른 부모님들은 가슴 앞에서 팔짱을 끼거나 열쇠고리를 신경질적으로 딸그락거리며 여러 명씩 무리를 지어 서 있었다. 자기들끼리 쑤군거렸지만 그중 일부를 들을 수 있었다.

"……애들이 제멋대로 행동해서……. 숲을 돌아다니게 하면 안 되죠……. 이런 캠프에는 규율이라는 게 없어요……. 그 감독관이라는 인간은 돈만 받아 처먹고 하는 일이 없다니까요……. 난 그저 우리 벳시가 얌전한 아이라서 감사할 뿐이에요……. 절대 곰은 아니라던데……. 침낭이 완전 피로 젖어 있었대요. 아이가 살아 있을 가능성은 없다더군요……. 아마 호수를 다 훑을 거예요……. 15킬로미터 반경에 있는 사람들은 전부 신문할 거라던데요. 인근 주민의 소행이 틀림없다고……."

루크의 부모님은 어디 계실까? 만약 엄마가 날 데리러 오기 전에 그분들이 먼저 도착했다면 날 보고 내가 한 짓임을 알아차렸을까? 나는 엄마의 손을 뿌리치고 다시 숙소로 달려갔다.

다들 떠났고 마룻바닥에는 침대에서 벗겨낸 시트가 무더기로 쌓여 있었다. 나는 구석에 놓인 내 이층침대로 비틀비틀 걸어가 시트를 벗겨낸 매트리스 위로 쓰러졌고, 솜이 뭉쳐져서 표면이 울룩불룩한 낡은 베개에 얼굴을 묻었다. 엄마가 들어와 침대 가장자리에 앉더니 내게 속삭였다. "매런, 매런, 엄마 봐."

나는 베개에서 얼굴을 들었지만 차마 엄마 눈을 똑바로 볼 수 없었다.

"엄마 보라니까."

그제야 엄마를 보았다. 엄마는 자기 딸이 사람을 먹었다는 걸 알고 있는 사람치고는 기묘할 정도로 차분했다. "네가 한 짓이 아니라고 말해."

나는 다시 베개에 얼굴을 묻었다. "말 못 해."

엄마는 날 들어 안고 차까지 데려가야 했다. 그걸 본 학부모들은 이렇게 말했다. "가여워라. 이번 일로 너무 큰 충격을 받았나 봐요."

엄마는 당장 떠나고 싶어 했다. 우리 집은 아미웨건 캠프장에서 자동차로 3시간이나 걸릴 정도로 먼 곳이었지만 감독관이 가지고 있는 파일에 우리 집 주소가 적혀 있었다. 따라서 만약 경찰이 그날 밤 루크가 나와 함께 있었다는 사실을 알게 되면 우리를 찾아낼 수 있었다. 엄마는 차분하게 이 모든 이유를 설명하고는 내게 가능한 한 빨리 짐을 챙기라고 했다.

"그냥 떠나는 거야?"

나는 안전띠의 느슨한 부분을 잡아당기며 몸을 앞으로 내밀어 앞 좌석에 턱을 올렸다. 그러고는 앞 유리창을 빽빽 가로지르는 와이퍼와 빗물에 흐릿해져서 자동차 후드 아래로 사라지는 아스팔트를 바라보았다. 눈이 빽빽해질 때까지. 기분이 이상했다. 다른 학교에서 3학년을 다닌다고?

"그럼 달리 어떻게 하겠니?"

"나한테 늘 사실대로 말해야 한다고 가르쳤잖아."

엄마는 한숨을 쉬었다. "그랬지. 그래야 하고. 하지만 엄마가 생각해 봤는데 이 얘기는 아무에게도 못 해. 아무도 믿지 않을 거야."

"하지만 내가 루크 일을 설명하고, 엄마가 페니 일을 설명하면……."

"그렇게 간단한 문제가 아니야. 가끔씩 자기가 저지르지도 않은 살인을 자기 짓이라고 자백하는 사람들도 있어."

"왜?"

"사람들의 관심을 받고 싶어서겠지, 아마."

우리는 말없이 앉아 있었지만 엄마의 말이 허공에 맴돌았다. 살인, 내가 살인을 저질렀다. 그러니 나는 살인자다. 나는 루크와 그 애의 말과 나무 위에 지은 집과 1.6킬로미터를 헤엄치는 수영 실력을 생각했다. 그 애의 손가락이나 슬로피조나 오래된 동전 맛이 나고 따뜻했던 그 애의 피는 생각하지 않으려고 했다.

내 귓속에 매미가 있었다. 매미는 꿈틀거리며 허물을 벗더니 내 오른쪽 눈 뒤에 앉아 울었다. 나는 허리를 수그린 채 차창에 이마를 댔지만 매미 울음소리는 더 심해질 뿐이었다.

'난 주근깨투성이야.' '계집애처럼 굴지 마.' '난 영원히 헤엄치는 법을 배워야 해.'

귀가 아팠지만 루크가 느꼈던 고통에 비하면 아무것도 아니라고 생각했다. "하지만 엄마가 나쁜 짓을 한 사람은 반드

시 대가를 치른다고 했잖아." 내가 중얼거렸다.

엄마는 잠시 대답이 없었고, 그래서 나는 엄마가 대답하지 않으려는 줄 알았다. "언젠가 넌 그 일의 대가를 치러야만 해. 언젠가는 네 말을 믿어줄 사람이 있을 거야." 엄마가 길에서 눈을 떼지 않은 채 말했다.

'난 차라리 지금 대가를 치르고 싶은데.' 나는 그렇게 생각하며 귀를 문질렀다. '나를 이 세상에서 사라지게 해줘. 서서히. 그 애가 죽었으니 나도 죽어야 해.'

엄마가 백미러로 날 보았다. "왜 그러니?"

"귀가 아파."

우리 집 진입로에 들어섰을 때쯤에는 귀의 통증이 너무 심해서 간밤에 일어난 사건에 대한 공포심이 거의 퇴색해버렸다. 엄마가 날 차에서 끌어내며 중얼거리는 소리가 들렸다. "그럼 그렇지…… 그 호수가 오염된 거야……. 그럼 수영이 끝난 뒤에 아이들 귀에 약을 넣어줬어야 하는 거 아니야?……. 그 거지 같은 캠프에 널 보내는 게 아니었어……." 하지만 엄마의 말소리는 이상하게 들렸다. 마치 엄마가 물속 깊은 곳에 있는 듯이. 엄마는 날 침대에 눕히고는 병을 흔들어 타이레놀 두 알을 꺼냈다.

그날 밤 한 남자가 내 침대 옆에 무릎을 꿇고 앉아 칼로 내 고막을 찔렀다. 너무 날카로워서 보이지도 않는 칼이었다. 물론 그 남자도 보이지 않았지만 나는 그가 거기 있다고 확신했다. 남자는 내 심장 박동에 맞춰 귀를 찔러댔다. 찌르고, 비틀고, 찌르고, 비틀고. 꿈에서 남자는 칼끝에 꽂힌 내 고막을 보여주더니 내 입에 밀어 넣었다. 그의 손가락은 길고 앙상했으며 숨결은 차가웠다. 엄마가 침실 밖 복도의 불을 켜두었는데도 그의 얼굴을 볼 수 없었다. 아마 그에게는 얼굴이 없을 것이다.

내가 돌아눕자 문간에 그림자 하나가 드리웠다. "매런?" 엄마가 침대로 얼른 달려와 내 입 속에 손가락을 넣었다. 내가 아기였을 때처럼. "그게 뭐야? 뭘 씹고 있는 거니?"

"내 고막이요."

엄마는 바닥에 털썩 주저앉더니 침대에 한쪽 뺨을 대고 울기 시작했다. '엄마는 그 남자를 본 거야. 그 남자가 누군지 알지만 쫓아낼 수 없는 거야.' 나는 생각했다.

아침이 되자 엄마가 임시직 소개소에 전화해 일을 그만두겠다고 말하는 소리가 들렸다. 잠시 뒤에 엄마가 진저에일을 들고 내 방으로 들어왔다. 스푼으로 거품이 나게 휘저으면서. "난 벌받는 거야." 내가 말했다.

엄마가 호기심 어린 눈으로 날 바라보았다. "누가 널 벌 준다는 말이니?"

"하느님."

"매런……." 엄마는 침대 가장자리에 앉아 눈을 감고 콧날을 문질렀다. "세상에 하느님은 없어."

"그걸 어떻게 알아?"

"아무도 모르지. 하지만 하느님은 사람들이 삶을 이해하려고 만들어낸 개념으로 봐도 무방해. 그래야 끔찍한 일이 일어났을 때 하느님을 탓할 수 있으니까."

혼자 남게 되자 아까 엄마가 차마 못 했던 말이 들리는 듯했다. '우리가 이렇게 비참한 삶을 사는 게 곧 하느님이 없다는 증거야.'

나는 며칠 동안 먹지 않았다. 진저에일도 안 마셨고, 엄마가 내게 항생제를 먹이려고 할 때마다 입을 꾹 다물었다. 눈앞에 점들이 떠다녔고, 입술은 떨리고 갈라졌으며, 입 안은 사막이 되었지만 개의치 않았다. 귀의 통증은 살짝 욱신거리는 정도로 약해졌다. 엄마가 물을 마시라고 사정하는 소리도 잘 들리지 않았다.

"넌 심각한 탈수 상태야." 엄마가 어깨를 잡고 날 일으켜 앉히려고 했지만 몸이 납덩이처럼 무거웠다. "네가 계속 이러면 널 병원에 데려갈 수밖에 없어."

나는 엄마 말을 듣지 않았다. 움직이지도 않았다. 곧 눈을 감았고 모든 게 사라졌다.

눈을 떠보니 소아과 병동이었다. 엄마는 침대 옆 의자에 앉아 엄지손톱을 물어뜯으며 허공을 바라보고 있었다. 엄마의 무릎에는 귀퉁이가 돌돌 말린 책이 펼쳐져 있었다. 침대 반대편에서 서성이던 간호사가 내 팔에 꽂힌 주삿바늘을 조정하며 살짝 미소 지었다. 그러고는 "괜찮아"라고 중얼거리며 마치 나와 개인적으로 아는 사이라는 듯이 내 머리카락을 얼굴 뒤로 쓸어 넘겼다. "이제 넌 아무 문제 없을 거야."

간호사가 작은 종이컵에 수돗물을 받아 오려고 병실 반대편으로 가자 엄마는 책을 창틀에 내려놓고 내게 몸을 내밀었다. 내 손을 잡아주었지만 아무 말도 하지 않았다. 엄마는 사실이 아닌 말로 날 위로하려고 하지 않을 것이다.

"왜 날 병원에 데려왔어?" 내가 그런 짓을 했는데도 엄마는 내가 살기를 바랐다.

"난 네 엄마니까 그렇게 해야만 해."

"날 사랑하니까?"

엄마는 다른 사람은 알아차리지 못할 정도로 아주 잠깐 망설였다가 대답했다. "물론이지." 그러고는 간호사가 물을 들고 돌아오자 내 손을 놓았다.

"목 많이 마르지?" 간호사가 활기차게 말했다.

그날 늦게 간호사가 아닌 어떤 여자가 병실 문간에 나타나더니 엄마와 이야기하고 싶어 했다. 두 사람은 함께 복도를 지나 어딘가로 갔고 오랫동안 돌아오지 않았다.

간호사가 새 수액을 들고 다시 나타났다. "네 얼굴에 혈색이 돌아온 걸 보니 기쁘구나. 이제 네가 정신을 차렸으니까 우리가 진짜 음식을 줄 수 있어. 저녁으로 햄버거 어떠니?

후식으로는 젤로 아니면 아이스크림을 먹는 거야." 간호사는 쓰레기통 페달을 밟아 뚜껑을 열고는 빈 수액 봉지를 버렸다. "아니면 젤로랑 아이스크림 둘 다 먹든지." 마치 우리만의 사소한 비밀이라는 듯이 그녀가 다시 미소를 지었다. "네가 다시 잘 먹고 물도 잘 마시면 내일부터 수액은 안 맞아도 돼. 넌 정말 행운아야, 매런."

그건 전혀 행운이 아니었다. 이상한 냄새와 사무적인 목소리, 삑삑, 틱틱거리는 기계음이 가득한 곳에서 낯선 여자가 내 이름을 불렀다. 간호사의 입에서 내 이름이 나오자 나는 움찔했다. "엄마는 어디 갔죠? 엄마랑 함께 간 그 아줌마는 누구예요?" 내가 물었다.

"그분은 사회복지사야. 네가 다시 건강해질 수 있도록 네 엄마랑 의논하려는 거야."

거짓말이었다, 당연히. 난 그저 간호사를 빤히 바라보았고 마침내 그녀는 내 눈을 피하더니 서둘러 병실에서 나갔다.

한 시간쯤 지나서 엄마가 돌아왔다. 엄마는 기진맥진해 보였다. "그 아줌마는 왜 온 거야?" 내가 물었다.

"내가 널 굶기는 줄 알더구나."

"그래서 뭐라고 했어?"

"사실대로 말했지. 완벽한 사실은 아니더라도 사실에 가깝게. 네가 여름 캠프에 갔는데 친구가……." 엄마는 한숨을 쉬었다. "그렇게 돼서 충격을 받았다고. 내 말을 믿게 하려면 자세히 말할 수밖에 없었어. 너 하마터면 위탁 가정에 보내질 뻔했어."

나는 놀라서 엄마를 바라보았다. 내가 다른 사람들과 살게 될 뻔했다니.

"제발 병원에서 주는 건 뭐든지 먹고 마셔. 그래야 여기서 나갈 수 있으니까. 알겠니?"

이튿날 일찍, 엄마가 오기도 전에 사회복지사가 클립보드를 들고 찾아왔다. 그녀는 나와 악수했고 자신을 도나라고 소개했다. 그러고는 엄마와 내가 어떻게 사는지 질문했다. 나는 엄마가 늘 나를 아주 잘 돌봐주며 우리 집에는 음식이 떨어지지 않는다고 대답했다. 도나는 플라스틱 포크로 스크램블드에그를 쿡쿡 찌르는 나를 바라보았다. 마침내 더는 물을 게 없자 그녀는 병실에서 나갔다. 여름 캠프 일에 대해서는 하나도 묻지 않았다.

이튿날 나는 퇴원했다. 우리가 차로 걸어가는 동안 엄마가 한 팔로 날 끌어안았다. 차에 도착했더니 뒷좌석 한쪽이 자동차 천장까지 비닐봉지와 상자들로 꽉 차 있었다. 조수석에도 비닐봉지가 있었다. 틀림없이 트렁크에도 잔뜩 있을 것이다. 내가 병실에서 플라스틱 용기에 든 젤로를 먹는 동안 엄마는 차에 들어가는 만큼 세간살이를 가득 실어 왔다.

2

엄마가 떠난 이튿날 아침, 나는 부엌으로 가서 접시를 바닥에 던졌다. 그냥 그러면 기분이 어떨지 알고 싶었다. 유리 조각 위를 걸어가 식탁에 놓인 두툼한 흰 봉투를 집어 들었다. 그 안에는 돈만 들어 있는 게 아니었다. 내 출생증명서도 들어 있었다. 푸른색 종이는 쪼글쪼글 주름져 있었다. 나는 천천히 종이를 펼쳤다. 누구에게나 출생증명서는 신성한 서류다. 심지어 나 같은 괴물에게도.

아빠에 대해 딱 한 번 물어본 적이 있다. "아빠는 떠났어." 엄마가 말했다.

"그래도 이름이 있을 거 아니야."

"그게 왜 중요해?"

"그냥 알고 싶어."

"이름 없어."

"이름 없는 사람이 어디 있어?"

엄마는 대답하지 않았고 나는 그냥 넘어갔다. 몇 주 뒤 우리 반 아이들이 티나라는 아이에 대해 쑤군거리는 걸 들었다. 티나의 엄마가 사귀었던 남자가 너무 많아서 티나는 자기 아빠가 누구인지 절대 모를 거라고 했다. 그 애들이 어떻게 그걸 아는지 모르겠지만 마치 믿을 만한 소식통에게 들었다는 듯이 티나를 비난했다.

처음에는 어쩌면 나도 티나와 같은 처지일지 모른다고 생각했다. 하지만 우리 엄마는 다른 싱글 맘과 달랐다. 아직도 왼손에 반지를 끼고 있었고, 남자를 사귄 적도 없으며, 나와 같은 성을 썼다. 따라서 우리 부모님은 결혼했던 게 틀림없다. 어쩌면 엄마가 귀가해서 카펫에 놓인 페니 윌슨의 뼈를 발견했을 때 두 분은 펜실베이니아주의 그 아파트에서 함께 살고 있었는지도 모른다. 그리고 그 일로 아빠가 떠났을 수도 있다. 그 후로 왜 엄마가 다른 남자를 사귀지 않았는지는 쉽게 추측이 가능하다. 엄마에게 난 꽤 무거운 짐이었을 테니까.

나는 출생증명서를 펼치고 주름까지 잘 편 후에야 거기 입력된 내용을 읽었다. '위스콘신주 프렌드십 종합병원.' 내 이름과 생일 ─여자, 키 52센티미터, 3.35킬로그램─이 나와 있고, '엄마(출생지: 펜실베이니아주, 에드거타운)'라고 표시된 공간에는 엄마의 처녀 적 이름인 저넬 실즈가 있었다. '아빠'라고 표시된 공간에는 내가 지금까지 한 번도 본 적 없는 이름이 있었다. '프랜시스 이얼리.' 내게 아빠가 있다! 진짜 아빠! 물론 아빠가 있으리라는 건 알고 있었지만 점선 위에 타자로 찍힌 아빠의 희미한 이름을 보니 느낌이 남달랐다.

'미네소타주 샌드혼.' 마치 깨진 달걀이 귓가로 조금씩 흘러내리듯이 이 주소가 서서히 내 마음에 자리 잡았다. 엄마는 자기가 남기고 간 돈으로 내가 거기로 가기를 바라는 것이다. 내가 버스에 올라타 아빠를 찾아내고 엄마는 깡그리 잊기를.

만약 아빠를 찾아낸다면 그다음에는 어떻게 하지? 내 안에서 무언가가 요동쳤다. 그럴 순 없다. 불가능하다. 먼저 엄마와의 일을 바로잡을 방법부터 찾아야 했다.

내 노트북 커버 안쪽에는 조부모의 주소가 적힌 크리스마스카드 봉투가 풀로 붙어 있다. 비록 쓰레기통에서 그 봉투를 찾아내자마자 주소를 외우기는 했지만. 나는 페니 윌슨 일이 있기 전부터 조부모를 본 적이 없다. 그리고 엄마에게 그 이유를 물을 정도로 어리석지 않았다. 엄마는 절대 날 조부모에게 데려가지 않을 것이다. 하지만 지금 엄마는 조부모 댁에 있을 테니 나는 거기로 가려고 한다. 엄마에게 뭐라고 해야 할지 모르겠다. 분명한 건 100달러면 거기에 가고도 남는다는 사실이다.

냉장고에 남은 음식을 먹고 나서 샤워한 뒤 짐을 쌌다. 이사할 때마다 내 짐을 주로 넣어서 다니는 낡은 군인용 배낭이 있었는데 검은색 글씨로 큼직하게 '실즈'와 '미군'이라고 적혀 있었다. 할아버지의 배낭이었지만 내가 그 사실을 아는 건 비밀이었다. 이번에는 그 배낭에 필요한 물건을 전부 넣어야 했다.

어떤 책을 가져갈지 까다롭게 골라야 했다. 왜냐하면 배낭을 메고 다니는 시간이 길어질수록 점점 더 무겁게 느껴질 것이기 때문이다. 나는 이번 생일 선물로 받은 책과《이상한 나라의 앨리스》,《거울 나라의 앨리스》두 권 세트를 골랐다. 그것 말고도 다른 책, 그러니까 그들의 책도 넣고 그들에게서 가져온 물건도 챙겼다. 야광 나침반과 갈색 뿔테 안경.

집 열쇠는 식탁에 놓아두고 우리 집이 있는 거리 끝으로 가서 시내버스에 탔다. 한 남자가 날 보며 웃으려고 했지만 그의 얼굴은 통증에 시달리는 사람처럼 일그러졌다. "어디 가나 보구나."

나는 남자를 노려보았다. "여기 아닌 사람도 있나요?"

남자는 킬킬거리며 몸을 돌렸고, 나는 배낭 위로 손깍지를 끼고 창밖을 내다보았다. 나쁜 짓을 하지 않고도 집을 떠나려니 기분이 이상했다. 버스는 우리 학교 앞을 지나갔다. 원래 오늘은 기하학 시험을 볼 예정이었다.

나는 그레이하운드 버스 터미널에 내려서 에드거타운으로 가는 편도 티켓을 끊었다. 그걸 사느라 엄마가 남긴 돈을 상당히 많이 썼다. 목적지까지 가는 내내 휴게소 자판기에서 구입한 과자들로 끼니를 때웠다. 아침으로는 굽지 않은 팝 타르트, 점심으로는 프레첼 과자, 저녁으로는 프리토스. 버스를 세 번이나 갈아타야 했는데 버스에 탈 때마다 운전기사들이 '넌 이 시간에 학교에 있어야 하지 않니?'라고 말하듯이 양 눈썹을 치켜세웠다.

목적지에 가까워질수록 배 속이 요동쳤다. 엄마를 만날 생각을 하니 긴장되었다.

내가 한때 꿨던 루크와 관련된 꿈에는 두 종류가 있었는데 둘 중에서 어느 게 더 끔찍한지 우열을 가릴 수가 없었다. 첫 번째 꿈에서는 루크가 나오지 않고 내 귀에 속삭이는 그 애의 목소리만 들렸다. "나무 위에 지은 내 집은 3층이고, 나무에 달린 사다리를 올라가야만 위층으로 갈 수 있어. 집 안에는 진짜 계단이 있는데 나선형이고, 사방에 창문이 있어서 새와 일몰과 일출을 감상할 수 있지. 물론 일출은 일찍 일어나야 볼 수 있어. 나한테는 너처럼 예쁜 아내가 있을 거고, 우리는 3층에 있는 이층침대에서 잘 거야. 나는 위층이 좋지만 아내가 거기에서 자고 싶다면 양보할 거야. 남자라면 그래야 하니까. 그런 걸 기사도라고 하지. 또 나한테는 말도 있을 거야. 숲을 둘러볼 때는 그 말을 타고 다닐 거야. 근데 아무래도 마구간은 지상에 지어야 할 것 같아……."

두 번째 꿈에서는 우리가 다시 텐트 안에 있었다. 랜턴 배터리가 떨어져서 루크의 얼굴은 볼 수 없었지만 그 애는 붉게 이글거리는 눈으로 날 바라보았다. 뜨겁고 악취가 풍기는 그 애의 숨결이 내 얼굴에 닿자 나는 움찔했다. 틀림없이 내 숨결도 루크와 똑같이 지독할 것이다. 루크가 입 안 가득 번득이는 송곳니를 드러내더니 내 얼굴을 물어뜯었다. 이 꿈이 더 끔찍하다고 생각할 테지만 내게 일어나는 일인데도 그냥 공포 영화를 보는 듯하다. 사람이 받아 마땅한 벌을 받을 때는 그렇게 무섭지 않은 법이다.

"나 말고도 그런 짓을 하는 사람이 또 있을까?" 한번은 내가 엄마에게 물어본 적이 있다.

엄마는 머뭇거렸다. "만약 있다면 네 기분이 더 나아지겠니 아니면 더 나빠지겠니?"

"더 나아진다고 말하고 싶지만 그래서는 안 되는 거잖아. 그건 더 많은 사람이 죽기를 바란다는 뜻이니까……." 나는 말끝을 흐렸다. "하지만 세상에 나 혼자라는 기분은 안 들겠지."

나는 엄마가 "넌 혼자가 아니야, 허니. 너한테는 엄마가 있잖니"라고 말해주기를 바랐다. 하지만 엄마는 절대 내 기분을 좋아지게 하려고 빈말을 하는 사람이 아니었다. 날 '허니'라고 부르지도 않았고, 오로지 사실만 말했다.

나 같은 사람들은 도서관에서 읽는 동화책에서나 볼 수 있었다. 거인. 트롤. 마녀. 식시귀. 미노타우로스. 만약 내 이야기가 그리스 시대에 지어진 서사시라면 영웅들이 내게서 아슬아슬하게 도망칠 것이다. 시간의 신 크로노스는 자식이 자신을 죽이고 권력을 차지하리라는 예언을 굳게 믿고서 아내가 아기를 낳을 때마다 게걸스럽게 먹어 치웠다.

'게걸스럽게 먹어 치우다gobble.' 이 단어 때문에 나는 추수감사절을 두려워했다.* 한번은 4학년 때 담임 선생님이 엄마에게 내가 책을 게걸스럽게 읽어댄다고 칭찬했다. 하지만 엄마는 매우 기분 나빠했고, 속이 안 좋은 척하며 교사와 학부모가 모인 회의에서 빠져나갔다. 하지만 어쩌면 정말로 속이 안 좋았는지도 모른다. 엄마는 내게 동화책을 읽어주지 않았는데 나는 그 이유를 알고 있었다.

어느 학교에 다니든 시간이 날 때마다 도서관에 틀어박혔다. 엄마가 로알드 달의 《내 친구 꼬마 거인》을 사주지 않았기 때문에 점심시간에 도서관에 가서 그 책을 읽었다. 하지만 책은 실망스러웠다. 주인공 여자아이는 아무도 먹지 않았고, 사람을 먹어 치우는 못된 거인들은 정당한 벌을 받았다.

뭘 기대하겠는가. 나 같은 사람은 절대 좋은 사람이 될 수 없다.

나는 찾아낼 수 있는 괴물 이야기를 모두 모아 수첩에 적어두었다. 가끔은 마음에 드는 구절을 적어두기도 했고, 그

---

* gobble은 칠면조 울음소리를 뜻하기도 해서 추수감사절 인사말로도 쓰인다

림은 늘 복사해서 붙여두었다. 이를테면 고야가 1820년 경에 그린 〈아들을 잡아먹는 사투르누스〉나 스코틀랜드 해안을 따라 펼쳐진 동굴에서 살았던 식인 일가의 우두머리 소니 빈이 나오는 그림을. 나는 사서들에게 무슨 책을 읽고 있냐는 질문을 받지 않도록 가장 조용한 구석에 숨어서 읽곤 했다. *살았든 죽었든 뼈를 갈아서 빵으로 만들어야지.**

에드거타운에 도착해 맥도날드 계산대를 지키는 남자에게 길을 물었다. 조부모—내가 두 분을 그렇게 부를 수 있을지 모르겠지만—가 사는 동네에 도착했을 때는 벌써 주위가 어둑어둑했다.

두 분은 1950년대에 지은 스플릿 레벨** 저택에서 살았다. 그 동네는 어느 집이든 옆집과 삼면이 붙어 있는 구조였다. 진입로에 엄마 차가 있는 걸 보니 가슴이 아팠다. 엄마 차 뒤에 주차된 남색 캐딜락은 분명 할아버지의 차일 것이다. 나는 어두워질 때까지 기다렸다가 그 블록을 돌아서 조부모 옆집의 울타리를 넘었다. 기왕이면 날 모르는 사람에게 들키는 게 나았다.

---

* 《잭과 콩나무》에서 거인이 부르는 노래
** 1층과 2층이 혼합된 형태의 집. 집의 어떤 부분은 단층이고 어떤 부분은 2층으로 되어 있다

부엌이 집 뒤쪽에 있다는 걸 알아내서 이웃집 울타리 옆에 쪼그리고 앉아 부엌 전망 창*을 바라보았다. 보통 저런 창을 전망 창이라 부르는 이유는 바깥의 멋진 풍경을 볼 수 있기 때문이다. 하지만 사실은 그 반대다. 집 안이 환히 밝혀지면 바깥의 어둠 속에 있는 사람은 전망 창 너머로 저녁 식사를 하려고 식탁에 둘러앉은 사람들을 볼 수 있다. 영화를 감상하듯이.

엄마는 샐러드 그릇을 들고 식탁으로 왔고, 세 사람은 자리에 앉았다. 할아버지는 엄마에게 와인 한 잔을 따라주었다. 조부모는 잘 보이지 않았다. 할아버지는 내게 등을 돌린 채 앉아 있었고, 할머니는 할아버지 맞은편에 앉아 있었기 때문이다. 그래도 엄마는 또렷하게 볼 수 있었다. 엄마는 음식을 먹지 않고 뒤적거리고만 있었다. 예전에 나한테는 그러지 말라고 따끔하게 말했으면서. 나는 단답형으로 대답하는 엄마의 입술을, 포크를 떨어뜨리고 양손에 얼굴을 묻는 엄마를 바라보았다. 할머니가 자리에서 일어나 두 팔로 엄마를 안아주었고, 엄마는 할머니에게 매달려 울었다. 두 분에게 전부 말한 모양이다.

그동안 나는 엄마가 얼마나 힘든지 내가 이해했다고 생각했다. 엄마에게 미안했고, 내가 이런 아이가 아니었다면 좋

* 나뉘지 않고 대형 유리 한 장으로 된 창문

았을 거라고 생각했다. 하지만 엄밀히 말해서 엄마를 이해한 건 아니었다. 욕실 문을 잠근 채 틀어박혀 있는 엄마를 이해할 수 없었고, 부엌 조리대에 일렬로 세워진 빈 와인병을 이해할 수 없었고, 벽 너머로 들리는 엄마의 울음소리도 이해할 수 없었다. 그런데 이 순간 처음으로 엄마를 이해할 수 있었다.

엄마는 우느라 진이 다 빠졌고, 할머니는 휴지를 건넸다. 할아버지는 담배에 불을 붙이더니 엄마에게 담뱃갑을 건넸다. 엄마는 손을 뻗어 담배를 한 개비 꺼냈다. 나는 정말로 충격받았다. 엄마는 한 번도 담배를 피운 적이 없기 때문이다.

할머니가 식탁을 치우고 설거지를 하는 동안 엄마와 할아버지는 우두커니 앉아 말없이 담배를 피웠다. 그러더니 할머니가 엄마의 어깨에 팔을 두르고 다른 방으로 데려갔다. 할아버지는 부엌 불을 껐다. 나는 다시 울타리를 넘어 동네를 빠져나갔다.

그러고는 차량들로 붐비는 도로를 따라 걸었다. 도로 양옆에는 벌써 영업을 끝내고 문을 닫은 상점들이 늘어서 있었다. 피자 한 조각 사 먹을 식당조차 없었다.

상가 뒤쪽으로 돌아가면서 어쩌면 쓰레기통에 먹을 수 있을 정도로 깨끗한 음식이 있을지도 모른다고 생각했다. 그래도 쓰레기통 음식을 먹는다고 생각하니 구역질이 났다. 먹을 만한 음식은 못 찾았지만 대형 쓰레기통 뒤에 주차된 차 한

대를 발견했다. 문손잡이를 잡아당겨 보았더니 그대로 열렸다. 할아버지의 차와 같은 캐딜락이었다. 차는 몇 달 동안 거기 버려진 듯이 좌석에 신문지와 빈 탄산음료 캔이 수북했고, 시트에는 구멍이 숭숭 뚫려 있었다. 나는 최대한 뒷좌석을 치우고 차에 올라타 문을 잠갔다. 차 안에서는 곰팡이와 담배 냄새, 이 차를 마지막으로 몰았던 사람의 씻지 않은 체취가 진동했지만 밤새 고속도로를 이리저리 서성이는 것보다 여기가 나을 것이다.

배낭에 머리를 뉘고 마침내 잠들었다. 잠에서 깨보니 노부인의 무릎을 베고 있었고, 그녀가 내 머리카락을 쓰다듬었다. 가만 보니 내 할머니였다. 날 내려다보는 할머니의 얼굴은 정말로 걱정스러운 표정이었다. 할머니가 마법을 부려 어둠 속에서 체크무늬 담요를 끌어내 내게 덮어주는 동안 나는 할머니에게 질문을 던졌지만―엄마는 어디 있어요? 할머니가 여기 온 걸 엄마도 알아요?―할머니는 그저 빙그레 웃으며 내 귀 뒤로 머리카락을 넘겨줄 뿐이었다. 예전에 엄마가 그랬듯이.

운전석에는 할아버지가 앉아서 담배를 피우고 있었다. 할아버지는 양 눈썹을 치켜세우며 백미러를 보았고, 거울 속에서 우리의 눈이 마주쳤지만 할아버지는 내게 인사를 건네지 않았다. 그저 한숨 쉬듯이 담배 연기만 계속 뱉어내다가 차창 밖으로 담배꽁초를 던지고는 차창을 올렸다.

우리가 탄 차는 정적 속에서 인적 없는 도심을 달렸고, 가로등의 뿌연 오렌지색 불빛이 일정한 간격으로 캐딜락을 쓸어내렸다. 나는 옆으로 누워 차가운 가죽 좌석에 머리를 뉘었고, 땀에 젖은 몸을 떨며 잠에서 깨어보니 다시 아무도 없는 차 안이었다.

느닷없이 입에서 그 맛이 느껴질 때가 있다. 올바른 사람이라면 절대 알지 못할 맛. 그러면 나는 허겁지겁 화장실로 달려가 리스테린으로 입을 헹구고 또 헹군다. 입 안이 따끔거릴 때까지 입에 머금기도 한다. 하지만 뱉어내는 순간 다시 그 맛이 느껴진다. 나쁜 짓을 저지른 뒤의 그 나쁜 맛. 학교에서는 화장실에 들어온 여자아이들이 입을 한창 헹구는 날 발견하고는 거울로 빤히 지켜보곤 했다. 내가 리스테린을 뱉고, 다시 뚜껑을 잠가서 배낭에 넣을 때까지. 아마 그래서 여자아이들하고는 친해질 수 없었나 보다.

6학년 때 처음으로 보고서를 쓰게 되었다. 각주를 달고 참고 문헌 목록까지 작성해야 하는 제대로 된 보고서였다. 나는 책을 뒤져서 정보를 찾아내는 데는 도가 튼 터라 내가 원하는 주제로 쓰고 싶었지만 주제는 흰개미 한 가지뿐이었다. 우리는 일주일 동안 영어 시간마다 도서관에 갔다.

목요일 아침에 누군가 내 자리로 다가오자 나는 고개를 들었다. 똑똑하다고 소문난 스튜어트였다. 스튜어트가 내 뒤에서 어깨 너머로 내가 무슨 책을 읽는지 살펴보는 게 느껴졌다. 나는 스튜어트가 다가오는 걸 느꼈고, 그 애의 입에서 나는 참치 냄새도 맡았지만 이상한 기분이 들지는 않았다. 스튜어트는 여자를 그런 식으로 생각하지 않는, 적어도 앞으로 오랫동안은 그렇게 생각하지 않을 부류의 남자아이였다. 마침내 내가 물었다. "뭐야? 너도 이 책이 필요한 거야?"

"아니. 난 어제 집에서 보고서 다 썼어. 근데 뭘 읽고 있는 거야?"

"아무것도 아니야."

"우린 흰개미를 조사해야 해."

"그냥 읽지도 못해?"

뒤에서 스튜어트가 어깨를 으쓱하는 게 느껴졌다. "어쨌든 네 선택이 옳아. 붉은등거미가 훨씬 더 재미있어." 스튜어트는 계속 내 어깨 너머로 책을 바라보았다. "근데 여기 적힌 내용은 부실하네. 우리 집에 있는 곤충학 백과사전이 더 나아. 붉은등거미를 왜 블랙 위도우라고 부르는지 알아?"

"왜 그러는데?"

"그 거미랑 짝짓기를 한 수컷은 전부 다 죽기 때문이야. 암컷이 다 먹어버리거든." 스튜어트는 내 맞은편에 앉으며 말을 이었다. "교미가 끝난 직후에 암컷이 먹어버려. 가끔은 교미하는 도중에 먹기도 하고. 수컷은 그냥 잡아먹혀. 새끼를 낳으려면 암컷에게 단백질이 필요하니까. 어쨌든 수컷의 번식 본능은 충족된 셈이지."

'수컷의 번식 본능은 충족되었다?' 평소였다면 백과사전에 나오는 문장을 통째로 외워버린 그 애를 비웃었을 테지만 갑자기 너무 긴장돼서 아무 말도 할 수 없었다. 심장이 밖으로 튀어 나가려는 듯이 심하게 쿵쿵거렸다.

"그걸 짝짓기 동종포식이라고 해." 스튜어트가 말을 이었다. "그게 붉은등거미의 가장 중요한 특징인데 여기에는 전혀 나와 있지 않네."

"이건 아동용 백과사전이잖아. 그러니까 '섹스'라는 단어를 넣을 수가 없지." 내가 잠시 뜸을 들였다. "스튜어트?"

"응?"

"다른 종도 그럴까?"

"뭘? 서로 잡아먹냐고?"

나는 고개를 끄덕였다.

"아까 말했듯이 블랙 위도우가 그렇고, 교미가 끝난 후에 죽는 거미들이 몇 종류 더 있어. 그러니까 수컷이 말이야. 교미 중에 암컷이 공격하지 않았는데도 죽는 경우가 있어." 스튜어트가 '교미'라는 단어를 너무 자주, 너무 큰 소리로 말하는 바람에 다른 아이들이 고개를 들고 쳐다보았다. "그럴 때도 교미가 끝나면 암컷이 수컷을 먹어버리겠지?"

"단백질 섭취를 위해서." 나는 목소리를 낮추려고 조심하며 말했다.

"맞아. 단백질 섭취를 위해서."

"근데 곤충 말고 다른 종은? 이를테면 포유류라든가."

스튜어트는 이상하다는 눈으로 날 바라볼 뿐 아무 말도 하지 않았다. 이제는 대화가 뚝 끊겨버렸다. 나는 내 머리에 꿀밤이라도 박고 싶었다.

"왜 넌 늘 검은 옷만 입어?" 스튜어트가 물었다.

만약의 경우를 대비해서다.

그래야 피가 튀어도 보이지 않을 테니까.

대신 난 이렇게 말했다. "색을 맞춰 입을 필요가 없으니까."

"색이 있는 옷을 입어야 해. 그러면 사람들이 널 이상한 아이라고 흉보지도 않을 거야." 우리의 눈이 마주쳤다. 아주 잠깐. "미안해. 하지만 그게 사실인걸."

우리 같은 아웃사이더들은 동심원 속에서 자신의 위치를 파악하기 때문에 스튜어트 같은 아이들은 가장 바깥쪽 원에 있는 나 같은 아이를 불쌍히 여겼고, 자신이 거기 속하지 않았다는 사실에 안도했다. 나는 이렇게 대답했다. "그 사람들은 내가 뭘 입어도 이상하다고 생각할걸."

스튜어트는 날 바라보더니 자리에서 일어나 들고 있던 바인더를 가슴에 끌어안았다. "그래, 네 말이 맞다." 그러고는 다시 자기 자리로 돌아갔다.

나와 친구가 되고 싶어 하는 남자아이들은 나와 비슷했다. '나와 비슷하다'는 말은 어딘가 이상한데, 정확히 그게 무엇인지 콕 집어낼 수가 없다는 뜻이다. 따라서 그 애들 역시 나와 마찬가지로 체육 시간에, 그리고 학교 식당에서 가장자리로 밀려났다. 이사를 너무 자주 다니거나, 천식 때문에 늘 흡입기를 가지고 다니거나, 말을 더듬거리거나, 사시이거나, 짜증 날 정도로 똑똑한 아이들이었다.

따라서 새로 전학한 학교에서 한두 달이 지나면 이런 남자아이 중 하나가 핑계를 찾아내 내게 말을 걸었다. 선생님이 숙제를 내어주면 늘 받아 적으면서도 수학 숙제가 뭔지 묻는다거나, 학교 식당에서 내 맞은편 자리에 앉아 과학 박람회에 뭘 제출할 건지, 혹은 핼러윈에 무슨 옷을 입을 건지 말해주었다. 그러다 몇 달이 지나면 수업이 끝나고 자기 집에 놀러 가자고 초대한다. 함께 역사 시험공부를 하자거나 과학 숙제로 낼 장치를 작동해 보자면서. 언제부턴가 나는 여기에 해당하는 단어를 배웠다. 구실. 즉 핑계에 불과한 이유였다. 그 애의 부모님은 맞벌이로 아직 퇴근하기 전이었다. 우리는 위층에 있는 그 애의 방으로 올라가고, 거의 늘 그렇게 일이 터진다.

거절했어야 했다. 매번 거절하고 싶기는 했다. 나한테 관심 끄라고 말해야 한다는 건 알지만 그 애는 이미 같은 반 친구들에게 수없이 거부당한 터였다. 그런 아이에게 어떻게 나까지 싫다고 말할 수 있겠는가.

그런 이유로 드미트리와 조, 케빈, 노블, 마커스, C.J는 비극적인 일을 당했다. 그 애들의 집에 놀러 갈 때마다 이번에는 피할 수 있을 거라고, 이번에는 그 애가 너무 친절하게 굴거나 내게 너무 가까이 다가오지 않을 거라고 생각했다. 이번에는 유혹에 빠지지 않을 거라고.

마침내 나는 깨달았다. '이번에는 다를 거야'라고 믿을 때마다 그것은 예전과 똑같은 일이 벌어질 거라는 장담이나 다름없다는 사실을.

C.J가 그렇게 된 후 우리는 오하이오주 신시내티로 이사했다. 어느 날 아침 차를 타고 가는 길에 내가 말했다. "나 아예 학교에 다니지 말까 봐." 엄마는 대답이 없었다. "엄마?"

"생각해 볼게." 하지만 그때 엄마는 이미 내 곁을 떠나기로 결심한 것 같다.

고속도로는 어젯밤과 마찬가지로 적막해서 주유소들과 빈 상가뿐이었다. 차양에 '갓 구운 베이글'이라고 적힌 가게를 보고 눈이 번쩍 뜨였지만, 창문에는 '세 놓습니다'라는 종이가 붙어 있었다. 그레이하운드 버스 터미널에 거의 다 왔을 때 '역사를 간직한 도심, 에드거타운'이라고 적힌 간판이 보였다. 어쩌면 제대로 된 레스토랑에 들어가서 몸을 녹이고, 아침 식사를 든든히 먹은 후에 샌드혼으로 가는 티켓을 사도 될지 모른다.

몇 블록을 걸어갔더니 구시가 메인 스트리트가 나왔다. 아직 이른 시간이어서 상점들은 대부분 문이 닫혀 있었다. 아이스크림 가게, 중고 책방, 이탈리아 식당, 교회, 복덕방, 쇼윈도에 요트 그림이 진열된 미술관, 또 교회, 꽃집, 드러그스토어, 또 교회. 그렇게 끊임없이 이어지는 듯하다가 마침내 카페가 나왔다. 쇼윈도에 손글씨로 '달걀 두 개, 해시브라운&토스트, $1.99'라고 적힌 종이가 붙어 있었다. 딱 나한테 필요한 것이었다.

쥐 죽은 듯 조용한 거리와 달리 작은 단칸 식당은 거리의 정적을 보충하고도 남을 정도로 떠들썩했다. 커피 향을 맡자 갑자기 격렬하게 엄마가 보고 싶었다. 웨이트리스는 내 배낭을 보더니 나더러 카운터에 가서 앉으라고 했다. 벽을 따라 설치된 칸막이 좌석에서 식사 중이던 손님들이 전부 고개를 들고 지나가는 나를 쳐다보았다. 나는 지나는 길에 웨이트리스를 배낭으로 치는 바람에 미안하다고 웅얼거렸다.

카운터로 갔더니 신문을 보고 있던 남자 한두 명이 날 힐끗 보았다. 빈자리는 없었다.

루크의 일이 있고 난 뒤에 우리는 볼티모어로 이사했다. 엄마는 변호사 사무실에 일자리를 얻었다. 늘 회계사 아니면 변호사 사무실이었다. 엄마의 빠른 타자 실력은 어디를 가든 쓸모가 있었고, 한동안 우리는 아무 문제 없는 척하며 살았다.

그러다 크리스마스 직전에 엄마가 상사의 집에서 열리는 파티에 날 데리고 갔다. 앞에서 말했듯이 루크와 페니 윌슨의 일이 있고 난 후로 엄마는 절대 날 베이비시터에게 맡기지 않았다.

집을 나서기 전에 엄마는 날 소파에 앉혔다. "여기는 지금까지 엄마가 일했던 회사 중에서 처음으로 아주 좋은 곳이야, 매런. 엄마에게 친구가 생겼어. 이야기가 통하고, 점심을 먹으면서 함께 웃을 수 있는 사람들 말이야. 그뿐만이 아니야. 곧 승진도 할 것 같아."

"정말 잘됐다, 엄마." 하지만 난 마냥 기쁘지만은 않았다. 엄마가 저 말을 하는 이유는 내가 이 상황을 망쳐놓을까 봐, 또 실수를 저질러서 우리가 이사해야 할까 두렵기 때문이었다.

"이건 우리 둘 모두에게 정말 좋은 기회야. 그러니까 네가……." 엄마는 한숨을 쉬었다. "제발, 제발 부탁이니까 얌전히 굴어. 이번에는 말썽 부리지 않겠다고 약속해."

나는 고개를 끄덕였다. 하지만 이건 절대 얌전히 굴려고 노력하고 말고의 문제가 아니었다. 진수성찬을 차려놓고 먹지 말라고 하는 것과 마찬가지였다.

그날 열린 파티는 어른들을 위한 정식 칵테일파티로 핏빛 딥핑 소스와 함께 접시에 가지런히 놓인 새우가 나오고, 깔끔하게 매니큐어를 바른 여자들은 목이 긴 잔으로 마티니를 마시고 올리브를 깨물어 먹으며 약간 큰 소리로 깔깔 웃어 댔다. 거실은 천장이 높았고, 크리스마스트리는 천장까지 닿을 듯했다.

현관 옆에 빈방이 있었는데 개쉬 부인은 그 방 침대에 코트를 벗어두라고 했다. 우리 뒤에 따라오는 사람이 아무도 없었기에 엄마는 문을 닫고 이렇게 말했다. "넌 아무하고도 말하지 마. 누가 인사를 하거나 이름을 물을 때는 대답해도 돼. 무례하게 굴면 안 되니까. 하지만 거기까지야. 넌 그냥 책만 읽어."

"어디에서?"

엄마는 방구석에 놓인 안락의자를 가리켰다. 나는 한숨을 쉬며 그 의자에 털썩 앉았다. "엄마가 먹을 거랑 마실 거 가져다줄게. 제발 부탁이야, 매런. 이 방에 얌전히 있어." 몇 분 뒤 엄마는 약속대로 새우와 크래커가 담긴 접시를 들고 왔고, 이 방에서 나가지 말라고 한 번 더 당부하고는 나갔다. 새우를 먹는 동안 세 여자가 방으로 들어와 코트를 벗고 몸을 부르르 떨며 나갔다. 아무도 구석에 앉아 있는 나를 알아차리지 못했다.

코트 더미는 점점 더 높아졌고, 한동안 방에 들어오는 사람이 없었다. 코트 더미 맨 밑에 삐죽 나와 있는 모피 코트가 보이자 나는 자리에서 일어나 팔을 뻗어 소매의 털을 토닥거렸다. 코트 더미 속으로 들어가 자고 일어나면 집에 갈 시간이 되어 있지 않을까? 나는 그렇게 하기로 했다.

코트 더미 밑은 따뜻하고 안전하고 아늑했다. 숨을 들이쉴 때마다 향수와 시가 연기 냄새가 났다. 그러다 잠이 들었다. 하지만 새우만으로는 부족해서 자는 동안에도 배가 꼬르륵거렸다.

시간이 흘러 무언가가 내 볼에 스쳤고, 나는 순식간에 잠에서 완전히 깨버렸다. 가슴이 두근거렸다. 어둠 속에서 손 하나가 내 어깨 부근의 외투 주머니 속으로 들어와 더듬거리더니 무언가를 빼가는 게 느껴졌다. 성냥갑이 부드럽게 달그락거리는 소리가 들렸다. 그때 손이 멈칫했다. 누구의 손인지는 몰라도 코트 밑에 내가 있다는 걸 깨달은 것이다. 그러더니 손이 날 쿡 찔렀다.

"야!" 트위드와 고어텍스, 양모를 가르고 나오며 내가 외쳤다. 침대 옆에 한 소년이 서 있었다. 소년의 코는 위로 살짝 들리고 코끝이 뾰족해서 동화책에 나오는 다정한 설치류 같았다. 그리고 얼굴에 비해서 너무 큰 갈색 뿔테 안경을 쓰고 있었다. 소년의 발치에는 사람들의 코트 주머니에서 꺼낸 물건이 쌓여 있었다. "너 누구니?" 내가 물었다.

"난 이 집에 살아. 넌 누군데?"

"난 우리 엄마를 따라왔어. 우리 엄마는 비서야." 소년은 주먹 쥔 왼손을 여전히 앞으로 내민 채 움직이지 않았다. 마치 자기가 감추려고 행동하지 않는 한 내가 자신이 한 짓을 모르리라는 듯이. "너 코트 주머니 뒤졌지, 안 그래? 내가 봤어. 네가 성냥 꺼내 가는 거."

"훔치려고 그런 건 아니야. 그냥 보려고만 했어."

"퍽이나 그랬겠다." 나는 코트 더미 아래서 빠져나와 소년 앞에 섰다. "너 이름이 뭐야?"

"제이미. 넌?"

"매런."

"이상한 이름이네."*

나는 어이없다는 표정으로 눈을 치떴다. "너까지 꼭 그렇게 말해야 해?"

제이미는 시선을 바닥으로 떨어뜨렸다. "미안."

"뭐 쓸 만한 거 찾았어?"

제이미가 주먹을 펴자 낱개로 포장되어 겹겹이 접혀 있던 콘돔이 우수수 튀어나왔다. 물론 그때는 그게 뭔지 몰랐다. 아마 제이미도 몰랐을 것이다. 그래서 우리 둘 다 아는 척하고 넘어갔으리라.

나는 제이미 발치에 쌓인 물건들을 가리켰다. "이 물건들 돌려줄 거라고 했지?" 제이미가 고개를 끄덕였다. "근데 어떤 물건이 어느 주머니에서 나왔는지 어떻게 알아낼 건데?"

---

* 매런은 작가가 만들어낸 이름으로 서구권에서 전통적으로 사용해 온 이름은 아니다

"아, 그 생각은 못 했네."

"기억이 안 나면 그냥 아무 주머니에나 집어넣어. 그러면 월요일에 회사에서 제 주인을 찾아갈 거야."

"그래." 제이미는 쌓인 물건 중에서 말보로 담배를 집어 들어 군청색 피코트 주머니에 넣었다. 나는 제이미를 도와 물건을 주머니에 넣었다. 물건을 다 넣고 나자 제이미는 우두커니 서서 잠시 날 바라보았다.

"왜?" 내가 말했다.

"너 별 좋아해?"

"하늘에 뜨는 별?"

제이미는 고개를 끄덕였다. "나한테 망원경이 있어. 별 볼래?"

"그래." 나는 제이미를 따라 손님용 방에서 나가 계단을 올라갔다.

"작년에 크리스마스 선물로 받았어." 제이미가 어깨 너머로 말했다. "우리 아빠는 대학에서 천문학을 공부했거든. 그래서 별을 잘 알아." 제이미의 침실은 복도 맨 끝이라서 방에 도착했을 때는 파티 소리가 거의 들리지 않았다.

남자아이의 방을 구경하기는 처음이었다. 방은 스타워즈로 도배되어 있었다. 침대 시트와 이불은 물론 침대 머리 쪽 벽에도 한 솔로와 레아 공주 포스터가 붙어 있었다. 구석의 벽장 문 옆에는 마분지로 만든 다스 베이더 등신대가, 머리맡 테이블에는 R2-D2 저금통이 있었다. 아주 깔끔한 방이었다. 위층까지 올라올 손님이 없는데도 제이미에게 방을 치우라고 말하는 개쉬 부인의 모습이 그려졌다. 개쉬 부인은 정리 정돈을 좋아하는 엄마였다.

서랍장 위에 책꽂이가 있어서 나는 고개를 갸웃하고 책등을 훑어봤다. 아이작 아시모프의 《우주 전쟁》과 《마음대로 골라라, 골라맨》 시리즈가 있었는데 이 시리즈를 보자 루크가 생각나서 속이 울렁거렸다. 그동안 제이미는 창가 삼각대에 놓인 검은색 대형 망원경으로 가서 이것저것 조정했다. 제이미가 창문을 열자 차가운 돌풍이 방으로 들어와 침대 위에 걸어놓은 태양계 모빌이 달그락거렸다. "이제 불을 꺼봐." 제이미가 말했다.

나는 문 옆의 스위치를 끄고 제이미 옆으로 가 외풍 속에서 몸을 떨었다. "당연히 지붕에 올라가서 보는 게 더 낫지만 아빠 없이는 지붕에 올라갈 수 없어." 제이미는 망원경에서 물러나더니 내 차례라는 듯이 손짓했다. "자, 내가 플레이아데스 성운을 보여줄게. 망원경 없이도 볼 수 있지만 이걸로 보는 게 훨씬 더 멋있어." 나는 허리를 숙이고 렌즈에 눈을 댔다. 어두운 터널 끝에서 완벽한 별무더기가 환하게 반짝거렸다. "보여?"

"응." 내가 속삭였다. 제이미가 내 곁으로 다가왔다. 어찌나 가까이 다가왔는지 그 애의 냄새를 맡을 수 있었다. 아이리시 스프링 바디워시 향이었다. 개쉬 부인이 파티 전에 목욕을 하라고 했나 보다.

"플레이아데스 신화는 알아?"

"아니."

"원래 저들은 아틀라스의 딸이었어. 세상을 떠받치는 신 있잖아."

"근데?"

"그런데 티탄 신족이 올림피아의 신들에게 패배한 뒤에 아틀라스도 벌을 받았어. 딸들은 그 사실에 너무 화가 나서 전부 자살했지. 그들을 가엾게 여긴 제우스는 자매들이 아버지의 곁을 지킬 수 있도록 별로 만들었어. 여러 설이 있는데 난 그게 제일 마음에 들어. 아빠가 별자리마다 이름이 붙은 기원을 전부 말해주셨어."

내가 망원경에서 물러서자 제이미가 말했다. "이제 은하수를 보여줄게."

계단을 올라오는 발소리가 들리더니 잠시 뒤에 개쉬 부인이 침실 불을 켰다. "제이미? 여기서 뭐 하는 거니?" 우리는 전혀 나쁜 짓을 하고 있지 않았는데도―난 엄마의 충고를 까맣게 잊어버렸다―개쉬 부인의 말투는 우리를 나무라는 듯했다.

"제이미가 망원경을 보여줬어요. 우린 망원경으로 플레이아데스 성운을 보는 중이었고요." 내가 말했다. 제이미는 망원경에서 눈을 떼지 않았다.

개쉬 부인은 내게 알았다는 듯이 고개를 까닥였다. "제이미, 엄마 말 들어. 여기 너랑 매런이랑 단둘이 있으면 안 돼."

제이미는 고개를 돌려 "알았어요"라는 말만 하고는 다시 망원경을 들여다보았다. 개쉬 부인은 팔짱을 낀 채 우리를 바라보았다.

"지금 당장 손님을 데리고 아래층으로 내려가렴. 가서 먹을 것도 좀 주고. 새우 좋아하니, 매런?"

"네, 개쉬 부인."

"슈거 쿠키도 먹어봐라. 제이미랑 내가 직접 만들었어."

제이미는 한숨을 쉬더니 나와 개쉬 부인을 따라 침실에서 나와 아래층으로 내려갔다. 우리는 크리스마스트리 근처에 차려진 음료 테이블로 어슬렁어슬렁 다가갔다. 제이미는 무늬가 새겨진 크리스털 그릇에 담긴 펀치를 두 잔 떠서 내게 하나를 건넸다. "아까 일은 미안해."

나는 어깨를 으쓱였다. "성운 보여줘서 고마워."

개쉬 부인은 다시 파티의 안주인 역할로 돌아갔고, 아무도 우리에게 눈길을 주지 않는 듯했다. 벽난로 옆에서 두 여자와 이야기하는 엄마가 보였다. 엄마는 재미있는 이야기를 하는 중이었고, 결정적인 대목에 이르자 두 여자는 머리를 뒤로 젖히고 깔깔 웃었다.

"가자!" 제이미가 잔을 들지 않은 내 손을 잡더니 복도로 끌고 갔다. 파티장의 소음이 멀어졌다. 나는 펀치를 카펫에 흘리지 않으려고 서둘러 마셨다.

"어디 가는 거야?"

"요 밑에 너한테 보여주고 싶은 게 또 있어."

빈방 옆에 지하실로 내려가는 문이 있었다. 지하실은 춥고 페인트와 곰팡이, 좀약 냄새가 났다. 조명이라고는 마감하지 않은 기둥 두 개가 열십자로 교차하는 천장에 매달린 알전구뿐이었다. 계단 발치에는 세탁기와 건조기가 있고, 나머지 공간은 낡은 가구와 마분지 상자 무더기로 가득 차 있었다. 콘크리트 바닥은 세탁기 앞에만 길쭉한 회색 카펫이 깔려 있을 뿐 맨바닥이었다. "왜 날 여기로 데려온 거야? 위층이 더 좋은데." 내가 말했다.

제이미는 들고 있던 잔을 건조기에 내려놓았다. "보여줘."

"뭘?"

제이미는 청바지의 벨트 고리를 만지작거리며 우리 발 사이의 바닥을 바라보았다. "알잖아."

'요 밑에 나한테 보여주고 싶은 게 있다는 게 그런 뜻이었나? 내가 눈치를 챘어야 했는데.' "싫어. 너 먼저 해." 내가 말했다.

제이미는 지퍼를 내리더니 청바지를 발목까지 내렸다. 그 애의 팬티에는 혜성과 로켓이 그려져 있었다. 제이미는 양 엄지를 허리춤에 넣어 팬티를 내렸다가 얼른 다시 올렸다.

어찌나 빨리 올렸는지 나는 아무것도 보지 못했다. "이제 네 차례야."

나는 고개를 저었다.

"보여준다고 했잖아."

"그런 말 한 적 없는데."

제이미는 1분 30초 전을 회상하는 듯하더니 내 말이 맞는다는 걸 깨닫고 얼굴을 찡그렸다. "바보가 된 기분이네."

"그러지 마."

"내가 잘못 생각했다. 널 여기 데려오는 게 아니었어."

나는 계단 쪽으로 한 발짝 내디뎠다. "괜찮아. 이제 올라가자."

"그럼 다른 거 하게 해줄래?"

"뭐?"

제이미가 뭐라고 중얼거렸다.

"뭐라고?"

"너한테…… 키스해도 돼?"

허락해서는 안 된다는 걸 알았지만 난 이미 제이미의 마음을 한 번 상하게 했다. '한 번 더 마음 상하게 해. 그게 제이미에게 호의를 베푸는 거야. 여길 나가, 얼른.'

하지만 제이미는 한 발짝 더 다가왔고, 나는 달아나지 않았다. 내 안에서 무언가가 고장 났다. 몸속 깊은 곳에서 공포심이 우르릉거렸다. '나가, 나가, 나가, 지금 당장. 저 애가 조

금 더 다가오면 그때는 멈추지 못할 거야.'

머리 위에서 알전구가 지직거렸고, 차가운 외풍에 알전구가 매달린 줄이 좌우로 부드럽게 흔들렸다. 순간적으로 첫 키스를 받는 평범한 소녀가 된 착각에 빠졌다.

'여기서 나가. 지금. 당장…….'

나는 제이미의 목에 입술을 바싹대고 그 애의 냄새를 들이마셨다. 제이미의 입에서는 칵테일 소스와 입 안 깊숙한 곳에서 썩어가는 새우 파편 냄새가 났다. 나는 뒤로 물러나 제이미를 바라보았다. 제이미는 눈을 감은 채 내가 자기한테 무슨 짓을 하든 너무 행복할 거라는 듯이 미소 짓고 있었다. '이건 네가 전혀 생각지도 못한 일일 거야. 하지만 이젠 너무 늦었어.' 나는 생각했다.

일이 끝나자 나는 건조기 앞에 깔린 카펫에 털썩 주저앉았다. 몸이 어찌나 떨리는지 건조기가 돌아가는 듯이 덜컹거릴 정도였다. 위층에서는 여기서 나는 소리가 전혀 들리지 않았을 것이다. 거실 스피커에서 두 여자가 부드럽게 노래했다. "*몸조심해요. 당신은 내 사아아아아아람이니까…….*"

나는 잠시 그대로 앉아서 제이미의 망원경과 추바카 베갯잇과 서랍장 위에 있던 루빅스 큐브를 생각했다. 제이미의 부모는 그 애의 방에 있던 물건들을 그대로 둘까? 왜 제이미는 날 가만두지 않았을까?

세탁기 옆에 구겨진 비닐봉지를 발견하고, 전부 거기에 밀어 넣었다. 제이미의 청바지와 빨간색 버튼다운 셔츠, '지구에 떨어진 사나이' 팬티와 내가 먹을 수 없었던 부위들도. 갈색 뿔테 안경만 내가 가져가기로 했다. 그러고는 거미줄이 쳐진 건조기 뒤쪽으로 손을 넣어 호스가 메마른 벽과 만나 생긴 틈에 비닐봉지를 밀어 넣었다. 피가 묻은 카펫은 지하실의 가장 어두운 구석으로 밀어놓았다. 결국에는 누군가 이 모든 걸 다 찾아내리라. '미안해요. 정말 미안해요.'

나는 다용도 싱크대로 가서 세수하고 바지와 터틀넥 스웨터를 벗은 뒤 빨아서 꼭 짰다. 속옷에도 피가 묻었지만 아무도 보지 못할 테니 상관없다. 집에 가서 빨면 된다.

아니다. 집에는 못 간다. 그럴 시간이 없을 것이다.

입을 헹구고 건조기에 등을 기댄 채 콘크리트 바닥에 앉아 옷이 마르기를 기다렸다. 위층에서 소리가 날 때마다 깜짝 놀랐고, 누군가 지하실로 내려와서 날 찾아낼까 두려웠다.

엄마. 엄마에게 말해야 한다.

셔츠와 바지를 입고 계단을 오르기 시작했다. 꼭대기까지 영영 도달하지 못할 것만 같았다. 엄마가 팔에 우리 코트를 걸친 채 빈방에서 나오고 있었다. 나는 지하실로 내려가는 문을 얼른 닫고 옆으로 한 발짝 물러섰다.

"매린! 이제 집에 갈 거야. 네 코트 가져왔다." 엄마는 내게 코트를 건넸고, 나는 코트를 입었다. 엄마가 나직이 물었다. "어디 갔었니?"

"화장실에."

"엄마한테 거짓말하면 안 되는 거 알지? 지하실에는 왜 간 거야?"

내가 비참한 정적 속에 우두커니 서 있는 동안 다른 방에서 제이미의 이름을 불러대는 개쉬 부인의 목소리가 들렸다. 옆에 있던 엄마의 몸이 굳어지는 게 느껴졌다. 잠시 뒤에 부인이 현관으로 나왔다. "얘가 어딜 간 거지?"

"방에 없어?" 개쉬 씨가 물었다. 그는 현관문 옆에 서서 다시 추운 바깥으로 나가려는 손님들과 악수하고 있었다. 윤기 흐르는 검은 콧수염 밑에서 그의 하얀 이가 반짝거렸다.

"당연히 없으니까 이러죠."

"지붕도 살펴봐." 개쉬 씨가 어깨 너머로 껄껄 웃더니 고개를 돌려 엄마의 손을 잡았다. "오늘 와줘서 정말 기뻐요, 저널." 그러고는 내게 고개를 까닥이며 "만나서 반가웠다, 매런"이라고 말하더니 다시 엄마를 돌아보며 나직이 말했다. "월요일 아침에 출근하는 대로 이야기합시다. 기대하고 있을게요."

개쉬 부인은 2층으로 올라가는 계단 발치로 갔다. "제이미! 제이미, 어디 있니?"

"저도요." 엄마가 기어드는 목소리로 말하고는 나를 힐끗 내려다보았다. 나는 엄마가 공포와 두려움을 내색하지 않으려고 안간힘을 쓴다는 걸 알 수 있었다. 이런 일이 있을 때마다 엄마는 그런 감정을 숨기는 데 조금씩 더 능숙해졌다. '네가 하지 않았지? 제발 네가 한 짓이 아니라고 말해.'

개쉬 부인은 우리를 돌아보았다. "너 아까 제이미랑 놀고 있지 않았니, 매런?"

나는 어깨를 으쓱이고는 부인의 신발만 바라보았다. 내가 어떻게 부인의 얼굴을 볼 수 있겠는가? 내가 울먹거리다 막 눈물을 흘리려는 찰나, 다행히 부인이 날 구해주었다.

"가여워라! 우리 애가 매런한테 이상한 소리를 했나 봐요, 저넬. 제이미는 착하기는 한데 다른 아이들을 소외시키는 경향이 있어요. 이해할지 모르겠지만 너무 똑똑해서 탈이죠. 별일 아닐 거예요. 내가 장담해요."

엄마는 개쉬 부인이 하는 말을 듣고 있지 않았고, 이제 부인은 다른 사람에게 작별 인사를 했다. 엄마는 내가 숨을 헉 들이쉴 정도로 내 손을 꽉 잡고는 현관문을 향해 뒤로 한발 물러섰다. 엄마의 머리는 바쁘게 돌아가고 있었다. 실망스러운 일 목록에 새로운 사건을 하나 더 추가하면서 한편으로는 짐을 싸서 여길 떠나는 데 얼마나 걸릴지 계산하고 있는 것이다. 돌아오는 월요일에 승진 이야기는 없을 것이다. 엄마는 이 사람들을 다시는 못 볼 것이다. 엄마의 분노가 팔을 타고 내려와 날 붙잡은 손을 통해 나한테까지 전해졌다.

개쉬 부인은 가슴 위에서 팔짱을 꼭 끼며 어깨 너머로 돌아보았다. "제이미는 아마 망원경을 들고 뒤뜰로 나갔을 거예요. 가서 찾아봐야겠어요."

"멋진 파티 열어주셔서 감사해요." 엄마가 웅얼거렸다.

개쉬 부인은 벌써 복도를 따라 뒷문 쪽으로 가고 있었다. "와줘서 고마워요. 운전 조심하세요." 엄마가 현관문 손잡이를 돌리고 날 밖으로 끌고 나가는 동안 개쉬 부인이 외쳤다. 나는 내가 한 일을 되돌릴 수 있기를 간절히 바랐다. 개쉬 부인이 뒤뜰에서 타이어 그네에 앉아 있는 아들을 발견할 수 있다면 얼마나 좋을까? 내가 팬티를 내려서 보여주지 않았다는 이유로 뿌루퉁해 있는 제이미를.

우리는 집으로 돌아갔다. 우리가 탄 차는 계속 제한 속도보다 시속 16킬로미터나 빠르게 달렸다. 내가 주머니에서 제이미의 안경을 꺼내 만지작거리자 엄마가 날 힐끗 바라보았다. 엄마는 아무 말도 하지 않았다. 파티에 가기 전에 숙제를 다 끝내두었지만 그 숙제는 영영 제출하지 못했다.

그날 밤에 나는 세상에 두 가지 허기가 있다는 걸 배웠다. 첫 번째 허기는 치즈버거와 초콜릿 우유로 채울 수 있지만 두 번째 허기는 내 안에서 때를 기다린다. 몇 달, 심지어는 몇 년이고 미룰 수 있어도 언젠가 난 거기에 굴복할 것이다. 마치 내 안에 거대한 구멍이 있고, 일단 그 구멍이 어떤 사람의 형태를 갖추면 오로지 그 사람만이 구멍을 채울 수 있는 듯했다.

3

나는 도저히 식당에 우두커니 서서 바보처럼 자리가 나기를 기다릴 수 없었다. 그리하여 얼굴이 달아오른 채 황급히 밖으로 나가 계속 걸었다.

몇 블록을 지났더니 슈퍼마켓이 나왔다. 배낭을 메고 있어서 약간 걱정되었지만* 그래도 안으로 들어갔다. 농산물 코너를 가로지르며 사과를 하나 집어 들었다가 한 바퀴 돌아 다시 내려놓았다. 모퉁이를 돌아 통조림이 진열된 선반으로 갔더니 한 노부인이 반질거리는 흰색 리놀륨 바닥에서 데굴데굴 굴러가는 통조림을 잡으려고 서둘러 따라가고 있었다. 나는 통조림을 집어 노부인에게 건넸다.

노부인은 양 끝이 치켜 올라간 연분홍색 뿔테 돋보기 너

---

* 미국에서는 총기 소지와 도둑질 때문에 배낭을 멘 사람은 슈퍼마켓 출입을 금지하는 경우가 있다

머로 날 보며 환히 웃었다. 옷깃에 붉은 실크 장미가 달린 연녹색 재킷에 회색 트위드 스커트를 멋지게 차려입고 옥스퍼드 슈즈까지 갖춰서 신었다. 마치 슈퍼마켓에 가는 게 중요한 외출이라도 된다는 듯이. "정말 고맙구나." 노부인은 내게 다시 통조림을 건네며 말했다. "여기 뭐라고 적혔는지 읽어주겠니? 이 돋보기는 쓸모가 없어. 새로 하나 맞춰야겠다."

"백포도 주스에 담긴 신선한 배." 내가 읽어주었다.

"잘됐다. 내가 찾던 거로구나." 노부인은 통조림을 카트에 담았다. "고맙다."

좋은 하루 보내시라는 말을 하려는 찰나에 그녀가 물었다. "넌 혼자 왔니?"

나는 고개를 끄덕였다.

"엄마 대신 장을 보러 온 거야? 착하기도 하지." 나는 뭐라고 대답해야 할지 몰랐고, 노부인은 그 순간 내게 부탁하기로 마음먹은 듯했다. "사실 난 장 본 물건들을 집까지 나르는 데 도와줄 사람이 필요하단다. 내가 운전을 못 해서 버스를 타고 가야 하거든. 넌 운전하니?"

나는 고개를 저었다.

"예전에는 남편이 늘 어디든 차로 데려다줬거든." 노부인이 말하는 동안 난 그녀의 카트를 들여다보았다. 자색 양파두 개, 강낭콩, 달걀 한 팩, 오렌지 주스, 버터밀크, 베이컨, 고양이 사료 통조림 네 개, 배 통조림 하나. "용돈을 벌어볼 생각 없니? 네 짐이 너무 많지 않고 너무 바쁘지 않다면 말이다." 노부인이 말했다.

설사 돈을 주지 않는다고 해도 도와드렸을 것이다. "도와드릴게요."

"그거 잘됐구나. 넌 이름이 뭐니?"

"매런이에요."

노부인의 손은 차가웠지만 힘이 넘쳤다. "매런! 정말 예쁜 이름이로구나. 난 리디아 하먼이란다."

하먼 부인이 계산을 마친 뒤에 우리는 슈퍼마켓에서 나와 버스 정류장으로 갔다. 어쩌면 하먼 부인이 내 조부모 집 근처에 살고 있을지도 모른다는 생각이 들었고, 나는 아니기를 바랐다. 하먼 부인은 정류장 벤치에 앉았다. 부인 옆에는 아이 엄마가 앉아 있었는데 아이들이 너무 많아서 아예 신경 쓰길 포기한 듯 보였다. 아이들이 웃고, 서로 몸을 부딪치고, 돌을 차는 동안 그녀는 그저 담배를 피우며 길바닥만 뚫어지게 바라보았다. 하먼 부인은 아이들이 그러거나 말거나 나를 보며 미소 짓고는 내게 배고프냐고 물었다.

버스가 오자 하먼 부인은 내 버스비까지 내주었다. 버스가 천천히 출발하는 동안 낡은 벽돌 건물이 눈에 들어왔다. 출입문 위 석판에 '에드거타운 공공 도서관'이라고 새겨져 있었다. 아홉 살이나 열 살쯤 되어 보이는 소년이 도서관에 들어가려는 어느 노부인을 위해 열린 문을 붙잡고 있었다.

다행히도 버스는 내 조부모의 집과 반대 방향으로 가는 듯했다. 한두 블록 지나자 보도에 있던 한 행인이 눈에 들어왔다. 소매를 걷어 올린 빨간색 체크무늬 셔츠를 입은 나이든 남자였는데—그래도 하면 부인보다는 젊었다—딱히 어디로 가는 것도 아니고 무언가를 바라보지도 않는 듯했다. 버스가 지나가자 그는 차창을 올려다보며 마치 누군가를 찾는 듯 승객들 얼굴을 훑어보았다. 그러다 나와 눈이 마주치자 나를 찾고 있었다는 듯이 미소 지었다. 그 순간 위쪽 절반이 비스듬하게 잘려 나간 그의 한쪽 귀가 눈에 들어왔다. 귀 때문에 남자는 길고양이 같아 보였다. 나는 자리에 앉은 채 몸을 돌려 그를 바라보았다. 남자는 희미하게 미소 지으며 날 계속 바라보더니 버스가 모퉁이를 돌자 손을 들었다.

"아는 사람이라도 봤니?" 하면 부인이 물었다.

"아뇨. 저는 모르는 사람인데 상대방은 절 아는 것 같아요."

"아, 재미있는 일이야."

10년 전이었다면 하면 부인의 집은 아름다웠을 테지만 지금은 덧문의 페인트가 살짝 벗겨졌고, 흰 나무 울타리의 널 사이로 잔디가 훌쩍 자라 있었다. 그래도 예쁘고 아담한 하얀 집이었다. 콘플라워 블루색의 테두리가 둘려 있고, 현관문은 기운 넘치는 빨간색이었다. 거실은 밝고 아늑했는데 유리문이 달린 장식장에 레코드판과 양장본 책들이 줄줄이 꽂혀 있었다. 그랜드 캐니언과 타지마할처럼 머나먼 관광지의 사진도 걸려 있고, 작은 테이블에는 진짜 해바라기가 꽂힌 유리 화병이 있었다. 벽난로 위에서 재깍거리는 소리가 나길래 돌아보니 시계가 있었다.

갈기가 달려서 꼭 새끼 백사자처럼 생긴 고양이 한 마리가 벽난로 앞에 놓인 푹신한 스툴에서 뛰어내리더니 카펫을 가로질러 부엌으로 당당하게 걸어갔다. 하면 부인은 현관문 옆 의자에 식료품이 든 봉지를 내려놓고 허리를 숙여 지나가는 고양이를 쓰다듬었다. "우리 야옹이 얌전히 있었어?" 그러더니 다시 봉지를 집어 들고 고양이를 따라 부엌으로 갔다. "녀석이 먹을 때가 됐다는 걸 아는 거야. 통조림이 땡그랑거리는 소리를 알아듣거든." 하면 부인은 웃으며 말을 이었다. "넌 뭘 먹고 싶니, 얘야? 달걀하고 베이컨이 있단다. 아마 해시브라운도 한두 개 있을 거야."

완벽했다. 정말 완벽했다. "다 맛있겠어요. 감사합니다, 하면 부인." 나는 안락의자 뒤에 배낭을 내려놓은 다음 슈퍼마켓에서 산 나머지 식료품을 들고 부인을 따라 부엌으로 갔다. 부엌은 평소 내가 상상했던, 사람답게 사는 집의 모습 그대로였다. 냉장고에는 웃는 아이들의 사진이 붙어 있고, 식탁에는 자리마다 무명으로 만든 퀼트 테이블 매트가 하나씩 놓여 있고, 창문에는 스테인드글라스 기법으로 만든 개구리, 돛단배, 네잎클로버 모양의 선캐처가 걸려 있었다. 전등 스위치 위에는 '이 집과 여기 사는 모든 이를 축복합니다'라고 적힌 배너를 든 천사가 그려져 있었다. 지금까지 우리 모녀는 집에 저런 물건을 둔 적이 없다. 공기에서는 시나몬 향이 났다.

수납장 몇 개를 열어보고 나니 슈퍼마켓에서 산 식료품을 어디에 넣어둬야 할지 알 수 있었다. 냉장고엔 혼자 사는 사람치고 음식이 꽉 차 있었다. 조리대에 밀가루와 설탕이 담긴 큰 유리병이 있는 것으로 보아 하먼 부인은 베이킹을 좋아하는 듯했다. 사과와 바나나가 담긴 그릇 옆, 투명하고 둥근 플라스틱 용기에는 케이크가 들어 있었다. 어떤 케이크인지는 알 수 없었지만.

하먼 부인은 재킷을 벗은 다음, 냉장고 옆 벽에 걸려 있던 빨간색 체크무늬 앞치마를 둘렀다. "자동 깡통 따개는 21세기의 가장 훌륭한 발명품이란다." 자동 깡통 따개로 고양이 사료 통조림을 따면서 부인이 말했다. "너도 나만큼 나이를 먹으면 왜 그런지 알게 될 거야."

야옹이(이게 정말로 고양이 이름일까? 그건 마치 나를 '여자아이'라고 부르는 것이나 마찬가지였다)가 꼬리를 휙휙 돌리며 창문 옆 바닥에 놓인 스테인리스스틸 그릇 앞에서 사료를 기다렸다. 하먼 부인은 통조림을 들고 가서 포크로 사료를 덜어주었다. "이젠 우리가 먹을 아침을 준비해야겠구나." 부인은 프라이팬을 꺼내더니 거실 소파를 가리키며 말했다. "넌 저기 편안히 앉아 있으렴, 매런. 마실 것 좀 줄까? 오렌지 주스 마실래?"

"네, 좋아요. 감사합니다." 나는 소파에 앉아 등받이에 걸
쳐둔 담요를 쓰다듬었다. 아프간뜨기로 뜬 담요로 푸른색과
빨간색 지그재그 무늬였다. 우린 집에 담요를 놓아둔 적이
없다. 추우면 그냥 침대에서 이불을 가져왔다. 우리에게 담
요는 테이블 매트나 선캐처처럼 불필요한 물건이었다.

하먼 부인이 아까 슈퍼마켓에서 산 오렌지 주스를 흔들어
딴 다음, 유리잔 두 개에 따르는 동안 나는 테이블에 놓인
사진들을 보았다. 결혼사진에 물감을 덧칠해서 부인의 볼은
솜사탕처럼 분홍색이었고, 그녀와 남편을 둘러싼 정원은 에
메랄드 도시처럼 은은하게 빛났다. 가끔씩 나이를 먹으면서
너무 변해 젊은 시절 얼굴을 알아볼 수 없는 경우가 있는데
하먼 부인은 그다지 다르지 않았다. 두 사람은 영화배우라고
해도 될 정도로 선남선녀였다. 갈색 사진틀 맨 밑에는 금색
글씨로 이렇게 적혀 있었다.

더글러스 하먼 부부
1933년 6월 2일

"할아버지가 정말 미남이시네요." 주스 잔을 건네는 하먼
부인에게 내가 말했다.

"고맙구나, 얘야. 우린 52년이나 함께 살았어." 부인이 한

숨을 쉬었다. "그리운 두기. 나도 곧 남편 곁으로 갈 거야."

"어머, 그런 말씀 마세요." 내 입에서 자동으로 그 말이 튀어나왔다.

부인은 어깨를 으쓱이더니 다시 부엌으로 들어가 가스레인지를 켜고 프라이팬에 큼지막한 버터 한 덩어리를 넣었다. "내 나이가 짐작이 가니, 매런?"

"전 사람들 나이를 맞추는 데 소질이 없어요."

"나이를 먹을수록 잘 맞추게 될 거다. 난 여든여덟하고도 반이나 먹었단다."

부인은 나이보다 어려 보였다. "제가 여든여덟하고도 반이 됐을 때 부인처럼 될 수 있다면 좋겠네요."

"어머나, 고맙구나, 얘야! 그보다 더한 칭찬은 없을 거다." 하면 부인이 냉동 해시브라운과 베이컨을 요리하는 동안 나는 거실을 둘러보았다. 우리는 편안한 정적 속으로 빠져들었다. 벽난로에 놓인 시계의 재깍거리는 소리가 날 위로해 주었다. "거슬리지 않지?" 하면 부인이 물었다.

"뭐가요?"

"시계 소리 말이다. 우리 조카는 시계 소리가 너무 커서 생각을 못 하겠다고 하더구나." 하면 부인은 한 손으로 허리를 짚은 채 해시브라운과 베이컨을 빈 접시에 담고 달걀 요리를 시작했다. "하지만 난 저 소리를 들으면 안심이 돼. 어쨌든 이 세상에서 확실한 건 시간이 흐르고 있다는 사실뿐이잖니." 하면 부인은 빵 두 쪽을 토스터에 굽고, 달걀을 접시에 담았다.

이제까지 내가 먹었던 아침 식사 중에서 최고로 맛있었다. 따뜻한 식사로—따뜻하고 정성이 담긴 식사—배가 든든해지면 절망감이 조금은 사라진다. 하면 부인과 함께 있으니 더욱 그랬다. 부인과 함께 있으면 잠시라도 내게 더는 돌아갈 집이 없다는 사실을 잊을 수 있었다. 하면 부인은 오렌지 주스를 홀짝거리며 날 향해 미소 지었고, 그 순간 나는 깨달았다. 부인은 날 믿고 있었다.

나는 싱크대로 접시를 가져간 다음 프라이팬과 함께 설거지했다. 하면 부인은 고맙다고 중얼거리며 소파에 눕더니 푸른색과 빨간색 무늬의 아프간뜨기 담요를 끌어당겨 덮었다. 흰 고양이가 폴짝 뛰어올라 부인의 배에 자리 잡았다. "아, 야옹아." 부인은 그렇게 말하며 야옹이의 귀 뒤를 문질러주었다.

나는 현관문 옆 안락의자에 앉았다. 옆 테이블에 털실 뭉치가 가득 담긴 흰 광주리가 놓여 있었다. 라즈베리, 복숭아, 연한 하늘색 같은 파스텔톤 털실이었다. "너도 뜨개질하니?" 하면 부인이 물었고 나는 고개를 저었다. "털실이 잔뜩 있는데 죽기 전에 다 못 쓸 것 같구나. 요즘에는 뜨개질을 많이 못 한단다. 관절염 때문에."

"저한테 가르쳐주세요. 손이 너무 많이 아프지 않으시다면요."뜨개질을 배우고 싶다고 생각한 적은 한 번도 없었는데 지금은 너무나 배우고 싶었다. 내 몸을 숨길 수 있는 스웨터를 뜨고 싶었다.

"그거 좋구나, 얘야. 우선 잠깐 쉬었다가." 나는 마음속으로 죽음의 신이 입고 다니는 후드 달린 망토를 이미 뜨고 있었다. 아무도 내 얼굴을 볼 수 없도록 그 망토를 입고 다닐 것이다.

"너도 피곤해 보이는구나, 매런. 저쪽에 빈방이 있는데 가서 낮잠 좀 자지 그러니?" '빈방'이라는 단어를 들을 때마다 나니아가 생각났다. *머나먼 나라 '비인바앙', 여름이 영원히 계속되는 화창한 도시 '욘짜앙'에서 온 이브의 딸….* *

"우리 집에 손님이 온 지 정말 오래됐구나." 하먼 부인이 말했다. "빈방은 최대한 손님이 자주 써주는 게 좋지. 안 그러니? 부엌을 지나 오른쪽 첫 번째 방이란다. 네가 낮잠을 자고 일어나면 우리 함께 차와 케이크를 먹자꾸나. 내가 어제 당근 케이크를 구웠거든. 뜨개질하는 법도 가르쳐주마. 네가 집에 갈 때는 봉지에 털실도 담아서 줄 거야. 좋지?"

버려진 캐딜락에서 밤을 보낸 터라 이 제안은 꿈만 같았다.

---

* C. S 루이스의 《나니아 연대기》 중 〈사자와 마녀와 옷장〉의 한 구절. 빈방의 옷장을 통해 나니아로 건너간 인간 여자아이 루시를 처음 만난 톰누스 씨는 '빈방'과 '옷장'을 가상의 제국과 도시 이름처럼 들리도록 '비인바앙'과 '욘짜앙'으로 발음한다

부인의 눈꺼풀이 점점 내려왔다. "푹 쉬거라, 매런."

"쉬세요, 부인."

갑자기 어떤 생각이 떠올랐는지 부인이 눈을 번쩍 떴다. "이런! 너 엄마한테 전화해야 하지 않니?"

나는 고개를 저었다. "엄마는 제가 한참 뒤에야 돌아올 거라고 알고 계세요." 부인에게 거짓말하는 게 싫었지만 나는 그 말이 사실이기를 바라고 있었으므로 완전 새빨간 거짓말은 아닐 것이다.

"그렇구나. 다행이다." 하면 부인은 눈을 감았다. 나는 복도로 가서 오른쪽 방문을 열었다. 내가 지금껏 본 중에서 가장 멋진 침대가 있었다. 진갈색 마호가니로 만든 머리판에 웃는 천사들이 새겨져 있고, 노란색과 푸른색으로 이뤄진 바람개비 무늬 퀼트 이불이 덮여 있었다. 전반적으로 너무 낡고 독특했으며 이런 평범한 가정집에서 사용하기에는 너무 화려한 침대였다. 문 반대쪽 벽에는 거울 달린 서랍장이 있었고, 구석에는 빨간 벨벳 쿠션이 놓인 의자가 있었다. 세상에서 가장 멋진 비인바앙이었다.

머리맡 테이블에는 오래된 조각이 있었는데 양 날개를 활짝 편 스핑크스 청동상이었다. 나는 스핑크스를 집어 들었고―예상보다 훨씬 묵직했고 바닥에는 부드러운 에메랄드 그린색 펠트 천이 덧대어져 있었다―거기 새긴 글을 보고서야 이게 트로피라는 걸 깨달았다.

인간 의식의 본질에 관해 탁월한 글을 쓴 더글러스 하먼에게 크나큰 존경과 흠모의 마음으로 루크레티안 상을 수여하는 바이다.

－ 1930년 6월, 펜실베이니아 대학 고전사회학과

진짜 상이었다. 반 아이들이 소프트볼 대회에서 이겼을 때 받아 오는 싼티 나는 잡동사니가 아니었다. 손끝으로 스핑크스를, 그 발과 날개, 당당하면서도 쌀쌀맞은 얼굴을 훑어내렸다. 이걸 보니 노력해서 무언가를 얻고 싶었다. 죽을 때까지 손에 꽉 쥘 수 있는 아름다운 무언가를 내 힘으로 얻어내고 싶다는 마음이 들었다.

트로피를 다시 테이블에 내려놓고 이불을 젖혔다. 더러운 양말을 벗고 눈처럼 새하얀 시트와 이불 사이로 들어갔다. 볼에 닿는 베개가 서늘했다. 왜 세제 냄새가 그토록 위안이 되는지 이제야 이해가 됐다. 누군가가 아직 시트를 빠는 수고를 마다하지 않는다면 상황이 아주 절망적이진 않은 것이다.

잠에서 깬 나는 고양이처럼 몸을 쭉 늘렸다. 집 안은 조용했다. 나는 거실로 가서 소파 옆에 무릎을 꿇었다. "하먼 부인?" 왜 내가 부인을 계속 불렀는지 모르겠다. 부인의 손을 만진 순간, 부인이 죽었다는 걸 알 수 있었다.

나는 죽은 사람을 본 적이 없다. 그러니까 사람을 먹기는 했어도 엄밀히 말해서 죽은 사람은 본 적이 없다. 부인의 손과 닿은 내 손가락을 통해 이상한 감정이 올라와 팔을 타고 몸 전체로 퍼졌다. 소파 옆에 무릎을 꿇고 있는데도 바닥이 꺼지는 듯했다.

나는 몸을 부르르 떨고 자리에서 일어났다. 흰 고양이는 마치 아무것도 변하지 않았다는 듯이 벽난로 옆 푹신한 스툴에 몸을 말고 누워 있었다. 그러더니 고개를 들어 날 바라보고는 눈을 감고 앞발에 대고 얼굴 옆쪽을 문질렀다. 마치 '뭐 어쩌라고?' 말하듯이.

이제 너한테 밥 줄 사람이 없다는 뜻이다, 이 녀석아. 나는 다시 소파로 돌아가 하먼 부인이 덮고 있던 담요를 턱 밑까지 끌어 올려 다시 잘 덮어주었다. 그렇게 하면 그녀의 몸이 따뜻해질 거라는 듯이. 뜨개질 바구니가 다시 눈에 들어오자 털실 두 뭉치와 나무 바늘 두 개를 집어 내 배낭 속에 넣었다. "감사합니다, 부인."

그런 다음 아담하고 정갈한 집을 방마다 돌아다니며 오래된 사진들을 보고, 부인이 직접 만든 물건들을 보는 둥 마는 둥 하며 손으로 만지고 다녔다. 만찬실의 대형 식탁 중앙에 깔아놓은 기다란 레이스 매트라든가 마치 사람 어깨에 걸쳐 놓듯이 의자 등받이에 걸쳐둔, 진주 단추가 달린 카디건, 침실 조명 스위치 위에 걸어둔 자수로 새긴 잠언 구절—즐거운 마음은 명약과 같다—등등. 나는 다시 비인바앙으로 돌아가 침대에 누웠다. 달리 뭘 해야 할지 몰라서였다. 하먼 부인을 저렇게 내버려 뒤서는 안 되지만 그렇다고 누구에게 전화해야 할지도 알 수 없었다. 설사 알고 있다 해도 내가 여기 있다는 사실을 어떻게 설명해야 할지 몰랐다. 상대는 틀림없이 내가 무언가 잘못했다고 생각할 것이다.

나는 잠시 아무 일도 일어나지 않은 척하며 다시 자기로 했다. 달리 뭘 해야 할지 알 수 없었다.

케이크도, 뜨개질을 배울 기회도 사라졌고, 이제 세상에 나를 믿어주는 사람은 남아 있지 않았다.

집 저편에서 들리는 소리에 나는 두 번째로 잠에서 깼다. 틀림없이 초저녁일 것이다. 침대에 누운 채 귀를 쫑긋 세웠더니 몇 초 뒤에 다시 소리가 들렸다. 집 안에 누군가 있었다. 살아 있는 사람이.

방문을 열자 복도를 따라 그 냄새가 풍겼다. 이미 위장에서 소화된 시큼한 음식물 냄새였다. 피 냄새도 났는데 내가 아는 냄새와 달랐다. 아마 죽은 사람의 피는 맛이나 냄새가 산 사람과 다를 것이다.

어두운 복도 너머로 거실 소파 앞에 무릎을 꿇고 있는 형체가 보였다. 버스에서 봤던 남자였다. 반이 잘린 그의 귀가 보였다. 그의 머리는 하면 부인의 배 속 깊이 파묻혀 있었다. 카펫에는 부인의 찢어진 블라우스가 떨어져 있었고, 판자처럼 뻣뻣한 부인의 한쪽 팔은 그녀에게 얼굴을 처박은 남자의 등을 가로질러 놓여 있었다. 하면 부인의 머리는 사라지고 없었지만 소파 팔걸이에 부인의 은발이 수북하게 걸쳐져 있었다.

입을 벌렸지만 비명은 나오지 않았다. 내게 너무도 익숙한 장면인데 어떻게 비명을 지르겠는가.

남자는 내가 있다는 걸 아는 기미가 전혀 없었고, 조금도 동요하지 않는 듯했다. 그의 얼굴은 보이지 않았지만 미안한 표정이 아닌 건 확실했다. 남자는 우적우적 씹어서 차분히 삼켰다. 심지어 매우 체계적으로 먹었다. '내가 사람을 먹을 때도 저런 모습일까? 저렇게 소름 끼치는 소리가 날까?'

하면 부인의 배를 다 먹고 나자 남자는 손을 뻗어 부인의 긴 자주색 손가락을 잡았다. 그러더니 오도독 소리가 나기 시작했다. 남자는 여전히 무릎을 꿇은 자세로 이번에는 몸을 숙여 하면 부인의 다리를 우적우적 씹어 먹었다. 보고 싶지 않았지만 눈을 뗄 수가 없었다.

다 먹고 나자 남자는 허리를 세우고는 리히터 지진계가 움직일 정도로 요란하게 트림하더니 "실례"라고 중얼거리고는 바지 뒷주머니에서 지저분한 노란색 손수건을 꺼내 입가를 닦았다. "넌 걱정할 거 없다." 그가 다시 손수건을 주머니에 넣으며 말했다. "난 절대 산 사람은 먹지 않아." 남자는 날 돌아본 적이 없었는데도 어찌 된 영문인지 내가 여기 있다는 걸 알고 있었다.

남자는 주변에 떨어진 하먼 부인의 찢어진 옷을 집어서 아까 나와 부인이 슈퍼마켓에서 가져온 종이 봉지에 넣었다. 부인이 신었던 갈색 가죽 구두는 가지런히 놓인 채 다음 외출을 기다리고 있었다. 그런 날이 또 올 거라는 듯이. 남자는 날 힐끗 보더니 구두를 집어 들어 현관 입구에 쳐진 꽃무늬 먼지막이 비닐 커튼 뒤로 밀어 넣었다.

마침내 입을 열었을 때 내 목소리는 다른 사람 같았다. "나만 그런 줄 알았어요."

남자는 어깨를 으쓱였다. "다들 그렇게 생각하지." 그러더니 소파에 헝클어져 있던 아프간뜨기 담요 속에서 무언가를 꺼내 손안에서 짤그랑거렸다. 하먼 부인의 장신구들로 손에 꼈던 여러 개의 반지와 크림색과 분홍색으로 된 에나멜 로켓*이 달린 목걸이가 얽혀 있었다. 남자는 장신구를 들고 있던 지저분한 손을 오므린 채 무릎을 우두둑거리며 자리에서 일어나더니 소파 옆 안락의자에 앉았다. 그러고는 장신구를 그대로 셔츠 주머니에 넣으려는 듯하다가 마음을 바꿔먹었다.

"받아라." 남자가 그렇게 말하며 몸을 앞으로 내밀었고, 나는 팔을 뻗어 장신구를 받았다. 남자는 셔츠 주머니에서 광택이 사라진 은색 플라스크**를 꺼내 입으로 가져갔다. 남자

---

* 사진이나 기념품, 머리카락 따위를 넣어 목걸이에 다는 작은 갑
** 술을 담아 가지고 다니는 휴대용 금속 용기

가 술을 꿀꺽꿀꺽 마시는 동안 그의 울대뼈가 오르락내리락했다. '하면 부인을 내려보내는 거야.' 나는 겨우 한 시간 동안 부인과 이야기를 나눴을 뿐이지만 그 순간에는 평생 알고 지낸 사람처럼 부인이 그리웠다.

나는 장신구를 벽난로 위에 내려놓고 얽힌 매듭을 풀어서 하면 부인이 남편을 기억하려고 놓아둔 옛 사진들 앞에 반지와 목걸이를 하나씩 놓아두었다. 초점을 흐릿하게 해서 찍은 사진 속의 잘생긴 더글러스 하면이 내게는 과분한 자애로운 눈빛으로 날 바라보았다.

"애야, 이제는 우리가 자기소개를 해야 할 때가 됐구나. 난 설리번이라고 한다." 남자는 의자에서 일어나 손을 내밀었다. 숱이 많고 희끗희끗한 눈썹에 눈동자는 연푸른색이었다. "줄여서 설리라고 부르지."

내가 악수를 거부하기도 전에 그는 자신의 손을 내려다보더니—손가락이 붉게 물들어 있었다. 특히 손톱 주위가—마음을 바꾸었다. 그러고는 부엌으로 가서 싱크대 수도꼭지에 대고 손을 씻으며 어깨 너머로 날 힐끗 보았다. "넌 이름도 없냐?"

남자는 내가 들어본 적이 없는 억양과 말투로 말했다. 틀림없이 남부에서 왔을 것이다. 그것도 웨스트버지니아주 같은 시골에서. "전 매런이에요."

"예쁜 이름이구나. 처음 들어본다만." 설리번은 접시 닦는 행주에 손을 닦았다. 그의 손가락은 내 기준으로는 여전히 깨끗하지 않았다. 그래도 나처럼 리스테린으로 입을 헹구기보다는 설리번처럼 위스키를 마시는 편이 훨씬 더 효과적일 것이다.

"어떻게 알았어요?" 내가 물었다.

남자는 하얗게 센 눈썹을 치켜세웠다. "네가 그런 애라는 걸 어떻게 알았냐고?" 나는 고개를 끄덕였다. 그는 뭐라고 대답할지 생각하는 듯이 잠시 뜸을 들이다가 말했다. "그냥 알았다."

"오늘 아침에…… 버스에 탄 날 봤잖아요……. 날 보고 그냥 알았다고요? 그냥 보기만 했는데요?"

"네가 바로 그 애라는 걸 알았지."

"아까 '다들 그래'라고 했잖아요. 그럼 우리 말고도 또 있어요?"

"왜? 무슨 모임이라도 있을까 봐?" 남자는 껄껄 웃으며 식탁 의자를 잡아 빼더니 거기에 앉았다. 몇 시간 전에 하먼 부인이 달걀 요리와 베이컨을 먹었던 자리였다. "목요일 밤마다 모여서 포커 게임이라도 할 거 같냐?" 남자는 다시 웃었다. 유쾌하고 호탕한 웃음이었다. 눈을 감으면 진을 꿀꺽꿀꺽 마시고, 줄담배를 피우는 산타클로스가 떠올랐다. 다만 설리는 셔츠 밖으로 뼈가 돌출될 정도로 깡말랐다. "넌 혼자고 앞으로도 늘 그럴 거야. 그래야만 하고. 알겠니?"

나는 부엌 문간에 몸을 기댄 채 팔짱을 꼈다. "그건 자기 암시 같은데요?"

"꼬마 아가씨, 넌 앞으로 많이 배워야겠구나. 넌 많은 사람에게 위험한 존재지만 그렇다고 해서 세상에 널 해칠 수 있는 사람이 없다는 뜻은 아니야. 너와 같은 부류를 가까이하지 마라. 네 얼굴을 잃고 싶지 않다면 말이다."

"아저씨는요?"

"내가 뭐?"

"방금 한 말대로라면 난 아저씨도 멀리해야 하잖아요."

"아, 하지만 너랑 난 먹는 대상이 다르잖니. 난 죽은 사람만 먹지만 넌 살아 있고, 난 19세기 이후로는 십대였던 적이 없어. 그러니까 우리가 함께 밥 한 끼는 먹을 수 있지. 알겠니?"

밥 이야기가 나오자 배가 꼬르륵거렸지만 그가 한 말에 나는 멈칫했다. "어떻게 아셨어요? 내가…… 내가 내 또래를 먹는다는 걸……?"

"네 나이에 달리 누굴 먹겠니?" 설리는 껄껄 웃었고 나는 미소 지었다.

"아저씨는 진짜 그렇게 나이가 많아요?"

설리는 혀를 쯧쯧 찼다. "산전수전 다 겪었지만 백 살이 되려면 아직 멀었다."

"우리 같은 사람들을 많이 만났나요?"

"간간이." 그가 어깨를 으쓱였다. "하지만 아까 말했듯이 친하게 지내지 않는 게 좋아."

설리는 귀뿐 아니라 왼손 검지도 거의 없었다. 그는 약혼반지를 자랑하는 젊은 여자처럼 손가락을 흔들어 보였다. "술집에서 싸우다 잘렸지. 그 새끼가 아주 깨끗하게 물어뜯었어. 다시 붙일 수도 없게 삼켜버리더구나." 설리는 자리에서 일어나더니 서랍장을 여기저기 열어보고는 프라이팬을 꺼냈다. "배고프니? 저녁을 만들어야겠다."

"아직도 배가 고프세요?"

"난 늘 배가 고파." 설리는 조리대에 놓인 그릇에서 양파와 감자를 잔뜩 집어 들어 도마에 내려놓았다. "너도 여기 와서 좀 거들어라. 호보 캐서롤 만드는 법을 보여주마."

나는 칼을 집어 들고 양파를 반으로 잘랐다. "호보hobo 캐서롤에는 뭐가 들어가요?" 묻지 않을 수 없었다. "진짜로 떠돌이*가 들어가는 거예요?"

설리는 고개를 젖히고 껄껄 웃으며 자기 무릎을 찰싹 때렸다. "아냐, 아냐. 그냥 있는 대로 넣으면 된다." 그러더니 냉장고를 열고 야채 칸을 뒤졌다. "냉장고에 다진 고기가 있는지 보자……. 여기 있구나! 당근도 있고." 설리는 오븐을 켜더니—어깨 너머로 날 돌아보며 "섭씨 200도에 맞추는 거야"라고 말했다—맨손으로 포장지를 뜯어 고기를 꺼냈다. 그의

---

* hobo는 원래 떠돌이, 부랑자를 뜻한다

손톱은 여전히 핏빛이었다. 손톱 생각은 그만해야 했다.

설리는 부엌 여기저기를 뒤져 베이크드빈 통조림 두 개를 꺼냈고, 자동 깡통 따개를 만지작거려 통조림을 땄다. 고기와 채소를 익히는 동안 케이크가 들어 있는 플라스틱 용기로 곧장 다가가더니 뚜껑을 벗기고 몸을 내밀어 킁킁거렸다.

"음, 이건 무슨 케이크지?"

"당근 케이크일 거예요."

"프로스팅도 직접 만들었구나. 크림치즈야. 엄청 맛있겠어." 설리는 다시 뚜껑을 덮고 날 보았다. "그나저나 넌 그 할머니랑 뭘 한 거냐?"

"별거 안 했어요. 할머니가 슈퍼에서 산 식료품을 나르는 걸 도와달라고 부탁하셨고, 제게 아침을 만들어주셨어요."

"그런 다음에 피곤하다면서 너한테도 편히 쉬라고 했다는 거냐?"

왜 갑자기 죄책감이 드는지 알 수 없었다. 더군다나 설리가 무슨 짓을 했는지 내가 똑똑히 봤는데도. "제게 잘해주셨어요. 전 잘못한 거 없어요."

설리는 속을 알 수 없는 표정으로 날 보았다. "잘못했다고 한 적 없다." 그러더니 채소와 고기를 캐서롤 그릇에 담고 그 위에 채로 친 체더치즈를 뿌린 다음, 오븐에 넣었다.

벽난로 위의 시계가 여섯 번 울리자 설리는 거실로 가서 자기 배낭을 가져와 벽난로에 기대어놓더니 그 속에서 밧줄처럼 생긴 기다란 물건을 꺼냈다. 처음에는 정말로 밧줄인 줄 알았다. 하지만 그때 설리가 다시 배낭에서 하먼 부인이 뒤통수에 모아서 틀어 올렸던 풍성한 은색 올림머리를 꺼내더니 테이블 매트 위에서 경건한 자세로 올림머리를 길게 풀었다. 그제야 난 저 밧줄처럼 생긴 물건이 무엇으로 만들어졌는지 깨달았다. 그 안에는 온갖 머리카락이 다 들어 있었다. 빨간 머리, 갈색 머리, 검은 머리, 은발, 구불거리는 머리, 악성 곱슬머리, 매끈한 직모. 이렇게 기괴하면서 동시에 이렇게 아름다운 물건은 본 적이 없었다.

설리는 밧줄 끝을 무릎에 놓은 채 하먼 부인의 머리카락을 부드럽게 잡아당겨 두 개로, 다시 네 개로 똑같이 나누었다. "몇 년째 만들고 있지." 그렇게 나눈 머리카락을 땋아 내리며 설리가 날 올려다보았다. "그렇게 역겹다는 표정을 지으니 별로 안 예쁘구나. 네가 이 늙은이 설리에 대해 제일 먼저 알아둬야 할 게 있다. 너 좋으라고 내 방식을 바꿀 일은 없단다." 그는 어깨를 으쓱이며 덧붙였다. "게다가 잘 생각해 보면 꽤 시적인 일이기도 하고 말이야."

"어떤 면에서요?"

"이미 죽고 사라진 사람에게서 쓸모 있고 아름다운 물건을 만들어내잖니. 백 년 전만 해도 죽은 이의 머리카락으로 팔찌를 만들어 차고 다니곤 했다. 들어본 적 있니?"

난 고개를 저었다.

"과부는 죽을 때까지 남편의 머리카락으로 만든 팔찌를 차고 다녔지." 설리가 하면 부인의 땋아 내린 머리를 원래 밧줄과 다시 땋자 돌돌 말려 있던 밧줄이 움직였다. "아름다운 물건이야." 마치 혼잣말을 하듯 그가 다시 부드럽게 말했다. "망자를 추억하는 물건이기도 하고." 설리의 손은 거칠고 마디가 불거져 있었지만 머리카락을 땋아 내리는 손길은 능숙했다. "늘 손을 바쁘게 놀려야 해." 설리가 말했다. "'게으른 손은 나쁜 짓을 한다'고 어릴 때 주일 학교 전도사가 말하곤 했지. 어쨌든 어떤 늙은이들처럼 빌어먹을 체스 말만 깎고 또 깎는 것보단 나아."

"체스를 하는 사람이라면 그것도 나쁘지 않죠."

설리는 코웃음을 쳤다. "그걸로 뭘 하라고? 나를 상대로 체스라도 두게?"

잠시 나는 설리가 은색 밧줄을 이미 있던 밧줄과 합쳐서 다시 땋아 내리는 모습을 바라보았다. "다 땋으면 그걸 어쩌실 거예요?"

설리는 어깨를 으쓱였다. "끝이 있다고 누가 그래?"

"하지만 끝나지 않을 거라면 대체 그걸 왜 하죠?"

"사는 것도 마찬가지 아니냐? 그저 계속 살아갈 뿐 거기에는 아무 이유도 없지."

반박할 수 없었다. 갑자기 내 앞에 쭉 뻗어 있는 많은 날과 주와 달이 어제나 그제보다 더 암울하게 느껴졌다.

"자," 설리가 배낭에서 밧줄을 몇 미터 더 꺼내더니 내게 건넸다. "힘껏 당겨봐라. 장정 하나가 매달려도 될 정도로 튼튼하니까."

나는 머뭇거렸다. 밧줄을 만지는 게 끔찍이 싫기도 했고 혹시라도 끊어져서 설리가 화를 낼까 두렵기도 했다. "어서. 끊어지지 않아."

나는 양손으로 밧줄을 잡아당겼다. 설리의 말대로였다. 장담컨대 초등학교 체육 시간에 그랬듯이 저 밧줄이 천장에 매달려 있으면 저걸 타고 천장까지 오를 수 있을 것 같았다. "이건 어디서 배우셨어요?"

"우리 아버지가 밧줄을 만드셨어." 설리는 잠시 멈췄다가 나직이 덧붙였다. "그것 말고도 직업이 많았지만." 그가 손목을 홱 움직이자 머리카락으로 만들어진 밧줄이 펄쩍 뛰어올랐다가 뱀처럼 꿈틀거렸다. 내가 움찔하자 설리가 웃었다. "이젠 네 얘기를 해다오. 제일 처음은 누구였니?"

나는 무명으로 만든 퀼트 테이블 매트를 손끝으로 훑어내렸다. "베이비시터요."

"기억이 나니?"

나는 고개를 저었다.

설리는 플라스크를 꺼내 다시 벌컥벌컥 마셨다. "네 엄마가 발견한 거야?"

나는 고개를 끄덕였다. "아저씨는요?"

설리는 큭큭 웃었다. "난 우리 할아버지였어. 장의사가 오기를 기다리는 동안에 먹어버렸지." 그는 입술을 핥더니 다시 플라스크의 마개를 잠그며 날 힐끗 보았다. "덕분에 우리 아버지는 300달러쯤 되는 돈을 아낄 수 있었다." 잠시 뒤에 설리가 물었다. "넌 왜 혼자냐? 엄마가 널 버렸니?"

"어떻게 아셨어요?"

그는 어깨를 으쓱였다. "그래서 네가 여기 온 거 아니냐?"

나는 고개를 끄덕였다.

"내가 맞춰보마." 설리는 한숨을 쉬었다. "넌 엄마와 협상할 수 있을 거라고 생각하고 찾아갔겠지. 근데 막상 갔더니 도저히 초인종을 누를 수 없었을 거야."

나는 이 남자, 일면식도 없는 사람이 이런 사실을 전부 알아낸다는 게 싫었다. 언젠가 다시 돌아올 거라고 생각하며 조부모의 집을 떠나는 게 더 마음이 편했을 테지만 설리의 말이 맞았다. 나는 돌아갈 수 없다. 내가 한 짓에 대해 용서를 구하는 건 불가능했다.

"잘 들어라." 설리가 말했다. "앞으로 네가 겪을 감정은 이미 다른 사람들이 숱하게 겪은 감정이야." 그러더니 무언가 기억났다는 듯이 눈살을 찌푸렸다. "나도 우리 어머니에게 작별 인사를 하고 싶었다. 그래서 몇 주 동안 숲에서 자면서 기회를 기다렸지."

나는 숨을 깊이 들이쉬며 머릿속에서 엄마에 대한 생각을 모두 밀어내려 했다. "힘들지 않았어요? 노숙하면서 먹을 걸 찾아다니고 하려면요."

"아니. 일단 총 쏘는 법, 먹을 것을 찾아내는 법, 불을 피우는 법만 배우면 힘들지 않아. 나한테는 활과 화살이 있어서 그걸로 저녁거리를 잡았지. 토끼랑 다람쥐 같은 거. 우리 할아버지가 다 가르쳐줬어."

"하지만 밖에서 자는 건 힘들지 않아요?"

"네 엄마는 널 캠핑에 데려간 적이 한 번도 없구나." 설리가 껄껄 웃었다. "저 밖에 별들이 가득한 하늘이 있는데 왜 지붕 아래서 자려고 하지?" 그러더니 부엌 창문 쪽을 향해 뒤로 고갯짓했다.

"늘 노숙하세요?"

"이런 도심에서는 안 해. 부랑 죄로 경찰에게 잡혀가거나 기소될 수 있거든. 물건을 훔치지 않았고, 공공장소에서 캠핑한 게 아니라도 그래. 우리가 숲에 있었다면 모닥불에 캐서롤을 요리했을 거다." 설리는 한숨을 쉬었다. "세상에서 나무 타는 냄새보다 더 좋은 건 없지. 여기가 숲이었다면 공터를 찾아내서 너에게 별들 속에 숨어 있는 그림 보는 법을 가르쳐줬을 거야."

난 제이미 개쉬가 생각나서 움찔했다.

"너 때문에 옆길로 샜구나, 꼬마 아가씨. 아까 우리 어머니 얘기를 하고 있었지. 난 집으로 돌아가서 부엌 창문으로 어머니를 지켜봤다. 용기를 내서 아버지가 없는 틈에 어머니에게 작별 인사를 하고 싶었어."

"그래서 하셨어요?"

설리는 고개를 저었다. "기회가 있었지만 다 흘려보냈다. 날 보면 어머니가 토끼처럼 놀라리라는 걸 알고 있었거든. 시간이 흐를수록 어머니는 날 더 무서워했지." 설리의 눈은 앞에 놓인 테이블 매트로 향했지만 그가 보고 있는 것은 부엌 창문 너머 어머니의 얼굴이었다. "그게 최악이야." 마침내 설리가 입을 열었다. "가족이 날 무서워하는 거 말이다." 그는 고개를 갸웃하더니 잠시 날 바라보았다. "넌 몇 살이냐, 꼬마 아가씨? 열여섯? 열일곱?"

"열여섯이요."

"어리구나. 하지만 사실 자립하기에 너무 어린 나이는 없지. 난 열네 살 때 집을 나왔다."

"열네 살에요?"

설리는 어깨를 으쓱였다. "달리 방법이 없었어. 아버지가 날 쫓아내고 싶어 했으니까."

"그 이유가 혹시……?"

"아냐. 아버지는 늘 내가 어딘가 잘못됐다고 말했지만 진짜 이유는 몰랐어. 우리 할아버지를 제외하고는 집에서 그런 짓을 한 적도 없고."

"그럼 가족들은 아저씨가 한 짓을 끝까지 몰랐던 거예요?"

설리는 고개를 끄덕였다. "그때 나는 할아버지의 시신을 지키는 중이었다. 옛날 시골에서는 절대 시신을 방에 혼자 두지 않았거든. 시신을 지키다가 오줌이 마려워서 잠시 자리를 떴고, 돌아와 보니 시신이 사라졌다고 둘러댔지. 다들 충격을 받았지만 날 나무라지는 않았다. 겨우 열 살짜리 아이에게 뭘 바라냐고 하더구나. 우리 고모는 갑자기 할아버지가 벌떡 일어나서 집에서 나간 거라고 말도 안 되는 소리를 해댔지." 설리는 웃기 시작했다. 처음에는 나직이 껄껄거리다가 이내 박장대소했다. "그러더니 근처 집집마다 찾아다니면서 자신의 돌아가신 아버지를 본 적이 있냐고 묻는 거야." 설리의 웃음에 왠지 나까지 기분이 좋아졌고, 심지어 우리가 식인자라는 사실까지 잊을 수 있었다. 바로 그 사실 때문에 이렇게 웃고 있었는데도. 나도 함께 웃었다. 급기야 설리는 눈물까지 흘렸고 우리는 잠시 편안한 침묵 속에 앉아 있었다. 설리는 손마디로 눈가를 닦았다.

나는 불현듯 궁금해졌다. "저 같은 여자애를 또 만난 적이 있어요?"

설리가 면도하지 않아 까끌까끌해진 뺨을 손으로 쓸어내리자 부드러우면서 거친 소리가 났다. "두어 명 만났지. 아주 오래전에." 그가 말했다.

"어떻게 만났어요?"

설리는 어깨를 으쓱였다. "널 만난 거랑 똑같아."

"그들은 어떤 사람을 먹었나요?"

설리는 고개를 갸웃하더니 실눈을 떴다. "응?"

"그러니까 자기에게 잘해주는 사람을 먹었는지, 아니면 못되게 구는 사람들을 먹었는지……."

"둘 다 먹지 않았을까?"

나는 하나 더 물었다. "그들이 어떻게 됐는지도 아세요?"

설리는 다시 어깨를 으쓱였다. "아까도 말했듯이 난 내 갈 길을 갔고, 그들은 자기들 갈 길을 갔어."

흰 고양이가 부엌으로 어슬렁어슬렁 들어왔다. 나는 고양이를 까맣게 잊고 있었다. 설리가 하면 부인을 먹는 동안 야옹이가 거실에 없었기를 바랐다. 야옹이는 머리카락으로 만든 밧줄을 보더니 바닥에 앉아 밧줄을 톡톡 쳤다. "저리 가! 만지지 마! 어서!" 설리가 손을 흔들어 야옹이를 쫓았다. 야옹이가 단념하지 않자 설리는 발로 살짝 밀쳤다. "고양이 키운 적 있니?"

"엄마가 우리는 반려동물을 키울 수 없다고 했어요. 이사를 자주 다녔거든요."

"고양이는 딱 질색이다." 그가 코웃음을 쳤다. "자기밖에 모르거든."

나는 미소 지었다. "사람들도 다 그렇죠."

설리는 대답하지 않았다. 야옹이는 밧줄에 흥미를 잃었지만 우리 곁을 떠날 생각은 없는지 리놀륨 바닥에 앉아 꼬리를 휘둘러 대며 나에게서 설리에게로 시선을 옮겼다. 마치 자기도 함께 대화를 나누고 있다는 듯이.

"멍청한 고양이 같으니." 설리가 중얼거렸다. "저리 가!"

"배가 고픈 것 같아요." 나는 자리에서 일어나 고양이 사료가 든 통조림 하나를 땄다. 내가 스푼으로 사료를 덜어 바닥에 놓인 그릇에 담는 동안 야옹이가 내 다리에 몸을 문질렀다.

"저거 봐라. 저밖에 모른다니까."

배가 불렀는지 야옹이는 부엌에서 나갔고, 나는 잠시 설리가 밧줄을 땋는 걸 지켜보았다. 하먼 부인은 여든여덟치고는 숱이 많았다. "정말로 죽은 사람만 먹어요?"

설리는 고개를 끄덕였다. "시간이 지나면서 곧 죽을 사람들의 냄새를 맡을 수 있게 됐지. 얼굴에서 보이기도 했고. 어떻게 아냐고는 묻지 마라. 다른 사람에게 설명해 줄 수 있는 냄새나 관상이 아니야. 그냥 알아." 설리는 밧줄을 무릎에 내려놓더니 과일 바구니에서 사과 하나를 집어 들었다. 그런 다음 입고 있던 빨간색 체크무늬 셔츠의 가슴에 달린 주머니에서 군용 칼을 꺼내 휙 흔들어 칼날을 꺼내고는 사과 껍질을 깎기 시작했다. 껍질은 한 번도 끊어지지 않고 빙글빙글 돌아가며 계속 이어졌다. "예전에는 곧 죽을 사람의 집 앞에 죽치고 앉아 있으면 독수리가 된 기분이었지. 하지만 이젠 그렇게 생각하지 않아." 설리는 자신의 의견을 강조하기 위해 날 향해 칼끝으로 허공을 찌르며 이렇게 말했다. "네가 어떤 사람인지 받아들여야 해, 꼬마 아가씨. 그게 첫 번째 법칙이야."

설리는 껍질 벗긴 사과를 한 쪽 잘라서 칼끝으로 찔러 내게 주었다. 난 그의 손에 묻은 하면 부인의 핏자국을 생각하면 아직도 약간 역겨웠지만—도대체 얼마나 많은 망자의 머리카락으로 만들었는지 알 수 없는 밧줄은 말할 것도 없고—그를 화나게 하고 싶지 않아서 그냥 받았다.

"남태평양 섬에 사는 식인종들 얘기 들어본 적 있니?" 나는 고개를 끄덕였다. "그들 중에는 죽은 가족을 먹는 부족도 있어. 그들에겐 그게 신성한 일이기도 하고, 그걸로 잔치도 열지." 설리는 사과를 한 조각 더 잘라서 자기 입에 쏙 넣고는 씹으며 말했다. "그 망자도 살아 있을 때는 꼬챙이에 구운 할아버지의 간을 먹고, 절여서 피클로 만든 아버지의 혀를 먹고, 스튜에 넣은 어머니의 심장을 먹었는데 이제 자기 차례가 된 거야. 만약 그의 시신이 테이블에서 벌떡 일어나 말할 수 있다면 그는 자손들이 자기도 똑같이 먹어주길 바란다고 할 거다. 그는 오래 사는 동안 많은 걸 배웠고, 자식들은 아버지를 낱낱이 분해해서 먹으면 자기들도 그 지혜를 물려받게 될 거라고 생각하지."

"그건 말이 안 돼요. 살아 있을 때 자식들에게 가르쳐줬으면 되잖아요." 내가 따졌다.

설리는 웃으며 말했다. "지혜는 가르칠 수 있는 게 아니란
다, 애야."

"아저씨도 그래서 먹는 거예요? 사람들을 먹어서 무언가
배우려고요?"

"아니." 그가 코웃음을 치며 말했다. "난 그냥 먹는 거야."

오븐의 타이머가 땡 소리를 내자 설리는 일어나서 노란
리놀륨 바닥에 밧줄을 돌돌 말아 단정하게 정리하고는 오븐
에서 캐서롤을 꺼냈다. 그동안 나는 식탁을 차렸다. 설리는
김이 모락모락 나는 캐서롤을 식탁 중앙에 놓고 스푼으로
접시에 덜었다. 치즈가 완벽하게 녹아서 위쪽은 바삭하고 아
래는 죽죽 늘어났다. 설리는 종일 아무것도 안 먹은 사람처
럼 캐서롤을 퍼먹었다. 나는 두 접시, 세 접시까지 먹었다.
흐물흐물하게 익힌 채소를 으깬 치즈버거와 섞은 듯한 맛이
었다.

"아, 겁나게 맛있구나. 이 요리는 매번 냉장고에 있는 재료
로만 만들기 때문에 늘 맛이 달라." 설리가 말했다.

흡족하게 배가 부르자 나는 의자에 등을 기댔다.

"다 먹었니?" 나는 고개를 끄덕였고, 설리는 계속 먹었다.
캐서롤을 다 먹고 접시 가장자리에 남은 딱딱해진 치즈를
긁어 먹을 때까지. 나는 저렇게 끝없는 식욕을 가진 사람을
본 적이 없었다. 하지만 정작 그의 얼굴은 평생 빵과 물만
먹고 산 사람처럼 볼이 푹 꺼져 있었다.

설리는 자리에서 일어나 접시를 싱크대로 가져갔다. 나는 설거지하는 그를 바라보았다. "그렇게 놀랄 것 없다, 꼬마 아가씨. 난 늘 내가 처음 왔을 때 그대로 해두고 나간단다. 설사 알아주는 사람이 없다고 해도."

설거지가 끝나자 설리는 서랍장에서 백포도 주스가 들어 있는 배 통조림을 꺼내더니 자동 깡통 따개와 씨름한 끝에 뚜껑을 땄다. 그런 다음 핏자국이 있는 마디진 손가락으로 새하얗고 부드러운 배를 한 조각씩 꺼내 소형 오븐 팬에 담았다.

"이번에는 뭘 만드실 거예요?" 설리가 오븐 맨 아래쪽에 있는 브로일러를 켜자 내가 물었다.

"캐러멜 소스를 곁들인 배." 설리는 두툼한 버터 한 조각을 프라이팬에 넣고, 버터가 녹는 동안 스푼으로 흑설탕을 수북이 떠서 여러 번 넣었다. "디저트는 많을수록 좋은 거야."

설탕이 원하는 만큼 녹자 설리는 녹은 설탕을 배 위에 붓고 시나몬과 정향도 살짝 뿌렸다. 그런 다음 당근 케이크를 식탁으로 가져와 자기 머리만큼 큼직하게 한 조각 잘랐다. "너도 먹을래?"

나는 고개를 저었다. 먹고 싶기는 했지만 하먼 부인과 함께 먹기로 했던 케이크라서 그런지 이렇게 먹으면 안 될 것 같았다. 설리는 게걸스럽게 케이크를 먹고, 하먼 부인이 산 버터밀크를 컵에 따르지도 않은 채 통에 입을 대고 마시더니 오븐 속에서 배가 지글지글 익는 동안 다시 밧줄을 땋았다.

나는 배낭에서 하먼 부인의 털실과 바늘을 꺼냈다. 가만 보니 털실이 든 광주리 바닥에 아기용 카디건 도안이 그려진 작은 종이가 있었다. 뒷면에 바늘로 코를 뜨는 법이 나와 있었다. 눈살을 찌푸리고 바라보다가 포기하고 설리가 은색 머리카락을 돌리고 끼워 넣고 감는 모습을 지켜보았다.

"머리카락 각각의 주인이 누구였는지 다 기억하세요?"

설리는 밧줄 일부를 들어 올리더니 구부러진 새끼손가락으로 머리카락을 가리켰다. "여기 굵고 부스스한 머리카락 보이니? 요즘 애들이 드레드록이라고 부르는 머리지. 이걸 따느라 겁나 힘들었다만 해냈다." 그는 고개를 절레절레 저었다. "이 남자애는 자기 토사물에 머리를 박고 죽었어." 나는 역겨워서 몸을 움츠렸다. "녀석을 먹기 전에 치우느라 혼났지. 그래도 비어 있는 위장이 맛은 더 좋더구나."

'저야 모르죠.' 이번에는 드레드록에서 몇 센티미터 떨어진 기다란 붉은 머리가 눈에 들어왔다. 내가 지금까지 본 머리카락 색 중에서 가장 예뻤다. "저 머리카락은요?"

"저건……." 설리가 뜸을 들였다. "죽으려고 작정한 여자였어."

그제야 우리 둘의 차이를 깨달았다. 나의 경우에는 피해자가 있지만 설리에게는 없었다.

나는 접시를 싱크대로 가져가서 씻었다. "열 살 때 할아버지가 돌아가셨다고 했죠?"

설리가 고개를 끄덕였다. "왜 묻지?"

"처음치고는 좀 늦은 거 같아서요."

"시체를 구하기가 어디 쉽나. 우리 아버지가 장의사도 아니고." 설리가 설명했다.

"하지만 아저씨가 어딘가 다르다는 걸 아버지가 알았다면서요."

"난 물건을 먹어 치우곤 했어. 어머니가 물레로 잣는 속도보다 훨씬 더 빠르게 바구니에 든 양털을 먹어버렸지. 만약 아버지가 그 사실을 알았다가는 내 버릇을 고쳐놓는다고 했을 게 뻔해서 어머니는 그걸 아버지에게 숨겼어. 그렇게 몇 년이 흘렀지. 난 낡은 구두를 찢어서 오래오래 씹다가 삼키곤 했어. 부드러운 구두만. 한번은 할머니가 1902년에 만든 퀼트를 전부 다 먹어 치운 적도 있지. 우리 아버지가 눈치챌 만한 물건은 안 먹었어." 설리는 말하면서 계속 밧줄을 땋아 내렸지만 그의 눈은 다시 몽상에 빠진 듯했다. 내 오른쪽 어깨 위에서 빙글빙글 맴도는 상상 속 안개 너머로 과거가 보인다는 듯이. "우리 어머니가 여동생의 머리카락을 잘랐을 때는 바닥에 떨어진 머리카락을 곧장 주워서 삼켜버렸어. 마치 그 머리카락이 진귀한 음식이라도 되는 듯이 말이다. 여동생의 헝겊 인형도 먹어 치워서 동생이 많이 울었지. 내가 무서워서 아버지에게 고자질하지도 못하고 말이다." 그는 잠시 뜸을 들였다. "그 점은 정말 미안하게 생각해." 그러더니 나를 보았다. "넌 먹어서는 안 될 걸 먹은 적이 있니?"

나는 그를 바라보았다. "그거 말고." 설리가 덧붙이자 나는 고개를 저었다. "요즘에는 거기에 해당되는 병명도 있더구나." 설리가 말을 이었다. "먹어서는 안 되는 걸 먹지 않고서는 도저히 견딜 수 없는 증상을 멋진 용어로 부르던데? 신문, 흙, 유리, 심지어 똥까지 먹는 사람도 있더구나. 그런데 왜 우리의 식성을 가리키는 용어는 없는지 모르겠다." 설리는 의자에 등을 기대고는 배에 양손을 올렸다.

그 말을 듣자 궁금해졌다. "그 문제로 병원에 가본 적 있어요?"

설리는 한쪽 눈썹을 치켜세웠다. "넌 달에 가본 적 있니?"

나는 못 말린다는 듯이 미소 지으며 눈을 굴렸다. "제 말은요……. 그러니까 그게 혹시 유전일까요?" 설리의 입꼬리가 천천히 올라가며 카나리아를 눈앞에 둔 고양이처럼 음흉한 미소를 지었다. 나는 소름이 끼쳐서 왜 그러냐고 물었다.

그러자 설리는 목 옆쪽을 긁적거렸고 미소가 점차 옅어졌다. "우리 할아버지도 사람을 먹었다고 확신할 수는 없지만 그랬을지 모른다는 심증은 있다."

호기심에 살갗이 쿡쿡 쑤셨다. "어떤 심증이요?"

"우리가 숲에서 함께 보낸 그 모든 시간…… 그러니까 사냥하고 낚시하고 숲에서 그럭저럭 살아가는 법을 배웠던 그 시간을 회상해 보면…… 어떤 기억은 또렷한데 어떤 기억은 흐릿하거든. 흐릿한 기억은 아마 흐릿해진 이유가 있을 거다."

이해가 갈 듯했다. 내가 페니 윌슨이 거의 백발에 가까운 금발이고, 긴 얼굴에 코는 길고 뾰족하며, 푸른 눈은 예쁘다기에는 너무 눈에 띈다는 사실을 알고 있는 것과 비슷하리라. "사실은 무슨 일이 있었는지 기억하고 있다거나 그냥 꾸며냈다는 뜻인가요?"

"아니, 꾸며낸 건 아니야."

"아버지는 어떠셨어요?"

설리가 날 노려보았다. "우리 아버지가 뭐?"

나는 어깨를 으쓱였다. "할아버지가 식인자였다면 어쩌면 아버지도……."

"아닐 거다." 설리가 쏘아붙였다. "난 아버지와 공통점이 하나도 없어. 그건 사실이야." 그러더니 자리에서 일어나 브로일러에서 배를 꺼내 스푼으로 디저트 접시에 던 다음, 프라이팬에 남아 있던 캐러멜 소스를 더 부었다.

설리가 내 앞에 접시를 놓아주자 나는 고맙다고 말하고 배를 한 입 베어 물었다. 입에서 저절로 감탄사가 나왔다. 정향과 캐러멜 소스의 맛이 배와 완벽하게 어우러졌다. 나는 죽은 사람들 이야기는 그만하기로 했다. "이거 진짜 맛있네요."

"아무렴." 그가 배를 연달아 베어 먹던 중에 말했다. 그러더니 눈 깜짝할 사이에 자기 몫을 다 먹어 치웠다. "난 절대 디저트를 하나만 먹지 않아. 그러기에는 인생이 너무 짧지."

디저트를 다 먹고 나자 설리가 말했다. "음악이 듣고 싶군." 그러고는 거실로 가서 창문 아래 놓인, 유리문이 달린 장식장 앞에 쪼그리고 앉아 그 안에 꽂힌 레코드판을 훑어보았다.

"보기보다 취향이 고급이시구려." 설리가 벽난로 위에 놓인 더글러스 하먼의 사진을 보며 말했다. "바비 존슨 음반이 있구나. 역대 최고의 기타 연주자지." 그러더니 커버 안에서 레코드판을 살그머니 꺼내 턴테이블에 올려놓았다. "사람들 말로는 바비 존슨이 앨라배마주 어딘가에서 어느 날 밤, 길을 가다가 악마를 만났다더구나. 악마가 그랬대. '내가 널 최고의 블루스 연주자로 만들어줄 테니 그 대가로 네 영혼을 다오.' 그래서 바비 존슨은 악마와 계약을 했지."

음악이 나오는 동안 나는 벽난로 옆 안락의자에 앉아 있었다. 녹음 상태가 좋지 않아서 소리가 지글거렸다. 가수는 기타 줄을 뜯으며 콧노래를 흥얼거리더니 거칠면서도 풍부하고 거침없는 목소리가 흘러나왔다. "*아, 내가 사랑하는 여자, 내 단짝에게서 빼앗았지. 어떤 운 좋은 멍청이가 다시 그녀를 훔쳐 갔어……*"

설리는 배낭에서 파이프와 봉지에 든 연초를 꺼냈다. 연초를 조금 집어서 파이프에 밀어 넣고 성냥으로 불을 붙이더니 파이프를 한 모금 빨았다.

"여자가 곤경에 처하자 다들 그녀를 내팽개쳤지. 좋은 친구를 찾아보지만 아무도 없네……."

마지막 곡이 끝나자 내가 말했다. "이 세상에 악마는 없어요."

"그냥 지어낸 얘기라는 거냐?" 셜리는 고개를 젖히고 웃었다. "내 말 들어봐라. 난 가끔씩 술집에 가서 사람들에게 술을 한 잔씩 돌리고 농담인 척 내 이야기를 해준단다." 그러더니 마치 무대에서 귓속말하듯이 한 손을 입 옆에 댔다. "다만 그 이야기의 주인공이 나라고는 안 해. 사람들은 나더러 상상력이 뛰어나다고 하지. 나는 그 사람들에게 집에 갈 때 조심하고, 문을 잘 잠그고, 침대 밑도 확인하라고 해. 그럼 사람들은 그냥 재미있다고 웃어." 셜리는 계속 튀는 턴테이블의 바늘을 들어 올린 다음, 음반을 B면으로 돌렸다. "원래 이야기는 그렇게 만들어진단다. 사실이 아닌 양 자기 이야기를 하는 거지. 그래야만 사람들이 우리 이야기를 믿어주니까."

옛 기억 하나가 떠올랐다. 우리 스테이션왜건에 달린 라디오를 누군가가 훔쳐 간 바람에 나는 엄마를 따라 신고하러 경찰서에 갔다. 그때 내 나이가 열두 살이었는데─내 마음에 새겨진 명단이 그다지 길지 않을 때였다─혹시 경찰이 날 한 번만 보고도 내가 한 짓을 알아낼까 두려웠다. 경찰서 문 위에는 '진실이 너희를 자유롭게 하리라'라는 문구를 니들포인트 자수로 수놓은 액자가 걸려 있었다. 그걸 보고 너무 아이러니해서 웃었더니 안내 데스크를 지키고 있던 경찰이 나를 쳐다보았던 기억이 났다.

내가 그 구절을 계속 생각하고 있을 때 전화벨이 울렸다. 설리는 가만히 있었고, 부엌 조리대에 있던 자동 응답기가 작동했다. 전화를 건 사람이 메시지를 남기는 동안 설리는 파이프 담배를 뻐금뻐금 빨았다. "안녕하세요, 리디 이모. 저 캐럴이에요. 그냥 수다 떨려고 전화했어요. 내일 쇼핑하러 에드거타운에 갈 생각인데 이모랑 함께 점심을 먹을 수 있을 거 같아요. 이거 들으면 연락 주세요. 아셨죠? 사랑해요. 곧 통화해요. 끊을게요."

자동 응답기가 딸칵 멈추자 설리는 끙 소리를 내며 입에서 파이프 담배를 뺐다. "이제 넌 어디로 갈 거냐?"

"미네소타주요."

설리는 송충이 같은 한쪽 눈썹을 들어 올렸다. "미네소타주에는 왜?"

"거기가 우리 아빠 고향이에요. 어쩌면…… 아빠가 아직 거기 있을지도 모르죠."

"지금까지 내가 한 말 못 들었니? 과거를 파헤쳐 봐야 슬프기만 해."

"그래도 과거를 아는 게 낫지 않아요?" 나는 광주리에 담겨 있던 털실 하나를 집어 들어 부드러운 털을 쓰다듬었다. "아저씨의 할아버지도 식인자였던 것 같다고 했잖아요. 우리

111

아빠도 그런 것 같아요." 이런 말을 하는 건 둘째치고 이렇게 의식적으로 생각한 적도 처음이었다. 나는 몸을 부르르 떨었다. "나는 아빠의 고향이 어떤 곳인지, 아빠가 왜 우리 곁을 떠났는지 알고 싶어요."

설리는 고개를 저었다. "네 아빠가 왜 떠났는지는 중요하지 않아. 네 아빠가 떠났다는 사실이 중요하지."

나도 모르게 눈물을 글썽거렸다. "달리 갈 곳도 없단 말이에요."

"아, 그랬구나." 설리가 다정하게 말했다. "난 늘 떠돌아다니지만 내가 시퍼렇게 살아 있는 한 넌 나와 살 수 있어."

"친구를 사귀지 않는 게 좋다고 하셨잖아요."

"나는 변덕스럽기로 유명하지." 설리는 담배 연기 한 줄기를 내뿜더니 잠시 말을 멈추고 사라져가는 연기를 감탄하듯이 바라보았다. "내 제안이 어떠냐?"

"감사합니다." 나는 옆 테이블에서 화장지를 한 장 뽑아 눈가를 닦았다. "생각해 볼게요."

시계의 재깍거리는 소리가 다시 침묵 속으로 끼어들었고, 설리는 신문을 집어 들었다. 마침내 그가 입을 열었다. "넌 그만 자는 게 좋겠다. 내일 하면 부인 조카에게 발각되지 않으려면 일찍 일어나야 해."

나는 자리에서 일어나 털실을 다시 광주리로 던지고는 배낭을 집어 들었다. "안녕히 주무세요, 아저씨."

설리는 계속 파이프 담배를 뻐끔거리며 신문을 넘기고 헤드라인을 훑어보았다. "잘 자라, 꼬마 아가씨."

나는 파자마로 갈아입고 양치한 뒤 비인바앙으로 갔다. 문을 닫으려는데 하면 부인의 침실에서 야옹이가 달려 나와 문과 문설주 사이에 앞발을 밀어 넣고 자기도 들여보내 달라는 듯이 울어댔다. "미안해, 야옹아." 나는 무릎을 꿇고 고양이를 부드럽게 복도로 밀어냈다. 지금까지 동물과 자본 적이 없었고, 야옹이 때문에 잠을 못 잘까 두려웠다.

왜 그랬는지 몰라도 나는 방문을 잠갔다. 만약 설리가 거짓말을 한 게 아니라면 내가 문을 잠갔다는 사실은 끝내 모를 것이다.

조명을 끄고 침대에 누웠다. 달빛이 머리맡 테이블에 놓인 스핑크스와 침대 머리판에 조각된 아기 천사들의 얼굴에 반사되어 번득였다. 달빛을 받은 천사들의 눈동자는 마치 나를 지켜보는 듯했다. 나를 지켜주는 듯했다. 하면 부인이 그리웠다. 얼마나 시간이 흘러야 이 빈 침대에서 다시 누군가 자는 날이 올까? 아마 영영 오지 않을 것이다.

낮에 오랫동안 낮잠을 잤기 때문에 당연히 잠이 오지 않았다. 어둠은 숨이 막혔고, 정적은 필요 없는 담요처럼 날 감쌌다. 마침내 잠이 들었을 때는 보이지 않는 남자가 보이지 않는 칼을 들고 내게 다가오는 꿈을 꿨다. 안개 속을 헤매는 듯한 비몽사몽간에 다시 내 귀를 향해 다가오는 통증이 느껴졌다. 찌르고, 비틀고. 찌르고, 비틀고. 그는 칼날로 내 입술을 눌렀다.

이튿날 아침에 일어나 보니 지난번처럼 식탁에 쪽지가 있었지만, 이 쪽지는 날 미소 짓게 했다.

꼬마 아가씨

아무래도 아빠를 찾지 말라는 내 충고를 넌 귀담아들을 것 같지 않구나. 마음이 바뀌면 이 마을로 돌아와 어딘가에서 날 기다려라. 그럼 내가 널 찾아갈 테니까. 늙은이 설리와 함께하는 삶은 절대 지루하지 않단다.

설리번

P.S. 돌아다니다가 우연히 이 책을 구했는데 네가 좋아할 것 같구나.

쪽지 옆에는 책이 놓여 있었다. 내 손바닥만 한 책으로 출판된 지 적어도 50년은 되었고, 진홍색 표지에 은색 글씨가 찍혀 있었다. '링링 형제 서커스단. 기념 서적.' 아무 페이지나 펼쳤더니 글은 없고 빨간색과 검은색으로 된 그림만 있었다. 조그맣게 그려진 세 명의 곡예사가 허공에 떠 있었는데 두 남자는 양 끝이 구부러진 큼직한 콧수염을 길렀고, 여자는 무릎까지 끈이 올라오는 빨간색 샌들을 신었다. 나는 책장을 넘기고 또 넘겼다. 아하, 이건 플립 북*이었다! 책장을 휘리릭 넘겨 보았더니 공중그네에 탄 두 남자가 여자 곡예사를 저쪽으로 던졌다가 다시 이쪽으로 던졌다. 낯선 사람이 날 잘 안다는 건 생각처럼 나쁜 일이 아닐지도 모른다.

서둘러 아침을 먹은 뒤 지난 24시간 동안 사귄 친구들에게 작별 인사를 했다. 청동 스핑크스, 흰 고양이, 에메랄드 시티에서 결혼식을 올리는 하먼 부인. 내 손은 벽난로 위에 일렬로 놓인 예쁜 장신구들 위를 떠돌다가 마침내 크림색과 분홍색이 어우러진 에나멜 로켓이 달린 목걸이를 집어 들었다. 로켓 옆에 달린 버튼을 눌렀더니 로켓이 탁 열리며 다시 하먼 씨가 나타났다. 미소 짓는 그의 옆모습이었다. 나는 로켓을 다시 닫고 걸쇠를 잠근 다음, 목걸이를 목에 걸었다. 가져가면 안 된다는 걸 알고 있었다. 이 장신구들은 전부 법적으로 하먼 부인의 조카 소유였다. 하지만 하먼 부인을 추억할 물건이 필요했다.

몇 분 뒤 나는 시내버스를 탔다. 이번에는 조부모 집과 반대로 간다는 사실을 알고 있었다. 다시는 엄마를 만나지 않을 것이다. 창문 너머로 훔쳐보는 일도 없을 것이다.

---

* 책장 귀퉁이에 조금씩 다른 그림을 그려, 책장을 빨리 넘기면 그림이 움직이는 것처럼 보이는 책

이제 에드거타운에는 내 관심을 끄는 대상이 아무것도 없었으므로 차창 밖을 보지 않고 플립 북을 가지고 놀았다. 이 그림 속 여자처럼 눈을 감고 허공을 가르는 기분이 어떨지 상상해 보았다. 누군가가 내 발목을 잡아주길 기다리며 하늘을 나는 척하는 기분은 어떨까?

10시 직전에 그레이하운드 버스 터미널에 도착했다. 티켓 창구로 갔더니 립스틱을 진하게 바른 여자가 손톱 줄로 손톱을 다듬고 있었다. "미네소타주로 가는 다음 버스는 언제 있죠? 전 샌드혼까지 가야 해요."

"세인트폴 근처에 있는 거 말이니?"

"아닐걸요."

"네가 목적지도 제대로 모르는데 내가 널 어떻게 돕겠니?"

나는 손톱 줄을 낚아채 여자의 콧구멍에 쑤셔 넣고 싶었다. "샌드혼에서 가장 가까운 버스 터미널이 어딘지 알려주실 줄 알았어요."

"이봐라, 꼬마야. 지도를 사든지, 아니면 1분 30초 후에 출발하는 저 세인트루이스행 버스를 타. 내가 너라면 그렇게 할 거야. 저거 말고 서쪽으로 가는 버스는 오늘 저녁 8시에나 있으니까."

여자의 태도는 무례했지만 일리 있는 말이었다. 나는 세인트루이스행 티켓을 샀다.

4

 이번에도 차창 밖으로 고속도로가 펼쳐졌고, 낯선 사람들의 코 고는 소리가 들렸다. 나는 울렁거리는 속으로 책에 몰입하려 했고, 역시 자판기 과자로 끼니를 때웠다. 세인트루이스까지 이틀이 걸리는 터라 설리가 말해준 이상하고 신기한 일들을 곰곰이 생각해 볼 시간이 충분했다. 이를테면 노숙하며 저녁거리를 직접 사냥하고, 배낭 하나만으로 사는 데 아무런 불편함이 없고, 악마와 계약하고, 지어낸 이야기인 양 사실을 말하는 것. 특히 마지막 부분을 오랫동안 생각했다. 다른 사람은 그 이야기를 받아들이지 못하더라도 나는 받아들일 수 있기 때문이다.

 그러다 아빠를 찾아내면 내 인생이 어떻게 바뀔지 생각했다. 오랫동안 아껴둔 박하사탕을 드디어 까는 기분이었다. 아빠가 우리 곁을 떠난 데는 틀림없이 그럴 만한 이유가 있을 터였다. 비록 엄마는 아빠 이야기를 입에 올린 적이 없지만 나는 엄마가 아직 아빠를 사랑한다는 걸 알고 있었다. 그렇지 않고서야 왜 결혼반지를 계속 끼고 있겠는가.

몇 시간 동안 차창 밖을 바라보며 아빠의 얼굴과 목소리, 손을 상상했다. 엄마의 손보다 반 뼘 더 크고, 역시 아직 결혼반지를 끼고 있으며, 죽을 때까지 기다리지 않고도 자기가 아는 걸 전부 말해줄 것이다. 심지어 아빠가 날 이탈리아 식당에 데려갈 때 카드 영수증에 사인하는 필체까지 상상했다. 아빠가 나에게 세상을 살아가는 법을 가르쳐줄 테니 나에 관한 진실을 아무도 모른다고 해도 상관없을 것이다. 우리는 설리 같은 친구를 찾아낼 것이고 그걸로 충분하리라. 아빠와 나는 식탁 매트와 사진틀이 있는 집에서 살 것이고, 다들 교회에 가는 일요일 아침이면 급식소에서 자원봉사를 할 것이다.

이상한 기분에 빠져들었을 때 마침내 버스가 목적지에 도착했다. 나는 지친 동시에 흥분한 상태로 버스에서 내렸다. 마치 하늘에 지은 모래성으로 가는 법을 정확히 알아낸 듯했다. 그러나 다음 버스 티켓을 사려고 줄을 선 후에야 지갑에 15달러밖에 없다는 걸 깨달았다.

어떻게 이럴 수가 있지? 어쩌면 이렇게 멍청할 수가?

물론 엄마 입장에서는 100달러면 신시내티에서 샌드혼으로 가기에 충분한 돈이라고 생각했을 것이다. 하지만 난 조부모의 집이 있는 반대 방향으로 가는 데 그 돈을 거의 다

써버렸다.

나는 망연자실해서 배낭을 들고 지저분한 화장실로 가 맨 마지막 칸에 들어가 문을 잠그고 울었다. 무일푼이나 다름없었고 노숙자 신세였다. 왜 설리의 제안을 받아들이지 않았을까? 왜 그의 말을 듣지 않았을까? 울다가 지쳐서 퉁퉁 부은 눈으로 화장실에서 나왔다. 이제 내게는 새로운 목표가 생겼다. 돈 없는 사람이 샌드혼까지 갈 수 있는 방법은 하나뿐이다. 히치하이크.

거리로 나와 제일 착하게 생긴 택시 기사에게 미네소타주까지 히치하이크를 할 수 있는 가장 좋은 방법이 뭐냐고 물었다. "나라면 대학가로 갈 거다." 그가 길을 가리키며 말했다. "지금 여름방학을 맞아서 학생들이 집으로 떠나고 있거든. 얻어 타기 딱 좋지."

그로부터 20분 뒤에, 나는 열린 정문 너머로 벽돌을 깔아서 만든 깔끔한 보도와 선명한 초록색 잔디밭이 펼쳐진 대학 캠퍼스에 들어섰다. 사방이 대학생이었다. 그들은 이 건물에서 저 건물로 걸어가기도 하고, 벤치에서 책을 읽기도 하고, 원반던지기를 하면서 놀기도 했다. 나는 쓰레기통에서 마분지를 찾아내 '미네소타주까지 태워다 줄 사람 구함'이라고 적었다. 그러고는 자리에 앉아 기다렸다. 책을 읽으려 했지만 책장 속에서 글씨들이 춤을 추며 자기들 마음대로 돌아다녔다. 결국 책을 덮고 아빠를 생각했다. 우리는 함께 맞이하는 첫 주말을 내 새로운 침실 벽에 페인트를 칠하며 보낼 것이다. 라벤더색으로 할까? 아니면 청록색?

한 시간 뒤에 내 무릎 위로 누군가의 그림자가 드리웠다. "미니애폴리스까지 갈 건데 기름값 보태줄 수 있니?" 한 여대생이 말했다. 키가 크고, 살갗은 햇볕에 그을렸으며, '미주리주 배구'라고 적힌 티셔츠를 입고 있었다.

나는 고개를 끄덕이며 책상다리를 풀고 살짝 비틀거리며 일어났다.

"잘됐다. 너 운이 좋구나. 방금 출발하려던 참이었거든." 그녀가 말했다.

그녀의 이름은 서맨사였는데 나랑 친해지는 데 관심이 없었다. 잘된 일이었다. 앞서 말했듯이 나는 여자랑 친하게 지낸 적이 없었다.

우리는 아이오와주 어딘가에서 기름을 넣으려고 차를 세웠다. 서맨사는 다시 차에 타더니 "20달러야. 10달러 줄래?"라고 말했다.

"15달러밖에 없어요."

"이런 말 하기는 싫지만 15달러로는 그다지 멀리 못 가. 미니애폴리스에 도착한 뒤에는 어쩔 셈이야?"

"샌드혼까지 또 차를 얻어탈 거예요."

서맨서는 한심하다는 듯 날 바라보더니 시동을 걸었고, 차는 다시 고속도로를 달렸다. 난 5달러 지폐를 꺼내 잔돈을 보관하는 재떨이에 밀어 넣었다. 서맨사는 아무 말도 하지 않았다. 아까 기름값을 보태겠다고 말했으니 약속을 지키지 않는 건 나쁜 짓이다. 설사 그녀가 불친절하다고 해도.

한 시간 뒤에 서맨사에게 화장실에 가야 한다고 말했다. 서맨사는 짜증 난 듯했다. "아까 주유소에 들렀을 때 갈 수는 없었니?"

"그때는 안 마려웠어요."

우리는 말없이 몇 킬로미터를 더 갔지만 월마트 간판이 나오자 서맨서가 그쪽 출구로 빠져서 주차장으로 들어갔다.

"고마워요." 나는 그렇게 말하고 안으로 달려갔다.

다시 나와보니 아까 서맨사의 차가 있었던 자리에 내 배낭만 덩그러니 놓여 있었다. 믿을 수가 없었다. 나는 차가 있었던 자리를 뚫어지게 바라보며 한동안 우두커니 서 있었다. 이렇게 외딴곳에 날 버리고 갈 거라면 기름값은 왜 받은 거지?

지갑을 꺼내 다시 돈을 세어보았다. 10달러 지폐 한 장과 10센트, 25센트 동전 조금뿐이었다. 또 히치하이크할 생각을 하니 칸막이 화장실에 들어가서 문을 잠그고 다시는 나오고 싶지 않았다.

'잠깐만.' 나는 생각했다. 내 탓이 아니었다. 서맨사가 한 짓은 앞뒤가 맞지 않았다. 왜 태워주겠다고 하고서는 날 버리고 갔단 말인가.

어쩌면 내가 어딘가 이상하다는 사실을 눈치챘는지도 모르겠다. 나와 같은 학교에 다녔던 여자애들도 다 날 싫어했다.

심호흡을 하고 이제 어떻게 해야 할지 생각했다. 하지만 아무것도 하고 싶지 않았다. 이곳에 있고 싶지 않았다. 어디에도 있고 싶지 않았다.

두 주먹으로 눈을 꾹 눌렀더니 잠시 세상을 잊을 수 있었다. 설리와 함께 떠날 걸 그랬다는 후회조차 떠오르지 않을 정도로 머릿속이 멍했다. 휴지가 없어서 티셔츠 소매로 뺨과 코를 닦았다. 그동안 사람들은 날 지나 월마트로 들어갔다. 애써 날 보지 않으려는 사람도 있었고, 머리 셋 달린 인간을 보듯이 뚫어져라 보는 사람도 있었다. 나는 시카고 컵스 유니폼을 입은 남자를 올려다보았다. 남자는 셔츠에 적힌 빨간색 로고처럼 얼굴이 빨개지더니 서둘러 자동문을 통과했다.

불현듯 엄마 생각이 났다. 내가 들어가 본 적 없는 부엌에서 샐러드 그릇을 앞에 두고 애타게 울던 엄마. 나는 자리에서 일어나 엉덩이에 묻은 모래를 털고 배낭을 집어 들었다.

자동문을 통과하자 강하게 불어오는 에어컨 바람에 눈물이 곧바로 말라버렸다. 월마트는 그 자체로 도시여서 매장마다 지역 주민들이 있었고, 푸른색 카트가 자동차처럼 그 사이를 누비고 있었다. 카트를 타면 저 차가운 형광등 불빛 아래서 잔디 깎는 기계와 페인트 색상 표본, 아기 침대 세트, 립스틱 진열대를 지나 계속 나아가고 또 나아갈 수 있었다.

심지어 베개가 잔뜩 쌓인 침대들이 있기 때문에 여기서 잠도 잘 수 있었다. 현실적으로는 불가능하지만.

나는 구내식당의 기다란 유리 카운터 앞에 서서 메뉴를 살펴보았다. 랩으로 포장된 참치 샌드위치, 소시지 패티를 넣은 잉글리시 머핀이 있었다. 히팅 램프 아래서 흰색과 빨간색 종이 용기에 든 마카로니 앤 치즈가 따뜻하게 유지되었지만 윗부분은 오렌지색이 될 정도로 말라붙었다. 만약 내가 남은 돈의 절반을 오늘 저녁으로 쓸 거라면 여기에서 쓰고 싶지는 않았다.

사탕. 스니커즈를 하나만 먹을 수 있다면 이 모든 걸 잊을 수 있으리라. 그걸 먹는 동안에는 내가 보통 사람인 척할 수 있었다.

사탕 코너를 돌아가던 나는 멈칫했다. 속옷만 입은 남자가 비치적거리며 통로를 걸어가고 있었다. 이제껏 월마트에서 온갖 종류의 변태들을 다 보았다. 여름에는 늘 사각 수영 팬티에 플립플롭을 끌고 에어컨 앞으로 달려가는 남자들이 있었다. 하지만 이 남자는 완전히 새로운 종이었다.

사각 수영 팬티에 카우보이 부츠를 신기만 해도 웃겼을 텐데 이 남자는 카우보이 부츠에 카우보이모자, 흰색 러닝셔츠, 안이 훤히 들여다보이는 낡아빠진 사각팬티를 입고 있었다. 마치 맥주를 너무 많이 마셔서 땀까지 맥주로 변해버린 듯이 겨드랑이에 기다란 갈색 얼룩이 있었다.

그는 걸어가며 — 과연 이걸 걸어간다고 해야 할지 모르겠지만 — 쇼핑 바구니를 좌우로 흔들어댔고 혼잣말로 중얼거렸다. "이런 엿 같은 상황은 도저히 참을 수 없어. 매사에 내 탓을 하는 데 질렸다고, 이 여자야. 내가 똑똑히 보여주겠어. 아무렴. 똑똑히 보여주고말고."

술 취한 남자가 혼잣말을 하는 동안 스피커에서 녹음된 메시지가 흘러나왔다. "월마트, 오늘의 세일! 초대형 타이드 세제를 한 통 구입하시면 공짜로 한 통을 더 드립니다! 정해진 시간에만 구입하실 수 있어요."

'아저씨, 이 기회에 세제 한 통 구입하세요.' 내 뒤에서 한 여자가 쇼핑 카트를 밀며 통로에 들어섰다가 술 취한 카우보이를 보고는 몸이 얼어붙었다. '안 돼. 돌아가기에는 너무 늦었어'라는 여자의 생각이 들리는 듯했다. 카우보이는 이미 그녀를 보았다. 그래서 여자는 카트로 카우보이를 치지 않도록 앞을 힐끗 보고는 조심스럽게 통로를 걸어갔다.

하지만 그것만으로도 카우보이의 심기를 거스르기에 충분했다. "뭘 봐?" 카우보이가 여자에게 외쳤다. '술 취한 머저리'라고 대답할 수는 없었으므로 여자는 아무 말도 하지 않았다. 카우보이는 고개를 돌려서 초점이 풀린 눈으로 여자를 바라보았다. "뭘 보냐고 물었잖아, 이년아."

여자는 손마디가 하얗게 변할 정도로 카트 손잡이를 꼭 쥔 채 꼼짝하지 않았다. 그러더니 날 바라보았고, 나는 이해

한다는 미소를 지으려고 애썼다. 우리 둘 다 통로 좌우를 살펴봤지만 카우보이를 밖으로 끌고 나갈 직원은 오지 않았다. 스피커에서 잔잔한 음악만 나올 뿐 너무 조용했다. 마치 월마트 전 직원이 동시에 저녁이라도 먹으러 나간 듯했다.

"뭐야. 너 귀가 먹었냐, 이년아?" 카우보이가 소리를 질렀다. "이 말은 들려? 이 멍청한 걸레 같은 년아."

"이봐요!" 그때 누군가가 내 뒤에서 성큼성큼 걸어 나왔다. 그는 나를 지나 여자의 쇼핑 카트 앞으로 갔다. 부스스한 머리는 금색과 갈색의 중간색이었고, 초록색 야구 유니폼에 청바지, 워커 부츠를 신고 있었다. "여자분한테 그렇게 말하면 안 되죠. 지금 당신은 제정신이 아니라고요, 형씨."

"형씨!" 카우보이가 코웃음을 쳤다. "내가 왜 네 형이야?" 카우보이 입꼬리에 침이 고여 있었다. 그렇다. 광견병에 걸린 개처럼.

초록색 야구 유니폼을 입은 남자는 뒷모습으로 보건대 나보다 나이가 많았다. 열여덟, 아마 스무 살쯤 될 것이다. 청년은 어깨 너머로 여자를 돌아보았다. 여자는 소리 없이 "고마워요"라고 말하고는 몸을 돌려 카트를 끌고 다른 통로로 갔다. 나도 자리를 떴어야 했다. 하지만 원래 공공장소에서 난동을 부리는 사람을 보면 어떻게 될까 궁금해서 도저히 자리를 뜰 수가 없는 법이다.

술 취한 카우보이는 청년을 향해 손을 뻗었지만 그는 가

뿌리 피했다. "잘 들어라, 이 멍청하고 얼굴만 반반하게 생긴 개자식아." 카우보이가 다시 청년의 먹살을 잡으며 외쳤다. "네가 뭔데 나한테 이래라 저래라야?"

청년은 고개를 돌려 날 보았고, 그 순간 이상한 감정이 또렷하게 나를 관통했다. 그도 나와 같은 감정인지 모르겠지만 표정에는 아무런 변화도 없었다. 그는 다시 카우보이를 돌아보더니 몸에 소름이 돋을 정도로 차분하게 말했다. "당신 말이 맞아요. 어쨌든 밖에 나가서 해결하죠." 청년은 다시 날 돌아보지 않고 매장 뒤쪽으로 걸어갔다. 매장 뒤쪽에는 출입문이 없어서 이상하다고 생각했지만, 카우보이는 맨정신이었다고 해도 이상하다고 생각하지 않았을 것이다. 그는 쇼핑 바구니를 바닥에 툭 던지고는 비틀거리며 청년을 따라갔다. 그러더니 다시 돌아와서 여섯 개들이 맥주를 집어 들고 비틀비틀 자리를 떴다. 나는 바닥에 버려진 쇼핑 바구니를 슬쩍 훔쳐보았다. 육포와 대용량 밀키웨이 초콜릿 바가 들어 있었고, 베이크드빈 통조림 하나가 쇼핑 바구니에서 흰 리놀륨 바닥으로 굴러 나와 있었다.

한동안 여기저기 — 원예 용구, 반려동물 사료, 화장품 코너 — 돌아다니며 방금 본 장면을 잊고 마음을 진정하려 했다. 술 취한 미친 카우보이 때문만이 아니라 초록색 야구 유니폼을 입은 청년 때문이기도 했다. 아직도 기분이 이상했다. 죽은 하먼 부인을 발견하고 발밑의 마룻바닥이 꺼진 것만 같았던 때처럼.

한 모녀가 메이블린 화장품 진열대 앞에서 화장품을 자세히 들여다보고 있었다. "이거 봐라. 이건 어떠니? 네 눈동자 색과 잘 어울릴 거야." 여자가 연푸른색 아이섀도를 딸에게 건네며 말했다. 딸은 화장하기에는 아직 어려 보였다. 적어도 우리 엄마는 그렇게 생각했으리라.

나는 다시 통조림 코너로 가서 병아리콩 통조림 하나를 집어 들었다가 도로 내려놓았다. 대체 왜 이러지? 난 뭔가 먹어야 했고, 뭘 먹을지 고르는 건 힘든 결정이 아니었다. 10달러를 안 쓰고 아껴둔다고 해서 크게 이득이 되지도 않았다. 기껏해야 고속도로변 간이식당에서 두 끼를 사 먹으면 사라질 돈이었다.

아니다. 이 돈을 꼭 써야 할 필요는 없다. 나는 가게에서 물건을 훔친 적이 없었고, 이로 인해 발생할 수 있는 결과를 생각해 보니 잠시 식욕이 뚝 떨어졌다. 나는 그런 사람이 되고 싶지 않았다, 어차피 도둑질할 정도로 배가 고프지도 않았고.

'사실이야. 하지만 언젠가는 배가 고플 거야.'

병아리콩 통조림이라니. 이런 물건을 훔치는 사람은 없을 것이다. 고작 59센트였다. 하지만 싼 물건을 훔치면 그다지 큰 잘못이 아닐 것 같았다. 통로에는 아무도 없었다. 나는 통조림을 배낭에 넣고, 가능한 한 태연하게 코너에서 걸어 나왔다.

바로 밖으로 나가면 들킬 것 같아서 억지로 더 돌아다녔다. 문방구 코너로 돌아가서 스프링 노트가 있는 선반을 보는데 뜬금없는 물건이 눈에 띄었다. 랩으로 포장된 샌드위치였다. 흰 식빵, 참치 샐러드, 색이 바랜 채 삐죽 나와 있는 양상추 잎사귀. 마치 큼직한 빨간색 글씨로 '가져가. 안 가져갈 이유가 없잖아'라고 적혀 있는 듯했다. 나는 샌드위치를 집어서 배낭에 쑤셔 넣었다. 이 거지 같은 샌드위치를 먹고 싶지는 않았지만 어쨌든 배가 찰 것이고 어차피 아무도 가져가지 않을 터였다.

그러다 어느새 나도 모르게 다시 사탕 코너에 와 있었다. 지금은 통로에 아무도 없었고, 술 취한 카우보이의 쇼핑 바구니는 여전히 바닥에 쓰러져 있었다. 갑자기 월마트 특별세일 방송이 나오는 바람에 나는 질겁했다. *"최신형 베버 그릴로 즐거운 현충일을 준비하세요! 지금부터 정해진 시간 동안에만 50달러를 할인해 드립니다! 고기를 멋지게 구워보세요!"*

나는 구내식당과 계산대, 잔디 깎는 기계, 파티오용 가구 전시장을 지나 매장 앞쪽으로 갔다. 술 취한 카우보이와 초록색 야구 유니폼을 입은 청년을 생각했다. 지금까지 월마트를 숱하게 다녔지만 뒤쪽에 출구가 있었던 적은 한 번도 없었다.

자동문을 통과하며 한숨을 내쉬었다. 경보음이 울리지도 않았고, 날 쫓아 나오는 사람도 없었다. 길게 늘어선 쇼핑카트를 지나 도로 경계석에 앉았지만 샌드위치를 꺼내지는 않았다. 실제로 먹을 게 있으니 전혀 배고프지 않았다.

황혼 속에서 형광등이 깜빡거렸다. 자동문이 열렸다 닫히는 소리가 나더니 그날 두 번째로 내 무릎에 그림자가 드리웠다. 고개를 들어보니 호리호리한 청년 하나가 내게서 약간 떨어진 곳에 서 있었는데 월마트 직원 유니폼인 푸른색 폴로 셔츠를 입고 있었다. "안녕." 그가 인사했다.

"안녕." '와, 완전 여드름투성이네.' 나는 그렇게 생각했다가 얼른 내 신발을 내려다보았다. 어떤 사람에게 문제가 있을 때 상대를 그 문제가 있는 사람으로만 생각하는 게 싫었다. 마치 과체중이나 사시가 그 사람에 대해 알아야 할 유일한 특징이라는 듯이.

그는 담뱃갑을 꺼내더니 담배 한 개비를 입에 물었다. "가방 속에 깡통 따개가 있니?"

나는 간이 콩알만 해졌다. "뭐?"

"그 콩 통조림 말이야." 청년이 성냥을 그어서 담배에 불을 붙이자 잠시 더 어른스러워 보였다. 하지만 많아야 열여덟 살이었다. 내가 본 사람 중에서 울대뼈가 가장 컸다. 나는 아무 말도 하지 않았다. 그가 말을 이었다. "무슨 그런 걸 훔치냐. 여자애들은 보통 립스틱이나 매니큐어를 훔치는데."

"날 지켜보고 있었어?"

"네가 훔치는 건 못 봤어. 근데 네가 나갈 때 배낭 속 통조림이 살짝 보이더라고."

"미안해. 상사에게 보고해야 하면 해. 네가 나 때문에 해고되는 건 싫으니까."

그는 어깨를 으쓱였다. "우리 상사도 맨날 훔치는데 뭐. 특히 전자 제품들. 전시된 상품들은 시간이 지나면 본사로 보내야 하는데 상사가 가끔씩 상품이 너무 파손돼서 그냥 자기가 가져도 될 것 같다고 보고해. 지금쯤이면 아마 방마다 텔레비전이 있을 거야. 욕실에도."

"말도 안 돼." 내가 말했다.

"훔치고 잡히지 않는 사람들도 많아." 그는 담배를 한 모금 빨면서 내 눈을 바라봤다. "너만 잡혀야 한다는 법은 없지."

그에게 샌드위치 얘기도 하는 게 나을 것 같았다. "이것도 훔쳤어." 나는 가방에서 샌드위치를 꺼냈다.

"아마 유통기한이 지났을 거야." 그가 다시 어깨를 으쓱였다. "어차피 버릴 물건인데 도둑질이라고 할 수 없지."

"아." 나는 랩을 벗겨서 그에게 샌드위치의 반을 건넸다가 바보 같은 짓이라는 기분이 들었다.

"고맙지만 사양할게. 내 이름은 앤디야. 넌?"

"매런."

"예쁜 이름이네. 그런 이름은 처음 들어봐."

"응." 나는 샌드위치를 씹으며 말했다. "보통은 캐런이라는 이름을 쓰지."

"네 이름이 캐런보다 더 좋아."

"고마워." 나는 담배를 한 모금 빨아 코로 연기를 내뿜는 앤디를 지켜보고는 한마디 했다. "너 담배 끊어야 해." 갑자기 웃음이 나왔다. 내 주제에 다른 사람의 악습을 지적하다니!

앤디가 이상한 표정으로 날 바라보았다. "아직도 배고프니?"

나는 고개를 저었다.

"아니긴. 넌 최근에 통 못 먹은 얼굴이야."

"적게 먹어야 아낄 수 있거든."

"돈 말이야?"

나는 고개를 끄덕였다. 앤디는 잠시 머뭇거리더니 다시 입을 열었다. "저기, 난 한 시간 뒤에 근무가 끝나. 우리 다시 만날래?"

나는 고개를 끄덕였다. 앤디는 좋은 사람이었고, 나는 달리 갈 곳도 없었다. 어쩌면 앤디가 자기 집 소파에 재워줄지도 모른다.

그때 머릿속에서 작은 목소리가 들렸다. '조심해.'

앤디는 담배꽁초를 밟아서 껐고, 나는 그를 따라 다시 월마트로 들어갔다. 병아리콩 통조림에 불이 나서 가방에 구멍이 뚫릴 것만 같았다. 아무도 내게 주의를 기울이지 않는다는 사실이 놀라웠다.

앤디는 시나몬 껌 한 통을 꺼내 내게 하나 권했다. "난 괜찮아." 나는 사양했다. 엄마는 절대 껌을 못 씹게 했다.

"나는 물건 받는 일을 해서 주로 뒤쪽에 있어. 이따 9시에 텔레비전 매장 옆에서 만날래?" 나는 고개를 끄덕였고, 앤디는 회전문을 통과해 창고로 사라졌다.

가구 코너로 가서 진열된 침대의 더스트 러플* 속에 배낭을 감춘 다음, 병아리콩 통조림을 돌려놓으려고 다시 통조림 코너로 갔다. 장난감 코너를 통과하며 부모에게 포켓몬 카드나 스파이스 걸스 인형을 사달라고 애걸하는 아이들을 바라보았다. 제발 사달라고 떼를 부리는 여자아이들 옆으로 지나갔고, 다들 날 투명 인간 취급했다. 투명 인간이 된 척하니 기분이 좋았다.

다시 전자 제품 코너로 걸어갔다. 저녁 뉴스를 할 시간이어서 벽에 진열된 텔레비전마다 클린턴 대통령의 얼굴이 나왔다. 언젠가 이 텔레비전은 모두 앤디의 상사 차지가 될 것이다. 앤디의 근무가 끝나려면 아직 30분이 남았지만 나는 계속 텔레비전을 보기로 했다. 살 수도 없는 물건들을 보며 통로를 걸어 다니는 데 지쳤기 때문이었다.

텔레비전에서는 예전 영상이 나왔는데 올해 초 대통령이

---

* 매트리스 하단에서 거의 바닥까지 내려와 침대 다리를 가려주는 덮개나 주름 장식

탄핵당했을 때의 화면이었다. "나는 저 여자와 성관계를 하지 않았습니다." 대통령이 말했다.

"거짓말은 누구나 한다고 쳐도 저렇게 전국 방송에 나와서 한다는 건 차원이 다르지." 옆에서 누군가 말했다. 아까 사탕 코너에서 봤던 그 남자, 초록색 야구 유니폼을 입은 청년이었다.

"맞아." (이보다 더 똑똑한 대답을 생각해 낼 수는 없었을까?)

"너 여기 사니?"

"아니. 넌?"

"나도 아니야." 그는 더 말이 없었고, 그래서 우리는 한동안 말없이 우두커니 서서 벽처럼 쌓인 텔레비전만 바라보았다. 모니카 르윈스키가 새 변호사들을 고용했다고 했다.

누군가 내 어깨를 쳤다. 돌아보니 앤디가 비닐봉지를 들고서 있었다. "갈까?"

"또 보자." 나는 초록색 야구 유니폼을 입은 청년에게 말했다. 내가 그의 옆을 지나서 뒤로 가는 동안 그가 뒤돌아서 봐주기를 바랐지만 그는 텔레비전에서 눈을 떼지 않았다. 내게 별 관심 없는 척하는 듯하더니 "또 봐"라고 말했다.

모퉁이를 돌아 가전제품 코너를 빠져나오는 동안 무언가가 마음에 걸렸다. 모자······. 아까 저 청년은 모자를 쓰고 있지 않았다. 그런데 지금은 카우보이모자를 쓰고 있었다.

밖으로 나가기 전에 침대 코너로 가서 배낭을 가져왔다.

그리고 몇 걸음 뒤에서 앤디를 따라 주차장으로 갔다. 그의 차는 금색 쉐비 노바였는데 범퍼 스티커가 여러 개 붙어 있었다. '못된 인간들은 재수 없어.' '포에버 그레이트풀 포에버 데드.'* '내가 힘을 되찾으면 너희들은 모두 내 앞에서 굽실거릴 것이다.'**

앤디는 조수석 문을 먼저 연 다음, 내게 비닐봉지를 건네며 말했다. "우린 아무 데도 안 갈 거야. 네가 어디로 가고 싶다고 말하지 않는 한. 그냥 잠시 앉아서 네가 음식을 먹는 동안 얘기를 나눌 거야."

나는 배낭을 뒷좌석에 놓아두고 조수석에 앉아 무릎 위에서 비닐봉지를 벌렸다. 그 안에는 미니 오레오 한 봉지, 바나나, 체리 요거트(일회용 스푼까지), 랩으로 포장된 옥수수 머핀이 들어 있었다. 앤디는 운전석에 타서 문을 닫았다. 나는 그에게 고맙다고 말하고, 앤디는 먹는 나를 지켜보았다. 나는 그에게 오레오를 권했다가 또다시 바보가 된 기분을 느꼈다. 내 것도 아닌 음식을 권하다니.

바나나를 먹는 동안 발에 책이 닿았다. 집어 들어서 보니 《거장과 마르가리타》라는 책이었다. 표지에는 권총을 든 고양이가 씩 웃고 있었다. 책을 펼쳐서 휘리릭 넘기다가 아무

---

* '록 밴드 그레이트풀 데드여 영원하라'는 뜻
** 미국 드라마 〈버피 더 뱀파이어 슬레이어〉에 나오는 대사

페이지나 읽어보았다.

모든 일은 다 올바른 방향으로 나아간다. 세상은 그 사실을 기초로 만들어졌다.

다른 사람들에겐 그렇겠지. 하지만 내겐 절대 아니다.

"러시아 문학 수업 때문에 읽는 책이야." 앤디가 말했다. "아주 좋아. 너도 읽어볼래?" 나는 고개를 끄덕였다. "넌 어떤 책 좋아해?"

"많아. 《유령 요금 계산소》도 좋아하고, 《시간의 주름》도 좋아하고, 《나니아 연대기》 책은 다 좋아해." '비인바앙.' 나는 몸을 부르르 떨었다.

"추워? 히터 틀까?"

"아니, 필요 없어. 괜찮아."

"그런 책들을 좋아한다면 《거장과 마르가리타》도 좋아할 거야. 고멘가스트 시리즈 읽어봤어?" 나는 고개를 저었다. "난 그 책도 좋아해. 삼부작인데 나중에 만나면 빌려줄게."

"너 너무 친절하다." 나는 요거트를 싹싹 긁어 먹고 쓰레기가 든 비닐봉지를 묶으며 말했다. 그러고는 앤디를 바라보며 기다렸다.

앤디는 내 손을 잡더니 손깍지를 껴서 우리 사이에 있는 콘솔에 올려놓았다. "손잡아도 돼? 괜찮겠어?"

"네가 원하는 게 그것뿐이야?" 내가 물었다. 앤디의 입에서는 프리토스 과자와 펩시, 그리고 담배 냄새가 났다.

앤디는 고개를 끄덕였다. 그의 손은 따뜻하고 축축했지만 잡고 있으니 기분이 좋았다. 잠깐, 아주 잠깐이었지만 안전해진 기분이 들었다.

"안 돼." 나는 손을 빼서 무릎 밑에 넣었다. "너 이러면 안 돼."

"괜찮아." 앤디가 울퉁불퉁한 운전대를 쓰다듬었다. "넌 아무것도 할 필요 없어."

"아무것도 하고 싶지 않아."

"그래. 난 그냥 여기 앉아서 네 손만 잡고 싶을 뿐이야."

"하지만 그 이상을 원하잖아."

앤디는 어깨를 으쓱였다. "모든 남자가 그 이상을 원하지." 그러더니 머뭇거리며 말을 이었다. "하지만 꼭 그것만 원하는 건 아냐."

"그럼?"

"난 네가 어떤 심정인지 알아. 나도 혼자야. 작년에 집에서 나왔거든. 그래야만 했어. 우리 아빠는 술만 마시면 끔찍하게 돌변해. 아빠 때문에 입원한 뒤로 독립하게 됐어."

"아빠가 어쨌는데?" 앤디는 셔츠를 들어 올렸고 나는 숨을 헉 들이쉬었다. 갈비뼈를 가로질러 울긋불긋한 자상이 지그재그로 나 있었다. "맥주병 파편에 찔렸어." 앤디는 잠시 뜸을 들였다가 말을 이었다. "엄마를 그 집에서 데리고 나오려고 하는데 엄마가 말을 듣지 않아."

"속상하겠다."

"내 아빠라는 작자가 병신인 걸 어쩌겠어." 만약 고막을 찌르는 웃음소리가 있다면, 아마 이런 웃음일 것이다. 우리 아빠는 절대 저런 짓을 하지 않았으리라. 엄마는 마음씨가 고운 남자와 결혼했다.

앤디는 한숨을 쉬었다. "어쨌든 엄마의 마음이 바뀔 경우를 대비해서 간이 매트리스를 사뒀어. 새로운 불행보다 익숙한 불행이 낫다고 하잖아. 엄마는 혼자 살기가 두려운 거야. 삶이 지금보다 더 나빠질 수 없는데도 말이야."

"엄마는 혼자가 아니야. 네가 있잖아." 내가 말했다.

그러자 앤디가 날 바라보았다. 다정하면서도 내가 친절하게 말해줘서 고맙지만 요점을 놓치고 있다는 눈빛이었다. "지금까지 한 번이라도 하던 일을 멈추고 '이게 내 인생이라고?'라는 생각이 들었던 적 있어?" 앤디는 날 바라보았다. 그는 울기 일보 직전인 내 얼굴을 보았고, 그걸로 충분한 대답이 되었다.

"나는 윌리스턴의 거지 같은 전문대에 다니면서 이 시궁창에서 일해." 앤디는 엄지로 왼쪽 어깨 너머를 가리켰다. 푸른색 월마트 간판에 불이 들어와 있었다. "그러다 플레이스버그의 24시간 빨래방 위에 있는 코딱지만 한 집으로 돌아가. 정말 구리지? 진짜 구려. 그런데 네가 나타난 거야. 난 생각했지. '그래. 이 애라면 날 이해해 줄 거야.'"

나는 가슴 위에서 팔짱을 꽉 꼈다. "넌 내가 어떤 사람인지 모르잖아."

"한 사람을 아는 데 그렇게 오래 걸리지는 않아."

"난 병아리콩 통조림을 훔쳤어, 앤디. 도둑이라고."

"바로 그거야. 넌 나보다 더 절박해." 앤디는 여전히 날 바라보고 있었다. "그리고 예뻐."

"아니, 그렇지 않아."

"아냐, 정말로 예뻐. 여자들은 자기들이 잡지 표지에 나오는 모델처럼 생기지 않았다고 해서 안 예쁘다고 생각해. 하지만 그건 전부 포토샵이야. 다 가짜라고."

"나도 알아. 그것 때문이 아니야."

"그럼 뭐 때문인데? 네가 내 얘기를 들어줬으니까 이젠 내가 네 얘기를 들어줄게."

"부탁인데." 난 고개를 저었다. "제발 나한테 그렇게 잘해주지 마."

앤디는 한 손을 들어 내 뺨을 감쌌다. "왜 안 되는데?"

나는 그의 냄새를 맡았고—과자와 시나몬 껌, 담배 냄새—그러자 몸이 씰룩거렸다. 여기서 나가야 했다. 내가 손잡이로 손을 뻗었더니 앤디가 버튼을 누르면서 딸칵 소리와 함께 차 문이 모두 잠겼다.

"정말로 가고 싶다면 좋아, 보내줄게." 앤디가 말했다. "하지만 넌 갈 곳도 없잖아. 그러니까 그냥 내 도움을 받지 그래?"

"넌 몰라, 앤디. 지금까지 난 끔찍한 짓을 저질렀어. 날 보내주지 않으면 너한테도 그 짓을 저지르게 될 거야." 문손잡이에 손을 올렸지만 앤디가 내 어깨를 잡더니 자기 쪽으로 끌어당겼다.

"가지 마. 그냥 안고만 있을게." 앤디가 그렇게 속삭이고는 내 목에 키스했다. 그의 손은 내 허벅지를 타고 무릎까지 내려와 양 무릎을 부드럽게 벌렸다.

'네 엄마.'

'안됐다.'

'이제 네 엄마는 아빠 곁을 영원히 떠나지 못할 거야.'

앤디는 내 죄책감을 건드릴 수 있었다. 내게 성적인 행위를 강요할 수도 있었다. 하지만 그러지 않았다. 그는 외로웠고, 나도 혈혈단신이라는 걸 알았다. 그로서는 우리가 차에 함께 앉아 오레오를 먹고 손을 잡는 게 감사하면서도 타당한 일이었을 것이다. 하지만 그가 가져온 음식을 먹는 동안, 머릿속에서 작은 목소리가 속삭였다. '사람은 누구나 외로워. 하지만 그저 외롭다는 이유로 무언가를 해서는 안 돼.'

나는 차에서 도로 위로 굴러떨어졌고, 무릎이 벗겨졌다. 얼마나 많은 사람이 날 봤을지 알 수 없었다. 루크를 제외하고는 실외에서 이런 짓을 한 적이 없었다. 더구나 이런 공공장소에서는. 나는 누군가에게 쫓기는 사람처럼 주차장을 빠져나와 어둠 속으로 뛰어갔다. 정신이 완전히 나간 상태여서 설사 누가 있었다고 해도 알아차리지 못했으리라.

이 월마트는 옥수수밭 한가운데 덩그러니 세워져 있어서 고속도로 외에는 도망칠 곳도 없었다. 지금 10시쯤 되었을 텐데도 아직 도로에는 차들이 많았다. 대형 덤프트럭이 옆으로 쏜살같이 지나가자 뜨거운 바람이 불면서 이마에 내려온 머리카락이 휘날렸다.

아빠를 찾아야겠다는 생각은 앤디의 담배 연기처럼 내 머릿속에서 날아가 버렸다. 도로로 한 발짝만 내디디면 다음 트럭이 날 세상에서 사라지게 해줄 것이다. 너무 쉬웠다. 운전사는 다치지 않을 것이고, 그의 과실이라고 비난하는 사람도 없으리라. 내가 뒤에서 치인 게 아니라는 사실이 밝혀질 것이다.

정말 좋은 계획이었다. 간단했고 타당했다.

오래 기다릴 필요도 없었다. 나는 고속도로로 들어섰다. 헤드라이트 불빛이 시야를 가득 채웠다. 운전사가 브레이크를 세게 밟으며 경적을 울렸다. 불빛에 눈이 부셨지만 손을 들어 눈을 가리지 않았다. 1, 2초 동안 트럭 앞면 그릴에서 나오는 뜨거운 열기가 얼굴에 느껴졌다.

트럭에 치이는 건 내가 생각했던 것과 달랐다. 마치 중력이 사라진 것처럼 몸이 옆으로 홱 끌려갔다. 나는 도로에 쿵 떨어졌고, 트럭은 내 옆으로 빠르게 지나갔다. 운전사는 계속 주먹으로 경적을 눌러대며 열린 차창 너머로 고래고래 욕을 퍼부었다.

"너 미쳤어?" 누군가의 목소리가 들렸고 나는 순간적으로 앤디인 줄 알았다. 앤디가 무사하다. 나는 아무 짓도 하지 않은 것이다.

내 겨드랑이 밑에 상대의 손이 들어와 있어서 나는 헉 소리를 냈다. "미안." 남자가 내 팔꿈치 안쪽을 부드럽게 잡고 날 일으키며 말했다. "부드럽게 착지할 방법을 생각해 낼 시간이 없었어." 앤디가 아니었다. 초록색 야구 유니폼을 입은 청년이었다. "내일 자고 일어나면 아플 거야. 그래도 트럭에 치인 것보다는 덜 아플걸."

내일까지 기다릴 필요도 없었다. 온몸이 욱신거렸다. 입술에 손을 대었다가 지금 내 꼴이 어떨지 떠올라서 황급히 입을 가리고 몸을 돌렸다. 하지만 남자는 부드럽게 내 어깨에 손을 올렸다. "괜찮아."

"괜찮지 않아. 지금 내 꼴이 엉망이야." 내가 손가락 사이로 웅얼거렸다.

남자는 한 팔을 내 허리에 감아 날 부축했다. 우리는 가드레일을 넘어 다시 경사면으로 갔다. "너 그 남자한테 끔찍한 짓을 한 거지?" 말할 때마다 옆구리가 아팠지만 그래도 물어보지 않을 수 없었다. "월마트에서 사각팬티만 입고 있던 그 한심한 주정뱅이 말이야."

"응." 남자가 말했다.

"그 모자 어디서 났어?" 하지만 나는 저 모자가 어디서 났는지 알고 있었다.

그는 날 부축하지 않은 손으로 뒷주머니에서 짤랑거리는 무언가를 꺼내더니 손끝에 대롱대롱 매달린 물건을 보여주었다. "이 열쇠랑 출처가 같아."

"그거 그 주정뱅이 모자잖아."

그는 열쇠를 다시 주머니에 넣고 카우보이모자에 손을 올렸다. 아직 모자가 머리 위에 있는지 확인하듯이. "이제 그 사람에게는 필요 없는 물건이야."

우리는 경사면을 내려가 텅 빈 주차장을 가로질렀다. 머릿속에 여러 생각이 스쳤지만 하나도 연결되지 않았다. 대체 그 주정뱅이를 어떻게 한 걸까?

"걱정 마." 청년이 말했다. "네가 한 짓을 본 사람은 나뿐이야. 그리고 아무에게도 말하지 않을 거야. 아직 아무도 그 직원의 차를 보지 못했어. 우린 무사해."

'우린 무사해.'

"혹시 너……."

우리는 걸음을 멈췄고, 우두커니 서서 서로를 바라보았다. 그 순간이 몇 년처럼 길게 느껴졌다. 마침내 그가 입을 열었다. "맞아. 나도 그래."

나는 이 세상에 나와 같은 사람이 있다는 안도감에 빠져들기 전에 그가 더 말해주기를 기다렸다. 세상에서 온갖 좋은 것들은 나를 떠나가는 이 상황에서 두 번째로 우정을 맺을 기회가 왔다는 사실이 신기했다. "그 남자는 어떻게……?"

"남자 화장실. 카우보이를 뒤따라 들어가서 문을 잠갔어."

"뭔가 이상하다 했어. 네가 그 사람을 출구 반대 방향으로 데려갔거든." 청년은 반쯤 미소 지었다.

"아무도 못 본 게 확실해?" 내가 물었다.

"확실해. 하지만 여길 뜨는 게 좋겠다."

그 말에 나는 약간 절뚝거리며 서둘러 앤디의 차로 갔다. 그도 날 뒤따라왔다. 내가 배낭을 꺼내려고 뒷문을 열자 그는 운전석 문을 열더니 좌석 밑에서 구겨진 쇼핑백을 꺼내 앤디의 옷이며 다른 쓰레기들을 담기 시작했다. 바닥에는 앤디가 러시아 문학 수업을 위해 읽고 있다는, 권총을 휘두르는 고양이가 그려진 책이 있었다. 책 중간쯤에 500밀리리터 펩시와 치킨샌드위치를 구입한 영수증이 책갈피처럼 끼워져 있었다. '앤디는 이 책의 결말을 영영 모르겠구나.'

나는 그 책을 내 배낭에 집어넣었다. 청년은 맨손으로 쇼핑백에 담긴 쓰레기—내가 만든 쓰레기—를 꾹꾹 누르더니 손잡이를 두 번 묶으며 물었다. "그거 네 책이야?" 나는 고개를 저었다. "너도 먹은 사람의 물건을 가져가나 보네."

"응. 치워줘서 고마워." 내가 웅얼거렸다.

"언젠가는 내 호의에 보답할 날이 올 거야." 청년의 미소는 어딘가 어색했다. "이건 다른 데 가져가서 버리자." 그러더니 쓰레기가 가득 든 비닐봉지를 검지에 건 채 차 문을 쾅 닫았다. 그리고는 매장 반대편, 투광 조명등의 반경에서 벗어난 곳에 주차된 카우보이의 검은 픽업트럭으로 걸어갔다. 트럭 운전석에서 맥주와 담배 냄새가 진동했다. 놀랄 일도 아니었다. 우리는 운전석에 올라탔고, 그가 열쇠를 돌려 시동을 걸었다. 수동 트럭 모는 법을 알고 있었다.

"우리 어디로 가는 거야?"

청년은 대시보드에 있던 종이 더미에서 봉투 하나를 빼내 내 무릎에 던졌다. 전기세 고지서 같았다. 봉투 겉면에 '아이오와주, 피츠턴, 13번 도로 5278, 배리 쿡'이라고 적혀 있었다.

우리는 잠시 침묵을 지켰고, 13번 도로 출구로 빠지기 전에 그가 물었다. "근데 넌 이름이 뭐야?"

"매런. 넌?"

"리."

"고향은 어디야?"

리는 경계하는 눈빛으로 날 보았다. "그게 중요해?"

나는 어깨를 으쓱였다. "그냥 대화를 나누려는 거야."

"미안. 한동안 대화를 한 적이 없어. 아까 그 술 취한 카우보이 새끼랑 얘기한 걸 제외하면. 사회성이 떨어졌나 봐."

"저, 월마트에는 어떻게 왔는지 물어봐도 돼? 그러니까 네

144

차는 없는 거야?"

"응. 차를 얻어 타고 오다가 월마트에서 8킬로미터 떨어진 곳에서 클러치가 터져버렸어. 나도 너처럼 옴짝달싹 못 하는 신세야."

"내가 옴짝달싹 못 하는 신세라는 건 어떻게 알았어?"

리가 미소 지었다. "아니었다면 네 차를 탔을 테니까."

나는 차창을 내리고 얼굴 정면으로 차가운 밤공기를 맞았다. 설리가 생각나서 반은 혼잣말하듯이 물었다. "왜 하필 지금이지?"

"무슨 말이야?"

"평생 이 세상에 나 같은 사람은 없다고 생각했어. 그러다가 최근에 일주일도 안 되는 동안에 나와 같은 사람을 둘이나 만났어."

"잠깐만. 또 한 사람은 누구야?"

"지금은 다 말할 수 없어. 머리가 아파." 내가 웅얼거렸다.

리가 으쓱하는 게 느껴졌다. "나중에 안 아플 때 말해줘."

"그냥 너무 이상하잖아. 한 명도 없다가 갑자기 둘이나."

"몇 명이나 더 있을지 누가 알겠어?"

"정말? 우리 같은 사람이 많을 거라고 생각해?"

리는 다시 어깨를 으쓱였다. "원래 그렇잖아. 전에는 들어본 적도 없다가 한 번 듣고 나면 어딜 가든 그것만 보이지."

나는 의심스러운 눈으로 그를 바라보았다.

"기대하는 걸 발견하게 된다는 뜻이야."

"그럴지도 모르지." 예전에 메인주에서 다녔던 학교의 역사 선생님이 생각났다. 앤더슨 선생님은 젊고 예쁘고 친절했지만 선생님을 싫어하는 아이들도 있었다. 하루는 수업이 끝난 뒤에 선생님이 자기 책상에 앉아 내 시험지를 검토했다. 나는 선생님 뒤에 서 있었는데 선생님이 몸을 돌려 내게 미소 짓는 순간, 분명히 그 냄새를 맡았다. 동전이 썩은 듯한 냄새. 나는 시험지를 낚아채 밖으로 뛰쳐나갔고, 이튿날 선생님은 아무 일도 없었다는 듯이 행동했다.

모든 게 내 망상이라고 믿으려 했다. 사람들은 선생님을 좋아하지 않았지만 그래도 나를 피하듯이 피해 다니지는 않았다. 또 선생님은 검은색 옷을 입지도 않았다. 하지만 똑같이 인간을 먹는다고 해도 우린 모두 다르다. 이제야 그걸 알게 되었다.

5

주정뱅이 카우보이는 혼자 살았다. 이 또한 놀랄 일은 아니었다. 손바닥만 한 집에는 거실과 그 너머에 부엌, 그리고 왼편에 욕실과 침실이 있었다. 집 안 전체에서 마치 100년 동안 매일 술 마시고 담배만 피운 듯한 냄새가 났다.

소파에 털썩 앉아 주위를 둘러보았다. 거실 벽은 섬유판으로 마감되었고, 텔레비전 뒤에는 천장부터 바닥까지 닿는 키스 밴드 포스터가 찌그러진 금속 액자 틀에 들어 있었다. 커피 테이블에는 빈 맥주 캔과 말보로 담뱃갑 여러 개가 기름으로 얼룩진 피자 상자 무더기와 함께 널려 있었다. 탈색한 금발에 벌거벗은 여자들 사진이 일렬로 실린 잡지도 펼쳐져 있었는데 왠지 진짜 사람이 아닌 듯했고, 사진마다 900번으로 시작하는 전화번호가 적혀 있었다.* 나는 잡지를 덮어 구

---

* 미국에서 900번으로 시작하는 번호는 주로 폰섹스 번호다

석에 있는 레이지보이 리클라이너 뒤로 던졌다.

리는 부엌에서 식탁에 쌓인 우편물 더미를 휘리릭 넘겨 보더니 커튼을 젖혀 창밖을 내다보았다. 내가 앉은 자리에서도 싱크대에 쌓인 접시들이 곰팡이로 뒤덮인 게 보였다. 리는 냉장고를 열고 말했다. "이 안에 냉동 피자 한 상자가 있네. 근데 배 안 고프지?"

나는 고개를 끄덕였다.

"그래, 나도." 리가 말했다.

나는 배낭에서 세면도구와 잠옷을 꺼낸 다음 욕실을 가리켰다. "나 욕실 좀……"

"그래. 어서 써." 리는 마치 여기가 자기 집인 양 나한테 뭘 해도 된다, 안 된다고 말한다는 게 웃긴다는 듯이 씩 웃었다. 나도 욕실 문을 닫으며 살짝 미소 지었다.

아니나 다를까 거울을 보니 입가와 턱에 붉은 얼룩이 있었고, 이 사이도 시뻘겠다. 리가 나와 같은 부류라는 건 중요치 않았다. 그에게 이런 모습을 보이는 게 싫었다. 나는 양치를 네 번이나 하고, 리스테린으로 입을 헹구고 또 헹궜다. 그런데도 여전히 민트 향 아래서 감도는 앤디의 맛이 느껴졌다.

욕실 타일 바닥에는 배리 쿡이 허물처럼 벗고 나온 사각 팬티 몇 개가 동그랗게 말려 있었다. 욕실 매트는 세탁기 내부를 구경조차 못 해본 듯했다. 변기에는 작은 똥 덩어리와 담배꽁초가 둥둥 떠 있었다. 나는 티셔츠와 반바지를 벗어

비누로 빤 다음, 수건걸이에 걸어 말렸다.

거울 속 내 몸을 바라보았다. 갈비뼈 아래쪽과 한쪽 어깨에 멍이 들었고 이마에는 긁힌 상처가 있었다. 거리에서 싸움이라도 한 사람 같았다. 욕조로 들어가 샤워기를 틀었다. 뜨거운 물로 샤워하니 기분이 좋았다. 나는 물을 점점 더 뜨겁게 틀었다. 물이 아주 뜨거우면 내가 저지른 짓이 다 씻겨나갈 거라는 듯이. 비누로 몸에 묻은 모래를 씻어내는 동안 무릎이 따끔거렸다.

문에 걸린 여러 개의 수건 중에서 가장 깨끗해 보이는 수건으로 몸을 톡톡 닦고 다시 거울을 바라보았다. 앤디 말고 나를 예쁘게 봐주는 사람이 있을까? 그러다 웃음이 나왔다. 그런다고 달라질 게 뭐람.

욕실에서 나왔더니 리가 식탁에 앉아 육포를 씹으며 배리 쿡의 우편물을 읽고 있었다. "배 안 고프다며." 내가 말했다.

"습관이야." 리는 편지에서 눈을 떼지 않은 채 어깨를 으쓱였다. 그러고는 육포를 씹으며 말했다. "이 아저씨는 퀸터 키주 출신이네. 그래서 억양이 이상했구나. 부모님을 만나러 고향에 안 간 지가 10년이나 됐대." 리는 고개를 절레절레 흔들었다. "이건 그 아저씨의 엄마가 보낸 편지야. 아빠가 암에 걸렸다고 내려오래. 넉 달 전 소인이 찍혔는데 뜯어보지도 않았어." 리는 육포를 한 입 더 베어 먹었다.

나는 리모컨을 발견해 그걸 들고 소파에 털썩 앉아 텔레비전을 켰다. 바람에 데굴데굴 굴러가는 회전초들 사이에서 두 남자가 서로 반대 방향으로 걸어갔다가 몸을 돌려 상대를 향해 총을 쐈다. 리는 리클라이너에 앉더니 카펫에 펼쳐진 포르노 잡지를 발견하고 집어 들어 잠시 휘리릭 넘기고는 다시 바닥에 던졌다.

텔레비전 속에서 한 남자가 땅바닥에 누워 있었고, 옷차림이 추레한 여자가 그의 시신 옆에서 울고 있었다. "너 이 영화 봐?" 내가 물었다.

"네가 틀었잖아."

나는 다시 텔레비전을 끄고, 어질러진 커피 테이블 위로 리모컨을 던졌다. "근데 우리 왜 여기에 있는 거야?" 내가 물었다.

"달리 갈 데라도 있어?"

나는 코를 찡그렸다. "설마 오늘 밤에 여기서 잘 생각은 아니겠지?"

"아무도 네게 강요하지 않아. 너 하고 싶은 대로 하면 돼." 그는 의자에 등을 기댔다. "저기, 우리가 알게 된 지 겨우 한 시간밖에 안 됐지만 내가 이 집에 하룻밤 이상 머무를 생각은 없다는 걸 알아줬으면 좋겠어."

나는 리를 바라보았다. 리가 말을 이었다.

"쳇, 선행상을 받을 정도는 아니지만 그래도 이 정도면 칭찬해 줄 수 있지 않아? 늦은 시간이고 우리에겐 잘 곳이 필요하다고."

"너, 이번이 처음이 아니구나." 내가 말했다.

"너도 그렇잖아."

"어떻게 알았어?"

"몰랐어. 다만 이렇게 하지 않고서는 혼자 지낼 수 없다는 건 알지."

"네 말이 맞아." 난 한숨을 쉬었다. "하지만 이런 식은 아니었어. 난 초대받았다고."

리는 한쪽 눈썹을 치켜세웠다.

"사실이야." 나는 손톱을 물어뜯었다. "이 얘기도 나중에 해줄게."

"지금 시간 많아."

"넌 계속…… 이렇게 살았던 거야?"

"매일 밤은 아니지만, 그래, 가끔은 그랬어."

리는 날 보고 있지 않았지만 날 훔쳐보는 듯한 느낌이 들었다. "난 네가 어떤 사람인지 모르지만 오늘 하루가 빨리 끝났으면 좋겠어." 내가 말했다.

나는 물침대 가장자리에 앉아 일기장을 꺼내 명단에 앤디의 이름을 추가했다. 침실 문간에 리가 나타나더니 침대를 향해 달려와 폴짝 뛰어올랐다. 그의 발아래서 매트리스가 출렁거렸다. "물침대다!" 리는 등을 대고 누워 양손을 머리 뒤로 가져가 깍지를 끼더니 날 보며 미소 지었다. "이제 천장에 거울만 있으면 되겠네."

나는 볼이 서서히 달아오르는 걸 느꼈다. 만약 우리가 다른 사람이었다면, 평범한 사람이었다면 방금 리가 한 말은 성적인 의미가 있었을 테니까. 나는 리 옆에 누웠다. 너무 가깝지도 않으면서 그렇다고 너무 떨어지지도 않은 곳에. 리 곁에 있으니 기분이 좋았다. 우리는 함께 있어서 안전했고, 또한 서로에게서 안전했다. 갈비뼈가 쑤셨지만 이런 고통은 얼마든지 견딜 수 있었다.

내가 그를 빤히 바라보고 있었는지 리가 침대 저편에서 내게 조금 다가오면서 물었다. "왜?"

나는 하품했다. "혹시 네가 내 상상인가 싶어서."

리는 대답하지 않았다. 그저 다시 침대에 등을 털썩 대고 누워 천장을 바라보았다. 우리의 몸 아래서 물침대가 출렁거렸다. 나는 눈을 감고 바다에 둥둥 떠 있다고 상상했다. 이 침대는 잔잔한 수면 위에서 요람처럼 부드럽게 흔들리는 배였다. 저 멀리 보이는 지평선은 푸른색과 푸른색이 맞닿아 있다. 바위에는 인어가 앉아서 조개껍데기 빗으로 은빛 머리를 빗어 내리고 있다.

잠시 뒤에 나는 눈을 떴다. "그 일이 처음 일어난 때를 기억해?"

"응. 넌?"

"그때 난 너무 어렸어. 가끔은 기억이 나는 것도 같은데 사실이 아닐 거야."

"왜? 누구한테 그 얘기를 들었어? 엄마?"

나는 고개를 끄덕였다. "좀 더 커서 엄마에게 물어봤어. 왜 엄마는 다른 엄마들처럼 외출하지 않냐고. 그랬더니 엄마가 날 다른 사람에게 맡길 수가 없어서 그렇다고 했어. 그 일이 있고 난 뒤로 말이야."

"그래. 나도 베이비시터가 처음이었어." 리가 말했다.

잠에서 깨어보니 옆에 리가 없었다. 리는 거실 소파에서 자고 있었다. 입을 벌린 채 부드럽게 코를 골면서. 강렬하게 느껴지는 이 갑작스러운 감정은 아마도 실망감이리라.

부엌으로 가서 냉장고를 열어보았지만 들어 있는 것이라고는 맥주와 케첩뿐이었다. 냉동실에서 냉동 피자 상자를 꺼내 토스터 겸 오븐을 켜고 작은 사각형 피자 네 조각을 넣었다.

잠시 뒤에 누군가 현관문을 두드렸다. 나는 지저분한 리놀륨 바닥 위로 얼른 쪼그려 앉았다. 가슴이 벌렁거렸다. 큰일 났다.

"배리!" 여자가 소리쳤다. "돈은 어디 있어, 배리? 딸내미가 제대로 먹고사는지 걱정도 안 돼?"

나는 한숨을 내쉬었다. 다행히 오늘은 우리가 심판받는 날이 아니었다. 배리에게도 그랬고. 어쩌면 리가 배리에게 친

절을 베푼 것일 수도 있다. 여자는 실눈을 뜨고 집 앞쪽 창
문에 처진 러플 달린 붉은 커튼 너머로 집 안을 들여다보았
다. 다행히 소파에 누워 있는 리를 보지 못했다. 혹은 그게
배리가 아니라는 사실을 몰랐다. 여자의 헝클어진 검은 머리
와 바쁘게 돌아가는 눈알을 흘깃 보았다.

"너 집에 있는 거 알아, 병신아!"

리는 눈을 번쩍 뜨고 날 보더니 조용히 카펫으로 내려와
내 쪽으로 다가왔다.

여자가 현관문을 쾅쾅 두드리자 망사문 경첩이 항의하듯
끼익끼익거렸다. "문 열어, 이 쓸모없는 새끼야!" 여자는 문
손잡이를 마구 돌려댔고, 나는 전날 밤에 문을 잠가둬서 정
말 다행이라고 생각했다.

"봐." 리는 측창에 달린 커튼을 젖히고 진입로에 주차된
스바루를 가리켰다. "차 안에 아이가 있어. 맙소사."

나는 집 안을 떠올려 보았다. 이 집에는 장난감이나 그림
책, 작은 티셔츠, 찍찍이 샌들 같은 물건은 없었다. 배리의
아이는 여기에 머무른 적이 없다.

"이제 어떻게 해야 하지?" 내가 속삭였다. 부엌 뒤쪽에 밖으
로 나가는 문이 하나 더 있기는 했지만 뒤뜰 주위에 철망이
쳐 있어서 여자에게 들키지 않고 도망치기는 불가능했다.

"이 멍청하고 게으른 개자식아!" 여자가 발로 문을 차더니
마지막으로 망사문을 쾅 닫았다. "이번에는 못 빠져나갈 줄

알아, 배리. 경찰 데리고 다시 올 거야!"

여자가 차에 올라타더니 떠나는 소리가 들렸다. 우리는 물건을 챙겨서 밖으로 나왔다. "젠장. 여자가 트럭 앞쪽 타이어 하나를 칼로 찢어버렸어." 리가 말했다.

"어떻게 하지?"

리가 트럭 짐칸으로 올라가더니 허리를 숙여 스페어타이어를 집어 들었다. "스페어타이어를 구비해 둘 정도로 준비성이 있다니 놀랍네. 우리가 아는 배리를 생각할 때 말이야." 리는 능글맞게 웃었다. "여자가 너무 화가 난 탓에 짐칸에 스페어타이어가 있는 걸 몰랐나 봐. 다행이야. 이것 좀 받아줄래?"

리는 내게 타이어를 건네더니 공구 상자를 열고 자신에게 필요한 도구를 찾다가 잭과 스패너를 들고 짐칸에서 뛰어내렸다.

"타이어를 교체하는 동안 여자가 오면 어떻게 해?"

리는 도로 위에 공구를 내려놓고 휠캡을 살펴보았다. "이 근방에서는 어딜 가든 적어도 20분은 걸려. 난 정확히 7분이면 타이어를 교체할 수 있어."

"정말?"

리는 이를 악물고 잭에 펌프질을 했다. "못 믿겠으면 시간 재봐."

"믿어." 나는 시간을 재지 않았지만 대략 7분 정도 걸린 듯했다. 리는 손놀림이 빨랐고, 행동 하나하나가 확신에 차 있었다. 혹시 아빠가 자동차 수리공이 아닌가 싶을 정도였다.

"새 타이어로 교체해야 해. 하지만 먼저 이 동네를 뜨자. 누가 이 트럭을 알아보면 안 되잖아."

리는 찢어진 타이어를 진입로에 남겨두었고, 우리는 트럭에 올라탔다. 리가 시동을 걸더니 말했다. "난 집에 가야 해."

"집이 어딘데?"

"버지니아주의 텅리라는 도시야. 켄터키주를 넘어가면 바로 나와. 넌 어디로 가는 중이라고 했지?"

"미네소타주."

"빨리 가야 해?"

나는 어깨를 으쓱였다. 아무래도 본심을 감추는 데 소질이 있는 듯했다.

"나는 꼭 집에 다녀와야 해. 몇 시간 동안이라도." 리가 말을 이었다. "그런 다음에 널 목적지로 데려다줄게. 먼 길이지만 내가 데려다주고 싶어. 너만 괜찮다면."

너무 좋아서 손끝이 찌릿찌릿했다. 어쩔 수가 없었다. "그러니까…… 내가 너랑 함께 갔으면 좋겠다는 뜻이야? 버지니아주까지?"

"네게 더 좋은 방법이 없다면." 리가 무덤덤하게 말했다.

나는 입을 닦는 척하며 미소를 가렸다.

"우리가 친구라는 말은 아냐. 그냥 누군가 널 돌봐주는 게 좋을 것 같아."

"원래 친구가 그런 거 아냐?"

"나야 모르지. 친구가 있었던 적이 없으니까." 리가 말했다.

"설마."

"왜? 그러는 넌 친구가 얼마나 많은데?"

나는 차창 밖을 바라보았다. "난 친구를 사귀기는 하는데 오래 못 가."

리가 '내 말이 그 말이야'라고 말하는 듯한 눈으로 날 힐 끗 보는 게 느껴졌다.

"젠장. 오븐에 피자를 넣어두고 왔어." 내가 말했다.

트럭이 몇 킬로미터를 달리는 동안 우리는 아무 말도 하 지 않았다. 전나무가 에워싼 초원에서 새 한 무리가 빙글빙 글 돌아가며 날아올랐다. 리는 날 힐끗 보았다. "지난번에 누 군가의 집에 초대됐다고 했지?"

"그 얘기가 듣고 싶어?"

"시간 많잖아." 리는 입을 쩍 벌려서 요란하게 하품했다. 그 모습이 잠시 여섯 살짜리 아이 같아 보였다. "근데 처음 부터 말해줘. 여러 이야기를 막 섞어서 하면 내가 헷갈리니 까." 그러더니 날 곁눈질로 힐끗 보면서 물었다. "넌 고향이 어디야?"

"위스콘신주에서 태어났어. 하지만 늘 이사를 다녔지."

"아, 그랬구나."

"엄마가 집을 나간 뒤에 난 펜실베이니아주로 갔어. 엄마가 조부모님 댁에 갔을 거라고 생각했거든." 난 잠시 뜸을 들였다. "조부모님을 뵌 적은 없지만 두 분은 엄마 생일이나 크리스마스에 카드를 보내셨어. 그래서 내가 봉투를 간직해뒀지."

"거기 계셨어?"

나는 고개를 끄덕였다.

"엄마랑 얘기했어?"

"아니."

리가 이해한다는 눈으로 날 바라보았다. "아마 그게 최선이었을 거야."

우리는 고속도로변 간이식당에서 아침을 먹기로 했다. 담배를 피워서 목소리가 걸쭉해진 웨이트리스에게 달걀과 베이컨, 홈 프라이*를 주문했다. 웨이트리스는 우리를 계속 '자기'라고 불렀는데 아마 실제 나이는 겉보기의 절반쯤 될 것이다. 리가 커피를 시키길래 나도 따라 주문했다. 비록 예전에 엄마의 커피를 마셔봤을 때는 그 맛이 정말 싫었지만.

웨이트리스가 주문한 커피를 가져오자 나는 하먼 부인 이

* 삶은 감자 조각을 버터에 볶은 요리

158

야기를 시작했다. 부인을 슈퍼마켓에서 만나 그녀가 구입한 식료품을 나르는 걸 도와드리고, 부인이 내게 아침을 만들어 주고, 내게 뜨개질하는 법을 가르쳐주겠다고 약속한 일을. 작은 흰색 플라스틱 용기에 든 일회용 크림을 하나 넣었는데도 커피는 여전히 썼다. 그래서 크림을 하나 더 넣고 커피를 휘저었다. 그런 다음 이야기를 계속했다. 낮잠을 자러 갔고, 자고 일어나 보니 '그런 일'이 벌어졌고, 그래서 또 잤는데 일어나 보니 이번에는 설리가 하면 부인에게 고개를 파묻고 있었다고. 나는 단어를 신중히 골랐다. 여기가 공공장소라는 사실을 잊지 않았다.

리는 아무 말도 하지 않았지만 내 말을 듣고 있다는 걸, 아주 귀담아듣고 있다는 걸 알 수 있었다. 말로는 아니라고 했지만 그는 내 친구였다.

우리가 주문한 식사가 나왔다. "나랑 같은 사람을 만나게 될 줄은 꿈에도 몰랐어." 리가 베이컨 조각을 와작와작 씹어 먹으며 말했다. "주차장으로 걸어갔는데 네가 그 남자의 차에 탄 걸 보고 내가 얼마나 놀랐는지 알아?"

나는 시선을 떨어뜨리고 냅킨을 쥐어짰다. "그 일은 다시 생각하고 싶지 않아."

"차에서 해본 적 없어?" 리는 베이컨을 한 조각 더 집었다. "부끄러워하지 마. 금방 차창에 서리가 껴서 다른 사람들은 볼 수 없었어. 난 우연히 처음부터 본 거고."

다시 볼이 달아올랐다. 우린 겨우 어제 만났고, 나는 리에 대해 아는 게 거의 없다. 하지만 우리가 저지르는 악행을 이야기하면서 서로를 이해했다. 옆 칸막이 좌석에서 누가 우리 이야기를 엿들었다면 내가 자동차 뒷좌석에서 남자애들과 섹스나 하고 다니는 여자인 줄 알 것이다. 순간적으로 차라리 그런 여자가 되고 싶었다. 괴물보다는 문란한 여자가 낫다.

나는 헛기침을 했다. "정말로 나 같은 사람을 한 번도 만나본 적 없어?"

"응. 네가 처음이야."

"내가 설리 아저씨를 만나지 않았다면 나한테도 네가 처음이었을 거야."

"근데 그 아저씨는 어떤 사람이야? 둘이 잘 지냈어?"

"응, 꽤 잘 지냈어." 나는 토스트로 접시에 묻은 달걀노른자를 닦아 먹었다. "괜찮은 사람이야. 이상하지만 괜찮아."

"혼자 여행을 다니면 이상해지기 쉬운 거 같아. 그 아저씨는 어떤 식인자야?"

"바로 그거야." 내가 천천히 말했다. "아저씨는 우리랑 달라. 곧 죽을 사람을 알아볼 수 있대. 그러다 상대가 죽으면……."

리는 한쪽 눈썹을 치켜세웠다. "넌 그 말을 믿어?"

"안 믿을 이유가 없었어." 나는 얼굴을 찡그렸다. "하면 부인도 죽은 뒤에 그렇게 됐고. 그날 아침 설리는 버스에 탄 우리를 봤거든. 보고 그냥 안 거야."

리는 생각에 잠겨 커피를 마셨다. "식인자에도 온갖 다양한 부류가 다 있나 봐. 웃긴 게 지금까지는 그걸 한 번도 생각해 본 적이 없어." 리는 머그잔을 내려놓고 손가락으로 접시 가장자리를 훑으며 떨어진 베이컨 조각을 주워 먹었다. "그 아저씨랑은 왜 헤어졌어?"

"아저씨가 자기랑 같이 가도 된다고 했어. 하지만 난 먼저 아빠를 찾고 싶다고 했지."

"미네소타주에 가려는 이유가 아빠 때문이야?"

나는 고개를 끄덕였다.

"너희 아빠도 우리랑 같다고 생각해? 그래서 널 떠나야만 했다고?"

나는 다시 고개를 끄덕였지만 막상 리가 그렇게 말하는 걸 들으니 약간 바보가 된 기분이었다. 너무 딱 맞아떨어지는 설명이었다.

"아빠가 미네소타주에 있다는 건 어떻게 알아?"

"몰라. 그냥 거기가 아빠 고향이라는 것만 알아."

"그럼 아빠를 찾는 데 오래 걸리겠다. 찾을 수나 있을지 모르겠지만."

아빠를 찾지 못할 거라는 생각은 한 번도 하지 않았다. 그런 생각은 내게 사치였다. 그래서 주말 아침이면 아빠가 방금 먹은 것 같은, 아니 이보다 더 나은 아침을 요리해 주는 동안 날 위해 비틀스 음반을 틀어주는 장면을 상상했다. 나는 무의식적으로 '일리노어 릭비'의 코러스를 나직이 흥얼거렸다. 웨이트리스가 다가와 리에게 커피를 더 따라주자 그가 웨이트리스를 올려다보며 미소 지었다. 웨이트리스가 떠나자 리는 테이블을 바라보며 커피를 꿀꺽꿀꺽 마셨다.

"근데 넌 왜 집에 돌아가려는 거야? 그냥 가족들 보려고?" 내가 물었다.

"그런 셈이지. 여동생에게 운전면허 시험 보기 전에 운전을 몇 번 가르쳐주기로 했어."

"집에는 자주 가?"

"아니, 자주 안 가."

"혼자 지낸 지 얼마나 됐어?"

"열일곱 살에 집을 나왔어."

"지금은 몇 살인데?"

"열아홉." 리는 잠시 말을 멈추고는 마치 날 처음 본다는 듯이 바라보았다. "넌 몇 살이야? 열다섯? 열여섯?"

"열여섯." 내가 딱딱하게 대답했다. 혼자 돌아다닐 때는 나이보다 어려 보이는 게 좋지는 않았다. "네 동생은 이름이 뭐야?"

"케일라. 착한 애야." 리가 머릿속에서 사실들을 따져보며 내게 말해도 되는 것들과 말하지 않아야 할 것들을 구분하는 게 눈에 보일 정도였다. "우린 아빠가 달라." 마침내 리가 말했다. "우리 엄마가…… 뭐 그런 사람이야."

"집은 왜 나왔어?"

"왜겠어?"

나는 몸을 앞으로 내밀고 목소리를 낮췄다. "네가 가족들에게 위험한 존재는 아닐 것 같은데."

"상관없어. 난 내가 어떤 사람인지 아니까." 리는 커피를 다마시고 양 눈썹을 치켜세우더니 출입문을 향해 고갯짓했다.

우리는 계산을 하고 다시 트럭에 올라탔다. 리는 라디오를 켜고 다이얼을 돌려대더니 마침내 운전하면서 들을 음악을 찾아냈다. "샤니아 트웨인 좋아해?"

"그럼." 이제는 화창한 아침이었다. 우리는 땅을 새로이 갈아엎은 들판을 지나고 또 지났다. 대기는 트랙터의 평화롭고 단조로운 소음으로 가득했다. 세상이 다시 새롭게 느껴졌다. 나는 배리 쿡의 어린 딸을 생각했다. 그 애 엄마가 늘 그렇게 분노에 가득 차 있지는 않기를 바랐다. 그녀가 다른 남자, 좋은 남자, 술을 너무 많이 마시지 않고 마트의 사탕 코너에서 낯선 사람에게 욕을 퍼붓지 않는 남자를 만나기를 바랐다.

일리노이주에 들어섰을 때 리가 정비소에서 새 타이어로 가는 게 안전하겠다고 결정했다. 정비소에 차를 세운 뒤, 리는 정비소로 들어갔다.

나는 발밑의 말보로 담뱃갑을 발로 차고는 운전석 내부를 둘러보았다. 당연히 역겨웠다. 보아하니 배리 쿡은 패스트푸드 드라이브인의 단골일 뿐 아니라 자신의 트럭과 쓰레기통도 구분하지 못하는 듯했다. 음식을 먹고 나면 테이크아웃 용기를 늘 조수석 바닥에 던진 모양이었다. 이 난장판 속에서 배리 쿡을 탓할 수 없는 유일한 물건은 운전석 밑에 쑤셔 박힌, 푸른색 바탕에 흰 글씨가 적힌 월마트 장바구니뿐이었다.

우리는 이 안에서 많은 시간을 보낼 테니 깨끗이 치워서 나쁠 게 없을 듯했다. 나는 비닐봉지 하나를 찾아내서 담뱃갑과 맥도날드 햄버거 포장지, 일회용 음료수 컵을 담기 시작했다. 트럭에서 내릴 때는 쓰레기가 가득 담긴 비닐봉지가 세 개로 늘어났고, 나는 그걸 앤디의 남은 옷가지와 함께 대형 쓰레기통에 버렸다.

리가 정비소에서 나오더니 트럭을 수리하는 동안 필요한 물건을 사러 가자고 했다. 길 건너편 철물점에서 40리터짜리 플라스틱 물통을 샀는데 주인이 뒤뜰에 있는 펌프에서 물을 받아 가도 된다고 했다. 뒤뜰에는 판자로 가득 찬 대형 쓰레기통도 있었는데, 물통에 물을 받는 동안 리가 쓰레기통을 기웃거리더니 큰 합판 하나를 찾아냈다.

"그건 왜?"

"짐칸에서 쏠 거야."

"어디에 쓰려고?"

"이따 보면 알아."

수리가 다 끝나자 리는 배리의 지갑에서 돈을 꺼냈고, 우리는 트럭으로 돌아갔다.

"잠깐만, 번호판도 바꿨어?" 내가 물었다.

"추가 금액을 주고 바꿨지." 리가 살짝 웃었다. "안 그러면 계속 이 트럭을 타고 갈 수 없어."

나는 한쪽 눈썹을 치켜세웠다. 리는 나를 보더니 다시 웃었다. "넌 뭐 도덕 선생님이라도 돼?"

땅거미가 질 무렵에는 우리가 켄터키주에 들어선 지 두 시간이 지났다. "밖에서 자는 거 어떻게 생각해? 여기서 멀지 않은 곳에 국립공원이 있어. 거긴 안전해. 전에도 거기서 잔 적이 있거든."

"날씨가 추워지면 넌 어떻게 해?"

리가 미소 지었다. "남쪽으로 가."

우리는 국립공원으로 빠졌지만 캠핑장 표지판은 보이지 않았다. 리는 이 지역 동식물이 어디에 있는지, 그리고 그걸 감상할 수 있는 다양한 산책로를 푸른 화살표로 표시해 둔 표지판 앞 일시 정차 구역에 차를 세웠다. "텐트 있어?" 내가 물었다.

"필요 없어. 짐칸에서 잘 거니까."

그제야 리가 왜 합판을 가져왔는지 깨달았다. "다른 사람한테 들키면?"

"안 들켜. 아침 일찍 떠날 거야."

"근데 왜 합판을 깔고 자는 거야?"

"한여름에도 밤이 되면 금속은 꽤 차거든. 그렇다고 스펀지 매트를 가지고 다니면 금방 너덜너덜해질 거야. 딱히 더 편하지도 않고."

"다 생각해 뒀구나." 내 말에 리는 어깨를 으쓱였다.

"일단 필요한 물건도 없이 혼자 밖에서 생활하다 보면 금방 현실적으로 변하게 돼." 나는 리가 배낭에서 온갖 유용한 물건을 꺼내는 모습을 지켜보았다. 침낭, 여분의 담요, 손전등, 스텐 냄비, 라이터 한 움큼 ("기념품이야" 그 어색한 미소를 지으며 리가 말했다), 그리고 작은 가스버너. "저녁으로 콩 수프 어때?"

"좋지." 내가 말했다. 그러자 마법처럼 배낭에서 스텐 컵 두 개와 스푼 두 개, 수프 가루가 든 봉지가 나왔다. 수프는 아직 많이 남아 있었다. 리는 이 물건들을 낡은 피크닉 테이블에 내려놓았다. 테이블 표면에는 여러 이름의 약자가 새겨져 있었는데 아마 이제는 다 헤어졌으리라. 숲은 매미의 노랫소리로 활기찼다. 짙어지는 어둠 속에서 나의 새로운 친구는 우리가 먹을 저녁을 준비했고, 나는 손전등을 켜고 일기를 썼다.

"리?"

"응?"

"아이오와주에서는 뭘 하고 있었어?"

"넌 늘 그렇게 궁금한 게 많아?"

166

"그런 편이야." 나는 잠시 뜸을 들였다. "혹시라도 날 버리고 싶어지면 미리 말해줄래?"

리는 머리를 갸웃했다. "무슨 부탁이 그래?"

나는 리가 날 절대 버리지 않을 거라고 약속해 주길 바라며 서맨서 이야기를 해주었다. 하지만 리는 이렇게 말할 뿐이었다. "난 약속 안 지키는 사람 싫어해." 하지만 그 말은 버리지 않겠다는 약속이나 다름없는 듯했다.

주위가 완전히 어두워지자 우리는 합판 위에 자리를 잡았다. 리는 내게 침낭을 주었고, 자기는 담요를 몇 겹 접어서 깔고 누웠다. 우리는 내 곁을 떠난 아빠나 히치하이크의 위험, 식인과 관계없는 평범한 이야기를 잠시 나누었다. 리는 손가락을 들어 자기가 즉석에서 만들어낸 별자리들을 보여주었고—기린, 비행선, 초콜릿 칩 쿠키—그걸 보고 있으니 제이미 개쉬가 생각났다. 그 바람에 우리의 대화는 점점 줄어들었고 어색한 침묵이 감돌았다. 이번에도 내가 먼저 잠들었다. 그렇다고 잘 잤다는 뜻은 아니지만. 그리고 역시나 일어나보니 리는 없었다. 밤새 합판에서 잤더니 골치가 지끈거렸다.

리는 피크닉 테이블에 앉아 버너로 커피 내릴 물을 끓이고 있었다. 그가 내게 김이 모락모락 나는 스텐 컵을 건넸고, 우리는 말없이 서둘러 커피를 마신 다음 다시 트럭에 올라타고 출발했다. 나는 해가 떠오르는 하늘을 올려다보며 아빠를 생각했다. 프랜시스 이얼리가 저기 어딘가에 있다. 만남이 미뤄지기는 했지만 곧 만나게 될 것이다. 그 순간 나는 확신했다. 아빠가 우리를 떠난 이유는 그래야 내가 더 안전하리라고 믿었기 때문이라고. "아빠를 찾으려고 해본 적 있어?" 내가 물었다.

"아니. 설사 찾고 싶었다 해도 찾을 방법이 없어."

"그래도 생각은 해보지 않았어? 만약 찾을 방법이 있었다면 찾았을 거야?"

"아니. 만나봤자 내가 아빠를 잡아먹을 텐데 뭐."

나는 웃었고 그러자 리도 함께 웃었다. 하지만 그의 웃음은 점차 수심 어린 침묵으로 변해갔다. "너희 엄마는 네가 무서웠던 걸까?"

나는 속이 뒤집혔고 말없이 리를 바라보았다.

"미안. 괜히 물어봤다." 리가 말했다.

기름을 넣으려고 주유소에 정차했을 때 나는 작은 슈퍼마켓의 화장실로 들어가 문을 잠갔다. 화장실 바닥은 너무 더러워서 앉을 수 없었으므로 쪼그리고 앉아 양 무릎 사이에 얼굴을 파묻고 울었다.

진실은 입을 벌리고 기다리는 괴물과 같다. 나하고는 비교도 안 될 정도로 훨씬 더 위협적인 괴물이다. 그 괴물은 우리 발밑에서 입을 쩍 벌리고 있다. 우리는 괴물에게서 달아나지 못한다. 입으로 떨어지는 순간, 괴물은 당신을 송두리째 씹어 먹을 것이다. 물론 엄마가 날 무서워한다고 어렴풋이 느끼기는 했지만 막상 다른 사람에게 그런 말을 들으니 훨씬 더 사실처럼 느껴졌다. 엄마는 날 사랑한 적이 없다. 그렇지 않은가? 엄마가 내게 책임감을 느낀 이유는 내가 한 모든 짓이 나를 세상에 태어나게 한 엄마의 잘못이었기 때문이다. 엄마가 내게 보여준 모든 친절은 사랑이 아니라 죄책감에서 비롯되었다. 나와 함께 사는 동안 엄마는 그저 내가 얼른 자라 독립할 수 있기만을 기다린 것이다.

갑자기 문을 두드리는 소리에 나는 깜짝 놀랐다. "매런? 괜찮아?"

"응." 나는 휴지를 둘둘 말아 뜯어냈다. "금방 나갈게." 코를 몇 번 푼 다음, 콧물을 보았다. 무슨 일이 있든, 제아무리 힘든 상황이라고 해도 내 콧물을 보면 늘 기분이 나아졌다.

문을 열었더니 리가 바로 앞에 서 있었다. "너도 화장실 쓰려고?" 내가 물었다.

"아니." 리는 팔짱을 끼고 눈썹을 찡그린 채 계속 날 바라보았다. 순간적으로 리가 나를 안아주려는 줄 알았다. 하지만 그는 몸을 돌려 다시 트럭으로 성큼성큼 걸어갔다. 조수석 문을 열어보니 포일로 포장된 음식과 콜라 한 캔이 좌석에서 날 기다리고 있었다. "배고플 것 같아서." 샌드위치를 한 입 베어 물면서 리가 말했다. 로스트비프 샌드위치였다.

"고마워." 그렇게 말하긴 했어도 맛은 전혀 느낄 수 없었다. 지금까지 엄마는 날 먹여 살렸지만 사실은 날 우리에 가두고 싶어 했다. 엄마가 매일 저녁 만든 요리는 날 위한 것이 아니라 제물이었을 뿐이다.

"저기, 내가 상처를 줬다면 미안해." 리가 말했다. "하지만 난 네 기분을 살피면서 눈치를 보지는 않을 거야."

나는 어깨를 으쓱하고는 창밖을 내다보았다.

우리는 그날 밤 늦게 팅리에 도착했다. 다시 중산층의 멋진 보금자리로 부활하고 싶어 하는 듯한 2층짜리 좁은 집들이 늘어선 동네가 나오더니 리가 도로 경계석 옆에 트럭을 세웠다. 창문과 문이 판자로 막힌 집도 두어 채 있었다. 주위가 너무 고요해서 가로등의 형광 전구가 웅웅거리는 소리까지 들릴 정도였다. 우리는 트럭에서 내렸고, 나는 리를 따라 보도를 걸어갔다. 몇몇 집을 지나더니 리가 어떤 집의 진입로로 들어갔다. 진입로를 따라 이어진 화단에 잡초가 웃자라 있는, 어딘가 슬퍼 보이는 집이었다.

"여긴 누구 집이야?" 내가 속삭였다.

"지금은 아무도 안 살아." 리는 허리를 숙여 햇볕과 비바람에 낡고 바랜 발 매트 밑에서 열쇠를 꺼내며 날 올려다보았다. "아, 침착해. 예전에 우리 고모할머니 집이었어. 고모할머니는 두 달 전에 돌아가셨는데 아직 집을 사겠다는 사람이 없어."

"상심이 크겠구나." 그런 말을 하는 게 바보 같았지만 아무 말도 안 할 수는 없었다.

"뭐 그렇지." 리는 어깨를 으쓱이며 열쇠 구멍에 열쇠를 밀어 넣었다. "오늘 밤은 여기서 자자. 내일 아침에 나는 동생을 만나고 와야 해. 그런 다음 미네소타주로 가자."

리의 고모할머니는 하면 부인처럼 집을 깨끗하게 관리하지 않았는지 퀴퀴한 냄새가 났다. 병과 폐가의 냄새였다. 내가 전등 스위치를 향해 손을 뻗자 리가 손을 들어 날 막았다. "우리가 여기 있다는 걸 들키면 안 돼. 그냥 물건을 피해서 다녀."

"하지만 아무것도 안 보여!"

"익숙해질 거야."

우리는 좁아터진 부엌에 있었다. 가로등 불빛으로 오른쪽에 있는 둥근 식탁과 그 위에 걸린 유리 램프, 왼쪽 벽을 따라 놓인 L자 모양 조리대, 냉장고가 보였다. 갑자기 배가 고팠다. 리도 나와 같은 생각을 했는지 가스레인지 위 찬장을 열고 안을 들여다보았다. "아, 잘됐다. 아직 수프랑 콩 통조림이 남았네."

리는 통조림을 조리대에 내려놓고 다른 서랍을 열더니 깡통 따개를 꺼냈다. 우리는 전자레인지에 수프를 돌렸고, 나는 일기장과 손전등을 꺼냈다. "넌 늘 거기에 뭔가를 쓰는구나."

나는 어깨를 으쓱였다.

"거기 있는 그림 좀 봐도 돼?"

나는 일기장을 건넸다. "글은 읽지 마, 알았지?"

"알았어."

리가 한 장씩 넘길 때마다 그림을 붙여둔 스카치테이프가 바스락거렸다. 리는 내가 학교 도서관에서 빌린 《스코틀랜드의 이상하고 놀라운 전설》에서 찾아낸 에칭화를 보고 있었다. 그림 밑에는 이런 해설이 달려 있었다. '소니 빈과 그의 식인 일족의 은신처를 발견한 경찰 수색대.' 동굴 구석에는 뼈가 수북이 쌓여 있고, 천장에는 절단된 팔다리가 매달려 있으며, 어둠 속에서 수십 개의 얼굴이 음흉하게 웃고 있었다. 무언가 부글부글 끓고 있는 가마솥을 못생긴 노파가 지키고 있었는데 아마 소니의 아내일 것이다. 불빛에 반사된 그녀의 송곳니가 번득였다. 동굴 입구에는 제복을 입은 경찰들이 일렬로 서 있었는데 수십 년간 이어진 대학살의 증거를 보고 겁에 질린 채 입을 벌리고 있었다. 소니는 침입자들을 향해 도끼를 치켜들고 있었다.

예전에는 저 동굴이 끔찍이 싫었는데 지금 보니 아늑해 보였다.

"구역질 난다." 마침내 리가 그렇게 말하더니 다음 장으로 넘겼다. 거기에는 〈아들을 잡아먹는 사투르누스〉를 복사한 그림이 붙어 있었다. 리는 아기의 머리가 있어야 할 자리를 손으로 짚었다. "예전에 책에서 이 그림을 본 적이 있어. 이 화가도 우리랑 같은 부류가 아닌가 싶더라."

"누구? 고야?"

"그게 이 화가 이름이야?" 리는 일기장을 덮고는 식탁을 가로질러 내 쪽으로 밀며 말했다. "괴물집 같네."

나는 흑백 대리석 무늬로 된 일기장 표지를 손으로 훑어 내렸다. "이걸 보면 덜 외로워."

리는 자리에서 일어나더니 접시를 씻었다. "나는 거실 소파에서 잘 거야. 넌 저 계단을 올라가서 오른쪽에 있는 침실에서 자. 그 방 침대가 제일 좋아. 불은 절대 켜지 말고 창문도 열지 마. 이웃에서 다 알아차리니까."

조금은 하먼 부인의 집으로 돌아온 느낌이었다. 다만 이번에는 초대받지 않아서 마음이 편치 않았다. 계단을 올라가며 벽마다 걸린, 서랍장마다 놓인 가족사진을 손전등으로 비춰 보았지만 리의 사진은 어디에도 없었다.

매트리스는 낡아서 스프링이 갈비뼈를 찔렀다. 나는 오랫동안 잠들지 못했고, 침실 공기가 그램린*처럼 내 가슴을 눌렀다. 마침내 잠이 들었을 때는 지그재그로 이어진 길고 어두운 복도를 달리는 꿈을 꿨다. 벽에는 페인트가 줄줄 흘러내리는 글씨가 큼직하게 적혀 있었다. 나는 저 글씨를 쓴 사람이 아빠라는 걸 알고 있었지만 읽을 수가 없었다. 꿈에서

---

* 민담에 등장하는 말썽꾸러기 생명체로 등에 가시가 돋치고 날카로운 이빨과 발톱이 있다

는 냄새를 맡을 수 없는데도 그들이 음식 냄새로 날 꾀고 있
다는 걸 알았다.

6

아침이 되어 아래층으로 내려왔더니 식탁에 쪽지가 있었다. '운전 수업하고 올게. 금방 와.' 나는 혹시라도 누가 볼까 봐 집을 나서기가 두려웠다. 하지만 집 안에 있는 것도 불편하기는 마찬가지였다. 부동산 중개인이라도 나타나면 어쩐단 말인가. 그걸 막을 방법은 아무것도 없었다. 그래서 하먼 부인의 털실과 바늘을 꺼내 다시 코뜨기를 시도해 보았다. 뜨개질을 하고 있으면, 혹은 하려고 노력하다 보면 평범한 사람이 된 기분이 들었다. 나는 텔레비전을 켜고 게임쇼를 보았다.

현관문이 쾅 닫히는 소리가 나자 텔레비전을 끄고 부엌으로 살금살금 걸어갔다.

리가 여전히 카우보이모자를 쓴 채 찬장에 든 통조림 전부를 조리대에 놓아둔 플라스틱 상자로 옮기고 있었다. 그러더니 식탁에 있는 맥도날드 종이 봉지를 가리켰다. "네가 먹을 아침을 사 왔어."

난 고맙다고 말하고는 걸신 들린 듯이 에그 맥머핀을 먹으며 창밖을 바라보았다. 한 소녀가 자전거를 타고 오더니 이 집 진입로로 들어섰다. 그러고는 자전거에서 폴짝 내려 샌들 끝으로 받침대를 내렸다. "누구야?"

리는 창밖을 힐끗 보더니 한숨을 쉬었다. "내 동생이야. 잠깐 가서 얘기하고 올게." 그러더니 잠시 뜸을 들였다가 말을 이었다. "넌 집에서 나오지 마."

"왜?"

"기분 나쁘게 생각하지는 말고."

"하지만……."

리는 밖으로 나갔고, 망사문이 저절로 쾅 닫혔다. 리의 여동생은 그의 품에 달려들었다. 가무잡잡한 피부에 리처럼 초록색 눈동자를 가진 여동생은 정말 예뻤다. 하지만 저렇게 화장을 떡칠하지 않았다면 훨씬 더 예뻤을 것이다. 나는 그 애를 더 잘 보려고 살그머니 현관문으로 다가갔다. 어차피 이웃에게 들키지 않는 건 물 건너갔다.

"여기 왜 왔어?" 리의 목소리가 들렸다. "아까 갔어도 이미 지각이잖아."

카일라가 씩 웃었다. "오빠 때문이야. 그러니까 주말에 왔어야지."

"그래. 내가 계획을 더 잘 세웠어야 했어. 알았으니까 이제 그만 학교에 가."

"어차피 이번 학기 수업은 이미 끝났어." 강청색으로 칠한 카일라 손톱의 삐죽삐죽하게 벗겨진 부분이 햇볕을 받아 반짝거렸다. 손톱을 칠한 지 몇 주 된 듯했다. "오늘 아침에 너무 행복했어, 오빠. 오빠랑 계속 함께 살았던 것 같더라."

"나도 즐거웠어."

"그동안 나 안 보고 싶었어?"

"내가 세상에서 유일하게 보고 싶어 할 사람이 너라는 거 알잖아."

카일라는 의심스럽다는 눈으로 리를 바라보았다.

"그 얘기는 꺼내지 마. 의미 없어."

"그럼 엄마는?"

"엄마가 뭐?"

"엄마도 오빠 걱정 많이 해."

리는 양손을 주머니에 찔러넣더니 진입로의 돌을 발로 찼다. "내가 그 말을 믿을 거 같아?"

"알았어. 그래도 난 정말로 걱정했어."

"미안해, 케이. 나도 여기 계속 살았으면 좋겠어."

"계속 살아도 돼!"

"아니, 안 돼. 너도 알잖아."

"난 이유를 모르겠어, 오빠. 오빠는 나한테 아무것도 말해주지 않았잖아. 앞으로 또 몇 달간 오빠를 못 볼지도 모른

177

다고!"

"이번에는 그렇게 길지 않을 거야."

"내가 면허 시험에 합격하면 누구랑 축하해야 해?"

리가 씩 웃었다. "일단 합격하고 나서 말해."

"만약 떨어지면 그건 오빠가 충분히 가르쳐주지 않아서야."
카일라는 리의 어깨 너머로 망사문 뒤에 서 있는 나를 보았
다. "저건 누구야?"

리는 고개를 돌리더니 차가운 눈으로 날 노려보았다. 엿들
으면 안 된다는 걸 알고 있었지만 나중에 내 질문에 어깨만
으쓱일 리를 보느니 차라리 욕을 먹는 게 나았다. 나는 카일
라에게 미소 지으며 손을 살짝 흔들었다. 카일라도 내게 미
소 지었지만 눈은 웃고 있지 않았다. '날 싫어하는구나. 자기
는 오빠 곁에 있을 수 없는데 난 오빠랑 함께 있으니까 날
싫어하는 거야.' 나는 생각했다.

"오빠 여자 친구야? 인사해도 돼?"

"그냥 친구야. 나중에 소개해 줄게."

리는 카일라를 다시 껴안았고 한동안 그대로 있었다. "그
만 가야 해. 너 보려고 잠깐 들른 거야. 네가 잘 지내는지 확
인하려고."

"집으로 왔으면 훨씬 더 좋았을 텐데."

리는 카일라에게서 뒷걸음질하며 작별의 뜻으로 손을 들
어 올렸다. "미안해, 케이. 진심이야."

카일라는 팔짱을 끼고 눈살을 찌푸렸다. "정말 싫어, 오빠. 오빠가 이러는 거 정말 싫다고."

"곧 또 만나자, 응? 그땐 집에 들를 테니까 네가 면허를 딴 기념으로 영화를 보거나 그러자고."

"그리고 그 모자도 정말 마음에 안 들어." 카일라가 외쳤다.

"알았어. 그 말 벌써 세 번째야."

나는 리가 들어올 수 있도록 망사문 옆으로 비켜섰다. 카일라는 진입로에 서서 고개를 숙인 채 손으로 눈물을 닦고 있었다. 나는 망사문에서 물러섰다.

리는 마지막으로 남아 있던 물건 몇 가지를 배낭에 쑤셔 넣었다. "넌 짐 다 챙겼어?"

리가 미네소타주까지는 사흘이 걸릴 거라고 했다. 이번에는 우리가 팅리에 올 때 이동했던 노선보다 더 북쪽으로 이동할 예정이라서 웨스트버지니아주의 애팔래치아산맥을 통과해 오하이오주로 들어간 다음, 인디애나주를 지나 시카고로 올라가서 위스콘신주를 횡단해서 미네소타주로 갈 것이다. 고속도로를 따라 달리면 달릴수록 가슴 깊은 곳에서 흥분이 스멀스멀 새어 나와 팔다리로 퍼졌고 심장까지 맴돌았다. 주행계의 거리가 늘어날수록 아빠와 가까워졌다.

그날의 이동이 거의 끝나갈 무렵 나는 이 정도 기다렸으면 카일라 얘기를 꺼내도 되겠다고 생각했다. "그래서, 하는 거 보니까 어때?" 내가 물었다.

"뭐가?"

"운전 수업 말이야. 동생 운전 잘해?"

"아, 그거. 괜찮아. 합격할 거 같아."

"트럭으로 가르쳐줬어?"

"응. 이런 트럭을 몰 수 있으면 엄마의 세단 정도는 문제 없을 테니까."

"일단 면허를 따면 동생은 차를 사려나?"

리는 잠시 뜸을 들였고, 나는 내가 또 너무 꼬치꼬치 물었나 걱정했다. 마침내 리가 대답했다. "아닐걸. 아이스크림 가게에서 아르바이트를 하고 있기는 한데 차를 살 돈은 없을 거야. 동생이 자기 차를 갖게 되면 좋겠어."

머릿속에서 어떤 생각이 만들어지더니 내가 떨쳐내기도 전에 떠올랐다. '네가 동생 차를 구해줄 수 있잖아. 돈 한 푼도 안 내고서.'

"난 동생이 떠나고 싶을 때 언제든 떠날 수 있었으면 좋겠어. 차 한 대만 있으면 그 자유를 누릴 수 있거든. 사실 면허조차 필요없다고." 리는 한숨을 쉬었다. "동생이 엄마랑 저 집에 갇혀서 사는 게 너무 싫어."

나는 차창을 끝까지 다 내린 다음, 머리를 내밀었다. '넌 그렇게 생각하니까 빈털터리로 혼자 지내는 게 당연해.'

"동생이랑 함께 다녀야겠다고 생각해 본 적 없어?" 내가 물었다.

"아니. 동생은 더 나은 삶을 살아야지." 리는 그렇게 말하면서 몸을 내밀어 양손으로 운전대를 꽉 잡았다. "난 동생이 대학에 진학했으면 좋겠어. 정상적인 삶, 좋은 삶을 살았으면 좋겠어."

"틀림없이 그렇게 될 거야."

리는 회의적인 눈빛으로 나를 힐끗 보았다.

"저기, 있잖아⋯⋯. 혹시 시간이 나면, 그리고 적당한 장소가 보이면⋯⋯ 나한테도 운전을 가르쳐줄 수 있어?"

리는 어이없다는 듯이 눈을 굴렸지만 그래도 미소 짓고 있었다. "맙소사. 다음번에는 졸업 파티 파트너가 돼달라고 하겠네."

이번에도 나는 붉게 달아오른 얼굴을 보여주지 않으려고 차창으로 고개를 돌렸다. "그럼 안 가르쳐주겠다는 거야?"

"아니, 가르쳐줄게. 해가 지면 큰 주차장을 찾아보자. 상점들이 다 문을 닫은 뒤에."

"월마트 주차장만 아니면 돼." 내가 말하자 리가 씩 웃었다.

리에게 첫 운전 수업을 받은 곳은 오하이오주 어딘가에 있는 홈데포* 주차장이었다. 수업은 실패로 끝났다. 나는 기

---

* 가정에서 사용하는 건축 자재, 공구 등을 판매하는 체인점

어를 바꿀 때마다 클러치를 밟아야 한다는 사실을 자꾸 잊어버렸고, 금속이 갈리는 소리가 날 때마다 움찔거렸다.

그래도 리는 좋은 선생님이었다. "괜찮아. 그냥 천천히 가. 기어는 1단에 두고. 당분간은 운전대를 잡는 데만 익숙해지면 돼."

한 시간 후에 우리는 자리를 바꿨고, 엑스트라 치즈와 페퍼로니가 들어간 피자를 테이크아웃했다. 쇼핑몰 밀집 지역을 빠져나오는 동안 피자를 놓아둔 내 무릎이 따뜻해졌다. 우리는 샌드혼에 도착할 때까지 근처에 국립공원이 있으면 어디든 들어가서 노숙할 계획이었다. 리는 귀퉁이가 돌돌 말린 도로 지도책을 펼쳐서 우리가 가게 될 길을 손끝으로 따라가며 내게 보여줄 것이다.

숲에서 주차 구역을 찾았을 무렵에는 피자가 다 식어버렸지만 그래도 우리는 트럭 짐칸에 걸터앉아 다리를 대롱대롱 흔들어대며 먹어 치웠다. 나는 배낭에 등을 기대고 있었는데 리가 물었다. "넌 배낭이 왜 그렇게 커?"

"전 재산이 들어 있으니까 클 수밖에."

리는 어깨를 으쓱였다. "더 적은 짐으로도 다닐 수 있어."

"하지만 필요한 물건이 있잖아. 손전등이랑 지도. 여벌 옷. 또 침낭이랑 비상식량 같은 거."

"그런 게 네 배낭에 들어 있기는 해?" 리는 날 바라보며 잠시 대답을 기다렸다. "그러지 말고 뭐가 들었는지 좀 보여줘."

나는 조여둔 줄을 풀고 배낭 입구를 열었다. 리는 몸을 내밀어 안을 들여다보았다. 주로 책이었고 옷이 몇 벌 있었다.

"이거 네 책 아니지?" 리가 물었다.

"내 책도 있어."

"어떤 거?"

나는 짐칸 바닥에 책을 두 더미로 나누었다. 내 책과 그들의 책. 내 책은《주석 달린 앨리스》, 엄마에게 생일 선물로 받은《반지의 제왕》삼부작 합본, 역시 합본인《나니아 연대기》그리고 링링 브라더스 서커스 책이었다. 리는 서커스 책을 집어 들고 휘리릭 넘겼다.

그다음에는 두 번째 더미에 놓인 첫 책을 집어 들었다.《은하수를 여행하는 히치하이커를 위한 안내서》. "이 책의 주인은 누구였어?"

나는 한숨을 쉬었다. "케빈이라는 애야. 수업이 끝나고 역사 시험공부를 함께 하자면서 날 자기 방으로 데려갔지. 부모님은 아직 귀가하기 전이었고. 내가 그 집에 갔다는 건 아무도 몰라." 나는 잠시 뜸을 들였다. "대개 그런 식이야. 남자애가 어떤 핑계를 대서 수업이 끝나고 날 자기 집으로 데려가. 그다음에는……."

"그래. 알겠어." 리는 그렇게 말하더니 이번에는《80일간의 세계 일주》를 집어 들었다.

"그건 마커스 책이었어. 2년 전 배런 폴에서 열린 세인트

패트릭스 데이 퍼레이드에서 만나서 날 따라왔어."

그다음은 《마음대로 골라라, 골라맨: 유토피아 탈출》을 집어 들었다. "그건 루크 책이야. 여덟 살 때 여름 캠프에서 만났지. 걔가 처음이었어. 그러니까 페니는 제외하고."

"페니가 베이비시터였어?"

"응." 나는 리에게서 책을 빼앗아 표지를 손으로 쓰다듬었다. 소년과 소녀가 정글에서 뛰쳐나오고, 그들 바로 뒤에서 땅이 아가리를 쩍 벌린 그림이었다. "루크는 숲을 지키는 레인저가 되고 싶다고 했어."

"그런 거 생각하지 마."

나는 책을 다시 더미에 올려놓으며 말했다. "말은 쉽지." 그렇게 말하자마자 이상한 감정에 휩싸였다. 마치 루크가 나중에 무엇이 되고 싶었든지 간에 이젠 신경 쓰지 않는다는 듯이.

아니, 아니다. 신경 쓰지 않는 사람은 리다. 그는 신경 쓸 필요가 없다.

리는 《거장과 마르가리타》를 자신이 쌓고 있던 책 탑에 올려놓았다. "이 책의 주인은 이미 알고 있어. 앤디지?"

나는 고개를 끄덕였다. 리가 내 배낭에 있는 책을 모두 다 꺼낼 때까지 나는 계속 이야기를 해주었다. 리는 드미트리의 야광 나침반으로 북쪽을 찾아냈고, 그다음에는 갈색 뿔테 안경이 들어 있는 작은 갈색 안경집을 열었다. "이 안경의 주인은 누구였어?"

"제이미."

"안경은 두고 올 수 없었겠다." 리가 부드럽게 말했다. "안경이 남아 있었다면 사람들이 그 애에게 무슨 일이 생겼다는 걸 알았을 테니까." 리는 책 탑 위에 안경집을 놓았다. "그 사람들 물건은 전부 가지고 있는 거야?"

나는 고개를 저었다. "페니와 관련된 물건은 없어."

"베이비시터만 유일하게 여자네?"

나는 고개를 끄덕였다.

"왜 그런 거 같아?"

"모르겠어. 학교 다닐 때 여자아이들은 나랑 친해지려고 하지 않았어."

"행운아들이네."

잠시 나는 무릎에 생긴 상처의 딱지를 뜯었다. 방금 리가 한 말이 비수가 되어 내 가슴에 꽂히는 걸 외면하기 위해서였다. 이번에도 그의 말이 맞았다.

리는 책들을 집어 들어 다시 내 배낭에 넣으며 말했다. "난 책을 별로 안 읽었어."

"어릴 때 엄마가 잠들기 전까지 동화책을 읽어주지 않았어?" 내 질문에 리는 고개를 저었다. "아무것도 안 읽어주셨어?"

"말했잖아. 우리 엄마는 그런 사람이 아니야."

"그럼 넌 소설이랑 친해져 본 적이 없겠구나."

"그냥 그럴 필요를 못 느꼈던 것 같아. 학교에서 선생님들이 입버릇처럼 하는 말 있잖아. 필독서를 읽어야 하네, 독서가 우리를 더 나은 인간으로 만드네 어쩌고 하는 말들. 마치 어려운 단어를 알게 되면 더 나은 사람이 된다는 듯이 말이야."

"그게 독서의 목적은 아니야."

"그런 거 다 부질없어. 난 더 나은 사람이 될 수 없다고."

"내가 책을 읽는 이유는 그래서가 아니야. 책을 읽는 동안에는 다른 사람이 될 수 있어. 2, 300페이지를 읽는 동안 보통 사람의 고민을 공유할 수 있다고. 비록 그 보통 사람이 시간 여행을 하거나 외계인과 싸운다고 해도." 나는 《거장과 마르가리타》를 쓰다듬었다. "나는 책이 필요해. 내가 가진 건 책뿐이야."

리는 나를 가엾다는 듯이 바라보았다.

리에 대해 더 알고 싶었다. 그의 여동생이며 엄마, 자기가 먹은 사람의 돈을 가로채는 것 말고 돈을 어떻게 버는지, 무슨 일이 있었길래 고향에 몰래 다녀와야 하는지 등등. 물론 짐작 가는 게 있기는 했지만 그래도 사연이 듣고 싶었다.

나는 리가 대답하기 쉬운 것부터 물어보았다. "나랑 만나기 전에 뭐 하고 있었어? 생활비는 어떻게 벌었어?"

"주로 농장에서 일했지. 하루 이틀만 일할 때도 있고, 더 오래 머물 때도 있었어. 어떤 농장인지, 내가 무슨 일을 해주길 바라는지에 따라 달랐어."

"겨울에는 뭘 해?"

"작년에는 플로리다에 갔어. 그때는 낡은 쉐보레 카마로를 몰았거든. 해변에 주차해 두고 모래 언덕에 텐트를 치고 잤지." 리는 웃음을 터뜨렸다. "겨울에 따뜻한 남쪽으로 가는 돈 많은 노인네들처럼 돼버렸어."

"플로리다에는 혼자 갔어?"

"난 늘 혼자 다녀." 리는 날 힐끗 보더니 덧붙였다. "너만 예외야."

아예 생각이 안 나는 것보다는 나중에라도 생각나는 게 낫다.

"날 샌드혼에 데려다주고 나면 곧장 팅리로 돌아갈 거야?"

"네가 거기서 뭘 찾느냐에 달렸지."

조짐이 좋았다. "아니, 그러니까 내 문제가 해결된 뒤에 말이야. 내가 아빠를 찾은 뒤에. 그때는 어떻게 할 거냐고."

"그때는 돌아가야지."

"가족들도 네 비밀을 알고 있어?"

"누구? 여동생? 아니면 엄마?"

"누구든. 둘 다."

"엄마는 몰라. 동생은…… 음, 내게 뭔가 문제가 있다는 건 아는데 자세한 내막은 끝까지 몰랐으면 좋겠어." 리는 나를 힐끗 보았다. "나는 운이 좋았던 것 같아. 진실을 숨기기가 쉬웠어."

"무슨 일이 있었는데?"

"나중에 말해줄게. 오늘 말고."

"그럼 다른 거 물어봐도 돼?"

"어떤 질문이냐에 달렸지?"

"베이비시터는 왜 먹은 거야?"

리가 코웃음을 쳤다. "그 여자는 아주 못된 사디스트였어. 그게 이유야. 질문을 하고 내가 대답을 못 하면 세게 꼬집었어. '미시시피주의 주도는 어디지?', '왜 소는 위장이 세 개일까?' 그런 쓰레기 같은 질문들. 나는 그 여자를 펑커 마녀라고 불렀어. 이름은 기억이 안 나지만 성은 틀림없이 펑커였어. 우리 집이 있는 길에 살았어. 자기한테 아이가 없어서 질투했던 것 같아. 쌤통이지.

얼굴은 기억이 안 나. 이가 아주 길었고 그래서 미소 짓는 척할 때마다 소름 끼치게 싫었다는 것만 기억나. 그리고 냄새도. 시큼한 썩은 내가 났지. 마치 오랫동안 방에 갇혀서 사악한 말만 하고 또 하고, 양치는 한 번도 안 한 사람처럼."

나는 리에게 약간 경외감이 들었다. 리가 한 번에 이렇게 길게 말한 적은 처음이었다. "그때 몇 살이었어?"

"미시시피주의 주도를 알기에는 너무 어린 나이였지. 그

마녀는 늘 꼬집는 부위를 아주 신중히 골랐어. 놀이터에서 놀다가 넘어졌거나 구름다리에서 떨어져 다쳤을 법한 곳만 꼬집었지. 우리 엄마는 살면서 멍청한 짓이란 짓은 다 골라서 했지만 그렇다고 바보는 아니었어. 그 마녀가 마지막으로 날 봐주던 날, 엄마가 나가기 전에 무릎을 꿇고 내 귀에 이렇게 속삭였지. '오늘이 널 저 여자에게 맡기는 마지막 날이 될 거야. 엄마가 약속할게. 다른 사람을 구할 수가 없었어.' 그때 카일라가 갓난아기였는데 병원에 데려가야 했거든. 왜 그냥 나도 데려가지 않았는지 모르겠어. 난 세상에서 제일 착한 아이는 아니었지만 엄마가 중요한 일이라고 말해줬다면 얌전하게 굴었을 텐데.

어쨌든 난 그날이 마지막일 거라고 믿지 않았어. 우리 엄마는 진심이 아닐 때 그런 소리를 하거든. 그래서 그날 내 안에서 무언가가 폭발해 버렸지."

"어땠어? 처음이었잖아."

리는 천천히 길게 휘파람을 불었다. "굉장히 서둘렀어. 난 매번 서둘러. 다른 사람이 보면 잘못된 일이라고 생각하겠지만 그래도 난 내가 이상하고 새로운 종류의 슈퍼히어로가 된 듯한 기분이 들어."

차 안에는 잠시 침묵이 감돌았고 내가 입을 열었다. "내가 이런 사람으로 살아야 한다면, 너 같이 되고 싶어."

"너나 나나 별로 다르지 않아."

나는 리를 빤히 바라보았다. "완전히 달라."

"먹는 대상이 다르긴 하지. 하지만 너도 나만큼이나 그걸 즐기잖아."

가슴에서 뜨거운 분노가 확 올라왔다. "그렇지 않아." 내가 조그맣게 말했다. "넌 이해하지 못하니까 그런 소릴 하는 거야. 네가 날 어떻게 알아?" 하지만 나의 일부는 리의 곁을 떠나 어둠 속으로 도망치고 있었다.

리는 나를 힐끗 보았다. "말했잖아, 매런. 난 네가 듣고 싶어 하는 말만 해주지 않을 거라고." 나는 손으로 눈을 꾹 눌렀다. 꿈에서 본, 벽에 적힌 글씨를 보고 싶지 않았다. "넌 날 이해 못 해."

"아니, 이해해. 너도 알잖아." 리는 내가 그 사실을 인정하기를 기다리다가 포기했다. "그래. 네가 이겼어. 그럼 아까 하던 얘기는 그만할까?"

"아니." 내가 그렇게 대답한 이유는 오로지 이 모든 걸 잊고 싶어서였다. "계속해. 펑커 마녀 이야기를 하는 중이었어."

"그래. 어쨌든 처음 그 일이 일어났을 때도 난 뒤처리를 해야 한다는 걸 알았어. 집에 돌아온 엄마는 그 마녀가 그냥 날 두고 가버린 줄 알더라. 이웃 사람이 우리 집에 들러서 그 마녀가 실종됐다고 말했을 때도 엄마는 내가 연관이 있다고는 꿈에도 생각하지 못했어. '그렇게 못된 짓을 하더니 결국 그렇게 됐네요.' 엄마가 그렇게 말한 기억이 나."

"보고 싶어?"

"누구? 우리 엄마? 미쳤어? 엄마는 심성이 착할지는 몰라도 하는 짓마다 날 미치게 해. 온갖 쓰레기 같은 놈들하고 술을 퍼마시질 않나, 나를 낳으려고 중퇴한 학교는 끝내 졸업하지 못했어. 기초생활수급자에서는 벗어났지만 너무 허접한 일자리만 얻어서 도저히 오래 다닐 수가 없었지. 게다가 사귀는 놈들은 또 어떻고. 그게 최악이야. 부인을 때려서 감옥에 갔다 온 걸로 소문이 파다하게 난 놈팡이랑 사귀면서 나한테 넌 그이를 잘 모른다, 그이에게 기회를 줘야 한다는 거야. 다른 남자들도 똑같이 쓰레기였어. 난 내 아빠가 누군지 모르고, 케이 아빠도 누군지 몰라." 리는 한숨을 쉬었다. "내가 평범한 사람이었다고 해도 엄마랑 함께 사는 건 너무 힘들어. 엄마를 보기만 해도 화가 치민다고. 이해하지?"

"응."

"난 늘 엄마가 좋은 남자를 고르길 바랐어. 곁에 있어 줄 남자. 다른 애들에겐 아빠가 있었어. 그들과 함께 무언가를 해주는 남자. 그들을 위해 무언가를 해주는 남자 말이야. 엄마도 그런 남자를 찾는 게 그리 어려워 보이지 않았어."

"하지만 안 그러셨구나."

리는 고개를 끄덕이며 "너희 엄마는 어땠어?"라고 묻더니 길에서 눈을 떼고 내 눈을 바라보며 대답을 기다렸다. 지금 리는 대화를 하자는 게 아니었다. 우리 엄마에 대해 알고 싶어 했고, 내가 그 이야기를 하고 싶어 하지 않는데도 개의치 않았다.

"우리 엄마는 타자로 1분에 90자를 칠 수 있어."

리는 감탄하듯이 휘파람을 불었다. "또?"

"요리를 안 해. 저녁으로 그릴드 치즈 샌드위치와 통조림에 든 치킨 누들 수프를 먹는 날이 많았어."

"그것보다 더 형편없는 음식도 있어. 또?"

"욕조 가장자리에서 머리를 숙이고 염색하곤 했어." 나는 엄마가 젖은 머리카락을 수건으로 감싸서 머리 위로 틀어 올린 채 나와 소파에서 이불을 덮고 〈우리 집의 낙원〉을 보던 때를 떠올렸다. "엄마는 고전 영화를 좋아했어. 〈싱잉 인 더 레인〉, 〈화이트 크리스마스〉, 프랭크 카프라 영화 전부 다."

"프랭크 카프라가 누구야?"

"〈멋진 인생〉 만든 사람."

"본 적 없어."

"크리스마스 때마다 텔레비전에서 해주잖아. 유명한 영화야."

"우리 집에서는 아무도 그런 영화를 보고 싶어 하지 않았어." 리가 냉소적인 미소를 지었다. "뮤지컬은 유치해."

"그러면 어때? 뮤지컬은 최고의 판타지야. 아름다운 사람들이 말로는 자기감정을 표현하기가 부족하니까 노래하는 거야."

리는 내가 방금 트림으로 금붕어라도 뱉어냈다는 듯이 날 바라보았다. 나는 얼굴이 달아올랐고, 리는 대수롭지 않게 넘어갔다. "계속해 봐."

"엄마는 책을 많이 읽었어. 하지만 한번 읽은 책은 다 팔아버렸어. 전 재산이 캐리어 하나에 다 들어갔지."

"엄마가 너한테 소리 지른 적 있어?"

"아니."

"너한테 괴물이라고 한 적 있어?"

"아니."

"네가 그러는 거 보신 적 있어?"

나는 몸을 부르르 떨었다. "큰일 날 소리. 없어."

"그런데도 엄마한테 말한 거야?"

"안 할 수가 없었어. 어차피 알게 됐을 거야."

"하지만 그래서 엄마한테 말한 게 아니잖아."

"응. 그렇지."

"엄마가 처리해 주길 바랐겠지."

"어릴 때는 다 그런 거 아니야? 엄마가 뭐든 해결할 수 있다고 생각하지."

리는 미소 지었다. "우리 엄마는 아니야."

"맞다. 미안."

나는 무릎에 놓인 도로 지도책을 휘리릭 넘겼다. 내일 아침이면 시카고를 우회해서 지나갈 터였다.

"여기서부터 공원까지 네가 운전해 볼래? 도로에 차가 많지 않아. 그냥 오른쪽 차선으로만 가면 돼."

"안 돼. 아직 준비가 안 됐어."

리는 어깨를 으쓱였다. "네가 준비됐다고 하면 준비되는 거야. 정말 안 해볼 거야?"

만약 내가 거절하면 리는 날 한심하게 볼 것이다. 그래서 나는 한 시간 동안 몸을 잔뜩 웅크린 채 운전대를 잡았다. 기어를 바꿀 때마다 클러치를 밟으라고 나 자신에게 큰소리로 상기시키면서. 몇몇 차가 경적을 눌러대며 왼쪽 차선으로 우리를 추월했다. "신경 쓸 거 없어. 잘하고 있어." 리가 말했다.

사고가 나지도 않았고, 경찰이 차를 세우라고 하지도 않았으니 성공했다고 볼 수 있다.

저녁을 먹은 뒤 우리는 짐칸에 누웠고, 리는 휴대용 라디오를 켰다. 처음에는 AM 방송의 야구 중계나 지루한 정치 논평만 나왔다. 그러다 이 방송을 찾아냈다.

"……사실 우리는 모두 형제자매입니다. 비록 그렇게 행동하지 못할 때가 많을지라도요. 슈퍼마켓 계산대에 서 있는 사람들, 여러분과 함께 버스 정류장에서 버스를 기다리는 사람들, 매일 아침 출근길에서 얼핏 보는 사람들……."

구닥다리 목사 같았지만 그가 하는 말은 납득이 갔다. 강렬하고 떨리면서도 아주 멋진 목소리였다. 나는 누워서 우리

사이에 놓인 라디오를 바라보며 마치 이 방송에 목숨이 달
린 사람처럼 귀를 기울였다.

"누구에게든 함부로 말하고 또 험담만 하는 직장 동료가
바로 당신의 자매입니다. 당신 집에 들어와 보석을 털어간
도둑도 당신의 형제입니다. 우리는 서로 용서해야만 합니
다!" 나는 이 목사의 외형을 아주 선명하게 떠올릴 수 있었
다. 키가 크고 말랐으며 긴 코에 불룩 튀어나온 울대뼈, 회색
양복에 진홍색 나비넥타이를 맸고 매우 진지해 보일 것이다.

사람들이 "아멘! 말씀해 주세요, 목사님!"이라고 외치는 소
리를 듣고서야 (소리는 희미하게 들렸는데 사람이 적어서가 아니
라 마이크에서 멀리 떨어져 있기 때문이었다) 생방송임을 깨달
았다.

목사는 설교를 계속했다. "하지만 우리가 자신을 먼저 용
서하기 전에는 서로를 용서할 수 없습니다." 그는 60대 노인
들이 많이 쓰는 검은색 뿔테 안경 너머로 신도들을 바라볼
것이다. 그의 한쪽 눈썹 위에는 여섯 살 때 여동생의 스케이
트 날에 베인 상처 자국이 있을 테고.

신도들의 따뜻하고 웅웅거리는 듯한 대답이 들렸다. "할렐
루야! 용서하고 용서받으라, 형제여!" 그들은 지금까지 그의
설교를 숱하게 들었건만 그래도 오늘 밤 이 설교를 들으려
고 먼 곳에서 차를 몰고 왔으리라. 이곳은 신도들이 몸을 흔
들고, 부르르 떨고, 자기들의 죄를 대신해서 죽어준(그게 어떻

게 가능한지 도저히 짐작이 안 가지만) 남자를 찬양하며 부르는 그런 교회였다.

"그래서 우리가 여기 모인 것입니다. 안 그렇습니까? 용서. 그래서 우리가 여기 모인 것이죠. 안 그렇습니까, 형제님들?"

"맞습니다, 목사님." 멀리서 누군가 외쳤다.

나는 눈을 감고 신도들 맨 앞줄에 앉은 내 모습을 그려보았다. 진홍색 나비넥타이를 맨 목사가 날 돌아보며 환영의 뜻으로 손을 내밀었다. "그리고, 자매님. 자매님은 여기 왜 오셨나요?"

나는 입을 열었지만 다른 사람이 날 대신해 대답했다. 라디오에서 조그만 목소리가 흘러나왔다. "용서하고 용서받기 위해서요."

리는 하품했다. "어디를 가든 이 나라에서는 라디오를 틀면 꼭 저런 예수쟁이들이 나오지."

"이 목사는 평범한 예수쟁이가 아니야. 난 이 사람 설교가 마음에 들어."

"그렇겠지. 저들은 사랑과 수용에 대한 감언이설로 널 유혹한 다음, 네가 교회에 나가기 시작하면 돈이 더 필요하다, 예수님은 좋을 때만 친구로 지내는 관계는 원치 않는다고 말하지."

"······주께서 말씀하시길, '악인에게는 평강이 없다.' 우리 모두 평강이 무엇인지 알고 싶지 않나요? 네, 네, 그렇습니다!

이 세상에서 가장 사악한 자라도 평강을 갈망합니다……."

리가 라디오 다이얼을 돌리려고 손을 뻗자 내가 그의 손을 탁 치며 짜증 난 어조로 말했다. "좀 듣자."

리는 어이없다는 듯이 눈을 위로 떴다. "용서해 주시죠, 매런 자매님."

나는 그의 불평을 지워버리려고 음량을 높였다. "이제 여러분께 드릴 말씀이 있습니다. 우리는 꽤 오랫동안 전국을 순회하며 이 '자정 전도회'를 계속해 왔고, 저는 각양각색의 사람들을 만나 이야기를 들었습니다. 그들은 자신에게 죄를 지었고, 서로에게 죄를 지었습니다. 자리에서 일어나서 '목사님, 가끔은 선하게 살기가 너무 힘듭니다'라고 말했습니다."

리가 코웃음을 쳤다. "저 말엔 나도 동의."

"전 그분들께 말했습니다. '주님을 받아들이세요. 그분을 받아들이면 어떻게 해야 선해질 수 있는지 보여주실 겁니다.'"

신도들의 박수와 찬양하는 탄성이 터져 나왔고 아나운서의 음성이 들렸다. "나사렛 자유 교회의 토마스 피그트리 목사님은 6월 7일, 일요일 저녁 10시부터 플럼빌의 하모니 홀에서 자정 전도회를 시작하실 겁니다, 여러분."

"대체 왜 이런 방송이 듣고 싶은 거야? 우리한테는 전혀 해당되지 않는 내용이잖아." 자동차 보험 광고가 나오자 리가 말했다.

"그걸 네가 어떻게 알아?"

"당연한 거 아냐? 저 사람들 세상에 우리를 위한 자리는 없어. 저들이 우리 정체를 안다면 지옥행도 너무 약한 형벌이라고 생각할걸." 리는 임시 침대에서 돌아눕더니 푹 가라앉은 캠핑용 베개가 다시 부풀어 오르도록 툭툭 쳤다. 그러고는 짐칸 벽을 보며 말했다. "게다가 예수님은 내가 최악의 행동을 한 날은 말할 것도 없고, 최선의 행동을 한 날에도 날 받아주지 않을 거야." 잠시 뒤 리는 몸을 돌려 날 마주 보았다. 내가 지도책 뒤적거리는 소리를 들은 것이다. "뭐 하는 거야?"

"플럼빌이 얼마나 먼지 알아보려고."

"설마 정말로 그 전도회에 가겠다는 건 아니지?" 리는 라디오를 향해 손을 뻗었고, 이번에는 나도 리가 라디오를 끄도록 내버려 두었다. "너한테 해줄 이야기가 있어. 작년에 카일라가 소위 '친구'라고 하는 애의 손에 끌려서 그런 데 간 적이 있어. 신도들은 카일라에게 얘기해 보라고 했고, 그래서 카일라는 일어나서 말했지. 이 지구에서 온갖 끔찍한 일들이 벌어지고 있는데 정말 하느님이 있는지 잘 모르겠다고. 그랬더니 어떻게 됐는지 알아? 짐작할 수 있겠어?"

난 어깨를 으쓱였다.

"신도들이 카일라에게 야유를 보냈어. 장담하건대 그 자리에 썩은 토마토가 있었다면 그걸 카일라에게 던졌을 거야. 카일라는 거미 한 마리도 못 죽이는 아이인데 말이지."

"피그트리 목사님은 토마토를 던지지 않을 거야."

리는 한숨을 쉬었다. "이렇게 하자. 만약 네가 내일 밤에 전도회에 가서 그 고귀한 피그트리 목사님에게 네가 어떤 사람이고 무슨 짓을 했는지 정확히 말하겠다고 약속하면, 나도 기꺼이 동행할게." 리는 냉정한 눈으로 나를 보았다. "그렇게 할 거야?"

나는 침낭 속에서 몸을 웅크리고 아무 말도 하지 않았다. 생각해 보니 웃기는 일이었다. 내가 한 짓을 알지도 못하는 누군가가 내 죄를 용서해 줄 수 있다고 믿다니.

"넌 진실을 찾는 중이잖아, 매런." 내가 합판 위에서 최대한 덜 불편한 자세를 찾으려고 뒤척이는 동안 리가 말했다. "하지만 만약 네가 그 목사의 말을 믿고 거짓된 행복과 확신 속에서 살 거라면 그렇다고 인정하는 게 좋을 거야."

잠이 들었을 때 어둠 속에서 떠오른 장면들은 당연히 내가 자정 전도회에 참석한 모습이었다. 그곳은 강당이 아니라 교회였다. 스테인드글라스로 장식된 창문들이 천장 서까래 사이의 어두운 구석까지 쭉쭉 뻗어 있었고, 창문에서는 성인들이 사자와 용에게 잡아먹히거나 황금색과 진홍색 불길 속에서 화형을 당하며 극적인 죽음을 맞이하고 있었다. 시야의 한쪽 구석으로 창문 밑 돌벽에 페인트로 쓴 글씨가 보였지만 어차피 읽을 수 없다는 걸 알았기에 굳이 그쪽으로 고개를 돌리지 않았다. 주위 신도들이 존재하지 않는 언어로 찬송가를 부르고 있었다.

나는 통로를 걸어갔다. 사람들이 지나가는 내 팔을 만지며 나를 '자매님'이라고 불렀다. "무릎을 꿇으시오." 목사님이 말했다. 그의 눈이 강렬하게 번득였고, 나는 그가 두려웠다. "무릎을 꿇고 축복을 받아요, 매런 자매."

나는 무릎을 꿇었고, 목사님은 내 앞에 서서 내 머리의 왕관에 양손을 내려놓았다. 나는 얼굴이 달아올랐다. 그저 그 자리를 떠나 날 절대 해치지 않을 친구가 있는 트럭 짐칸으로 돌아가고 싶었다. 신도들 사이에서 웃음이 퍼져나가는 게 느껴졌다. 천 명의 이방인이 입을 가린 손 뒤에서 히죽거리고 있었다. '용서'는 그들의 언어에 속하는 단어였고, 내가 잠에서 깨자마자 그 언어는 사라져버렸다.

7

이튿날 오후, 우리는 위스콘신주 프렌드십Friendship을 통과
했다. "여기가 내가 태어난 곳이야. 아이러니 중의 아이러니
지." 내가 말했다.

"내일 이 시간이면 우린 샌드혼에 있을 거야. 뭘 할지 계
획은 세워뒀어?"

샌드혼을 생각하고 싶지 않았다. 아빠를 찾고 싶기는 했지
만 아직은 아니었다. 리와 헤어져야 한다면 나중으로 미루고
싶었다. "일단 전화번호부부터 뒤져볼까 해." 내가 말했다.

프렌드십으로 가는 곁길로 빠져나온 뒤 3킬로미터쯤 지났
을 때 광고판이 나왔다. '기금 마련을 위한 마더 오브 피스
이동 유원지. 놀이 기구, 게임, 맛있는 음식 & 경품. 6월 7일
부터 13일까지. 매일 저녁 5시부터 11시까지 개장. 길더행
47번 출구로 빠져서 16킬로미터 직진.'

우리는 서로 바라보며 씩 웃었다. 밤마다 꾸는 악몽이며

나 때문에 더는 유원지에 못 가게 된 다른 아이들은 싹 다 잊어버렸다. 이 완벽한 순간만큼은 그들의 이름조차 기억나지 않았다.

우리는 47번 출구로 빠져서 여러 채의 농가를 지난 다음, 길더에 들어섰다. 1차선 도로로 된 그 마을은 골동품 가게들이 늘어서 있고, 좁은 언덕 꼭대기에 병원들이 있었다. 언덕을 내려가 다시 1.6킬로미터를 더 갔더니 이동 유원지가 모습을 드러냈다. 느릿느릿 돌아가는 관람차, 벽돌로 짓고 새하얀 첨탑이 있는 교회 옆에서 앞뒤로 움직이는 바이킹. 리는 길 건너 축구장 가장자리에 주차하고, 운전석에 카우보이 모자를 벗어두었다.

길을 건너 군중 속으로 들어가는 동안 나는 다시 어린아이로 돌아간 기분이 들었다. 유리 부스 안에서는 한 여자가 긴 나무 막대를 들고 빙글빙글 돌아가는 분홍색, 푸른색 솜사탕을 만들더니 마치 그게 마법의 징표라도 된다는 듯이 아이들에게 하나씩 주었다. 오디오에서 '라이크 어 프레이어'가 나오자 바이킹을 타려고 둥그렇게 서서 기다리고 있던 열두 살짜리 여자아이들이 음악에 맞춰 춤을 추었다. 튀긴 밀가루 반죽에 설탕을 뿌린 빵 냄새가 담배 연기, 삐걱거리는 톱니바퀴의 기름 냄새와 뒤섞였다. 광대가 우리를 향해 깡충깡충 뛰어오더니 경품 응모권을 사겠냐고 물었다. "1등 경품이 대형 텔레비전이야!" 그렇게 외치는 광대의 프릴 달린 하얀색 장갑에서 겹겹이 접혀 있던 초록색 응모권이 우수수 튀어나왔다.

리는 미소 지으며 괜찮다고 말하고는 내 손을 잡고 인파를 헤치며 앞으로 나아갔다. 그 순간 주위의 모든 것들이 살짝 흐릿해졌다. 내 눈에는 오로지 유원지 가장자리에 늘어선 나무들 사이로 반짝이는 햇살 그리고 하늘을 향해 사람들을 획획 던지는 회전의자의 알록달록한 반점과 흰색 테니스화만 보였다. 머릿속에는 오로지 내 손을 잡은 리의 손이 따뜻하다는 생각뿐이었다.

리가 뭐라고 말을 걸자 그제야 정신이 들었다. 그는 유령의 집을 가리키더니 장난스러운 표정으로 날 힐끗 돌아보았다. 내가 좋든 싫든 저기에 가게 될 것이 분명했다.

엄마들은 아이들을 이 놀이 기구에서 저 놀이 기구로 몰고 다니며 티켓을 건네주고, 아이스크림을 또 먹고 싶다는 아이들의 요구를 뿌리쳤다. 범퍼카 코너를 지났더니 커다란 푸른색 천막이 나왔다. 그 안에서는 야구 모자를 쓰고 청바지를 입은 아빠들이 플라스틱 컵에 든 묽은 맥주를 벌컥벌컥 마셔댔다. 우리 아빠는 저렇지 않을 것이다. 아빠는 아이스크림이랑 놀이 기구를 좋아하지만 맥주는 마시지 않고, 스포츠도 좋아하지 않을 것이다.

우리는 햄버거 가게 앞에 줄을 섰다. 리는 배리 쿡의 지갑에서 돈을 꺼냈다. 나는 우리가 먹을 햄버거와 프렌치프라이, 탄산음료가 담긴 쟁반을 들었고, 우리는 게임 부스 근처의 천막 안에서 빈 피크닉 테이블을 발견했다. 햄버거를 먹는 동안 나는 리를 바라보았다. 리는 지나가는 사람들을 지켜보고 있었다. 게임에 져서 울부짖거나 노느라 지쳐서 짜증내는 아이들. 맥주를 든 채 어슬렁거리는 남자들. 군중 사이로 힘겹게 유모차를 끌고 가며 남편을 찾기 위해 사람들의 얼굴을 훑어보는 여자들. 스피커에서 '마이 하트 윌 고 온' 첫 소절이 흘러나오자 엄마가 생각났지만 이제는 아무 느낌도 없었다.

리는 햄버거를 한 입 더 베어 물더니 생각에 잠겨 오물댔다. "긴장해 본 적 있어?"

나는 리가 왜 그런 질문을 했는지 알고 있었다. 우리도 보통 사람인 척하려는 것이다. 나는 고개를 끄덕였다. "벌써 돌아가고 싶은 건 아니지?"

"그럴 리가. 저걸 타기 전에는 어디에도 못 가." 리는 내 어깨 너머를 가리켰고, 나는 뒤를 돌아보았다. 우듬지 위로 비스듬히 기울어진 오렌지색 기계가 올라왔다가 잠시 뒤에 다시 떨어졌다. 관람차와 롤러코스터를 합친 듯한 놀이 기구였다.

"저게 바로 지퍼야." 리가 말했다.

"햄버거 먹기 전에 탔어야지."

리는 씩 웃으며 냅킨으로 손을 닦았다. "어디부터 갈까? 지퍼? 아니면 유령의 집?"

나는 유령의 집을 골랐다. 우리는—이번에도 배리 쿡의 돈으로—티켓 한 묶음을 산 다음 유령의 집으로 들어가는 열차에 탔다. 리는 안전바를 내리고 행복한 한숨을 쉬며 좌석에 몸을 기댔다. "우리 무서운 척할 거야?"

"나는 척하는 게 아닐 수도 있어."

"네가 무서워하는 게 있다니 재미있네." 리가 말하는 동안 열차가 휘청이며 앞으로 나아갔고, 우리는 칠흑 같은 어둠 속에서 모퉁이를 홱 돌았다. 쌍여닫이문이 활짝 열리더니 푸른 형광 전구가 지직거리며 깜빡이는 방이 나왔다. 수술대에 환자가 누워 있는데 그의 내장이 지저분한 리놀륨 바닥 위로 흘러내렸고, 악마처럼 생긴 간호사가 양손에 피 묻은 수술 도구를 하나씩 든 채 그의 몸 위로 휘두르고 있었다. 간호사는 우리를 보며 음흉하게 웃더니 리에게 윙크했다.

"도와줘요, 제발!" 수술대 위의 남자가 외쳤다.

"생각보다 괜찮은데. 티켓 여덟 장을 쓸 만한 가치가 있어." 리가 중얼거렸다.

우리는 공포의 병원을 통과해 다시 어둠 속으로 들어갔다. 커튼처럼 드리운 가짜 거미줄을 손으로 더듬더듬 젖혔더니 영화 〈핼러윈〉의 주제곡이 흘러나왔다. 다음 모퉁이에 영구차 한 대가 주차되어 있었다. 영구차 뒷문이 열려 있었고, 그 안의 관 뚜껑도 열려 있었다. 좀이 슨 양복을 입은 남자가 영구차 옆에 서서 우리에게 한 팔을 내밀며 관 속에 누워보라고 했다. 형광 불빛에 그의 이가 자주색으로 빛났다. 그때, 내 어깨를 잡는 손이 느껴졌고, 나는 리에게 "하지 마"라고 말했다.

"나 아니야." 리가 대꾸했고, 누군가가 내 귀에 대고 숨을 내쉬었다. 우리가 탄 열차는 덜컹거리며 다음 방으로 전진했다.

공포 영화 음악이 희미해지면서 귀뚜라미 우는 소리와 부엉이가 부엉부엉 우는 소리가 들렸다. 공동묘지였다. 어두운 하늘에 은은하게 빛나는 초승달이 그려져 있고 그 아래 역시 관이 있었다. 이번 관은 닫혀 있었지만 우리를 향해 기울어져 있어서 땅에 반만 묻혔다는 걸 알 수 있었다. 관 옆 흙더미에는 삽 두 개가 꽂혀 있었다. 마치 무덤 파는 사람들이 땅을 파다 말고 다른 데로 가버린 듯이. 잠시 정적이 흐르더니 관 뚜껑이 삐걱거렸다. 관 안에서 누군가가 뚜껑을 두드려댔기 때문이다. 이윽고 여자의 비명과 간청하는 말소리가 흘러나왔다. 녹음해 둔 음성이 아니라 실제 목소리였다.

우리가 탄 열차는 어둠 속에서 통로를 지나갔다. 그때 누군가가 나직이, 위협적으로 내 귀에 대고 웃었다. 그러자 리가 내게 한 팔을 둘렀다. 아닌가? 그의 팔은 내 어깨에 둘렀다기보다 등받이에 걸쳐져 있었다. 다음 방으로 들어가는 동안 나는 리에게서 몸을 살짝 뺐다.

다음 방에는 머리가 헝클어지고 눈에 광기가 도는 남자가 식탁 앞에 앉아 있었다. 셔츠 목깃 안쪽에 천 냅킨을 찔러넣고 소매는 걷었으며, 한 손에는 카빙 포크*를 들었고, 다른 손에는 절단된 팔을 들고 있었다. 식탁에는 접시에 잘린 머리가 놓여 있었는데 너무 심하게 훼손되어 남자인지 여자인지 알아볼 수 없었다. 두 번째 접시는 빨간색 디시 타월로 일부 가려졌지만 손가락과 발가락이 삐죽 나와 있었다. 유리로 된 물병에는 피가 가득 담겨 있었고, 빈 물잔 속에서 색이 바랜 눈알 두 개가 우리를 바라보고 있었다.

"*히히히히히히히. 다음은 너희들 차례다.*" 스피커에서 목소리가 흘러나왔다. 남자의 머리 위쪽 벽에 피로 휘갈긴 글씨가 있었는데 내가 미처 읽기도 전에 열차가 마지막 모퉁이를 휙 돌아갔다.

우리는 다시 초저녁의 햇살 속으로 나왔다. 리는 기운이 넘쳤다. "이제 지퍼를 타자!"

"관람차 먼저, 지퍼는 그다음에 타자." 내가 말했다. 저 무서운 놀이 기구를 꼭 타야 한다면 적어도 소화를 다 시킨 뒤에 타고 싶었다.

지금까지 유원지에는 두세 번밖에 안 와봤지만 나는 관람차가 제일 좋았다. 나무들 위로 서서히 올라가서 창밖 경치

* 긴 날이 두 개 달린 포크로 주로 고기를 자를 때 고정하는 용도로 사용한다

와 발밑에서 떼지어 서성거리는 사람들을 지켜보며 다시 내려오는 게 좋았다.

꼭대기에 올라갔을 때 리가 아래를 내려다보더니 얼굴을 찡그렸다. 관람차가 내려오는 동안에도 리는 고개를 돌려 아까부터 주의를 끈 것을 계속 바라보았다. "왜 그래?" 내가 물었다.

"어떤 남자가 우리한테 손을 흔드는 거 같아." 리가 고개를 뺀 채 말했다.

나는 리의 손가락이 가리키는 방향을 계속 따라가 보았다. 거기에 그가 있었다. 우리가 처음 만났던 날과 똑같은 모습으로. 그는 가만히 서서 미소를 띤 채 내게 손을 흔들었고, 그의 주변으로 세상이 바쁘게 돌아갔다. "설리 아저씨야!" 나는 그렇게 외치며 설리에게 손을 흔들었다. 비록 머릿속에서 '설리가 어떻게 여기 있지? 날 어떻게 찾아냈지?'라는 작은 목소리가 들리기는 했지만.

리는 얼굴을 찡그렸다. "저 아저씨가 왜 여기 있는 거야?"

관람차가 한 바퀴 더 돌기 위해 올라가는 동안 나는 어깨를 으쓱였다. "곧 알게 되겠지."

설리는 파란색 솜사탕을 들고 관람차 출구 옆에서 우리를 기다리고 있었다. "여기다, 꼬마 아가씨!"

"아저씨!" 설리는 나와 악수하더니 솜사탕을 조금 뜯어서 내게 주었다. "여기 어쩐 일이세요! 우리를 어떻게 찾아냈어요?"

"네가 아빠를 찾으려고 이 길로 지나갈 줄 알았지. 혹시 아빠를 찾는 일이 잘 안 될 경우에 이야기할 상대가 필요할 거라고 생각했다." 설리는 리가 있는 쪽으로 고갯짓했다. "하지만 너처럼 예쁜 아이는 새 친구가 금방 생기리라는 걸 알았어야 했는데."

"우연의 일치치고는 대단하네요." 리가 설리와 악수하며 말했다. "매런에게 펜실베이니아주에서 두 사람이 만난 얘기를 들었어요."

설리는 어깨를 으쓱였다. "난 어차피 여기로 오는 중이었고, 여기 오는 길은 한정되어 있으니까."

리는 가슴 앞에서 팔짱을 끼고 다른 발로 체중을 옮겼다. "진짜요?"

"아무렴. 여기 호숫가에 내 오두막이 있거든. 거긴 아주 평화롭고 좋단다. 여기서 대략 한 시간밖에 안 걸려." 설리는 내 어깨 너머로 핫도그 가게를 힐끗 보았다. "너희들 저녁은 먹었니?"

"네. 방금 햄버거 먹었어요."

리는 나를 돌아보았다. "이제 지퍼 타러 가자."

나는 리에게 티켓을 건네며 말했다. "괜찮으면 혼자 타고 올래? 나는 여기서 아저씨랑 얘기하고 있을게."

리는 의심스러운 표정이었다. "어디에 있을 건데?"

나는 근처 벤치를 가리켰다. 남학생 한 무더기가 막 자리에서 일어나고 있었다. 리는 경계하는 눈으로 설리를 한 번 더 바라보더니 이렇게 말했다. "날 두고 가버리지만 마. 알았지?"

나는 새어 나오는 미소를 참았다. "알았어."

리가 인파 속으로 녹아드는 동안 설리와 나는 벤치에 앉았다. "솜사탕 먹으련?"

"그거 좋죠." 나는 솜사탕을 조금 뜯어 갔다.

설리의 눈이 반짝거렸다. "남자 친구가 생겼구나."

나는 한숨을 쉬었다. "남자 친구 아니에요."

설리는 솜사탕을 베어 먹었다. "저 애는 모르는 거 같은데."

"아." 그때 곡예사 책이 생각나서 내가 말했다. "서커스 책 주셔서 감사합니다."

설리는 미소 지었다. "가끔은 물건의 임자가 따로 있는 법이지."

나는 미소 지었다. "저도 아저씨의 제안을 따르고 싶었어요. 다만 전 아빠를 꼭 찾아야 해요."

"아빠를 꼭 찾아야 한다고 네가 생각하는 거지." 설리가 정정했다. 그의 혀는 새파랬다. "그 쪽지를 쓸 때 네가 오지 않으리라는 걸 알았어야 했는데." 나무들 위로 다시 지퍼가 휙 올라왔다. 설리는 말을 이었다. "저 이름 모를 남자애는 어떻게 만났니?"

"저 애 이름은 리예요. 세인트루이스에서 히치하이크를 했는데 절 태워준 여자가 아이오와주의 월마트에 절 두고 가버려서……."

"세상에! 지난번에 날 만난 뒤로 아주 미국을 누비고 다녔구나!"

나는 미소 지었다. "어쨌든 월마트에서 약간 문제가 생겼는데 때마침 리가 나타났어요." 나는 잠시 뜸을 들였다. "리도 식인자예요."

"그래. 그럴 거라고 생각했다."

"리도 자기랑 같은 사람을 만난 건 제가 처음이래요. 아저씨가 두 번째고요."

"그래? 그렇구나." 이제 막대에는 솜사탕이 남아 있지 않았다. 설리는 막대를 쓰레기통에 던지더니 더러운 손가락을 쪽쪽 빨았다. "있잖니, 너희들 오늘 밤에 잘 곳은 있니?"

나는 고개를 저었다. "우린 계속 노숙 중이에요."

"내 오두막에 너희들이 잘 수 있는 깨끗한 침대 두 개가 있단다. 너희들이 자고 싶다면 말이다."

"아저씨 오두막요? 정말요?"

"그럼. 게다가 뜨거운 숯 속에서 날 기다리는 호보 스튜도 있지."

녹은 치즈에 햄버거를 섞은 듯한 그 맛있는 음식을 또 먹을 수 있다고 생각하니 배에서 꼬르륵 소리가 났다. 내 무릎 위로 리의 그림자가 드리우자 내가 고개를 들고 물었다. "지 퍼는 어땠어?"

리는 다시 팔짱을 꼈다. "재밌었어. 하지만 네 말이 맞아. 네가 탔다면 햄버거를 토했을지도 몰라."

"방금 아저씨가 오늘 밤에 아저씨네 오두막에서 자도 된다고 그랬어. 야식이랑 모든 게 준비되어 있대."

리는 대답하려고 입을 벌렸고, 숨을 한 번 들이쉬더니 "그러자. 고맙습니다"라고 대답했다. 설리를 계속 미심쩍어했던 리의 행동을 생각하면 놀라운 일이었다.

"좋다." 설리는 자리에서 일어나더니 잘린 손가락으로 잘린 귀를 긁었다. "너희들은 더 놀다가 이따 유원지가 폐장하면 만나자꾸나."

설리가 바이킹 모퉁이를 돌아 시야에서 사라지자 내가 리에게 말했다. "저기, 네가 아저씨를 싫어하는 기색이 역력하던데 꼭 그렇게 대놓고 싫어해야 해?"

"이상하잖아. 그저 널 위로해 주려고 여기까지 그 먼 길을 왔다고?"

"난 그보다 더 터무니없는 얘기도 들은 적 있어. 이를테면, 음, 모르겠다……. 기차가 지나가는 철교 아래에 트롤들이 살면서 아기들을 잡아먹는다거나 토마토소스는 취한 레드넥*을 갈아서 만든다거나."

＊ 미국 백인 농부들을 비하하는 단어로 햇볕을 받아 목둘레가 빨갛게 탄 것을 조롱해서 만들어졌다

리는 두 주먹을 주머니에 넣더니 잔디밭의 담배꽁초를 발로 찼다. "나 농담하는 거 아니야, 매런."

"알았어. 그럼 진지하게 생각해 보자. 만약 설리가 무슨 꿍꿍이가 있었다면 날 처음 봤을 때 그 일을 하지 않았겠어? 안 그래?"

리는 고개를 갸웃하더니 의심스럽다는 표정으로 날 계속 보았다. 그렇게 순순히 인정할 생각이 없는 듯했다. "이건 우연이 아니야. 그 아저씨에게는 뭔가가 있어, 매런. 마치 널 아는 것 같다고."

나는 어깨를 으쓱였다. "당연히 날 알지. 우린 몇 시간이나 얘기를 나눴으니까."

"넌 지금 이 상황을 제대로 파악 못 하고 있어. 네가 여기 있으리라는 걸 저 아저씨가 어떻게 알았지?"

나는 눈을 굴렸다. "아저씨도 몰랐어, 리. 그만해. 난 집에서 만든 음식을 먹고, 깨끗하고 폭신한 침대에서 자고 싶다고." 그 말을 하기 전까지는 내가 얼마나 그걸 원하는지 미처 몰랐다. "침실 문을 잠그고 자면 되잖아. 아무 문제 없을 거야. 약속해. 이제 뭘 하고 싶어?"

리는 패배의 한숨을 내쉬었다. "스노콘* 먹으러 가자."

"오두막에 가기 싫은데 왜 가겠다고 한 거야?" 스노콘 가

* 으깬 얼음에 시럽을 뿌려 종이 용기에 담아주는 디저트

213

게 앞에 줄을 서면서 내가 물었다.

"너랑 이야기할 시간을 벌려고."

나는 어이가 없어서 눈을 굴렸다.

"그리고 걸리는 게 하나 더 있어, 매런. 누군가 씹어 먹은 듯한 귀는 뭐야? 손가락이 없는 것도 그렇고."

"손가락 하나가 없을 뿐이야. 몸의 일부가 없으면 나쁜 사람이라는 거야?"

"어쩌다 그렇게 됐는지에 달렸지. 안 그래?" 리는 짜증 난 눈으로 날 힐끗 보았다. "농장에서 일하다가 사고로 잘렸대?"

우리 앞에 서 있던 꼬마가 고개를 돌리더니 알이 두꺼운 안경 뒤에서 왕방울만 한 눈으로 궁금해 죽겠다는 듯이 우리를 올려다보았다. '손가락이 없다'라는 말에 귀를 쫑긋 세우지 않을 소년이 어디 있겠는가. 나는 그 애에게 웃어 보이려고 했지만 아마 치통에 시달리는 듯한 표정이었으리라. "다른 이야기 하는 게 좋겠다." 내가 말했다.

우리는 루트비어 맛 스노콘을 사서 게임 부스 옆에서 먹었다. 꼬마들이 풍선 맞추기 게임이나 휠 오브 포춘에 부모의 돈을 낭비하는 걸 지켜보면서. 특히 휠 오브 포춘 게임을 할 때는 내가 돈을 건 숫자는 절대, 죽었다 깨어나도 나오지 않는 법이다. 약간 떨어진 곳에는 럭키 토스 게임 부스가 있었다. 바둑판무늬의 칸마다 놓인 알루미늄 우유 캔에 야구공을 던져서 공이 캔으로 들어가면 상품을 받는 게임이었다.

상품은 부스 둘레에 설치된 선반에 놓여 있었는데 딱 한 가지뿐이었다. E.T. 봉제 인형.

그 게임을 하는 사람은 아무도 없었다. 부스를 지키는 여자아이는 스툴에 앉아 잡지를 읽고 있었는데 너무 지루해서 화난 사람처럼 보였다. 아까 스노콘을 살 때 우리 앞에 서 있었던 꼬마가 다 먹은 종이 용기를 쓰레기통에 버리고 럭키 토스 부스로 씩씩하게 걸어가서 물었다. "얼마예요?"

"티켓 세 장에 세 번 던질 수 있어. 오늘 운이 좀 따르는 거 같니, 안경잡이야?" 여자애는 많아야 열여섯 살이었지만 산전수전 다 겪은 얼굴이었다. 아이라인 때문이 아니었다. 누군가로부터 한 번이 아니라 몇 년이 넘는 기간 동안 아주 모진 학대를 받은 듯했고, 이제는 자기가 당한 고통을 이 꼬마에게 그대로 주려고 했다.

꼬마는 대답하지 않고 그냥 청바지 주머니에서 티켓 세 장을 꺼내 카운터에 올려놓았다. "너 돈 낭비하는 거야." 여자아이는 그렇게 말하며 첫 번째 야구공을 꼬마에게 던졌다. 공은 꼬마의 손끝을 스쳐 지나갔고, 꼬마는 공을 잡으려고 팔다리를 휘저으며 쫓아갔다.

리가 굴러가는 공을 발부리로 톡 찼고 그러자 공이 부드럽게 허공으로 떠올라 꼬마의 손에 떨어졌다. 꼬마는 고맙다는 눈으로 리를 보더니 ─하지만 정작 나와 눈이 마주쳤다 ─서둘러 부스로 돌아갔다.

첫 번째로 던진 공은 실패했고, 두 번째도 그랬다. 내 옆에 있는 리가 긴장하는 게 느껴졌다. 우리는 꼬마가 이기기를 바랐다. '힘내라, 꼬마야. 할 수 있어.'

마지막으로 던질 때 꼬마는 앞의 두 번과 달리 아래에서 위로 던졌다. 야구공은 거의 부스 천장에 닿을 뻔하다가 만족스러운 퉁 소리와 함께 한가운데 있는 우유 캔에 떨어졌다. 꼬마는 폴짝폴짝 뛰고 환호하며 손뼉을 쳤다. "성공했다! 성공했어!"

여자아이는 팔짱을 끼고 꼬마를 노려보았다. "말도 안 돼."

"하지만 저기 캔에 들어갔어요. 봤죠?" 아직도 저 여자아이가 공정하게 행동할 거라고 믿는 꼬마를 보니 약간 가슴이 아팠다. "내가 해냈어요. 성공했다고요."

"아니. 공은 들어가지 않았어." 여자아이가 빈정거렸다. "넌 땅 짚고 헤엄치는 일도 제대로 못 할걸."

나는 꼬마의 얼굴에서 그 애가 매일 학교에서 이런 식으로 놀림당했다는 걸 알 수 있었다. 또한 이런 놀림에 절대 익숙해지지 않으리라는 것도. 꼬마는 옆쪽의 제일 낮은 선반에 있던 E.T. 인형을 집어서 껴안았다. "난 이걸 정정당당하게 따냈다고요."

"아니야." 여자아이는 꼬마의 손에서 인형을 낚아채 높은 선반에 올려두었다. "넌 속임수를 썼어."

"안 썼어요!" 아이가 외쳤다.

여자아이는 꼬마에게 인상을 쓰더니 몸을 돌려 우유 캔에 들어 있던 야구공을 꺼내 다시 바구니에 던졌다. "내가 아니라는데 어쩔 거야? 가서 엄마한테나 징징거리시지." 꼬마가 서둘러 자리를 뜨자 여자아이가 말했다.

리는 스노콘이 들어 있던 종이 용기를 쓰레기통에 던지며 말했다. "저 꼬마애 계속 보고 있어. 내가 꼬마를 위해서 인형을 딸 테니까." 리는 게임 부스로 갔고, 여자아이는 리에게 환한 미소를 지어 보였다. 그 미소를 보니 속이 뒤틀렸다. 저 애는 우리가 자기를 지켜보고 있었다는 걸 모른다. 그걸 알았더라면 꼬마를 다르게 대했을까?

꼬마는 고개를 푹 숙인 채 퍼널 케이크* 노점 앞에 서 있는 엄마에게 걸어갔다. 엄마가 팔로 꼬마의 어깨를 감싸자 꼬마는 엄마를 올려다보면서 자초지종을 얘기했다. '아이를 위해서 싸워주세요. 저 여자아이를 혼내주세요.' 나는 생각했다.

"여자 친구에게 선물하려고 그러는구나?" 게임 부스를 지키는 여자아이가 내 쪽으로 턱을 치켜들며 말했다.

"그냥 친구야." 리가 대답했다. 아무 의미 없이 한 말이라는 걸 알지만 그래도 그런 말을 들으니 마음이 쪼그라들었다.

이제 꼬마는 눈물을 글썽였다. 꼬마의 엄마는 줄에서 나와

* 밀가루 반죽을 깔때기로 짜내 기름에 튀긴 다음 슈거 파우더를 뿌려서 먹는다

아이의 손을 잡고 유원지의 난리 통에서 벗어나 공원 벤치로 갔다. 소년은 엄마의 연분홍색 블라우스에 얼굴을 묻었다. 엄마는 따지러 올 의향이 전혀 없었다. 훗날 더 큰 일에 실망했을 때를 대비해 사소한 실망을 받아들이게 하는 것이다. 꼬마의 엄마는 다정한 얼굴을 하고 있었지만 그런 엄마였다. 우리 엄마도 똑같이 했으리라.

리는 아까 꼬마가 한 것처럼 야구공을 아래에서 위로 던졌다. 첫 번째 공은 빗나갔지만 두 번째는 성공했다. "세 번째에 또 이기면 인형을 두 개 탈 수 있어?"

"원래는 안 되는데 내가 봐주면 아무도 모를 거야."(내가 어이가 없어서 눈을 굴렸다는 사실 또한 아무도 몰랐다.) 여자아이는 리에게 세 번째 공을 주었고—그 애의 손이 리의 손에 잠시 머물렀다—그 공 역시 캔에 들어갔다.

여자아이가 E.T. 인형 두 개를 건네자 리가 말했다. "이 허접한 유원지 말고 이 동네에서 재미있게 놀려면 뭘 해야 해?"

"나 11시에 근무 끝나." 여자아이가 말했다.

나는 역겨워서 고개를 돌렸다. 잠시 사람들이 색색으로 흐릿하게 시야를 가로질렀고, 음악 소리와 이야기 소리가 아득한 소음으로 줄어들었다. 그러더니 귀에 부드러운 무언가가 닿았다. "E.T. 집에 전화해."* 리가 말했다. "아니, E.T.가 마

* 영화 〈E.T.〉에서 인간의 말을 배운 E.T.가 가족과 연락하고 싶다는 뜻으로 한 말

음을 바꿨어. 너랑 같이 가고 싶대." 그러더니 내 손에 인형을 쥐여주며 주위를 둘러보았다. "나 대신 그 꼬마를 지켜보기로 했지? 그 애 지금 어디 있어?"

나는 퍼널 케이크 노점 뒤에 있는 공원 벤치를 가리켰다. "엄마랑 저기 앉아 있어."

리가 성공하는 걸 본 한 무리의 남자아이들이 용기가 났는지 럭키 토스 부스로 갔고, 부스를 지키는 여자아이는 우리가 벤치에 앉은 소년에게 가는 걸 보지 못했다. 나는 끈적한 루트비어 시럽이 묻은 차가운 손가락으로 E.T. 인형을 껴안은 채 몇 걸음 떨어져서 리를 따라갔다.

"실례합니다." 리의 말소리가 들렸다. "너, 인형을 두고 갔더라."

꼬마의 얼굴이 환해지더니 두 손을 내밀었다. 꼬마의 엄마는 리를 보았고 이내 얼굴을 붉혔다. 자신은 하려고 생각도 못 한 일을 낯선 사람이 해주었기 때문이다.

리는 손을 뻗어 꼬마의 머리를 헝클어뜨렸다. "언젠가 넌 어른이 될 거고, 그때는 절대 이런 일을 당하고 있지 않을 거야. 그렇지?"

꼬마는 고개를 힘차게 끄덕였다. "이름이 뭐예요?" 꼬마의 엄마가 물었다.

"리요."

"고마워요, 리." 그녀는 리의 어깨 너머로 날 보며 미소 지었다. "저기 봐라, 조시. 형이 여자 친구에게도 E.T. 인형을 얻어줬네." 그러더니 양손으로 아들의 얼굴을 감싸며 두 엄지로 눈물을 닦아주고는 아들과 얼굴을 맞댔다. "오늘 저녁에 형이랑 너 둘 다 이긴 거야, 그렇지?"

우리는 유원지가 문을 닫을 때까지 트럭에서 기다렸다. 리는 꼬마에게 E.T. 인형을 준 뒤 다시 럭키 토스 부스로 빙 돌아가서 그 여자아이와 유원지 건너편에 있는 공원에서 만나기로 약속했다.

마침내 11시가 되었고, 우리는 트럭에서 놀이 기구를 밝히던 환한 조명들이 일제히 꺼지는 걸 트럭에 앉아서 바라보았다. "넌 네 친구 설리 아저씨를 만나고 있어. 나는 조금 있다가 갈게." 리는 그렇게 말하더니 트럭 열쇠를 빼고는 운전석에서 폴짝 뛰어내렸다. 그리고 빈 축구장을 가로질러 성큼성큼 걸어갔다.

그럴 순 없다. 나는 잠시 기다렸다가 트럭에서 내려 리를 따라갔다. 놀이터 주위로 철망이 둘러 있고, 나는 '길더 커뮤니티 공원'이라고 적힌 표지판 뒤에 숨었다. 길 건너 유원지는 이제 어둡고 조용했다. 교회 첨탑은 달빛에 푸른색으로 변했다.

게임 부스를 지키던 여자아이가 내게 등을 돌린 채 그네에 앉아 있었다. 아까 입었던 빨간색 직원 유니폼을 벗고, 그보다 두 사이즈 작으면서 반짝이로 뒤덮인 옷을 입고 있었다. 리는 옆 그네에 앉았다.

"그러고 보니 네 이름도 못 물어봤네." 여자아이의 목소리가 들렸다. '이름이 뭐가 중요하겠어.'

"마이크야. 넌?"

"난 로렌. 아까 너랑 같이 있던 여자애는 누구야?"

"말했잖아. 걔는 그냥 친구야."

"지금은 어디 있는데?"

"집에 갔어."

"그럼 넌 그냥 여기 놀러 온 거야?"

"응. 근데 아까 네가 재미있게 해준다고 약속했잖아. 그건 어떻게 됐어?"

여자애는 놀이터 저쪽 구석에 있는 화려한 정글짐을 가리켰다. 나무로 만든 정글짐이었는데 성처럼 생겼고, 탑과 탑 사이에 밧줄로 만든 다리가 걸려 있었다. "저 탑 밑에 타이어 그네가 있는데 거기 가면 아무도 우릴 보지 못할 거야." 그렇게 여자아이는 리의 손을 잡고 자신의 파멸 속으로 이끌었다. 마음 한편으로는 두 사람을 따라가서 리가 어떻게 하는지 보고 싶었다.

그때 뒤에서 잔디밭을 걸어오는 부드러운 발소리가 들렸다. 뒤를 돌아보았더니 설리가 양손을 주머니에 넣은 채 서 있었다. 어두워서 얼굴은 보이지 않았지만 그의 목소리는 부드러웠다. "이쪽으로 와라, 꼬마 아가씨." 나는 자리에서 일어났고, 우리는 함께 축구장을 가로질렀다.

우리 트럭 옆에 또 다른 픽업트럭이 주차되어 있었다. 더 낡은 빨간색 트럭이었는데 절반 정도가 녹슬어 있었고, 백미러에 훌라춤을 추는 작은 여자 인형이 달려 있었다. 나는 조수석 차창으로 차 안을 들여다보았다. 좌석에 레몬과 라임 무늬의 감청색 방수포가 씌워져 있었다. 나는 빙그레 웃었다. "이게 아저씨 트럭이에요?"

"내 트럭이기도 하고 어떻게 보면 내 성이기도 하지." 설리가 큭큭 웃었다.

몇 분 동안 설리는 자신의 움직이는 성을 보여주었다. 수납함에는 육포가 가득 들어 있고, 야자수가 그려진 커튼이 달려 있었으며, 운전석 아래에는 담뱃잎이 든 푸른색 세라믹 병이 있었다. 아마 내 주의를 돌리려고 그런 것들을 보여주었으리라. 하지만 리는 예상보다 훨씬 빨리 끝냈다. 나는 정글짐 아래의 어둠 속에서 나온 그가 축구장을 가로지르는 걸 지켜보았다. 손에는 생수병과 로렌의 찢어진 옷가지가 잔뜩 든 비닐봉지를 들고 있었다. 한쪽 신발 굽이 봉지를 뚫고 삐져나와 있었다. 리는 봉지를 쓰레기통에 버리더니 잠시 서서 물을 마셨다. 물로 입을 헹구고 삼킨 다음, 손등으로 입을 닦으며 그 애의 마지막 흔적을 지웠다.

마침내 리가 우리에게 왔다. "준비됐니?" 설리가 물었다.

"오두막은 여기서 북쪽으로 한 시간 정도 가면 나온다."

"준비됐어요. 아저씨 트럭을 따라갈게요." 리가 대답했다.

설리는 트럭에 올라타 시동을 걸고 내게 손을 흔들었다. "그럼 조금 이따 보자."

도로로 나왔을 때 나는 혹시 리가 설리와 반대 방향으로 가지 않을까 반쯤 예상했지만 그런 일은 없었다. 따뜻한 여름 밤공기를 타고 설리의 열린 차창에서 컨트리 음악이 흘러나왔다. "상대가 널 좋아하는 여자일 때는 어떻게 해?" 내가 물었다.

"무슨 말이야?"

"키스부터 해?"

"그게 뭐가 중요해?"

"그 여자에게는 중요하지, 안 그래? 적어도 1, 2초 동안은."

리는 놀리는 눈으로 날 보았다. "뭐야, 너 질투해?"

나는 눈을 치떴다. "바보 같은 소리 하지 마."

잠시 침묵이 감돌았고, 나는 지금 느끼는 감정을 조목조목 따져보려 했다. 어떻게 그 혐오스러운 로렌을 질투할 수가 있지?

질투하는 게 아니다. 그럴 리가. 난 그저 리의 관심을 받고 싶었을 뿐이다. 영원히는 아닐지라도 그가 날 잡아먹는 7분 30초 동안이라도.

"넌 엄청 깔끔하게 먹는구나." 내가 말했다. 지난번에는 화장실에서 했으니 처리하기가 쉬웠을 것이다.

"아냐. 셔츠를 벗어서 잔디밭에 버렸어. 그런 다음에 그 애 옷으로 얼굴을 닦았지." 리는 잠시 말을 멈췄다. "난 지금까지 여자는 그렇게 많이 먹지 않았어."

나는 의아하다는 듯이 한쪽 눈썹을 치켜세웠다.

"당연한 거 아니야?" 리가 말했다. "여자들은 미워할 만한 이유가 별로 없어. 남자들보다 더 정직하기도 하고. 늘 그런 건 아니지만 대부분은."

나는 월마트 주차장에 날 버리고 간 서맨서와 럭키 토스 부스를 지키던 로렌을 생각했다. 엄마도 생각했다. "글쎄, 난 모르겠다."

"그래. 어쨌든 난 예외적인 경우에만 먹었어." 리는 잠시 뜸을 들였다. "너희 엄마도 너한테 거짓말했어?"

나는 무릎에 놓인 E.T. 인형 위로 손을 깍지 꼈다. "엄밀히 말하면 거짓말을 하진 않았어. 하지만 내게 숨긴 게 많아. 그것도 거짓말이나 마찬가지 아니야?" 리는 어깨를 으쓱였다.

"뭐야?" 내가 물었다.

"네가 원한다는 이유만으로 네 말에 동의하지는 않을 거야."

"그렇다고 억지로 반대할 필요도 없지."

리는 날 보며 슬쩍 웃었고, 우리가 탄 트럭은 나무가 우거진 비포장도로로 들어섰다. 설리의 컨트리 음악이 여전히 자정의 정적을 간질였다. 나는 화제를 돌리고 싶어서 이렇게 말했다. "나, 봉제 인형 처음 가져봐."

"그래? 여자애들이라면 누구나 잔뜩 가지고 있는 줄 알았는데."

"난 아니야. 엄마가 허락해 주지 않았어. 하나 가지면 더 가지고 싶어질 거라면서. 이사할 때 짐만 늘어날 거라고 했어." 배의 무게를 줄이려고 선원들이 바다에 일부러 버리는 물건들이 있다. 우리에게 인형은 그런 물건이었다.

오두막은 낡았지만 튼튼해 보였다. 뒤쪽 포치에서 조금 떨어진 곳에 우물과 무쇠 손잡이가 달린 펌프가 있었다. 셜리는 거실로 우리를 안내했다. 그곳에는 장작을 때는 난로와 끈을 꼬아 만든 러그가 있었고, 벽에는 사슴 머리가 적어도 서너 개 걸려 있었다. 수사슴의 뿔은 거의 천장을 스칠 정도였다.

"먹기 전에 우선 이 방에 짐부터 내려놓거라." 우리가 묵을 침실의 조명을 켜면서 셜리가 말했다. 방에는 붉은색과 파란색 조각보 퀼트를 깔아둔 싱글 침대 두 개가 있었다. "너희들 한방을 써도 괜찮겠니? 이 집에는 침실이 둘뿐인데 다른 하나는 내가 써서 말이다. 그러니까 같이 쓰기 불편하면 리는 소파에서 자거라. 알겠니?"

"같이 써도 괜찮아요. 감사합니다." 리는 배낭을 바닥에 내려놓고 우리를 지나 다시 침실 밖으로 나갔다. "괜찮으면 전

샤워 좀 할게요."

설리와 나는 밖으로 나갔다. 설리는 화로대 위로 몸을 숙이고 기다란 막대로 우리가 먹을 야식을 찔렀다. "불 속에 오래 둘수록 더 맛있어질 거다." 그러더니 손잡이가 짧은 삽으로 잿더미 속에서 포일에 쌓인 그릇을 들어 올렸다. "부엌에서 그릇과 스푼 좀 가져다주겠니, 꼬마 아가씨?"

내가 그릇을 가지고 돌아오자 설리는 김이 모락모락 나는 채소와 부드러운 고기를 그릇 두 개에 듬뿍 담았다. "카아아아." 첫술을 입으로 가져가며 설리가 나직이 중얼거렸다. "이런 게 바로 한밤의 잔치지."

우리는 불길 없이 연기만 피어오르며 천천히 타오르는 불 옆의 낡은 나무 의자에 앉았다. 그러고는 만족스러운 침묵 속에서 스튜를 먹었다. 나방이 포치 등 주위로 모여들어 파닥거렸다. 숲은 매미 소리로 활기가 넘쳤지만 그 소리에 너무 오래 집중하면 불편해졌다. 저 기나긴 숲에 뭐가 있을지 누가 알겠는가?

깨끗한 티셔츠로 갈아입은 리가 젖은 머리로 나왔다. 설리가 스튜를 한 그릇 더 뜨려고 화로대로 가자, 리가 "전 조금만 주세요. 고맙습니다"라고 말했다.

"넌 이 근방에 사니?"

리는 스튜를 열심히 먹었다. "아뇨."

"리는 버지니아주에 살아요." 내가 알려주었다.

"이 꼬마 아가씨가 아빠를 찾으면 넌 다시 거기로 돌아갈 거냐?"

"상황 봐서요." 리는 스텐 그릇을 내려놓고 양 팔꿈치를 무릎에 올리며 몸을 앞으로 내밀었다. "근데 그건 왜 물으세요?"

설리는 날 돌아보았다. "우리가 만난 날 내가 너한테 그랬지. 친구는 사귀지 않는 게 좋다고. 하지만 그렇게 말한 뒤로 생각해 봤다. 인생은 길고 외로운 여정인데 굳이 더 길고 외롭게 만들 필요는 없지."

리는 트림을 삼키더니 말했다. "지당하신 말씀입니다." 나는 리가 빈정거리는 건지 아닌지 알 수 없었다.

"내가 하고 싶은 말은, 우리 같은 사람들은 우리만의 가족을 꾸려야 한다는 거다." 설리가 말했다.

나는 내 할아버지를 생각했다. 저녁 식사에 레드 와인을 마시고, 남색 캐딜락을 몰고, 아마도 내가 세상에 태어나지 않았기를 바랄 할아버지는 결코 날 위해 요리해 주거나 자기 집에서 자고 가라고 말하지 않을 것이다. "고마워요, 설리 아저씨." 나는 한 그릇 더 먹으려고 그릇을 건네며 말했다. "이 맛있는 야식도 그렇고, 날 걱정해 줘서요." 리가 못 말린다는 듯이 눈을 굴리자 그의 흰자에 불빛이 반사되어 번쩍거렸다.

그날 밤 설리의 머리카락 밧줄은 등장하지 않았다. 리 앞에서는 꺼내고 싶지 않던 걸까? 어쨌든 꽤 늦은 시간이어서 우리는 너무 오래 앉아 있지는 않았다. 내가 부엌에서 설거지를 하는 동안 설리는 난로에 불을 땠다. 이 지역에서는 초여름에도 밤이면 아직 쌀쌀했다.

리는 소파에 앉아 주위를 둘러보았다. "이게 아저씨 집이라고 했죠?"

"그럼, 내 소유다." 설리는 어깨를 으쓱였다. "가끔씩 세상살이가 힘들어지면 내가 평소 지내던 곳으로 돌아오지. 아무도 날 방해하지 않는 곳으로 말이다. 이 늙은이 설리가 충고 하나 하마. 너도 돈이 생기는 대로 이런 집을 하나 마련하거라."

"세상살이가 힘들어지면." 리가 너무 콕 집어서 설리의 말을 따라 했다. "알겠습니다." 그러고는 몸을 돌려 나무 패널로 마감한 거실 벽과 거기 걸린 여러 개의 사슴 머리를 바라보았다. "사냥을 열심히 하시나 봐요."

"저건 내가 만든 게 아냐. 하지만 가끔씩 수사슴을 따라다니는 건 좋아하지."

"여기 자주 오세요?"

"가끔씩. 일 년 중 이맘때 오면 좋지. 여름에는 다들 호수 근처로 내려가서 여기에는 아무도 없거든."

리는 자리에서 일어나 밖으로 나가더니 지도책을 들고 와서 설리에게 말했다. "지금 우리가 있는 곳이 지도에서 정확히 어디인지 알려주시면 감사하겠어요. 내일 오후쯤에는 샌드혼에 도착했으면 하거든요. 더는 시간을 낭비하고 싶지 않아요."

두 사람이 식탁에서 이야기하는 동안 나는 하먼 부인의 털실과 바늘을 꺼내 들고 소파에 웅크려 앉았다. 간신히 스무 개의 코를 떴지만 다음 줄로 넘어가려다가 마구 뒤섞여버렸다. 나는 바늘을 내려놓고 소파 옆에 있는 테이블을 뒤져보았다. 서랍에는 카드 한 갑과 단어 게임 책,《중서부 주 버드와칭 가이드》, 잭 한 무더기가 있었다. 테이블 밑의 수납장을 열어보니 하먼 부인의 집처럼 다홍색 아크릴 털실에 코바늘이 찔러진 바구니가 있었다.

잠시 뒤 설리는 우리에게 잘 자라고 인사했다. 나는 오랫동안 못 했던 샤워를 한 다음, 잘 준비를 했다. 리가 침실 문을 닫더니 열쇠를 돌려 문을 잠갔다.

"호보 스튜 어땠어?" 내가 물었다.

"난 원래 떠돌이를 먹으면 소화가 안 돼."

"네, 네, 정말 재미있어 죽겠네요." 내가 빈정거렸다.

"우리 셋이 충분히 먹고도 남을 양이더라. 오늘 밤에 손님이 온다는 걸 어떻게 알았을까?"

나는 조각보 퀼트를 어깨 위로 끌어당기고 E.T. 인형을 턱 밑에 놓으며 말했다. "너 그거 편집증이야."

"나 꽤 공손하게 굴었는데."

"너 진짜……."

"진짜 뭐?"

"진짜 꼬치꼬치 물어보더라."

리는 날 힐끗 보더니 머리맡의 램프를 끄며 말했다. "너한테 배운 거야. 상대에게 질문 공세를 퍼붓기 전에는 믿어도 되는 사람인지 알 수 없잖아."

아침에 일어나 보니 설리의 트럭은 사라지고 없었다.

꼬마 아가씨

냉장고에 달걀과 베이컨이 있으니 마음껏 먹으려무나. 아빠를 찾은 다음에 여기로 돌아오는 게 어떠니? 내가 낚시하는 법을 가르쳐주마.

곧 보자.

설리번

리가 내 어깨 너머로 쪽지를 읽는 게 느껴졌다. "그 아저씨는 왜 널 꼬마 아가씨라고 부르는 거야?"

나는 빙그레 웃었다. "나한테 잘 어울리니까."

이번에도 리는 날 힐끗 보았다. "아니, 그렇지 않아."

우리는 아침을 먹고 집 앞쪽 포치에 앉아 숲의 삐걱거리고 웅웅거리는 소리를 음미하며 커피를 마셨다. 오두막에서 뻗어나간 울퉁불퉁한 비포장도로가 헨젤과 그레텔이 떨어뜨려 놓은 빵 부스러기처럼 저 멀리 보이는 나무들 사이로 사라졌다.

8

아빠의 고향까지 가는 몇 시간은 우리가 함께 지낸 이후로 가장 조용했다. 리는 나와 말하고 싶지 않은 듯했다. 내일 이맘때쯤이면 각자 다른 방향으로 가게 될지 모르기 때문에 날 조금씩 밀어내는 것 같았다. 아빠를 찾으려면 시간이 걸릴 테지만 설사 찾게 된다 해도 리가 내 곁에 남아주기를 바랐다.

샌드혼은 슈피리어호에서 별로 멀지 않았다. 도로변에는 여름 보트와 조용한 호숫가 전망이 보이는 별장을 대여한다고 광고하는 가게들이 즐비했다. 샌드혼 역시 메인 스트리트가 있고, 깔끔한 초록색 잔디밭을 낀 흰색 교회가 있는 작은 도시였다. 리는 공중전화 부스 옆에 차를 세우더니 "진실의 순간이 왔군"이라고 말했다.

아마 여러 진실 중 하나겠지. 나는 수첩과 동전 지갑을 들고 트럭에서 내려 공중전화 부스에 들어갔다. 그러고는 떨리

는 손가락으로 전화번호부를 뒤쪽으로 넘겼다. 내 성과 같은 성은 딱 한 명뿐이었다. '이얼리, 바버라.'

나는 주소와 전화번호를 적었다. 아주 간단했다.

나는 우편함에 편지를 넣고 있는 아빠의 엄마를 찾아냈다. 그녀는 깃이 달린 회색 카디건을 입고 멋진 양털 슬리퍼를 신은 채 진입로 초입에 서서, 길고 하얀 손으로 우편함 측면에 붙은 깃발을 들어 올리고 있었다.* 내가 다가가자 그녀는 카디건 깃을 목 주위로 끌어당기더니 몸을 부르르 떨었다. 마치 내가 비구름이라도 몰고 왔다는 듯이. 날씨가 화창한 오후였는데도 11월에 어울리는 옷차림을 하고 있었다.

인사하려고 입을 열었지만 그녀는 몸을 돌리고는 슬리퍼를 직직 끌며 진입로를 힘차게 걸어갔다. "잠깐만요. 이얼리 부인?" 내가 그녀를 불렀다. "제 이름은 매런이에요. 부인과 이야기하려고 왔어요."

그녀는 걸음을 멈추더니 계단 맨 위에서 난간을 잡은 채 나를 보려고 몸을 돌렸다. 나는 서둘러 진입로를 걸어갔다. 바버라 이얼리는 날 보고는 내가 자신이 짐작했던 나이쯤 된다는 사실에 만족해하며 말했다. "날 어떻게 찾아냈니?"

나는 출생증명서를 펼쳐서 그녀에게 내밀었다. 그걸 바라

---

* 우체부에게 반송하거나 보내야 할 우편물이 있다고 알리는 표시다

보던 이얼리 부인이 내 이름을 읽더니 양 눈썹을 치켜세웠다. "너한테 우리 성을 물려줬구나."

나는 '그럼 달리 어떤 성을 물려주겠어요?'라고 생각했지만 겉으로는 최대한 무덤덤하게 "저희 부모님은 정식으로 결혼하셨으니까요"라고 말했다.

"그래." 이얼리 부인은 내게 다시 출생증명서를 건넸다. "그래, 안다. 나한테 묻고 싶은 게 있겠구나. 안으로 들어가자."

나는 부인을 따라 거실로 들어갔다. 거친 회색 돌로 만든 벽난로가 거실 대부분을 차지했고, 양쪽 창문에 블라인드가 쳐 있어서 빛이라고는 털이 북슬북슬한 갈색 카펫에 드리우는 블라인드 사이의 가느다란 햇살뿐이었다. 나는 어두컴컴한 한쪽 구석에 놓인 작은 바 테이블과 가죽으로 마감한 푹신한 스툴, 먼지를 살짝 뒤집어쓴 채 엎어진 술잔이 진열된 선반을 슬쩍 보았다. 할아버지도 만날 수 있을까? 아니면 아직 퇴근하지 않으셨을까?

부인이 부엌으로 사뿐사뿐 걸어가는 동안 뭔가 잘 익고 살짝 기름진 냄새가 풍겼다. 몇 주 동안 머리를 감지 않은 듯한 냄새였다. 그녀의 검지만 희끗희끗한 머리카락은 길고 흰 목 뒤로 모여 단단히 틀어 올려져 있었다. 거기서 빠져나온 몇 가닥이 깃 위로 힘없이 떨어져 있었다.

"미네소타주에는 처음 와봤어요. 겨울에는 엄청 춥겠어요. 눈도 많이 오죠?" 내가 말했다.

"여긴 늘 춥단다."

'크리스마스도 없는 겨울만 계속되는구나.' 나는 몸을 부르르 떨었다.

이얼리 부인이 손을 펴서 식탁 의자를 가리켰고, 나는 거기에 앉았다. "음." 그녀가 말문을 열었다. "이건 전혀 예상하지 못했던 일이구나."

나는 그녀의 얼굴을 살폈지만 나와 닮은 구석은 없었다. "아빠에게 아이가 있다는 걸 모르셨나요?"

이얼리 부인은 고개를 끄덕였다. "너희 아빠에게서 마지막으로 연락이 왔을 땐 저넷과 결혼할 거라고만 했다. 그 이름이었던 것 같구나. 저넷이 네 엄마니?"

나는 고개를 끄덕였다. "저넬이에요."

이얼리 부인은 어깨를 으쓱였다. "대수롭지 않게 생각했다. 오래가지 못할 거라고 생각했어. 한여름의 로맨스가 다 그렇잖니. 무정하게 들리겠지만 너는 지금이라도 깨닫고 그런 짓 하지 말아라."

나는 헛기침을 했다. "놀라게 해드려서 죄송해요." 그러고는 식탁 위에서 두 손을 깍지 꼈다. 나는 최대한 악의 없어 보이려고 노력하고 있었다. "미리 전화드리기가 겁이 났어요."

"겁이 났다고? 왜?"

나는 어깨를 으쓱였다. "절 만나기 싫다고 하실까 봐요."

이얼리 부인은 대답 대신 수도꼭지를 틀어 물을 두 잔 받더니 하나를 내 팔꿈치 부근에 내려놓았다. 나는 고맙다고 말했고, 이얼리 부인은 맞은편에 앉아 조심스럽게 한 모금 마시고는 우리 사이의 텅 빈 식탁을 바라보며 기다렸다.

"부인이 제 아빠의…… 엄마가 맞죠?" 나는 '할머니'라는 말을 꺼낼 수가 없었다. 그럴 엄두가 나지 않았다.

부인은 양손을 깍지 끼더니 내 눈을 바라보았다. "프랭크는 여섯 살쯤 되었을 때 우리에게 입양되었단다." 내 표정을 본 그녀가 물었다. "엄마에게 못 들었니?"

나는 고개를 끄덕였다.

"네 엄마는 어디 있니? 엄마가 여기까지 데려다준 거야?"

"아뇨."

"네 엄마는 네가 여기 온 걸 알고 있니?"

"그런 셈이죠."

부인은 날카로운 눈으로 날 바라보았다. "그게 무슨 뜻이지?"

"엄마는 여기 없어요. 펜실베이니아주에 있어요."

"가출한 거니?"

나는 고개를 저었다. "엄마는 이제 제가 독립해도 될 나이라고 생각해요."

부인이 놀라서 입을 딱 벌렸고 그녀의 턱이 삐걱거리는 소리가 들리는 듯했다. 그녀가 대답할 말을 생각해 내느라 애쓰는 동안 목의 근육이 움직였다. 잠시 뒤에 부인이 평정

심을 되찾더니 물을 한 모금 더 마시고 입을 열었다. "네 아빠와 함께 살 생각이라면, 이런 말을 하게 돼서 매우 유감이다만, 그건 불가능해. 프랭크는 꽤 오래전부터 정신병원에 있었어."

그 말과 함께 내가 하늘에 지은 모래성은 사라져버렸다. 나는 '울지마, 울지마, 뭘 하든 울지는 마'라고 생각하며 무릎에 놓인 내 손을 바라보았다. 그 시간이 꽤 길게 느껴졌다.

그러자 부인이 헛기침을 했고 나는 생각했다. '어쩌면 그렇게 심각한 상태가 아닐지도 몰라. 내가 면회하러 가면 아빠가 기분이 좋아져서 상태가 호전되고, 그러면 아빠가 베이컨을 굽는 동안 함께 〈리볼버〉 앨범을 들을 수 있을지도 몰라.' 나는 심호흡을 하고 다른 길로 가기로 했다. "전 대답을 듣고 싶어서 왔어요. 그뿐이에요."

"네 엄마는 뭐라고 했니?"

"엄마는 아무 말도 안 해주셨어요. 그저 출생증명서만 주셨죠. 엄마는…… 아빠 얘기를 하고 싶지 않았던 것 같아요."

그녀의 눈에 짜증이 일었다. "난 네 엄마를 만난 적이 없다. 프랭크가 사진을 보내주면서 결혼식에 초대했지만 참석할 수가 없었어. 댄이 아팠거든."

이얼리 씨는 어디 있을까? 집이 너무도 춥고 텅 빈 걸로 보아 아마 물어볼 필요가 없으리라. "이얼리 씨는……?"

"남편이 죽은 지 거의 9년이 다 되었구나. 인후암이었지.

그 무렵에 네 아빠는 이미 정신병원에 있었어." 부인은 몸을 떨며 숨을 깊이 들이쉬었다. "그래도 이제 댄과 톰이 함께 있다고 생각하면 큰 위안이 되는구나."

"톰이요?"

"톰은 우리의 어린 아들이야." 부인은 조명 스위치 위에 걸린 흑백 사진을 가리켰다. "저 사진 속 아이란다. 세 살 생일 때 사진관에 데려갔지."

텅 빈 배경 앞에서 한 아이가 세발자전거 위에 앉아 있었다. 두 볼은 장밋빛이고 손목 주위에는 살이 겹쳐져 있었다. 어쩌다 죽었는지 물어볼 엄두가 나지 않았다. "아드님을 잃었을 때 정말 힘드셨겠어요."

"넌 상상도 못 할 거다."

"그럼 그 후에 저희 아빠를 입양하신 거예요?"

부인은 턱을 들더니 고개를 끄덕였다. "그 애가 기이한 상황에서 발견되었다는 건 알고 있었다만, 돌이켜 생각해 보면 우리는 그 사실을 무시하려고 애썼던 것 같구나."

갑자기 거실이 추워졌고 양팔에 소름이 돋았다. "'기이한 상황'이라는 게 무슨 뜻이죠?"

"그 얘기는 해봐야 무의미해. 정말로 무슨 일이 일어났는지 아무도 모를 테니까."

"그래도 아시는 걸 말해주시면 정말 감사하겠어요. 저한테는 중요한 일이거든요."

"프랭크는 덜루스 외곽 35번 도로변에 있는 휴게소에서 발견됐다." 바버라는 한숨을 쉬었다. "여기서 130킬로미터쯤 떨어졌을 거야. 주유기를 사용하고 있었던 두 목격자에 의하면 한 남자가, 이상하게 생긴 남자가 고속버스에서 한 소년을 데리고 내리더니 건물 뒤로 돌아갔다는 거야. 한참이 지나도 소년이 돌아오지 않자 그들은 걱정이 되었지. 마침내 화장실 문을 열어봤더니 소년이 피범벅이 되어 의식을 잃은 채 쓰러져 있었다. 남자의 흔적은 어디에도 없었고. 주유소 사장이 경찰에 신고했지. 경찰은 소년을 바로 병원으로 데려갔지만 소년의 부모도, 소년을 해친 남자도 찾지 못했어.

소년은 병원에 가기 전의 일은 아무것도 기억하지 못했지. 입양 기관에서 전화를 받고 우리는 그곳을 찾아가서 프랭크에게 물었단다. 우리와 함께 집에 가서……." 이번에도 부인은 말을 멈추고 카디건의 회색 깃을 끌어당겨 목을 감쌌다. "우리 아들로 살고 싶은지 말이야. 우리는 그 애 이름을 프랜시스라고 지었다. 댄의 아버지 이름을 따서 말이야. 우리는……." 그녀는 한숨을 쉬었다. "아마 그 애를 입양하면 안 된다는 걸 알면서도 입양했을 거다. 그 애는 톰을 쏙 빼닮았었거든. 마치 둘이 친형제인 것처럼." 부인은 아기 귓불을 만지듯이 손끝으로 유리잔 가장자리를 아주 부드럽게 쓰다듬었다. "톰이 살아 있었다면 올해 마흔이 됐을 거다." 그녀는 나에게 말하기보다 혼잣말하듯이 말했다.

"정말 속상하시겠어요." 나는 다시 한번 그렇게 말하고는 아빠에 대한 이야기를 좀 더 들으려면 어떤 질문을 해야 할지 생각했다. "저희 아빠는 어떤 사람이었어요? 어릴 때요."

"무슨 뜻으로 하는 말이니?"

"무슨 뜻으로 하는 말이니?'라뇨.' 나는 생각했다. "아빠는 취미가 뭐였나요? 두 분은 어떤 일을 함께 하셨죠? 아빠가 제일 좋아하는 책은 뭐였나요? 아빠는 모범생이었나요?''이 집에 살 때 사람들을 먹었나요? 부인은 아빠의 정체를 알았나요?'

"아니. 네 아빠는 공부를 썩 잘하지는 않았어."

내가 더 자세한 대답을 기다리는 동안 그녀는 손가락으로 식탁을 두들겨대더니 창밖으로 지나가는 아이스크림 트럭을 내다보았다. 트럭이 멀찌감치 멈춰 서자 아이들 한 무리가 손에 잔돈을 꼭 쥔 채 잔디밭을 와르르 내려갔다. 마침내 내가 입을 열었다. "혹시 아빠의 사진을 볼 수 있을까요?"

그녀는 고개를 저었다. "미안하구나. 유감이지만 프랭크 사진은 나한테 없어."

"없다고요? 한 장도요?"

그녀는 가슴 위에서 팔짱을 단단히 꼈다. "애야, 너한테 매정하게 굴고 싶지 않구나. 그러니 내 말을 듣고 상처받지 마라. 우리가 성은 같을지 몰라도 넌 나한테 남이야. 네 아빠가 그랬듯이 말이다."

"아빠는 남이 아니었어요." 내 목소리에서 분노가 묻어났지만 화를 내봤자 이 집에서 쫓겨나기만 할 터였다. "부인의 아들이었죠. 부인이 선택했잖아요." 하지만 이 우주에서는, 이 춥고 텅 빈 집 안에서는 혈육이 아닌 사람에게 줄 애정 같은 것은 없었다.

"한때는 아들이 있었지. 누군가 그 애를 대신할 수 있을 거라는 내 생각은 실수였다." 부인은 날 힐끗 보더니 다시 창밖을 보았다. 검은 고양이 한 마리가 단풍나무 아래 앉아 작은 회색 새를 노려보더니 낮은 나뭇가지 위로 폴짝 뛰어올랐다. 아이스크림 트럭이 천천히 굴러갔고 다시 멜로디가 흘러나왔다. "순전히 내 탓이지." 그녀가 말했다. "댄은 내 결정을 따르겠다고, 내게 결정하라고 했다. 자식을 잃은 슬픔이 제일 큰 사람은 엄마라는 걸 이해한 거지."

나는 엄마를 생각했다. 하지만 이번에도 아무 느낌이 없었다. 엄마는 날 사랑하지 않는다. 나 역시 엄마가 필요치 않다. "아빠가 입원한 병원 주소를 알 수 있을까요?"

부인은 자리에서 일어나더니 조리대에 놓인 수납함에서 꽃무늬 표지의 빛바랜 주소 책을 꺼냈다. 그러고는 같은 무늬의 메모지에 주소를 적어 내게 건네주었다. "저녁 먹고 가라고는 못 하겠구나. 이해해 다오. 남편이 죽은 뒤로 난 요리를 안 하거든."

그녀는 현관까지 날 배웅했고, 나는 나가는 길에 거실을 좀 더 볼 수 있었다. 진갈색 나무 패널로 마감된 벽은 온갖 크기의 사진틀로 뒤덮여 있었지만 바닷가 풍경이나 눈 내린 평화로운 풍경, 빛바랜 총천연색 일몰을 찍은 사진은 없었다. 속담이 수놓아진 자수라든가 라파엘이 그린 성모 마리아 복사본도 없었다. 오로지 톰의 사진뿐이었다.

부인은 나와 잠깐 악수한 뒤에 내 손을 놓았다. 그녀의 손이 닿았다는 걸 느낄 새도 없이 짧은 순간이었다. '미리 알았어야 했어. 이 집에서 알아낼 정보가 거의 없다는 걸 미리 알았어야 했어.' 나는 생각했다. "행운을 빈다." 이얼리 부인은 그렇게 말했고, 그녀의 창백한 얼굴은 어두컴컴한 집 안으로 물러났다. 잠시 뒤에 현관문이 저절로 돌아가며 닫혔고, 잠금장치가 조용히 딸깍 돌아갔다.

리와 나는 그날 저녁 샌드혼 공립 도서관에서 만나기로 약속한 터였다. 하지만 내가 도착했을 때 리는 거기 없었다. 나는 사서에게 이 도시에 있는 고등학교의 졸업 앨범이 어디 진열되어 있는지 물었다. 우습게도 아빠의 사진을 찾는 게 이얼리 부인의 주소를 찾는 일보다 더 오래 걸렸다.

또한 우습게도 아빠는 같은 반 친구들과 전혀 달라 보이지 않았다. 그들과 똑같이 넥타이를 매고 머리는 텁수룩하고 놀라서 눈썹을 들어 올렸으며 살짝 머쓱한 미소를 짓고 있었다. 하지만 이 사진을 보며 엄마와 다른 내 외모적 특징

이─내 눈은 회색인데 엄마는 갈색이었고, 나는 얼굴이 둥
근데 엄마는 길었다─어디서 왔는지 알 수 있었다.

나는 사진 밑에 적힌 '프랜시스 이얼리'라는 이름을 손끝
으로 훑었다. 마치 그 이름을 처음 본다는 듯이. 이 소년이
자라서 내 아빠가 될 터였다. 그런데도 소년은 세상으로 나
가 성공할 준비가 되어 있는 평범한 열여덟 살로 보였다. '정
신 차려, 매런. 아빠가 네 방에 페인트를 칠해주고 네게 아침
을 차려주는 일은 없어.'

질문의 문제점은 계속 다음 질문으로 이어진다는 것이다.
20년 뒤에 나는 어디에 있게 될까? 늘 다른 사람의 집을 전
전하며 내 집인 척하고 살까? 나는 누구와 여행하고 있을까?
만약 혼자 여행해야 한다면? 혹은 아예 여행할 수 없게 된
다면?

내 정체성과 내가 저지른 짓을 마음 편히 받아들이게 되
는 때가 오기는 할까? 어떻게 그렇게 될 수 있을까?

생각만 해도 진이 빠지는 터라 정말로 그렇게 사는 건 상
상도 할 수 없었다. 나는 졸업 앨범을 다시 책꽂이에 꽂고
수첩을 펼쳐서 글을 쓰기 시작했다.

7시 40분이 되어서야 리가 나타났다. "어떻게 됐어?" 그가
물었다.

나는 말없이 그를 바라보았다.

"그렇게 나빠?"

나는 고개를 끄덕였다.

"그분이 아빠의 주소를 알려줬어?"

나는 주머니에서 쪽지를 꺼내 테이블 위에 놓고 리가 앉아 있는 맞은편으로 밀었다. '프랜시스 이얼리(마치 내가 이 이름을 잊을 수도 있다는 듯이), 위스콘신주, 타브릿지, F 고속도로, 19046 Co. 브라이드웰 병원.'

리는 얼굴을 찡그렸다. "아빠가 병원에 계셔?"

"정신병원이야."

리가 전혀 놀라지 않은, 하지만 슬픈 얼굴로 날 바라보았다. "아, 매런. 정말 안타깝다."

나는 그저 리를 바라보며 어깨를 살짝 으쓱였다. 늙고 지친 기분이었다. 마치 한 시간 동안 20년을 산 사람처럼.

스피커에서 10분 뒤에 문을 닫는다는 사서의 목소리가 흘러나왔다.

"아직도 아빠를 만나고 싶어?"

나는 고개를 끄덕였다.

"그럼 다시 위스콘신주로 돌아가야겠네. 그나마 그렇게 멀지 않아서 다행이야." 리가 그렇게 말하더니 내 앞에 있는 여러 장의 복사된 종이를 가리켰다. "이건 뭐야?"

나는 한 장을 건넸고 리는 거기 적힌 글을 읽었다. *제 이름은 매런 이얼리고, 저는 열여섯 살입니다. 이제부터 제가 하려는 말이 불쾌한 농담처럼 들리겠지만, 이 아래 적은 이*

244

름과 날짜가 실종자들의 실종 신고와 일치한다는 걸 확인하
면 제가 시간이 남아돌아서 형편없는 유머 감각을 발휘해
이런 글을 쓴 게 아님을 알게 될 겁니다.

"말도 안 돼. 정말 이걸 보낼 생각은 아니지?" 리가 말했다.

"왜 안 돼?" '진실이 너희를 자유롭게 하리라.'

"아무도 네 말을 안 믿을 거야."

나는 누가 내 말을 믿고 안 믿고는 중요치 않다고 말하려
다가 마음을 바꿨다. 아마 리는 이해하지 못할 것이다. 그래
서 "믿을 수도 있지"라고만 대꾸했다. 아까 리를 기다리는 동
안 컴퓨터로 내가 나쁜 짓을 저지른 도시의 경찰서 주소를
모두 알아냈다. 그런 다음 수첩에 내가 저지른 짓을 고백하
고 그걸 아홉 장 복사했다. 경찰이 날 찾아올 때까지 기다려
야 하는지 잘 모르겠지만 나중에 알게 될 거라 생각하고 추
신을 썼다.

그러고 나니 한편으로는 기분이 나아졌고, 다른 한편으로
는 여전히 어둠 속에서 도망치고 있었다.

"가자. 이걸 오늘 밤에 보낼 필요는 없어. 가능한 한 빨리
타브릿지로 가서 오늘 밤에 안전하게 잘 곳을 찾아봐야 해."
리가 말했다.

우리는 양쪽으로 펼쳐진 굽이치는 언덕을 지나 다시 위스
콘신주로 돌아갔다. 햇살이 점점 엷어지고 있을 때 우리 왼
쪽으로 한 형체가 언덕을 쏜살같이 내려갔다. 리와 여행한

뒤로 사슴을 숱하게 봤지만 전부 다 오두막 벽에 걸려 있거나 차에 치여 갓길에 쓰러진(사지가 온전하기는 해도 죽어 있는) 모습뿐이었다. "잠깐만." 내가 말하자 리는 브레이크를 밟았다. 사슴 한 마리가 길을 가로질러 가시철망을 둘러놓은 울타리 옆 잔디밭을 따라 달렸다.

그러더니 다음 순간에 가시철조망을 뛰어올라 허공에서 잠시 멈췄다. 황혼 속에서 짧고 복슬복슬한 꼬리가 빛났다. 그 짧은 순간 세상이 멈춘 듯했다. 사슴은 뒷발로 철망을 차고는ㅡ전혀 힘들지 않다는 듯이ㅡ눈 깜짝할 사이에 또 다른 언덕 산마루 너머로 사라졌다. 태어나서 저렇게 우아한 생명체는 본 적이 없었다.

우리는 11시가 훌쩍 넘어 타브릿지에 도착했다. 마을을 가로질러 브라이드웰 병원으로 빠지는 출구를 지나 오트시누와코 주립 공원으로 가는 길이었는데 갑자기 리가 아무런 경고도 없이 유턴했다. 그 바람에 트럭 안의 모든 물건이 한쪽으로 기울었다. "아까 저 간판 봤어?"

"무슨 간판?"

"새로 주택 단지를 짓는다잖아. '건축 디자이너가 설계한 쇼케이스.' 그건 모델하우스를 지었다는 뜻이지." 모델하우스로 들어가는 법만 알아내면 이틀 연속으로 침대에서 잘 수 있었다.

새로 닦은 길이라서 가로등도 없었다. 리는 아직 공사가 끝나지 않은 집 앞에 ─ 벽은 없고 목재 골조만 있었다 ─ 트럭을 세웠다. 우리는 단지 꼭대기에 있는 집을 향해 비포장 도로를 걸어갔다. 집 앞에는 새파란 잔디와 완벽하게 다듬은 관목 숲이 있었고 현관문에는 솔방울과 분홍색 리본으로 만든 리스가 걸려 있었다. 현관은 웅장했고 차고는 차 두 대가 들어갈 정도로 넓었다.

집 옆쪽으로 돌아가는 리를 따라갔다. 그곳에도 잔디밭이 펼쳐져 있었고, 잔디밭을 내려다볼 수 있는 데크가 설치되어 있었다. 토지 경계선을 따라 나무 울타리가 세워져 있었다. 리는 계단을 올라가더니 허리를 숙이고 미닫이 유리문의 잠금장치를 들여다보았다. 그러다 뒷주머니에서 무언가를 꺼내 ─ 작은 금속 막대였다 ─ 열쇠 구멍에 밀어 넣었다.

"자물쇠 따는 법은 어디서 배웠어?"

"기술 시간에." 열쇠 구멍 속에서 막대를 꼼지락꼼지락 움직이던 리가 옛일을 회상하며 빙그레 웃었다. "선생님이 아파서 결근하신 날이면 아이들이 자기만의 기술을 가르쳐줬어."

딸각 소리가 나자 리가 일어나서 유리문을 옆으로 밀더니 내게 먼저 들어가라고 했다. 둥근 식탁 위에는 플라스틱 레몬이 수북이 담긴 빨간색 세라믹 그릇이 놓여 있었다. 한쪽에는 스툴이 일렬로 놓인 아일랜드가 있었고, 대형 스테인리스스틸 냉장고와 버너가 여섯 개나 되는 가스레인지도 있었다.

우리는 신발을 벗고 본격적으로 둘러보았다. 냉장고에는 굽기만 하면 먹을 수 있는 쿠키 반죽이 여섯 통이나 있었다. "모델하우스를 공개하기 전에 쿠키를 구워서 사람들에게 대접하나 봐." 리가 내 어깨 너머로 바라보며 그렇게 말하더니 한 통을 집어 들었다. "이 집에서 진짜 집 같은 냄새가 나게 해보자. 배고파?"

나는 고개를 끄덕였다. 리는 오븐에서 트레이를 꺼내더니 온도를 350도에 맞추고 쿠키 반죽이 든 통을 열었다. 우리는 싱크대에서 손을 씻고 몇 분 동안 쿠키 반죽을 한 장씩 떼어서 트레이에 내려놓았다.

쿠키 반죽을 오븐에 넣은 뒤에 만찬실로 향했다. 식탁은 디너파티를 위해 세팅되어 있었다. 가장자리를 따라 장미꽃 봉오리가 맺힌 가지가 그려진 도자기 접시들, 에나멜 냅킨 홀더에 꽂힌 진홍색 리넨, 은으로 만든 묵직한 커틀러리, 크리스털 와인 잔, 그 외에도 모든 것이 갖춰져 있었다.

만찬실 너머의 거실은 한층 더 격식을 차린 분위기였다. 나무를 깎아 만든 팔걸이가 달린 푸른색 벨벳 소파 두 개와 가장자리에 술이 달린 무거운 양단 커튼, 한쪽 벽을 거의 다차지할 정도로 거대한 장식장이 있었다. 리는 날 지나 거실로 들어가더니 꽃병을 들었다가 다시 제자리에 내려놓고 말했다. "이 거실은 좀 심하네. 누군가는 이 집과 여기 있는 물건을 전부 사겠지만 아무도 이 거실을 사용하지는 않을 거야. 여긴 마치 박물관 같잖아."

"그래도 난 마음에 들어. 우리 엄마는 집을 이렇게 꾸민 적이 없거든. 집을 꾸밀 정도로 한곳에 오래 산 적도 없지만."

"우린 지금까지 계속 한 집에서 살았어." 리는 크리스털 그릇 위로 허리를 숙이고 거기 담긴 포푸리 냄새를 맡았다. "우리 엄마는 무슨 평계를 대려나?"

나는 현관으로 가보았다. 현관문 옆에 놓인 작은 테이블에는 온갖 종류의 브로셔와 카드가 든 플라스틱 서류 보관함이 있었다. 이 모델하우스를 만든 사람들은 이 집을 마치 실제로 한 가족이 사는 것처럼 꾸며놓았다. 그런 걸 직업으로 삼는 사람들이 있다는 게 재미있었다.

쿠키 굽는 냄새가 방마다 퍼지고 계단까지 타고 올라왔다. 처음에는 빈방과—비인바앙이 아니었다. 여기는 빈집이었으므로 비인바앙이라고 할 수 없다—싱글 침대 두 개가 있는 아이들 방이 나왔다. 구석에는 흔들의자가 있었고, 두 침대 사이에 놓인 테이블에는 푸른색 라바 램프가 있었다. 두 침대에는 똑같이 무지개무늬의 침구를 깔아두었다. 복도를 따라 더 안쪽에 있는 대형 침실에는 기둥이 네 개 달린 침대가 있었고, 가장자리에 금박을 입힌 쿠션이 수북이 쌓여 있었다.

"너도 나랑 같은 생각이야?" 침실 문간에 서서 리가 물었다.

"응." 내가 대답했다. 우리는 두툼한 베이지색 카펫을 가로질러 달려간 다음 허공으로 뛰어올라 어린아이들처럼 킥 킥거리며 수제 퀼트를 흉내 낸 이불 위로 풀썩 떨어졌다.

오븐 타이머가 꺼졌다. 우리는 아래층으로 내려가 저녁으로 쿠키를 먹었다.

가족실의 '엔터테인먼트 센터'라고 하는 커다란 서랍장에 대형 텔레비전이 들어 있을 줄 알고 열어보았지만 아무것도 없었다. 그제야 이 집에 가전제품이 하나도 없다는 걸 깨달았다. 널찍한 벽난로 양옆에는 책꽂이가 있었는데, 거기엔 진짜 책도 있지만 나무로 만든 모형 책도 있었다. 마치 가죽으로 장정된 것처럼 보이도록 책등에 마디가 있고, 금색이나 진홍색으로 칠한 모형 책은 영화 세트장에서 볼 법했다. 집 앞 잔디밭과 비포장도로가 내려다보이는 창가에는 체스판이 사람을 기다리고 있었다. 하지만 우리 둘 다 체스를 둘 줄 몰랐으므로 우리만의 규칙을 정해서 체스를 두었다. 새하얀 돌로 만든 기물은 묵직했다. 나는 손바닥에 화이트 퀸을 올려놓았다가 그걸로 블랙 킹을 쓰러뜨리고 그 자리에 내려놓았다.

체스가 끝난 뒤에는 그만 자기로 했다. 나는 아이들 침실로 갔고, 리도 날 따라왔다. "넌 기둥 달린 침대에서 자고 싶지 않아?" 내가 물었다.

"그 쿠션들을 원래대로 정리하려면 너무 귀찮아." 리는 그렇게 말하며 무지개무늬 이불을 젖히고 침대에 누웠다.

나는 라바 램프 스위치에 손가락을 대며 물었다. "켜도 돼?" 리는 창문에 커튼이 쳐졌는지 확인하더니 고개를 끄덕였다. 나는 스위치를 켰다. 기이한 푸른색 불빛이 방 안을 가득 채웠고, 램프가 뜨거워지자 방울들이 솟아오르며 위로 움직이는 이상한 그림자를 벽에 드리웠다. 시트는 빳빳했고 비닐 냄새가 났다. 당연히 한 번도 세탁하지 않았을 것이다.

"리?"

"응?"

"여자랑 사귄 적 있어?"

"응, 한 번 있어."

나는 가슴이 철렁 내려앉았고, 리에게도 그 소리가 들렸을까 두려웠다. "이름이 뭐였어?"

"레이철."

"이름 예쁘다."

"응." 리가 잠시 침묵했다. "가끔 널 보면 그 애가 생각나."

나는 리의 얼굴을 보려고 한 손으로 머리를 받쳤다.

"진짜?"

리는 날 힐끗 보았다. "응. 레이철도 책을 많이 읽었거든. 제인 오스틴 같은 작가들의 책."

"근데 왜……." 나는 말문을 열었지만 물어볼 용기가 없었다. "무슨 일이 있었던 거야?"

"말하자면 길어."

나는 억지로 웃어 보였다. "우리 밤새 이야기할 수 있잖아."

"좋아." 리는 잠시 뜸을 들이며 기억을 시간 순서대로 정리했다. "어느 날 저녁에 난 레이철을 우리 집으로 데려갔어. 카일라가 레이철을 만나고 싶다고 했거든. 난 둘이 여자아이들만의 이야기를 나눌 수 있을 거라고 생각했어. 카일라는 마음을 터놓을 수 있는 사람이 필요했는데 우리 엄마는 카일라와 얘기하는 건 고사하고 냉장고에 음식도 제대로 채워놓지 않았으니까. 우리 셋은 즐거운 시간을 보냈어. 루트비어를 마시고 바보 같은 농담을 하며 낄낄거렸지. 그런데 그자가 나타난 거야." 리는 무지개 이불 위로 주먹을 불끈 쥐었다. "엄마의 남자 친구. 그놈들은 다 똑같아. 평소에 내가 학교에서 돌아오면 소파에 퍼질러 누워 있지. 옆 테이블에는 빈 맥주 캔 스물네 개가 쌓여 있는데 그걸로도 모자라 놈들의 토실토실한 털북숭이 손에는 또 한 캔이 들려 있어. 텔레비전에서는 나스카 자동차 경주가 방송 중인데 음량이 어찌나 큰지 이웃 사람들이 경찰에 신고하지 않은 게 신기할 지경이야. 놈들은 나한테 냉장고에서 맥주를 더 가져오라고 하고, 나는 하녀가 아니라고 대꾸하지. 그러면 놈들은 자기들한테 훨씬 더 잘 어울리는 욕을 나한테 퍼부으면서 우리 엄마가 날 내쫓을 때가 됐다고 해. 그럼 나는 '아뇨, 우리가 당신을 내쫓을 때가 됐죠'라고 하지." 리는 한숨을 쉬었다.

"이쯤 되면 놈들은 소파에서 벌떡 일어나 내게 달려들어.

그럼 난 놈들이 지난주에 했던 온갖 역겨운 짓의 냄새를 맡을 수 있어. 골목에 오줌을 싸고, 쓰레기통에 토하고 다닌 냄새. 놈들은 방까지 따라 들어와서 내게 욕을 퍼부어. 그러면 난 방문을 잠그고 창문마다 블라인드를 내리지." 리는 차갑게 큭큭거렸다. "놈들은 자기한테 무슨 일이 생길지 전혀 모르고 있었어. 하나같이 너무 취해서 아무 생각도 없다니까.

다만 이번에는 카일라와 레이철이 집에 있다는 점이 평소와 달랐어. 난 둘에게 카일라의 방에 들어가서 문을 잠그고 기다리라고 했어. 근데 레이철이 내 말을 듣지 않았어. 날 본 거야." 리가 침을 꿀꺽 삼켰다. "그래서 내가 고향을 떠날 수밖에 없었어."

"무슨 일이 있었는데?" 나는 일어나 앉아 무릎을 꿇었다. "레이철이 어쨌길래?"

리는 천장을 바라보며 말을 이었다. "레이철은 소리를 지르지도 않았어, 처음에는. 그냥 입을 딱 벌린 채 오랫동안 날 바라보기만 했지. 난 먼저 손과 얼굴을 씻은 다음에 레이철에게 다가가고 싶었어. 달래주고 싶었거든. 하지만 욕실에 간 사이에 레이철이 그냥 도망가 버릴까 두려웠어. 그래서 그냥 우두커니 서서 레이철과 이야기하려고 했지. 난 널 절대 해치지 않을 거다, 난 다른 사람에게 해를 끼치는 사람만 해친다, 나도 어쩔 수가 없다고 말했어. 하지만 레이철은 동상처럼 문간에 우두커니 서 있었지." 리는 숨을 깊이 들이쉬었다. 나는 그가 울고 있다는 걸 혹은 울기 직전이라는 걸 깨닫고 두 침대 사이의 바닥으로 내려가서 그의 손을 토닥였다.

"그때 카일라가 침실 문을 열고 나를 불렀어. 이제 나가도 되냐고 묻더라고. 그 말에 레이철은 정신을 차렸고 밖으로 뛰쳐나갔어. 난 레이철을 쫓아갈 수 없었어. 내가 따라가면 자기를 죽이려 한다고 생각할 테니까. 그래서 얼굴을 씻은 다음 잠시 기다렸지. 그 몇 분이 영원처럼 길게 느껴지더라. 그런 다음 카일라에게 나갔다 오겠다고 했어. 카일라는 계속 무슨 일이냐고, 레이철하고 싸웠냐고 물었지만 나는 아무 말도 하지 않았어." 리는 내 손을 잡고 힘을 꽉 주었다가 다시 놓았다. 이제 나는 손을 어디에 두어야 할지 몰랐다.

"난 차를 몰고 레이철의 집으로 갔어. 레이철 아빠가 현관에 서 있더라고. 그분은 처음부터 날 싫어했는데 만면에 득의양양한 미소를 띠고 있었어. 자기가 옳았다는 듯이. 그러더니 내가 들어오지 못하게 망사문을 잠그고는 그 두툼한 양팔로 팔짱을 낀 채 나이트클럽 문지기처럼 그대로 서 있었어. 그러고는 내게 말했지. 레이철이 집에 와서 다 토했고, 누가 잡아먹힌다는 헛소리를 하고 있다고. 레이철 부모님은 그 말이 사실일 리 없다고 생각하는 것 같았어. 그저 내가 레이철에게 술을 먹이고…… 나쁜 짓을 하려고……." 리는 한숨을 쉬더니 손으로 눈을 꾹 눌렀다. "어쨌든 난 레이철

아버지에게 말했어. 난 레이철에게 손도 대지 않았고, 절대 그 애를 해치지 않을 거라고. 하지만 당연히 그분은 내 말을 믿지 않았어. 위층에서 레이철이 울면서 비명을 지르고, 어머니가 레이철을 달래는 소리가 들렸어." 리는 눈에서 손을 뗐다. "난 세상 누구보다 레이철을 사랑했어. 하지만 레이철을 안심시킬 수도 없고, 일을 바로잡을 수도 없었어. 레이철 아빠는 내 코앞에서 문을 쾅 닫아버렸어. 닫기 전에 이렇게 말했지." 리는 저음의 위협적인 어조를 꾸며냈다. "넌 앞으로 내 딸 근처에 얼씬도 하지 말아라. 알겠니?" 리는 잠시 뜸을 들였다. "카일라가 없었다면 난 자살했을 거야."

이 이야기를 듣기 전까지는 '가슴이 찢어진다'는 말이 그냥 비유인 줄만 알았다. 리를 위로해 주고 싶었다. 그저 그 애의 손을 토닥이면서 너무 안타깝다고 말하는 정도가 아니라 실제로 문제를 해결해 주고 싶었다. 내가 괴물로 살아야만 한다면, 왜 리를 도와줄 수 있는 마법 같은 힘은 없는 걸까? "그다음에는 어떻게 됐어? 다음 날에 학교는 갔어?" 내가 물었다.

"어떻게 갈 수 있겠어? 그 일이 알려져서 다들 쑥덕거렸어. 내가 무언가 끔찍하고 용서받을 수 없는 짓을 했다는 걸 알게 된 거야. 그게 무슨 짓인지는 정확히 몰랐지만 그 사실만으로 충분했어."

"레이철은 어떻게 됐어?"

리는 고개를 저었다. "그날 밤 이후로 그 애를 만나지 못했어. 벌써 2년이나 됐고."

"레이철이 널 다시 만나려고 하지 않았어?"

"설사 그 애가 만나고 싶었다 해도 만날 수 없었어. 난 그 애의 인생을 망쳐놓았어, 매런. 레이철은 정신과 치료를 받아야만 했고 학교도 그만뒀어. 난 레이철에게 연락할 방법이 없었어. 그 애와 말할 수도, 그 애에게 설명할 수도 없었어. 레이철은 정신병자들과 함께 병원에 갇혀서 크레파스로 그림을 그리고, 스푼으로 매쉬드 포테이토를 떠먹으면서 살고 있어. 아무도 그 애 말을 믿어주지 않을 거야."

'레이철은 정신병자들과 함께 병원에 갇혀서…….' 우리 아빠 같은 사람들이다.

리는 울기 시작했고 이번에는 그 사실을 감추려고 하지 않았다. 나는 리 옆에 앉았다. 리는 몸을 일으켜 내 어깨를 잡더니 내 목과 어깨가 이어지는 부분에 이마를 댔다. "지금까지 이 이야기는 아무에게도 한 적이 없어." 리의 목소리는 기이할 정도로 차분했다. 그의 말이 내 몸을 통해 웅웅거렸다. "어떻게 카일라에게 말하겠어? 그 애는 이 세상에서 내가 아직 좋은 사람이라고 믿어주는 유일한 존재인데."

"나도 네가 좋은 사람이라고 생각해."

리는 헛웃음을 웃었다. "넌 날 아직 잘 모르는 것 같다."

"우리 둘 중에서 좋은 사람이 있다면 그건 단연코 너야."

내가 말했다.

"레이철을 집에 데려오지 말았어야 해. 왜 그냥 두 사람을 데리고 나가서 아이스크림 같은 걸 사 먹지 않았을까?"리는 내게서 몸을 뗐다. 그의 눈은 충혈되어 있었다. "이제 속이 시원해?"

"그래서 자꾸 고향에 돌아가려는 거지? 레이철을 볼 수 있을까 해서."

리는 다시 누워서 눈을 감았고 나는 내 침대로 돌아갔다. 우리의 친밀한 순간은 끝났다. "난 주차장에서 병원 건물을 올려다보면서 레이철의 병실은 어디일까 생각했어. 몇 번 면회하려고 했지만 레이철의 부모님이 병원에 내 이야기를 해 뒀더라고. 레이철을 면회할 수 있는 사람들의 명단이 있었고, 명단에 없는 사람은 병원에 들어갈 수가 없었어. 내게 상황을 바로잡을 방법은 없는 것 같아. 하지만 만약 레이철에게 상황을 설명할 수 있다면 그 애에게 도움이 될 거야."

"지금도…… 지금도 그 애를 사랑해?"

"응."리가 천천히 말했다. "응, 물론이야. 예전과…… 똑같은 감정은 아니야. 그게 말이 될지 모르겠지만. 우리 사이는 끝났고, 레이철은 나에겐 과분한 애야. 처음부터 그랬어."

내가 정신병원에 갇힌 여자를 질투하게 될 줄은 몰랐다. 하지만…… 만약 내가 레이철과 처지를 바꿀 수 있다면 그렇게 할 것이다. 그렇게 하면 레이철과 내 문제가 동시에 해결된다. 아빠와 나는 나란히 붙은 병실에서 지내고, 체커 게임을 하고, 흰 잠옷을 입은 채 잔디밭을 거닐며 산책할 것이다. 〈리볼버〉 앨범도 함께 들을 수 있다.

리는 눈을 뜨며 말했다. "긴장돼?" 처음에는 무슨 말인지 이해하지 못했다.

우리 아빠 이야기였다, 당연히. "너라면 긴장 안 되겠어?"

"내가 너라면? 그래, 긴장되지."

잠시 후에 리는 잠들었고, 그의 얼굴에는 아직 눈물 자국이 남아 있었다. 나는 옆으로 누워 라바 램프 속에서 푸른 방울이 만들어져 위로 둥실 떠오르는 걸 바라보았다.

이튿날 아침, 리는 쌀쌀맞게 굴었다. 내가 잠에서 깼을 때 리는 희뿌연 여명이 들어올 수 있도록 커튼을 젖히고 있었다. "부동산 중개인이 이 집을 보여주려고 일찍 올 수도 있어. 게다가 부엌도 치워야 하고." 리가 말했다. 과연 부동산 중개인이 쿠키 반죽 한 통이 사라진 걸 알아차릴까? 알아차린다고 해도 상관없지만.

부엌에 커피메이커가 있어서 제대로 된 커피를 마실 수 있었다. 하지만 커피에 넣을 수 있는 것은 크리머뿐이었고, 우리 사이에는 대화도 없었다. 내가 가까이 다가갈 때마다—머그잔을 집으려거나 그가 크리머를 휘저을 때 썼던 스푼을 가져가거나—리는 나랑 손이나 팔꿈치가 닿으면 큰일이라는 듯이 옆으로 비켜섰다.

처음에는 아무 말도 하지 않았다. 그가 자진해서 내게 말을 거는지 보고 싶었다. 그러다 결국 내가 입을 열었다. "왜 이렇게 서먹하게 굴어? 어젯밤에 레이철 이야기를 한 게 후회돼?"

리는 머그잔을 씻고 물을 털어 다시 찬장에 집어넣으며 한숨을 쉬었다. "꼭 그렇게 대놓고 말할 것까지는……."

"내 잘못이 아니잖아."

"네 잘못이라고 한 적 없어."

"난 그냥 네가 어떻게 살았는지 물었을 뿐이야. 원래 친구끼리 그러잖아."

리는 대답하지 않았다. 우리는 들어온 길로 나가서 다시 트럭을 타고 미완성된 주택 단지를 빠져나왔다. 브라이드웰 병원까지는 겨우 10킬로미터 정도밖에 남지 않았다. 그다음에는 어떻게 되는 걸까?

차 안에는 여전히 무거운 침묵이 감돌았다. 나는 머릿속으로 모든 가능성을 따져보았다. 내가 할 수 있는 모든 말과 리의 입에서 나올 만한 모든 대답을. 만약 리에게 '타브릿지에서 나랑 헤어져서 버지니아주로 돌아간 후에는 나를 영영 안 볼 거야?'라고 묻는다면 리는 그렇다고 대답할 것이고, 나는 더는 리를 스쳐 가는 인연으로만 생각하는 척하지 못할 것이다. 나는 울 것이고 리에게 내 마음을 들킬 것이다.

그러니 내 쪽에서 먼저 헤어지자고 말해야 했다. "여기까지인 것 같네." 트럭이 브라이드웰 병원으로 가는 출구로 빠지자 내가 말했다.

"무슨 말이야?"

"넌 날 여기에 내려주고 버지니아주로 돌아가."

"뭐?" 리는 몸을 돌려 날 바라보았다. "넌 어떻게 하려고? 병원에 입원하기라도 할 거야?"

언덕 가장자리에 정신병원이 어렴풋이 나타났다. 창문에 쇠창살이 설치된 3층짜리 빨간 벽돌 건물이었다. 우리는 주차장이 있고 높다란 쇠 울타리가 시작되는 경비실 앞에 차를 세웠다. 경비실에는 팔뚝에 '브라이드웰 보안'이라고 적힌 패치가 달린 군청색 제복 차림의 남자가 있었다. "방문객입니까?"

리는 고개를 끄덕였다.

"여기 차 번호를 적고 안으로 들어가세요."

주차장은 거의 텅 비어 있었지만 리는 병원 출입문에서 최대한 멀리 떨어진 곳에 주차했다. "대답해, 매런. 이제 어떻게 할 거야?"

"그게 중요해?"

리는 요란하게 한숨을 쉬더니 운전석에서 내렸다.

"갑자기 왜 그렇게 내 일에 신경 쓰는 척하는 거야?" 리가 트럭을 돌아 조수석 문을 열어주는 동안 내가 말했다. "친구를 사귀지 않는다고 말한 건 너잖아.”

“합리적인 계획도 없는 널 여기 두고 가진 않을 거야.”

“난 설리 아저씨에게 돌아갈 거야.”

“내가 ‘합리적’이라고 말했잖아, 매런. 그 아저씨는 이상해. 너도 알잖아.”

“아저씨가 잠든 널 칼로 찌르기라도 했어? 아니면 네 스튜에 독을 탔니?”

“그만해. 바보같이 굴지 마.”

“난 이제 우리 아빠를 만날 거야. 그 이후에 생기는 일은 뭐가 됐든 네가 알 바 아니야.”

리는 정말로 상처를 받은 듯했다. “그 말 진심이야?”

나는 당연히 리의 얼굴을 똑바로 바라볼 수가 없었다. “그래, 진심이야.”

“네 마음이 바뀌면?”

“바뀌지 않을 거야.”

“바뀔걸. 난 확신해. 하지만 여기서 하염없이 널 기다릴 순 없어, 매런.”

나는 배낭을 메고 조수석 문을 쾅 닫았다. “그럼 기다리지 마.”

9

내가 프랭크 이얼리를 만나러 왔다고 하자 안내 데스크를 지키는 여자가 눈썹 틀로 깔끔하게 그린 눈썹을 치켜세웠다. "워스 박사님께 연락할 테니 잠깐 기다려라." 반대편 벽에는 대형 초상화가 걸려 있었는데 백발에 트위드 재킷을 입은 남자였다. 묵직한 금색 액자 맨 밑에는 이렇게 적혀 있었다.

의학박사 조지 브라이드웰
"어떤 진단을 내리고 어떤 약을 처방하든 의사의 가장 훌륭한 도구는 연민이다."

"워스 박사님이 사무실로 오라는구나. 이쪽으로 오렴." 직원이 말했다.

그녀를 따라 안내 데스크 옆의 문을 통과해 긴 회색 복도를 걸어갔다. 직원이 어느 사무실 문을 열더니 내게 안으로 들어가라고 손짓했다. 하지만 사무실에는 아무도 없었다. "여기서 잠깐 기다려라." 직원은 그렇게 말하고 사라졌다.

책상에는 개구리 모양의 유리 문진이 있었지만 그 밑에는 아무런 종이도 없었다. 뒷벽을 따라 설치된 책꽂이에는 의학 교재가 꽂혀 있었다. 사무실은 천장의 거대한 얼룩을 제외하고는 아주 깔끔했다. 얼룩은 마치 2층에서 누군가가 찻잔을 여러 번 엎지른 듯이 다양한 갈색으로 이뤄졌다. 창밖으로는 주차장이 보였고, 저 멀리 검은 트럭이 보이자 나는 가슴이 벅차올랐다.

그때 의사가 들어왔다. 짧은 빨간 머리에 도수가 높은 은테 안경을 쓴 여자는 우리 엄마보다 나이가 약간 많아 보였다. "어서 와라." 책상 앞에 앉으며 그녀가 활기차게 말했다. "난 브라이드웰 병원 병원장 워스라고 한다. 프랭크 이얼리 환자를 만나러 왔다고?"

나는 고개를 끄덕였다. "제가 그분 딸이라는 증거가 필요하다면 여기 출생증명서가 있어요." 나는 책상에 사각형으로 접힌 푸른색 종이를 내려놓고 그녀 쪽으로 밀었다. 하지만 그녀는 증명서를 보지 않고 그저 자신이 가져온 서류철을 펼쳤다.

"유감이지만 이얼리 씨는 매우 아프단다." 폴더 안의 서류를 보면서 그녀가 말문을 열었다. "이렇게 오랜 시간이 지나서 방문객이 찾아오면 오히려 이얼리 씨가 힘들 수 있어. 너

263

한테도 그렇고."

"그렇다면 지금까지 아빠를 면회하러 온 사람이 한 명도 없었다는 말인가요?"

워스 박사는 형식적으로 다시 서류를 힐끗 보았다. "그래."

"면회가 금지되었던 건가요? 아니면…… 아빠를 찾아온 사람이 아무도 없었나요?"

워스 박사의 얼굴은 의사 특유의 안타깝다는 표정으로 변했다.

"전 아빠가 어디 있는지 몰랐어요. 알았다면 진작 왔을 거예요."

"그 점은 아쉬워하지 마라. 솔직히 말해서 내 양심상 저렇게 상태가 심각한 환자에게 미성년자의 면회를 허락할 수 없었을 거야." 그녀는 폴더를 덮고 내 출생증명서를 펼쳤다. "넌 열여섯 살밖에 안 되었구나. 엄마는 어디 계시니? 네가 여기 있다는 걸 아시니?"

나는 천장 얼룩의 구불구불한 윤곽선을 눈으로 따라갔다. 큼직한 갈색 얼룩은 잃어버린 대륙의 지도가 되었다. "엄마는 올 수 없었어요. 하지만…… 제가 여기 있다는 건 아세요."

"네 엄마의 동석 없이 널 아빠와 만나게 할 수는 없어."

나는 몸을 앞으로 내밀어 그녀의 책상 가장자리를 꽉 잡았다. 말 그대로 거기 매달렸다. "우리 아빠 상태가 안 좋은 건 알고 있어요, 선생님. 전 그냥 마침내 제가 여기 왔다는 걸 아빠에게 알리고 싶어요."

"엄마랑 함께 살고 있니?"

"지금은 아니에요."

"그럼 지금은 어디 살지?"

나는 침을 삼켰다. "친구랑 함께 살아요."

워스 박사는 돋보기 너머로 날 바라보았다. "그렇구나."

"아빠를 면회하게 해주실 건가요?"

그녀는 한숨을 쉬었다. "아마 네 아빠는 네가 누군지도 모를 거다. 네가 아빠를 만나고 싶어 한다는 건 알지만, 이런 일은 아무도 감당 못 해."

"네, 이해해요."

그녀는 몸을 앞으로 내밀더니 전화의 인터콤 버튼을 눌렀다. "데니스, 트래비스에게 내 사무실로 오라고 해줘."

기다리는 동안 나는 창밖을 바라봤다. 우리의 트럭은 사라졌다. 나는 눈을 감았고 숨을 깊이 들이쉬었다. '다시는 리를 보지 못할 거야.'

잠시 뒤에 문이 열리더니 회색 간호복을 입은 남자가 들어왔다. 키가 크고 약간 뚱뚱했으며 머리는 다듬어야 할 정도로 길었다. 남자는 어딘가 매우 다정하고 테디베어 같은 면이 있어서 첫눈에 친절한 사람이라는 확신이 들었다.

"트래비스, 이얼리 씨 깨어났어?"

간호 보조사는 미소를 지으며 내게 인사한 다음에 대답했다. "네, 선생님."

"오늘 상태는 어때?"

"꽤 좋아요. 정신도 맑고요. 아침을 거의 다 드셨어요."

의사는 고개를 끄덕이며 날 돌아봤다. "10분간 아빠를 만나게 해주마. 네 안전을 위해서 면회하는 동안 트래비스가 곁에 있을 거다."

'내 안전을 위해서?'

아마 여러분은 정신병원 내부가 어떤지 안다고 생각할 테지만 틀렸다. 쇠창살 사이로 당신을 향해 손을 뻗으며 헛소리를 하는 미치광이도 없고, 발작을 일으켜서 울고불고 난리치는 환자에게 안정제를 놓고 구속복을 입히는 일도 없다. 적어도 난 그런 광경을 보지 못했다. 공용실에서는 라디오를 통해 클래식 음악이 흘러나왔고, 다양한 연령대의 사람들이 체커스나 솔리테르*를 했다. 편지를 쓰거나 물감으로 그림을 그리는 사람도 있었다. 파자마를 입은 사람도 있고, 정장을 갖춰 입은 사람도 있었다. 혼잣말하는 사람은 없었고, 타인과 이야기를 주고받는 사람도 없었다.

흰색에 가까운 금발에 헐렁한 회색 스웨터를 입은 여자아이가 병원 뒤쪽의 숲이 보이는 창가에 앉아 있었다. 무릎에

*   혼자서 하는 카드 게임

놓인 그 애의 손은 할머니처럼 구부러져 있었다. 얼굴은 간절한, 거의 굶주린 듯한 표정이었다. 마치 밤에 요정들이 찾아와 자신을 구해줄 때까지 그저 기다리겠다는 듯이. 나는 레이철이 생각났다.

나이가 많은 환자 중에는 휠체어를 탄 사람도 있었다. 우리가 지나갈 때 그들이 고개를 들면 나는 그들의 눈이 호기심으로 반짝일 줄 알았다. 하지만 그들에게는 딱 한 번 보는 것으로 충분했다. 일단 내게 음식이나 약이 없다는 걸 확인하고 나면 나는 투명 인간이나 다름없었다.

휠체어를 탄 여자는 끝이 뭉툭한 플라스틱 바늘로 머플러를 짜고 있었다. 머플러는 색이 바뀌어가며 끝없이 이어지는 듯했다. 그녀의 무릎에 수북이 쌓이고도 남아서 옆에 놓인 큼직한 꽃무늬 가방 속으로까지 이어졌다. 그녀는 바늘을 보지도 않은 채 능숙하게 기계적으로 손을 움직여 계속 떠나갔다. 거인을 위한 머플러, 혹은 아무도 하지 않을 머플러였다.

트래비스는 여러 개의 회전문을 통과하더니 긴 복도를 걸어갔고, 복도 끝에 있는 문 앞에 도달하자 벨트에서 열쇠 꾸러미를 꺼냈다. 아빠는 잠금장치가 세 개나 설치된 방에 갇혀 있었다. 나는 너무 긴장되어 가슴이 조마조마했다.

표면에 쿠션 처리가 되어 있는 작은 테이블 앞에 한 남자가 문을 등진 채 앉아 있었다. 우리가 들어가도 그는 돌아보지 않았다. 나는 그의 얼굴보다 침대를 먼저 보았다. 흰 베개, 흰 시트, 침대 양옆 쇠창살에 달린 가죽 구속 장치가 낮잠 시간이 되기를 기다리고 있었다. 나는 용기 내어 병실로 들어갔고, 한 걸음 내디딜 때마다 남자의 옆모습을 지켜보았다.

"당신을 만나러 온 사람이 있어요, 프랭크." 트래비스가 어린아이를 달래듯이 지나치게 부드러운 말투로 말했다. "당신이 아주 오랫동안 기다려왔던 사람이에요. 맞죠?"

졸업 앨범 속 소년의 모습은 어디에서도 찾아볼 수 없었다. 아빠는 눈물이 그렁그렁한 푸른 눈을 들어 날 보았고, 수염이 거뭇한 턱과 목 근육은 긴장되어 있었다. 하지만 미소는 짓지 않았다. 말을 하지도 않았다.

"안녕하세요, 아빠." 내가 속삭였다.

'아빠'라는 단어 역시 내게는 이 세상에 존재하지 않는 언어에 속했다. 내가 말하는 동안 아빠의 눈이 커지더니 눈물이 볼을 타고 흘러내렸고, 아빠는 더 열심히 턱을 움직이려고 했다. 아빠의 입술이 움직였지만 무슨 말을 하려고 하는지 알아들을 수가 없었다. 가슴이 미어졌다. '아빠가 아침 식사를 준비하면서 노래할 일은 없겠어.'

"아빠는…… 아빠가 말을 못 하시나요?"

"약 때문이야." 트래비스가 부드럽게 말하며 내 뒤에서 의자를 가지고 왔다. "여기 앉으렴." 내가 의자에 앉는 동안 트래비스는 아빠의 손에 자신의 손을 포갰다. 아빠의 다른 손,

268

오른손은 테이블 아래에 있었다. "괜찮아요, 프랭크. 긴장하지 말아요. 괜찮아요." 그러더니 이번에는 내게 말했다. "처음에는 프랭크에게 네가 오려면 아직 멀었다고, 너 혼자 여기오기에는 아직 네가 너무 어리다고 말했는데 프랭크가 이해했는지 모르겠구나." 그가 잠시 뜸을 들였다. "솔직히 말해서 앞으로 몇 년은 더 걸릴 줄 알았다."

만난 지 몇 분밖에 안 되었지만 트래비스는 내가 누구이고, 왜 여기 왔는지 알고 있었다. 그 사실을 어떻게 받아들여야 할지 몰라서 나는 그냥 이렇게 말했다. "그럼 여기서 아주 오래 근무하셨나 보네요."

트래비스는 반쯤 미소 지었다. "나이를 먹을수록 시간이 더 빨리 흐른단다. 그럴 만도 해. 하루가 인생에서 차지하는 부분이 점점 더 작아지거든."

나는 아빠를 바라봤다. "아빠 손 잡아도 돼요?"

트래비스는 고개를 끄덕였다. "잠깐은 괜찮아. 그리고 아빠가 화를 내면 물러나라."

"아빠가 지금 화났나요?"

"아니, 그냥 감격한 거야."

나는 아빠의 손을 잡았다. 아빠의 손은 예상대로 힘이 없고 축축했다. 아빠는 내 어깨 너머를 뚫어지게 바라보고 있었다. 거기서는 트래비스가 아빠의 침대 머리맡에 있는 서랍장의 서랍을 열고 있었다. "아빠가 너를 위해 쓴 글이 있어."

트래비스가 말했다.

나는 아빠를 힐끗 보았다. 아빠는 여전히 트래비스를 뚫어지게 보고 있었다. "그걸 어떻게 아세요?"

"내가 여기 근무한 첫 주에 너희 아빠가 이 병원에 왔거든. 우린 늘 이 기나긴 길을 함께 걸어온 느낌이야. 안 그래요, 프랭크?"

아빠는 고개를 끄덕였다. 혹은 그러려고 했다.

"아빠가 여기 얼마나 계셨어요?"

"14년쯤 됐을 거다." 트래비스는 찾던 물건을 발견하고는 내 앞에 내려놓았다. 처음에는 내 일기장을 가져온 줄 알았다. 물론 내 일기장보다 더 오래되기는 했다. 표지가 흑백 대리석 무늬로 된 노트는 오래되어 표지가 누렇게 바랬고, 안쪽 책장은 예전에 뭔가를 흘렸는지 쭈글쭈글했다. 정말이지 무서울 정도로 눈에 익었다.

나는 트래비스를 바라보았다. 이제 그는 경비병처럼 문가에 서 있었다. "이걸 제가……?"

트래비스는 고개를 끄덕였다. "프랭크는 네가 그걸 읽어주기를 바란다. 널 위해 쓴 거야."

나는 노트를 펼쳤다. 첫 장은 남자답게 휘갈겨 쓴 글씨로 뒤덮여 있었는데 읽기가 힘들었다. 이게 아빠의 필체인가? 나는 아빠를 올려다본 다음—아빠는 여전히 흘리지 않은 눈물을 글썽이고 있었다—읽기 시작했다.

270

안녕, 어린 이얼리. 네 이름을 안다면 좋겠지만 난 네가 딸인지 아들인지조차 모른단다. 이 글을 읽을 때쯤이면 어엿하게 자랐겠구나. 그런 날이 올지 모르겠지만. 네가 날 만나러 와주기를 간절히 바라다가도 한편으로는 네가 날 어떻게 생각할지 두렵구나. 네가 날 미워할까 봐 겁이 나. 설사 그렇다고 해도 난 이해할 거다. 어쩌면 네 엄마는 내 이야기를 전혀 안 했을지도 모르겠다. 만약 그렇다면 그게 최선이었을 거다.

그런데도 나는 네가 올 경우를 대비해 이 글을 쓸 거야. 안 그랬다가는 네가 여기 왔을 때 내가 네 질문에 대답을 못 할지도 모르니까.

나는 다음 장으로 넘겼다.

난 내 친부모가 누구인지 기억하지 못한단다. 지금까지도 그분들이 내게 주신 이름조차 기억이 안 나. 네 엄마와 함께 보낸 시간만 또렷이 기억해. 가끔은 이 춥고 텅 빈 방에서 잠이 깨면 마음이 행복할 때가 있어. 마치 밤새 네 엄마가 내 옆에서 잔 것처럼 말이야. 베개에서 그녀의 샴푸 냄새가 나고, 옆방에서 베이컨 굽는 냄새가 나는 듯해. 나는 그 순간을 최대한 오래 붙잡으려고 하지.

그걸 제외하면 내 기억엔 공백이 많아. 여기 오래 있을수록 내 기억은 점점 사라질 거야. 하지만 난 안전하다, 어린 이얼리야. 너도 그렇고.

서늘한 기운이 조금씩 등을 타고 내려왔다. 아빠는 내가 어떤 사람인지 몰랐다. 내가 자신과 같은 부류일 수도 있다는 생각을 한 번도 하지 않은 것이다.

종종 이얼리 부부가 왜 날 계속 키웠는지 의문이 든다. 아마도 날 파양했다가는 자기들이 약속을 어겼다는 사실을 부인할 수 없고, 그러면 나쁜 사람이 되기 때문일 거야. 그들이 나쁜 사람이라고 생각하고 싶어 하는 사람은 아무도 없어. 심지어 나도 그렇게 생각하고 싶지 않구나.

나는 하루에 세 끼를 꼬박꼬박 먹었고, 따뜻하고 깨끗한 침대에서 잘 수 있었지만 너무나 불행했단다. 톰의 유령에게서 도망칠 수 없었으니까. 이얼리 부부는 가끔 톰을 내 형처럼 말하기도 했고(상태가 안 좋을 때면 이얼리 부인은 저녁 식탁에 톰의 자리까지 마련했어), 그렇지 않을 때는 날 톰이라고 불렀어. 하지만 대체로 나는 그저 불만족스러운 대체품이었지. 톰이 있었다면 너한테 자전거 타는 법을 가르쳐줬을 텐데. 톰이 있었다면 전 과목 A를 받았을 텐데. 톰이 있었다면 하버드나 스탠퍼드에 진학했을 텐데. 톰이 있었다면 다친 새를 구했을 텐데. 톰이었다면 수의사, 의사, 어쩌면 변호사나 기술자, 너와는 다른 훌륭한 사람이 됐을 텐데. 프랭크, 넌 그냥 별 볼 일 없는 사람이 될 거야.

심지어 난 잘 때도 톰에게서 벗어날 수 없었어. 가끔씩 내가 깨어 있는데 톰이 천장에서 줄줄 흘러내려 서랍장에 걸터앉는 꿈을 꿨지. 톰의 눈은 빨갛게 빛나고, 그는 두 집게손가락으로 양쪽 입꼬리를 잡아당긴 채 길고 가느다란 혀를 뱀처럼 날름거려.

한낮에도 누군가 날 지켜본다는 느낌을 떨칠 수가 없었어. 가끔 학교에서 창밖을 내다보면 빨간색 체크무늬 셔츠를 입은 남자가 울타리에 기대서서 날 똑바로 보고 있었어. 날 기다리는 거지. 정작 밖에 나갔을 때 그 남자를 마주친 적은 한 번도 없었지만 늘 마주칠까 두려웠어.

난 고등학교를 졸업하자마자 이얼리 부부의 집을 떠났다. 대학에 진학하고 싶었지만 끝내 못 했지. 돈이 없을 때는 일단 취직해서 등록금을 마련하면 대학에 갈 거라고 쉽게 다짐하지. 그러다 어느 날 아침에 거울을 들여다보며 깨닫게 되는 거야. 이제 와서 대학에 진학하면 동기들이 모두 날 비웃으면서 '늙다리'라고 부르게 되리라는 걸. 난 네가 대학에 진학하길 바란다. 대학이 내 인생을 달라지게 했을지는 모르지만 네 인생은 달라지게 할 거라고 확신한다.

잠금장치가 세 개나 되고 구속 장치가 있는 이 텅 빈 하얀 병실에 있으니 대학이 그 어느 때보다도 상상 속 세상처럼 느껴졌다. 나는 트래비스를 힐끗 보았다. "10분이 거의 다 됐겠네요."

그는 잠시 생각하더니 고개를 끄덕였다. "금방 돌아올게."

이젠 네 엄마에 대해 말해주마.

273

나는 여러 곳에서 온갖 일을 하면서 살았다. 새 친구를 사귀는 건 식은 죽 먹기였지. 하지만 가끔은 친구라고 생각했던 사람들이 결국은 친구가 아니었음을 알게 되었어. 그들이 거짓말을 했거나 날 속였다는 사실을 알게 되어도 난 그들을 버리지 못했어.

내가 스물두 살이 되었을 때 래스킨 국립공원에서 레인저로 일하게 됐다.

나는 루크가 생각나서 몸을 부르르 떨었다.

쓰레기를 버리거나 자기들이 가져온 장작을 자르는 사람이 없는지 살피면서 캠프장 순찰하는 일을 맡았지. 저녁은 공원 입구에서 입장료 받는 일을 했어. 출근 첫날 우리는 이야기를 나눴고, 조수석에 빨간 가발을 씌운 여자 풍선 인형을 태우고 온 남자를 보고 함께 깔깔대던 순간에 난 깨달았지. 이 여자를 영원히 사랑하게 되리라는 걸. 네 엄마는 아름다웠어. 하지만 그게 전부가 아니었다. 레인저로 일해서 좋은 점은 수영하거나 등산할 시간이 많다는 거야. (혹은 일하고 있어도 땡땡이치기가 쉽지.) 솔직히 말해서 우리 둘 다 별로 열심히 일하지 않았어.

트래비스가 조용히 병실로 돌아와 말했다. "워스 박사님은 북쪽 별관에서 다른 환자와 면담 중이야. 넌 여기 좀 더 있어도 돼." 그러더니 큼직한 흰 손을 아빠 어깨에 올리며 말했다. "딸한테 사진 보여줄래요?" 아빠가 턱을 살짝 내리자 트래비스는 서랍장에서 또 다른 물건을 꺼냈다. 황금색 잎사귀 하나가 찍혀 있는 작은 가죽 앨범으로 '우리의 완벽한 여름'이라는 제목이었다. 안쪽 커버에 빨간색 하트가 있고 그 안에 엄마의 필체로 'J.S.＋F.Y'라고 또렷하게 적혀 있었다. 하트 아래에는 1980이라는 연도가 적혀 있었다.

나는 말없이 앨범을 넘겼다. 숲속 산책로에 빳빳한 초록색 점프슈트 유니폼을 입고 서 있는 엄마의 사진이 있었다. 긴 황금색 다리는 튼튼한 등산화를 신고 있었다. 욕조에서 머리를 염색할 필요가 없었던 시절, 뽀얀 피부에 뺨이 발그레한 엄마. 말을 탄 엄마. 초콜릿 시럽을 듬뿍 뿌린 아이스크림을 앞에 두고 깔깔 웃는 엄마. 아이스크림을 향해 달려드는 스푼에 카메라 렌즈가 비쳤다. 나 때문에 인생이 망하기 전의 엄마였다.

여름이 끝났을 때 우리는 플로버호에 있는 관리인의 오두막에 머물기로 했다. 부자들의 별장 포치를 청소해 주고, 파이프가 얼지 않게 관리해 주는 대가로 관리비를 받기로 했지.

레인저로 일하면서 친해진 친구들이 있었어. 샘과 플립, 로비. 목요일 밤이면 그 친구들이 놀러 와서 술을 마시고 장작 난로 앞에서 포커 게임을 했지. 한번은 호수가 꽁꽁 얼어서 재미 삼아 플립의 트럭을 타고 호수 한가운데로 갔어. 위험한 일이었지만 스릴 만점이었다. 집으로 돌아갔더니 저넬이 우리가 먹을 그릴드 치즈 샌드위치와 따뜻한 코코아를 준비해 두었더구나. 네 엄마는 요리를 자주 하지는 않았지만 할 때는 딱 필요한 음식을 해두지.

봄이 되자 저넬의 부모님이 우리의 결혼식에 참석하려고 오셨다. 두 분은 내게 친절하려고 최선을 다하셨지만 내가 청혼하기 전에 당신들을 한 번도 찾아뵙지 않았다는 사실이 마음에 안 드셨던 것 같아. 저넬의 어머니가 날 향해 웃는 얼굴은 마치 가면을 쓴 것 같았고, 나는 그분들이 내 비밀을 알게 될까 두려웠어. 하지만 좋은 분들이었고, 지금은 네가 그분들과 가깝게 지내기를 바란다.

결혼하기 전에 네 엄마는 내 비밀을 몰랐어. 내가 무언가를 숨긴다는 건 알았지만 내가 그걸 말하든 말하지 않든 중요치 않다는 듯이 날 계속 사랑했지. 그래서 끝까지 말하지 않아도 될 줄 알았다.

네가 여기까지 왔다면 나한테 뭘 물을지 알고 있다. 왜 엄마랑 순순히 사랑에 빠졌냐고 할 테지. 대체 무슨 근거로 내가 네 엄마에게 적합한 상대라고 생각했는지, 왜 내가 저지른 나쁜 짓이 문제가 되지 않을 거라고 생각했는지.

하지만 다시 생각해 보니 어쩌면 이제는 너도 나이를 먹어서 사랑에 빠졌을 수 있겠구나. 그렇다면 내가 뭐라고 대답할지 이미 알고 있을 거야.

순간적으로 몇 년 뒤의 내 모습이 보였다. 나는 달처럼 부푼 배를 안고 리가 먹을 베이컨과 달걀 요리를 하고 있었다.

그 장면이 떠오르자마자 그럴 일은 절대 없으리라는 확신이 들었다.

너에게 좋은 아빠가 돼주었더라면 좋았을 텐데. 진짜 아빠 말이다. 저넬이 널 낳겠다고 했을 때 난 좋은 아빠가 되겠다고, 너는 나와 다른 어린 시절을 보내게 하겠다고 나 자신과 약속했다. 네 엄마는 원래 행복한 사람이었지만 널 임신한 동안에는 한층 더 행복해졌어. 네가 이미 태어나기라도 한 듯이 종일 자장가를 부르곤 했지.

이 구절을 읽는 동안 숨이 턱 막혔다. 엄마가 날 낳고 싶어 했구나. 적어도 잠시 동안은 내가 엄마를 행복하게 해주었다.

아무에게도 알리지는 않았지만 우린 네가 곧 태어나리라는 걸 알았고, 가능한 한 돈을 많이 모아두고 싶었다. 그래서 저넬은 휘퍼윌 호수 근처 호텔에서 일자리를 구했어. 하루는 저넬이 야간 근무를 하러 나갔을 때 로비가 찾아왔어. 로비는 술에 잔뜩 취해 있었고, 해서는 안 될 말을 했지. 자기가 저넬과 잤다는 식으로 말이야. 저넬은 내가 생각하는 것처럼 다정하고 순수한 여자가 아니라고 했어. 나는 그게 거짓말이라는 걸 알았지만 앞으로는 우리의 완벽한 여름을 생각할 때마다 로비의 그 끔찍한 말들이 귓가에 울릴 게 뻔했어.

나는 그에게 나가라고 했지만 로비는 내 말을 듣지 않았어. 내가 해칠지도 모른다고 했더니 그냥 웃더구나. 친구라고 생각했던 사람이 사실 날 어떻게 생각하고 있는지 깨닫는 건 정말 고통스러운 일이야.

내가 쓴 글인 줄 알았다.

그러다 상상도 할 수 없는 일이 벌어졌다. 하필 그날 네 엄마가 일찍 퇴근한 거야.

난 무슨 일이 있어도 절대 그녀를 해치지 않을 거라고, 설사 우리가 싸운다 해도 그럴 일은 없을 거라고 수십 번 말했지만 저널이 정말로 날 믿었는지는 모르겠다. 그날 밤부터 내가 떠나던 밤까지 난 네 엄마의 사랑뿐 아니라 두려움도 함께 느낄 수 있었어. 그녀가 내 곁에 있었던 이유가 두려움 때문은 아니라고 믿고 싶지만, 어쩌면 내가 날 속이는 건지도 모르겠다. 끝까지 진실을 모를 거라는 사실에 오히려 마음이 놓인다.

네 엄마가 임신 8개월이던 어느 날 밤에 우리는 말다툼을 벌였어. 저널은 처가가 있는 펜실베이니아주로 돌아가고 싶어 했지만 나는 네가 우리처럼 숲과 언덕, 강을 사랑하며 자랐으면 좋겠다고 했지. 그러나 그건 단지 어디에서 살 것이냐의 문제가 아니었어. 나는 저널이 부모님 곁에서 살고 싶어 하는 이유가 날 무서워하기 때문이라고 생각했다. 내가 그렇게 말했더니 저널이 언성을 높이면서 뒤로 물러나더구나. 그녀의 눈에 공포가 어려 있었지. 난 머릿속을 정리하려고 집을 나섰고, 그 후로 저녤은 한 번도 웃은 적이 없어. 나는 그 이유를 안다.

나는 엄마의 웃음소리를 기억해 내려고 했지만 할 수가 없었다. 그래도 엄마는 한때 날 사랑했다. 그랬다.

그 뒤로 몇 장이 비어 있다가 다시 글이 시작되었다.

너한테 좋은 아빠가 되고 싶었다, 어린 이얼리야. 하지만 그럴 수가 없었어. 대신 정직할 수는 있지. 그러니 이제 내가 아는 걸 전부 말해주마.

내 첫 기억 속에서 나는 아주 어렸고, 주유소 가장자리에 주차된 대형 버스 옆에 서 있었다. 한 남자가 내 손을 잡고 주유기 뒤의 화장실로 끌고 갔지. 그의 얼굴은 기억이 안 나지만 그 남자는 화장실 문을 잠그고 나한테 나쁜 짓을 시켰어. 하지만 내가 훨씬 더 나쁜 짓을 했지. 그 남자를 먹어버린 거야.

너한테 고통과 충격을 줘서 정말 미안하구나. 이 세상에 나 같은 사람이 또 있는지는 모르겠다. 이 세상에는 스테이크나 햄버거를 먹듯이 인간을 먹는 사람들이 있지. 하지만 난 그런 수준이 아니었다. 난 아직 어린아이였지만 내 젖니로도 그의 뼈를 다 갈아 먹을 수 있었어. 그리고 먹으면 먹을수록 배가 고팠지.

네 엄마는 내가 그런 괴물이라는 사실을 잊을 수 있게 해주었다.

내 정체를 알게 된 뒤에도 그랬어. 네 엄마랑 함께 있으면 난 정직한 사람이 되어서 행복하게 살 수 있을 것만 같았다. 내가 그녀를 사랑했던 유일한 이유도 바로 그거였어.

난 네 곁을 떠나고 싶지 않았다. 하지만 그래야만 했어. 절대 너와 네 엄마를 해치지 않을 작정이었지만 만에 하나 아닐 수도 있다는 사실 또한 알고 있었어. 네 엄마에게 편지를 쓰지 않은 유일한 이유는 네 엄마가 답장하지 않을까 너무 두려워서였어. 지금은 그게 너무 후회되지만 이제는 너무 늦었지.

저녤은 나의 햇살이었다. 다시는 그녀를 볼 수 없다는 게 내 인생의 가장 큰 고통이야.

다시 공백이 몇 장 계속되었고, 그러다 새로운 글이 나왔을 때는 글씨가 훨씬 더 크고 어린아이가 쓴 듯했다.

매달 첫날이면 병동에서 그달에 생일이 있는 사람들을 전부 축하해 준다. 늘 바닐라 시트 케이크를 먹으면서 빙고 게임을 하지. 나는 처음부터 생일을 몰랐기에 이얼리 부부는 1월 1일을 내 생일로 정했어. 네 생일을 알았더라면 트래비스에게 부탁했을 거다. 그날이 되면 알려달라고. 그러면 생일을 축하하는 네 모습을 상상할 수 있을 테니까. 트래비스 말로는 오늘이 1991년 4월 1일이라는구나. 그러니까 이제 넌 거의 아홉 살이야. 네가 아들인지 딸인지 알았으면 좋겠다. 그걸 모르고서는 널 상상하기가 힘들어.

그다음은 공백이었고 맨 밑줄에 이렇게 적혀 있었다.

트래비스는 내 친구야. 이 병원에서 유일하게 내 사정을 아는 사람이지.

나는 트래비스를 올려다보았다. "아저씨도 이거 읽었어요?"

그는 헛기침을 했지만 내 눈을 피하지는 않았다. "일부만."

"아빠가…… 아빠가 보여줬어요? 아저씨한테 읽으라고 했어요?"

트래비스는 고개를 끄덕였다.

나는 얼굴이 굳어졌다. 그는 이걸 읽을 권리가 없었다. 더군다나 아빠의 정신이 온전치 않을 때는. "왜요? 왜 아빠가 이걸 읽으라고 했죠?" 내가 물었다.

"네 사생활을 침범했다고 생각한다면 미안하구나." 그의 부드러운 대답에 마음이 누그러질 수밖에 없었다. "네 아빠는 내가 읽어주길 간절히 바랐어. 누군가 자길 이해해 주길 바랐던 거야."

나는 고개를 끄덕이고 다시 노트를 내려다보았다. 다시 비어 있는 페이지가 나오더니 이렇게 적혀 있었다.

생각을 붙잡을 수가 없구나. 하나의 생각이 떠올랐다가도 연필을 집어 드는 사이에 사라져버려. 이제 병원에서는 볼펜을 주지 않는

다. 심이 뭉툭한 연필만 주지. 병원에서 누군가에게 돈을 주고 연필 심을 핥아서 무디게 만든 다음에 내게 주는 것 같다.

　망각에는 좋은 점이 하나 있다. 그들의 얼굴이 사라진다는 거지. 이제는 그들이 기억나지 않아. 잠이 들면 암흑뿐이다.

　하지만 네 엄마 사진은 서랍에 넣어두고 침대에 누워 있을 때 본단다. 아침에 일어나자마자, 그리고 잠들기 직전에. 그래야 네 엄마 얼굴을 잊지 않을 테니까. 사진을 보면 마음이 아파. 다시는 볼 수 없으니까. 하지만 그래도 봐. 네 엄마 얼굴마저 잊으면 내겐 아무것도 남지 않을 테니까.

　다음 장에는 남보라색 크레파스로 이렇게 적혀 있었다.

　오늘 그들이 내 연필을 빼앗아 갔다.

　다시 빈 페이지가 나왔고, 이제 더 읽을 게 없겠다 싶을 무렵에 다홍색 크레파스로 쓴 글이 나왔다. 글씨가 너무 엉망이라서 간신히 읽을 수 있었다.

　오늘 내가 글을 쓰는 손을 망가뜨렸다.
　손이 사라졌다
　사라졌다
　사라졌다

나는 고개를 들었다. 가슴이 철렁 내려앉았다. 아빠는 눈을 감고 있었는데 잠든 건지 아닌지 알 수 없었다.

"이게 무슨 말이에요?" 나는 트래비스에게 물었다. "손을 망가뜨렸다는 게 무슨 말이죠?"

아빠가 눈을 계속 감은 채 테이블 위에 있던 왼손을 천천히 무릎으로 내려 오른손을 가렸다. 아빠의 얼굴이 단 하나의 오타 때문에 망쳐진 종이처럼 구겨졌다. 트래비스는 바닥만 바라보았다.

나는 다음 페이지로 넘겼다. 넘기고, 또 넘겼다. 노트 나머지는 한 단어로만 가득 차 있었다. 크레파스 상자에 든 모든 색으로 같은 단어를 쓰고 또 쓴 모양이었다.

저녈 저녈 저녈 저녈 저녈 저녈 저녈

저녈 저녈 저녈 저녈 저녈 저녈 저녈

저녈 저녈 저녈 저녈 저녈 저녈 저녈

저녈 저녈 저녈 저녈 저녈 저녈 저녈

저녈 저녈 저녈 저녈 저녈 저녈 저녈

저녈 저녈 저녈 저녈 저녈 저녈 저녈

저녈 저녈 저녈 저녈 저녈 저녈 저녈

저녈 저녈 저녈 저녈 저녈 저녈 저녈

저녈 저녈 저녈 저녈 저녈 저녈 저녈

저녈 저녈 저녈 저녈 저녈 저녈 저녈

"네 엄마는 어디 있지?" 트래비스가 나직이 물었다.

"떠났어요."

"걱정했던 대로구나."

나는 아빠를 보았다. 천천히, 아주 천천히 슬픔이 분노로 변했다. "왜 내 질문에 대답하지 않죠?"

"제발, 매런. 아빠를 힘들게 하지 마라." 트래비스는 한숨을 쉬었다. "너한테 할 말이 있다. 아주 중요한 일이야. 워스 박사님이 지금 네 일로 통화 중이야."

"전화라뇨? 그게 무슨 말이죠?"

트래비스의 눈은 개를 연상시켰다. 사람을 기쁘게 해주려고 안달하는 촉촉한 갈색 눈. "아동 보호국에 전화했어."

"왜요?"

"네가 큰 배낭을 메고 와서……"

"배낭을 선생님 사무실에 두고 왔어요. 그게 잘못됐나요?"

"잘못되지 않았다. 전혀. 하지만 선생님이 보시기에는 네가 어디로 보나 가출 청소년이야."

나는 한숨을 쉬었다. "그럼 지금 누가 절 데려가려고 오는 중인가요?"

"나도 모르겠다. 저기, 매런, 만약 갈 곳이 없다면……."

"전 괜찮아요." 내가 얼른 대답했다.

"난 6시에 근무가 끝나. 너로서는 내 제안을 거절해야 할 것 같겠지만 난 네가 불편해할 일은 하지 않을 거야. 프랭크는 내가 이런 제안이라도 하길 바랄 거야."

아빠는 여전히 눈을 꼭 감고 있었다.

"고마워요. 하지만 그럴 수 없어요. 그래도…… 감사합니다."

"정말이니? 앞으로 어떻게 해야 할지 함께 고민해 줄 수도 있어. 네가 위탁 가정에 가고 싶지 않다면 말이다."

"다른 선택지가 있을까요?"

"모르겠다. 하지만 우리 집에서 함께 저녁을 먹고 함께 궁리해 볼 수 있지 않을까?"

"좋아요." 나는 다시 의자에 앉아 있는 남자를 돌아봤다. "저 이제 그만 가야 해요, 아빠." 아빠는 내 손을 더듬거리며 꽉 잡으려 했다. 아빠에게 곧 다시 오겠다고 말해야 할 것 같았지만 하지 않았다.

트래비스는 아빠를 달래주는 말을 몇 마디 하면서 잠시 뒤에 남아 있었다.

"잠깐만요." 나는 문간에 서서 주먹으로 문을 막았다. "아빠가 손을 어떻게 했는지 말해주기 전에는 안 갈 거예요."

트래비스는 날 옆으로 부드럽게 밀고 문을 닫은 다음, 첫 번째 잠금장치를 잠갔다. "넌 이미 답을 알고 있는 것 같은데."

6시 10분이 되자 트래비스가 낡은 검은색 세단을 몰고 브라이드웰가에 나타났다. 나는 차에 탔고, 트래비스는 미소를 지으며 말했다. "기다리는 동안 너무 지루하진 않았니?"

"괜찮았어요." 사실은 지루했다. 타브릿지 시내에는 구경거리가 하나도 없었다. 공공 도서관이나 중고 서점조차 없었다. 그래도 트래비스가 내 배낭을 자동차 뒷자석에 실어 온 덕분에 적어도 종일 배낭을 메고 시내를 돌아다닐 필요는 없었다.

트래비스는 날 곁눈질했다. "혼자 다닌 지 얼마나 됐니?"

"얼마 안 됐어요. 겨우 2주 됐어요."

"2주 안에도 많은 일이 일어날 수 있지."

그제야 식인자가 아닌 사람이 우리의 존재를 알고 있다는 게 얼마나 이상한 일인지 실감이 났다. 트래비스는 내가 만난 사람 중에서 가장 차분하고 유쾌한 사람이었다. 그에게서는 손톱만큼의 공포나 혐오도 보이지 않았다. 심지어 몇 마디 안 되는 말로 우리 아빠가 자기 손을 어떻게 했는지 설명할 때조차도 그랬다. 어쩌면 트래비스는 내가 우리 아빠와 같은 식인자일 수도 있다는 생각을 못 했는지도 모른다.

"잠은 안전한 곳에서 잤니? 사람들이 친절하게 대해줬어?" 그가 물었다.

나는 거짓말하지 않았다. 그러니까 처음부터 끝까지 거짓말만 하지는 않았다. 그저 하면 부인이 미소 짓고 손을 흔들며 날 배웅해 주고, 설리가 노점상에서 채소와 신선한 사슴 고기를 팔고, 리가 그날 밤 자신의 검은색 픽업트럭을 몰고 월마트에 나타난 것처럼 들리도록 말했다. 우리는 아빠 이야기는 하지 않았다.

트래비스는 병원에서 차로 30분 걸리는 작은 푸른색 단층
집에 살았다. 설리의 오두막과 같은 방향이었는데 역시 아늑
하고 가구는 별로 없는 집이었다. 남의 집에서 자는 데 점점
익숙해지는 게 싫었다.

가스레인지 맞은편 작은 식탁은 이미 세팅이 되어 퀼트로
만든 테이블 매트에 접시 하나와 커틀러리, 유리잔이 놓여
있었다. 그 매트를 보니 하먼 부인이 생각났다. "잠시 실례."
트래비스는 그렇게 말하며 서랍을 열고 커틀러리 한 세트를
더 꺼냈다. "오늘 밤에 손님이 올 줄 몰랐거든."

"혼자 사세요?"

그는 고개를 끄덕였다. "어머니가 돌아가신 후로."

"저런, 상심이 크시겠어요."

트래비스는 냉장고를 열고 두 손으로 뚜껑 덮은 냄비를
꺼냈다. "지난번에 비번일 때 스튜를 만들어뒀어. 우리 어머
니 레시피대로. 이걸 먹어도 괜찮겠니?"

"그럼요."

"네 입에 맞았으면 좋겠다." 트래비스는 그렇게 말하며 가
스레인지 불을 켰다.

"틀림없이 맛있을 거예요."

그는 뚜껑을 열고 스튜를 저으며 미소 지었다. "전에는 날
위해 요리한 적이 없었어. 하지만 해보니까 재미있더라고.

어머니의 레시피대로 만드는 게 좋아. 그러면 잠시나마 어머니가 돌아가셨다는 사실을 잊을 수 있거든."

"계속 여기서 사셨어요?"

트래비스는 고개를 끄덕였다. "아담하고 예쁜 집이지. 안 그러니? 이사 가고 싶다는 생각은 한 번도 한 적이 없어."

나는 그를 기쁘게 해주려고 부엌과 거실을 감상하듯이 둘러봤다. 소파에는 갈색과 노란색으로 된 아프간뜨기 담요를 깔아놓았고, 한쪽 구석에는 흔들의자가 있었는데 성냥개비로 만든 것처럼 금방이라도 부서질 듯했다. 거실을 빙 돌아서 창문을 열던 트래비스는 의자를 바라보는 날 발견하고는 이렇게 말했다. "저 흔들의자는 150년 넘게 우리 집에 내려오는 가보야. 우리 어머니가 저 의자에서 내게 젖을 먹였지. 할머니도 우리 아버지에게 젖을 먹였고. 그렇게 미국 개척 초기 시절까지 올라가." 말하는 동안 트래비스는 바닥에 깔린 무늬 있는 러그를 바라보면서 옅은 미소를 지었다. "아마 고조할아버지께서 만드셨을 거야."

"형제자매는 있으세요?" 내가 물었다.

트래비스는 아쉬운 미소를 지었다. "아니, 나 혼자야. 너도 외동이지?"

나는 고개를 끄덕였다.

"나를 낳은 뒤에 어머니가 많이 아프셨어. 병원에서 더는 출산할 수 없다고 했지."

"아."

가스레인지에서 스튜가 보글보글 끓자 집 안에 맛있는 냄새가 가득했다. 내 배가 요란하게 꾸르륵거리자 우리 둘 다 웃음을 터뜨렸다. 트래비스는 두 그릇을 폈고, 나는 그가 양손을 깍지 끼고 잠시 고개를 숙였다가 스푼을 드는 걸 바라보았다.

스튜는 맛이 있었지만 트래비스가 자꾸 먹다 말고 날 바라보는 바람에 조금 불편해졌다. "왜 그러세요?" 내가 물었다.

그는 고개를 젓더니 반쯤 미소 지으며 스푼을 내렸다. 우리는 두 그릇, 세 그릇까지 먹었다. 거실 창문으로 시원한 밤바람이 불어왔고, 앞뜰 나무에서는 야행성 새가 한 번도 들어본 적 없는 소리로 지저귀었다.

트래비스는 설거지를 하겠다는 나를 말렸다. "편히 쉬어라." 싱크대로 돌아서며 그가 말했다. "이따 디저트로 슈거 쿠키랑 레모네이드를 주마."

나는 소파에 앉았다. "번거롭게 그러실 필요 없어요."

"번거롭지 않아." 트래비스가 거품 묻은 스펀지를 손에 든 채 잠시 동작을 멈췄다. "돌봐줄 사람이 있다는 건 좋은 일 같다." 그러더니 마치 자신과 언쟁을 벌이는 듯이 고개를 저었다. "아니, 그냥 돌봐줄 사람이 있어서가 아니라 너라서 그래. 네가 프랭크의 딸이라서. 네 아빠를 위해 저녁을 해줄 수는 없지만 널 위해서는 해줄 수 있지."

트래비스가 설거지를 하는 동안 집 안에 불편한 정적이 내려앉았다. 설거지가 끝나자 그가 레모네이드 한 통과 슈퍼마켓 제과점에서 파는 슈거 쿠키 한 상자를 꺼내더니 레모네이드 두 잔을 따르고 접시에 쿠키를 담았다. 그러고는 소파 앞 테이블에 디저트를 내려놓고 내 옆에 앉아 숨을 깊이 들이쉬었다. 내가 듣고 싶지 않은 말을 하려는 것이다. "너한테 할 말이 있다. 고백할 게 있어." 트래비스가 천천히 말했다.

갑자기 그가 더 이상 테디베어처럼 느껴지지 않았다. "고백이요?"

"앞으로 네가 위탁 가정에 가지 않고 어떻게 살아야 할지 함께 고민해 주겠다는 내 말은 빈말이 아니었어. 진심이었다. 난 정말로 널 돕고 싶어."

천천히 피로가 밀려왔다. "그냥 말하세요, 아저씨. 할 말이 뭐예요?"

그는 다시 한숨을 내쉬더니 말문을 열었다. "네 아빠 손이 그렇게 된 건 내 탓이야."

나는 그를 빤히 바라보았다. "네? 그게 왜……?"

"프랭크에게 혼자가 아니라는 증거, 이 세상에 그런 사람이 또 있다는 증거를 보여주면 도움이 될 줄 알았다. 그래서 몇 달 동안 그런 사람을 찾아다니면서 뭐라고 물어봐야 할지 고민했어. 위험하다는 건 알고 있었지만 상관없었어."

"그런 사람이라니요? 뭘 물어봐요?"

트래비스는 슬프면서도 심각한 얼굴로 날 바라보았다. "넌 똑똑한 아이야, 매런. 네가 이미 답을 아는 질문을 왜 계속하는지 알고 있다."

나는 슈거 쿠키가 담긴 접시를 바라보았다. 아까 먹은 스튜가 얹힌 느낌이 들었다. "왜 이런 이야기를 하는 거죠?"

"난 네가 병원으로 찾아오리라는 걸 알고 있었어. 네가 프랭크와 같은 사람일 거라는 것도." 트래비스가 말했다.

그러자 다시 그 느낌이 들었다. 소파에서 죽은 하먼 부인을 발견했을 때와 같은 기분. 내가 내 몸에서 분리되어 몇 미터 떨어진 곳에 둥둥 떠 있는 기분.

"알겠니?" 트래비스가 부드럽게 말했다. "내가 알아낸 사실을 프랭크에게 말해준 게 실수였어. 난 그게 위로가 될 줄 알았는데 상대가 너라는 걸 미처 고려하지 못했어. 정말 힘든 시기였지." 그가 중얼거렸다. "프랭크에게도, 내게도." 트래비스는 고개를 들었다. 그의 옅은 눈동자에 두려움이 가득했다. "내가 무슨 말을 하려는지 이해하겠니?"

나는 고개를 저었다.

"프랭크는 너도 자신과 같을 수 있다는 생각을 한 번도 못했어. 그래서 나한테 그 사실을 들었을 때 큰 충격을 받은 거야. 그래서 자기 손을…… 손을……" 트래비스는 침을 꿀꺽 삼키더니 날 보았다가 다시 바닥을 내려다보았다. "그래서 자기 손을 훼손한 거야. 나 때문에. 나는 도우려고 했는데 오히려 사태를 악화시켰어." 그는 두 손바닥으로 눈을 꾹 눌렀다. "하지만 잘 생각해 보면 늘 그랬어. 내가 누군가를 도우려고 할 때마다 결과는 늘 나빴지. 모든 걸 망쳐놓았어."

나는 속이 울렁거렸다. 트래비스를 탓하지는 않았지만 저 이야기를 하지 않았더라면 좋았을 것이다. "아저씨 잘못이 아니에요."

그는 눈물을 닦더니 웃어 보이려고 했지만 실패했다. "그 말은 안 믿지만 그래도 네가 그렇게 말해주니까 기분이 한결 낫구나."

"이해가 안 가요." 나는 잠시 뜸을 들였다가 말했다. "정말로 우리 같은 사람들을 찾아다녔다고요?"

트래비스는 어깨를 으쓱였다. "나는 완전히 매료되었거든. 누구라도 그랬을 거야. 지극히 평범해 보이는 사람, 그러니까 너 같은 사람이 어떻게 동화에 나오는 괴물처럼 사람을 게걸스럽게 먹어 치우는지 알고 싶었어. 아직도 이해는 못 하겠지만 가능한 일이라는 건 알아. 정말로 그런 사람이 있다는 것도 알고."

"근데 무섭지 않았어요? 혹시라도……." 나는 말끝을 흐렸고, 트래비스는 한숨을 쉬었다.

"무서워할 필요 없었어." 그가 처음으로 불쾌한 내색을 보였다. "아무도 날 원하지 않았으니까." 그 말을 하는 트래비스의 표정은 거의 화난 듯했다.

"어디로 갔어요? 그런 사람들을 어떻게 찾아냈죠?"

"몇 년 전에 경찰로 일하는 친구가 있었다. 하루는 그 친구에게 이 일을 물어볼 기회가 생겼지. 그에게 내가 아는 사실을 말해줬어. 하지만 프랭크의 이름은 말하지 않았다. 그건 알아다오. 어쨌든 그랬더니 그 친구가 경찰 내부에서도 이 일을 쉬쉬한다는 거야. 사람들은 늘 실종되는데 시신이 나오지 않으면 그 일인가 보다 한다더구나. 가끔은 누가 한 짓인지도 알지만 증명할 방법이 없대. 식인자들은 평범해 보일 수 있다고 했어. 훌륭하고 존경받는 시민이기도 하다는 거지. 내 친구가 몇몇 사람의 이름까지 알려줬어. 그렇게 그들을 만나게 됐지. 일이 끝나고 아내와 아이들이 있는 집으로 돌아가기 전에 술이나 한잔하면서 말이야. 여자는 만난 적이 없지만 그들에게 여자 식인자도 있다는 말을 들었어." 트래비스는 양 팔꿈치로 무릎을 짚고 두 눈을 감더니 콧날을 문질렀다. 우리 엄마가 예전에 습관처럼 그랬듯이. "경찰 중에 식인자가 있다고 해도 놀라지 않을 거다. 친구도 의심하고 있더라고."

나는 다시 한번 경찰서 출입문 위에 걸려 있던 자수를, 그 말이 얼마나 틀렸는지 생각했다. 내가 말했다. "늘 도망치지 않고서는 이런 삶을 살아갈 수 없어요." '안 그랬다가는 정신병원에 갇힐 테니까요.' 내가 아빠를 생각하며 꿨던 꿈들, 함께 살면서 평범한 가족이 하는 일을 모두 하려고 했던 꿈들이 이제는 너무 터무니없게 느껴졌다.

트래비스는 고개를 들고 나를 보았다. "네가 그런 짓을 저지를 때마다 어머니가 짐을 싸서 곧바로 이사했니?"

나는 고개를 끄덕였다.

"계속 남았더라면 어떻게 됐을까 궁금했던 적 있어?"

나는 고개를 저었다.

"아마 아무 일도 일어나지 않았을 거다. 하지만 넌 도망가야 한다고 생각했고 그래서 도망간 거야."

나는 자리에서 일어나 서성였다. 이야기를 다 듣고 나니 트래비스 곁에 있는 걸 견딜 수가 없었다. "이해가 안 가는 게 하나 더 있어요. 아저씨는 왜 우리를 두려워하지 않죠?" 내가 말했다. 트래비스는 여전히 마룻바닥을 보고 있었다. 나는 말을 이었다. "내가 생각할 수 있는 유일한 이유는 아저씨도 우리와 같은 부류라는 거예요……. 하지만 아저씨는 아닌 것 같아요. 그렇죠?"

트래비스는 고개를 끄덕이더니 부드럽게 말했다. "맞아." 그러고는 갑자기 목쉰 소리로 덧붙였다. "맞아. 난 너와 같은 부류가 아니야."

"그럼 대체 왜요? 왜 그렇게…… 그렇게 우리한테 집착하는 거죠?"

트래비스가 울기 시작하자 동정심과 민망함이 뒤섞인 새로운 감정이 날 덮쳤다. "난 너무 외로워, 매런. 평생 그랬어.

난 노력했어. 정말이다. 정말로 친구를 사귀려고 애썼어. 하지만 엄마가 돌아가셨을 때 난 알았어. 이제 세상에 날 사랑해 줄 사람은 아무도 없다는 걸."

"아까 경찰인 친구가 있다고 하셨잖아요!"

트래비스는 러그를 바라보며 고개를 저었다. "사실은 친구가 아니야." 그가 턱을 들어 내 눈을 바라봤을 때 내 앞에 있던 사람은 성인 남자가 아니었다. 슬픔을 가누지 못하는 어린 소년이었다. "넌 내가 어떤 기분인지 알 거다. 네 부모님은 아직 살아계시지만 넌 나만큼이나 외톨이니까." 그가 말했다.

"아저씨는 나와 달라요. 좋은 사람이에요. 세상 밖으로 나가서 진짜 친구를 사귈 수 있어요. 할 수 있다고요."

"이미 해봤어. 늘 똑같은 결과가 나오니 이제는 시도하고 싶지 않다. 더는 그런 일을 겪고 싶지 않아. 못 하겠어." 트래비스는 코바늘뜨기로 만든 커버를 씌워둔 크리넥스에서 화장지를 뽑아 눈물을 닦았다. "하나만 물어봐도 될까?"

나는 떨떠름하게 고개를 끄덕였다.

"먹을 사람을 고르는 기준이 뭐니? 어떤 점 때문에 그들에게 끌리는 거지? 사람마다 다르다는 건 알지만……."

나는 고개를 저었다. "그런 이야기는 하고 싶지 않아요."

트래비스는 한숨을 쉬면서 자기 옆자리를 톡톡 쳤다. "여기 앉을 순 없니? 네가 밖으로 뛰쳐나갈까 봐 긴장되는구나.

지금도 긴장되지만 그 생각을 하면 더 긴장돼."

나는 소파 맨 끝에 앉았다. "왜 긴장하세요?"

"너한테 부탁하고 싶은 게 있으니까."

트래비스는 팔을 뻗어 내 손을 잡았다. "싫어요." 나는 다시 일어나서 뒤로 물러났다. "싫어요, 싫어, 싫어."

"제발 부탁이다. 날 오해하지는 마. 널 어떻게 하려는 게 아니야. 정말이다." 트래비스는 천천히 신중하게 숨을 내쉬었다. "사실 난 여자에게 성적으로 끌리지도 않아."

"난 못 해요, 아저씨." 나는 몸이 계속 떨렸다. 떨리고 또 떨리고 또 떨렸다. "정말 미안한데 못 해요. 할 수 없어요."

"잘못된 일이라는 건 안다. 이런 부탁을 하는 나도 싫고." 그가 속삭였다. "하지만 네 아빠를 만나고 네 아빠의 정체를 알게 된 후로 난 알았지."

"뭘 알았다는 거예요?"

"제발 부탁이다. 나한테는 아주 뜻깊은 일이 될 거야."

나는 현관문 쪽으로 조금씩 다가갔다. "전 그만 가야 할 것 같아요."

"어디로 가려고?" 트래비스가 기괴할 정도로 차분하게 날 바라보았다.

나는 어깨에 배낭을 멨다. "모르겠어요. 생각해 봐야죠."

"부탁이다, 매런. 다시는 그 얘기를 꺼내지 않을게. 단 한 마디도. 약속해."

나는 고개를 저었다. "우리가 정말 쿠키나 먹으면서 영화를 보고 아무 일도 없었던 것처럼 얘기할 수 있다고 생각하세요? 전 정말로 가야겠어요."

트래비스는 몸을 앞으로 내밀고 양 팔꿈치로 무릎을 짚은 채 손으로 얼굴을 문질렀다. 그러더니 한숨을 쉬며 말했다. "알겠다. 하지만 내가 차로 데려다주마. 그러면 훨씬 더 마음이 놓일 것 같구나."

설리의 오두막까지는 오래 걸렸지만 트래비스는 불평하지 않았다. 나는 차 안에서 꾸벅꾸벅 졸았고, 잠에서 깼을 때는 조는 척하는 게 아니라 정말로 졸아서 다행이라는 생각이 들었다. 트래비스에게 그런 말을 들었는데 어떻게 태연하게 그와 이야기할 수 있겠는가.

고맙게도 트래비스는 내게 말을 걸지 않았다. 내가 잠에서 깨자 그가 라디오를 틀었고, 우리는 야구 중계를 들었다. "브루어스 팬이세요?" 내가 물었다. 이렇게 평범한 이야기를 하니 기분이 이상했다. 트래비스는 그저 어깨를 으쓱였다.

우리가 도착했을 때 설리의 트럭은 없었다. 비록 집 안은 불이 켜져 있고, 문도 활짝 열려 있었지만. "아저씨? 안에 계세요?" 설리가 있을 리 없다는 걸 알지만 그래도 나는 그를 불렀다. 난로에 아직 약한 불이 남아 있었다. "우유 사러 잠깐 나갔나 봐요." 내가 말했다.

"그분도 네가 온다는 걸 알고 있니?"나는 고개를 끄덕였다. 트래비스는 소파에 앉아 박제된 사슴들을 훑어보았다. "그분이 오실 때까지 너랑 함께 기다려야겠구나."

"괜찮아요. 그러실 필요 없어요." 내가 대답했다. '이제 제발 좀 가주세요'가 내 본심이었지만 트래비스는 그걸 알아차리지 못했거나 알아차리고 싶어 하지 않았다.

"이 사람이 네가 슈퍼마켓에서 만났던 할머니의 친구라고 했지?"

"그런 셈이죠."

"그런 셈이라고?"트래비스가 두 눈썹을 치켜세웠다.

"무례하게 굴고 싶지는 않지만 제가 아저씨에게 일일이 설명해야 할 의무는 없어요."

"이제 난 네 보호자나 마찬가지야, 매런. 너한테 무슨 일이 생기면 네 아빠에게 뭐라고 말해야겠니?"

"저기요, 아저씨. 아저씨가 날 절대 해치지 않으리라는 건 알지만 그렇다고 해서 아저씨랑 함께 있을 때 내가 안전하다는 기분이 드는 건 아니에요."

"그건 부당하구나."트래비스가 부드럽게 말했다. "나랑 함께 있으면 안전하다는 걸 너도 알잖니, 매런. 난 너에 관해 전부 알고 있고, 널 두려워하지도 않아. 그 사실은 아무 의미도 없는 거니?"

"당연히 의미 있죠." 나는 짜증이 치밀었지만 내색하지 않으려고 했다. "오늘 저한테 해주신 것들 다 감사드려요."

우리는 침묵했다. 망사문으로 들어오는 밤의 소리 사이로 트래비스가 숨을 크게 들이쉬었다. 내 팔에 그의 축축하고 차가운 손이 닿았다. "난 네가 원하는 건 뭐든지 될 수 있어. 네가 원하는 말은 뭐든지 해줄 수 있다. 네가⋯⋯." 그의 손가락이 내 손목으로 내려와 손을 잡으려고 했다.

나는 나도 모르게 손을 홱 잡아당겨 그의 따귀를 때렸다. 다른 사람의 따귀를 때린 적은 태어나서 처음이었다. 잠시 우리 둘 다 충격에 빠져서 서로 바라보았다. "다시는 나한테 부탁하지 않겠다고 약속했잖아요." 마침내 내가 말했다.

"넌 몰라. 널 이용하려는 게 아니야. 난 절대 널 해치지 않을 거다." 그가 속삭였다.

"그런 식으로 되는 게 아니에요." 이제는 그가 날 볼 때마다 토하고 싶어졌다. "날 이해한다면서요."

트래비스는 다시 내게 손을 뻗었고 나는 벌떡 일어나서 그를 피했다. 그의 절박한 심정이 차갑고 끈적끈적한 액체처럼 달라붙는 게 느껴졌다. 내 몸 구석구석에 들러붙었다.

"난 네가 원하는 사람이 될 수 있어. 그렇게 할 수 있다고. 나한테 말만 해다오." 트래비스가 외쳤다.

나는 그의 손을 잡아 소파에서 일으킨 다음, 현관으로 끌고 가서 밖으로 떠밀었다. "태워다 줘서 고마워요. 저녁 해주신 것도요." 망사문의 걸쇠를 더듬더듬 잠그는 동안 도저히 그를 바라볼 수 없었다. "정말로 고맙게 생각해요." 주머니에서 자동차 열쇠를 꺼내는 그의 손이 떨렸다.

트래비스는 잠시 현관문 앞에 서서 손으로 눈을 훔쳤다. 여전히 그의 얼굴을 볼 엄두가 나지 않지만 그가 울고 있다는 건 알 수 있었다. 마침내 트래비스가 몸을 돌려 곧 무너질 듯한 계단을 서둘러 내려갔고, 나는 포치로 나가서 그의 차가 달빛이 비치는 숲으로 사라지는 모습을 지켜보았다. 안도감이 들 줄 알았는데 그렇지 않았다.

한 시간이 지나도 셜리는 돌아오지 않았다. 나는 배낭에서 내가 쓴 진술서 복사본을 꺼내 꾸긴 다음 하나씩 난롯불에 먹이로 주었다.

제 이름은 매런 이얼리이고, 이하 사람들의 죽음에 책임이 있습니다……. 1983년 펜실베이니아주, 에드거타운 혹은 그 근처에 살았던 페니 윌슨 (20대)……. 1990년 7월, 뉴욕주, (캐츠킬산맥) 아미웨건 캠프의 루크 밴더월 (8세)……. 1992년 12월, 메릴랜드주, 배저스타운, 제이미 개쉬 (10세)……. 1993년 5월, 사우스캐롤라이나주, 뉴폰테인, 드미트리 레버토프(11세)……. 1994년 10월, 플로리다주, 버클리, 조 샤키 (12세)……. 1995년 12월, 뉴저지주, 페어웨더, 케빈 휠러 (13세)……. 1996년 4월, 메인주, 홀랜드, 노블 콜린스 (14세)……. 1997년, 3월, 매사추세츠주, 배런폴스, 마커스 호프 (15세)……. 1997년 12월, 뉴욕주, 클로버힐스, C. J. 미첼 (16세)……. 1998년

300

6월, 앤디. (성은 모르지만 아이오와주, 핏스톤 근처 월마트 직원이었음)······.

진실은 나를 자유롭게 하지 못하리라. 기껏해야 아빠처럼 정신병원에 갇히게 될 것이다.

나는 주의를 돌리려고 오두막 안을 돌아다녔다. 식탁 근처 책꽂이에 오래된 문고본이 일렬로 꽂혀 있었지만 대부분 내가 관심 없는 스파이 스릴러나 로맨스 장르였다. 나는 핫 초콜릿이나 그릴드 치즈 샌드위치 재료를 찾아 부엌으로 들어가 보았다. 둘 다 여름에 어울리는 음식은 아니었지만 여기를 내 집처럼 느끼고 싶었다. 혹은 그 비슷하게라도. 하지만 부엌에는 빵도 치즈도 코코아 가루도 없어서 그냥 육포를 먹었다.

그러다 뒷문 옆 벽장을 열어보았다. 시트로넬라 향초나 보드게임이 쌓여 있을 줄 알았는데 온갖 잡동사니와 옷, 마구 뒤얽힌 자그마한 여성용 액세서리, 워크맨, 투명한 플라스틱 상자에 든 수집용 동전, 백랍으로 만든 투박한 식기, 공통점이 없는 장식품들이 꽉꽉 들어차 있었다. 나는 호기심에 물건들을 뒤적거렸고 잠시 후 너무도 익숙하게 느껴지는 형체의 물건이 손에 잡혔다.

그 물건을 벽장에서 꺼내어 보니 하먼 부인의 스핑크스였다. 그저 기념품으로 가져왔을 거라고 생각하려 했지만 그게 아님을 알고 있었다. 설리는 피해자를 기억할 만한 물건이 아닌 팔 수 있는 물건들을 가져온 것이다.

나는 설리의 침실로 갔다. 불을 켤 엄두는 나지 않았다. 침대는 정돈되어 있었고, 방 안은 벽장에 넣을 수 없는 물건들로 잔뜩 어질러져 있었다. 램프와 시계, 사람과 똑같은 눈을 가진 도자기 인형.

침대에 앉아 머리맡 테이블에 놓인 물건들을 뒤적거렸다. 액세서리와 변색된 은색 플라스크―설리가 주머니에 넣어서 다니는 것과 달랐다―와 각기 다른 사람의 이름이 적힌 신용카드가 여러 장 있었다. 신용카드들 사이에 '국립공원 직원, 프랜시스 이얼리'이라고 적힌 신분증도 있었다. 신분증 모퉁이에 조그만 흑백 사진이 있었는데 흐릿하기는 해도 아빠의 미소가 분명했다.

'아빠, 아빠, 아빠.' 이젠 아무 의미도 없는 단어였다. 대체 설리가 왜 우리 아빠의 신분증을 가지고 있을까? 도무지 말이 되지 않는다. 우리 아빠를 어떻게 만났을까? 왜 만났을까?

그때 트럭 소리와 벽을 가로지르는 헤드라이트 불빛에 정신이 번쩍 들었다. 나는 지난번에 썼던 침실로 달려가 스핑크스 트로피와 아빠의 신분증을 머리맡 테이블 서랍에 숨겨두었다. 무너질 듯한 포치 계단을 오르는 설리의 발소리가 들리더니 이내 망사문을 쾅 닫는 소리가 들렸다. "꼬마 아가씨? 너 왔니?"

나는 잠시 마음을 가라앉힌 뒤에 거실로 나갔다. "안녕하세요, 아저씨." '당신은 대체 누구죠?'

설리는 식료품이 든 종이 봉지를 들고 수사슴 머리 아래 서 있었다. "이런, 이런. 네가 이렇게 빨리 돌아올 줄 몰랐구나."

"저 여기 있어도 돼요?"

"되냐고? 당연하지!" 설리는 종이 봉지를 식탁에 내려놓더니 우유를 냉장고에 넣었다. "배고프니?"

"아뇨, 괜찮아요." 나는 위장이 눈치 없게 꾸르륵대지 않기를 바랐다.

"네 남자친구는 어디 있니?"

"버지니아주로 돌아갔어요."

"널 여기 내려주고?"

나는 고개를 끄덕였다. 자세히 설명하고 싶지 않았다.

"그 애가 떠나서 서운하니?"

나는 어깨를 으쓱였고, 설리는 음흉한 표정으로 날 바라보았다. "넌 아무렇지 않다고 생각하고 싶은 거지?" 그러더니 맥주 한 병을 따서 식탁에 앉아 꿀꺽꿀꺽 마셨다. 그동안 나는 오르락내리락하는 그의 울대뼈를 지켜보았다. 설리는 한숨을 내쉬더니 입을 닦았다. "아빠를 찾는 건 포기했니?"

"아뇨, 찾았어요."

그의 수북한 회색 눈썹이 위로 올라갔다. "거참, 빨리 찾아냈구나."

나는 양손을 주머니에 밀어 넣고, 끈을 꼬아서 만든 러그 가장자리를 발끝으로 툭툭 건드렸다. "네, 그랬어요."

"그래서? 궁금하니까 얼른 말해다오."

"아빠는 병원에 있어요." 내가 천천히 말했다. "정신병원."

"저런. 정말 안타깝구나, 꼬마 아가씨." 설리가 그렇게 말하는 동안 나는 그가 내게 또 얼마나 많은 거짓말을 했을지 궁금했다. 설리는 조금도 안타깝게 생각하지 않았다. 그는 우리 아빠가 누구인지 처음부터 알고 있었다.

"아저씨 말이 맞았어요. 난 처음부터 아빠를 잊어버리고 아저씨랑 함께 떠났어야 했어요." 왜 그렇게 말했는지 모르겠다. 이제 설리와는 절대 함께 여행하고 싶지 않았다. '피클로 절인 아버지의 혀, 스튜에 넣은 어머니의 심장……'

설리는 맥주를 다시 꿀꺽꿀꺽 마시더니 이상한 표정으로 날 바라보았다. 그 순간 나는 깨달았다. 이제 우리의 연대감은 사라졌고, 그가 내게 약속했던 대로 낚시를 가르쳐주는 일도 없으리라는 것을. 설리는 내가 벽장을 뒤진 것을 알고 있는 듯했다. "앞으로 어떻게 할지 결정했니?" 그가 물었다.

나는 고개를 저었다. 트래비스에게 가지 말라고 할 걸. 혹은 리에게. 리에게 싸움을 걸지 않았다면 이렇게 무서운 밤은 맞이하지 않았으리라.

설리는 맥주를 다 마시고 빈 병을 쓰레기통에 던졌다. "내일 아침에 생각해 보면 되겠구나."

"내일 아침에는 여기 계실 거예요?"

그가 고개를 끄덕였다. "잘 자라, 꼬마 아가씨."

10

나는 침실로 들어가 최대한 부드럽게 문을 잠갔다. 그런 다음 스핑크스를 꺼내 머리맡 테이블에 올려놓고, 배낭에서 아빠의 신분증을 꺼낸 뒤에 불을 껐다. 청바지도 벗지 않은 채 지난번에 리가 잤던 침대에 올라가 빨간색과 푸른색 조각보 퀼트 아래로 파고들었다. 시트에서 나는 그의 냄새를 맡으니 위로가 되었다. 지금쯤이면 리는 아마 팅리까지 절반은 갔으리라.

잠이 들자 하면 부인이 나오는 꿈을 꿨다. 우리는 부인 집의 식탁에 앉아 있었고, 선캐처를 통과한 햇살이 리놀륨 바닥에 초록색과 푸른색으로 고여 은은하게 반짝거렸다. 부인은 함께 먹자고 약속했던 케이크를 한 조각 자르고 있었다. "크림치즈 프로스팅을 올린 당근 케이크란다." 촉촉한 적갈색 조각을 접시에 담아 내게 건네며 부인이 자랑스럽게 말했다. "내가 살아생전에 마지막으로 구운 케이크인데 잘 구워져서 기쁘구나."

내가 케이크를 허겁지겁 먹는 동안 하먼 부인은 도자기로 된 찻주전자를 들어 우리가 마실 차를 두 잔 따랐다. 부인은 생각에 잠겨 차를 홀짝거리며 내가 먹는 모습을 지켜보았다. "그치는 별로 좋은 사람은 아닌 것 같구나. 안 그러니, 얘야?"

"누구요? 설리 아저씨?"

부인이 고개를 끄덕였다.

나는 손을 들어 내 목에 걸린 그녀의 로켓을 가렸다. "부인의 남편께서 받으신 트로피를 가져가서요?"

"그 이유도 있지."

"설리 아저씨는 제게 좋은 충고를 많이 해주셨어요."

"그래서 고맙니?"

"네, 그런 것 같아요."

"매런." 부인이 찻잔을 내려놓고 두 손도 식탁에 내려놓으며 말했다. "우리는 가끔 인생 최악의 사건을 통해 가장 많은 걸 배우기도 한단다. 취할 건 취하고 불쾌한 부분은, 뭐, 우리 남편이 입버릇처럼 말한 대로 '잊어버리고 계속 살아나가야지.' 내 말 무슨 뜻인지 알겠니?"

"알 것 같아요."

부인은 고개를 끄덕였다. "그 목걸이 일은 미안해하지 마라, 얘야. 네가 그걸 목에 걸 때마다 날 생각해 줄 거라니 기쁘구나." 부인은 한숨을 쉬었다. "다만 너한테 뜨개질하는 법을 가르쳐줄 수 없어서 속상해."

"하면 부인, 드릴 말씀이 있어요."

부인은 내가 무슨 말을 할지 기대하며 미소 지었다. 나는 포크를 내려놓고 양손을 무릎에 놓았다. 차를 한 모금만 마셨는데도 내 잔은 비어 있었다. 부인이 찻주전자를 들어 내 잔에 넘치기 직전까지 따라주었다. 차를 따라주는 부인의 손은 훨씬 더 젊은 여자의 손이었다. 부인이 차를 따르는 동안에 말하는 게 더 쉬울지도 모른다. 부인이 워낙 친절하게 대해준 터라 눈을 보고 말하기는 정말 힘들 것이다. "저도 설리 아저씨와 같아요." 내가 속삭였다.

부인은 신중하게 찻주전자를 내려놓더니 내 손 위에 자신의 손을 포개며 말했다. "아니란다, 얘야. 넌 그 사람과 달라."

일순간 부엌이 녹아서 사라졌고, 하면 부인도 사라졌다. 나는 내 손 위에 있던 부인의 손이 사라지는 걸 지켜보았다. 다음 순간, 나는 제이미 개쉬의 빈방에서 코트 더미 아래 있었다. 털로 만든 깃이 뺨을 간질였고 날 부르는 엄마의 목소리가 들렸다. '일어나, 매런. 정신 차려.'

비몽사몽간에 잠시 마침내 엄마가 마음을 바꾸고, 모성 회귀 본능을 이용해 날 찾아냈다고 확신했다. 하지만 이내 잠이 완전히 깨자 가슴이 벌렁거렸다. 방에 누군가 있었고 엄마는 아니었다. 문을 잠가야 아무 소용 없다는 걸 알았어야 했다.

침실 구석 의자에 설리가 앉아 있었다. 그의 얼굴은 보이지 않았다. "신분증을 찾아냈구나."

"이건 우리 아빠 거예요." 나는 팔꿈치로 침대를 짚은 채 뒤로 물러나 침대 머리판에 몸을 바싹 댔다. 마치 그에게서 달아날 수 있다는 듯이. "왜 이걸 아저씨가 가지고 있는 거죠?"

"네 아빠가 여기 두고 갔다." 설리가 턱을 긁자 사포를 문지르는 듯한 소리가 났다. "그 애는 내 아들이야."

"아저씨 아들이라고요?" 내가 외쳤다.

그날 저녁에 두 번째로 내 몸에서 빠져나와 어딘가에 둥둥 떠 있는 기분이 들었다. 그럴 리가 없다. 절대 그럴 리가 없다. '우리 할아버지를 제외하고 집에서 그런 일이 또 일어난 적도 없고.'

"그 망할 여편네가 내 아들을 데리고 도망가 버렸어." 설리가 말했다. "내가 따라잡았을 때는 벌써 아이를 잃어버린 뒤였지. 눈앞에서 어떤 남자에게 아이를 도둑맞았더라고." 설리는 한심하다는 듯이 코웃음을 쳤다. "정말이지 우둔한 여자야."

"내…… 내 할머니가요?"

"그래." 설리는 마치 그 연관성을 처음으로 깨달았다는 듯이 고개를 갸웃했다. "너한테는 그렇게 되겠구나."

"할머니는 어떻게 됐나요?"

설리의 웃음소리는 차갑고 소름 끼쳤다. 그게 대답이었다.

"우리 아빠가 어디에 있는지 알고 있었어요? 아빠가 이얼리 부부와 살고 있을 때도요?"

"난 그 애에게 다가갈 수가 없었어. 그랬다가는 난리가 날 테고 사람들의 이목을 끄는 건 내가 가장 피하고 싶은 일이었으니까. 하지만 난 너무 오래 기다렸어. 그 녀석은 숨어 있고, 이제는 내가 절대 자기를 데려갈 수 없다는 걸 알아. 하지만 가만히 생각해 보면 말이다, 내가 굳이 그 녀석에게 갈 필요가 없지. 안 그러냐?"

"무슨 말이에요?"

"난 네 존재를 알고 있었어. 그 애에게 접근할 수 없다면 적어도 너에겐 접근할 수 있지. 난 널 기다렸다, 꼬마 아가씨. 지금까지 줄곧." 설리가 천천히 말했다. "네가 다시 돌아오기를 기다렸어."

몸 안에서 차갑고 역겨운 기분이 흘러넘쳤다. "왜 당신이 누구인지 말하지 않았죠?"

설리는 킬킬 웃었다. "그걸 알아내는데 왜 그렇게 오래 걸렸니?"

한동안 우리 둘 다 아무 말도 하지 않았다. 마침내 내가 물었다. "내가 그걸 알아내기를 기다렸나요?"

설리는 의자에 앉은 채 다른 쪽으로 체중을 옮겨 실었다. 그의 뼈가 삐걱거렸다. "세상 모든 아이는 다 실수야. 어떤 아이든 전부 다. 너도 이해하지, 꼬마 아가씨?"

"모르겠어요." 나는 천천히 말했다. "아이가 없으면 당신은 먹을 게 없잖아요."

설리는 껄껄 웃었다. "이제 너도 대가리가 좀 돌아가는구나."

'피클로 절인 아들의 혀, 스튜에 넣은 손녀의 심장.' 그때 설리가 숨을 내쉬었고, 나는 그의 입 냄새를 맡았다. 죽은 지 하루가 지난 시체들이 쌓인 전쟁터와 오물로 꽉 막힌 하수구, 백 개의 쓰레기 매립지가 합쳐진 듯한 냄새였다. 얼마나 지독한 악취인지 상상이 갈 것이다. 이 남자는 시체들을 실컷 먹고서는 이는 한 번도 닦지 않았다.

칼은 보이지 않았지만 나는 설리에게 칼이 있다는 걸 알고 있었다. 그는 사과를 깎을 때 썼던 칼로 날 죽일 것이다.

'이불 밖으로 나가.' 엄마의 목소리가 들렸다. '어서 나가. 안 그러면 저자가 이불을 눌러서 널 꼼짝 못 하게 할 거야.'

종종 죽고 싶다고 생각했지만 이런 식으로 죽고 싶지는 않았다. 설리가 침대로 달려들자 나는 발로 이불을 찼다. 설리가 날 제압했지만 완전히 제압한 건 아니었다. 내 두 팔은 붙잡혔어도 두 다리는 아직 자유로웠다. 차가운 칼날이 왼쪽 팔에 닿았다.

"나한테 거짓말했어! 다 거짓말이었어!" 내가 소리 질렀다.

"난 거짓말한 적 없다." 설리가 내 얼굴에 대고 나직이 위협적으로 말했고, 나는 그의 입 냄새에 기절할 뻔했다. "나는 상대가 죽은 뒤에만 먹어. 다만 늘 그들이 죽을 때까지 기다리지는 않지."

왜 나한테 자기 이야기를 해주고 이런저런 질문을 했을까? 왜 여러 가지를 가르쳤을까? 어차피 날 잡아먹을 거라면 왜 그랬던 거지?

재미를 위해서였을 것이다. 아니면 날 살찌우려고 그랬든지.

'이제 네 왼손을 빼내. 설리가 칼을 찾아서 더듬거리는 동안에 트로피를 집어 들어.'

나는 무릎을 끌어당겨 발꿈치로 그의 다리를 찼다. 별 효과는 없었지만 내 양손을 잡고 있던 설리의 손에서 힘이 빠지기 시작했다. 나는 왼손을 빼내서 설리의 칼을 쳐내고는 계속 발길질을 하며 머리맡 테이블에 있는 트로피를 향해 손을 뻗었다. 내가 트로피를 잡으려고 더듬거리는 동안 설리는 칼을 찾아 더듬거렸다. 손에 스핑크스의 차가운 금속 윤곽이 잡히자 가슴이 두근거렸다. 나는 스핑크스의 날개를 붙잡아 머리 위로 호를 그리며 들어 올렸다. 스핑크스는 설리의 뒤통수로 떨어졌고, 그의 손에서 칼이 떨어졌다. "이런 쌍년이! 어린 년이 괘씸하게!" 설리는 몸을 일으켜 손을 뒤통수로 가져갔고, 나는 다시 스핑크스로 세게 가격했다. 설리가 내 위로 쓰러졌고, 손가락에 따뜻하고 끈적거리는 피가

312

묻었다. 나는 스핑크스를 바닥에 던져버리고 설리를 밀어낸 다음, 침대에서 내려와 내 운동화를 찾아 더듬거렸다.

돌이켜 보면 내 물건을 배낭에 챙겨 갈 수도 있었다. 하지만 설리가 언제 깨어날지 몰랐으므로 한시도 지체할 수 없었다. 나는 손에 든 일기장과 청바지 뒷주머니에 든 출생증명서만 가지고 삐걱거리는 나무 계단을 쏜살같이 내려갔다.

물론 가망이 없었다. 설사 숲속을 가로질러 3, 4킬로미터 달려가 메인 도로로 나간다고 해도 한밤중에 날 태워줄 차는 없을 것이다. 설리는 트럭을 몰고 날 쫓아올 것이다. 어쩌면 트럭으로 날 들이받아 지난번에 내가 아이오와주 고속도로에서 미수로 그쳤던 일이 이뤄질 수도 있다.

숲길은 질척거렸고, 몇 번 미끄러졌지만 일어나서 계속 걸어갔다. 공포심을 밀어내기 위해 가슴 가득 공기를 들이마셨다. 무릎은 진흙투성이였고 손은 피투성이였다. 설사 이렇게 늦은 시간에 도로를 지나가는 차가 있다고 해도 제정신인 사람이라면 날 태워주지 않을 것이다.

흙길 거의 끝에 이르렀을 때 빛이 보였다. 나는 걸음을 늦추고 가까이 다가갔다. 빛은 자동차 헤드라이트였다. 빈 차였고, 운전석 문이 활짝 열려 있었다.

열린 문 옆에서 걸음을 멈추고 숨을 들이쉰 다음, 뒤돌아서 아무도 없는지 확인한 후에 몸을 숙여 차 안을 들여다보았다. 이건 트래비스의 차였다. 그가 가지고 다니던 도널드

덕 열쇠고리가 아직 키박스에 꽂힌 열쇠 밑에서 대롱거렸다.

허리를 펴서 달빛이 쏟아지는 숲을 훑어보았다. 그의 이름을 부를 엄두가 나지 않기도 했지만 불러봐야 소용없다는 느낌이 들었다. 트래비스는 거기 없었다.

해가 떠오를 무렵 나는 트래비스의 집 진입로에 차를 세우고 조용히 집 안으로 들어갔다. 테이블에 레모네이드 잔과 슈거 쿠키 접시가 그대로 있었다.

티셔츠와 청바지를 벗어 세탁기에 넣었다. 그런 다음 욕실로 가서 견딜 수 있을 때까지 최대한 물을 뜨겁게 틀고 샤워하면서 울음을 쏟아냈다. 이제 안전한 곳은 없었다.

이 집에도 오래 있을 수 없었다. 트래비스가 출근하지 않으면 누군가 그를 찾아 이 집에 올 것이다. 나는 두 손으로 그의 비누를 문질러 거품을 냈고, 그의 헤드 앤드 숄더 샴푸로 머리를 감고, 그의 폭신한 흰 수건으로 몸을 닦고, 거울 속 나를 다른 사람 보듯 바라보았다. 가슴에 아무 이름도 새기지 않은 누군가로. 이제 평범한 사람인 척하는 건 그만두겠다.

샤워를 마친 후에는 트래비스의 리스테린으로 입을 헹궜다. 그러고는 옷을 건조기에 넣고 집 안을 돌아다녔다. 2층은 기울어진 지붕과 창문이 있는 큰 방으로 부모님의 사진이 놓인 서랍장과 꽃무늬 이불이 깔린 침대, 머리맡 테이블

이 있었다. 어쩌면 트래비스의 어머니가 돌아가신 뒤로 그가
이 방을 썼는지도 모르겠다.

나는 벽장 고리에 걸려 있던 새 배낭을 집어 든 다음 서랍
장의 서랍을 모두 열어보았다. 그의 옷은 내가 입기에는 너
무 컸지만, 나는 돈이 필요했고 트래비스는 양말 서랍 뒤쪽
에 비상금을 숨겨두는 부류일 듯했다.

하지만 내 추측은 틀렸다. 비상금은 서랍이 아니라 벽장에
있었다. 오래된 구두 앞코에 돌돌 말린 채로. 나는 침대에 앉
아 젖은 머리카락에서 물을 뚝뚝 흘리며 돈을 세었다. 전부
700달러였다.

시동을 걸기 전에 운전대를 닦아야 했다. 리를 만나러 팅
리로 가고 싶었지만 그에게 할 말이 생각나지 않았다. '네 말
이 맞았어'가 안 먹히면 어떻게 하지? 만약 리가 이제 나랑
친구로 지내고 싶지 않다고 한다면?

팅리로 가서는 안 된다는 걸 알고 있었다. 하지만 해서는
안 될 일을 하는 게 어느새 내 장기가 되어버렸다.

픽업트럭을 몰아본 터라 트래비스의 차는 운전하기 쉬웠
다. 기름이 떨어지면 주유하는 법을 알아냈고, 제한 속도를
어기지 않으려고 조심했다. 경찰차가 옆으로 지나갈 때마다
안도의 한숨을 내쉬었다. 그날 저녁에는 리와 여행할 때 그
랬듯이 국립공원을 찾아냈다. 국립공원 안의 캠프장에서 너

무 가깝지 않은 곳에 차를 세우고 뒷좌석으로 넘어가 트렁크에서 찾아낸 따끔거리는 울 담요를 덮고 몸을 웅크렸다.

잠이 들면 설리의 꿈을 꾸었다. 나는 다시 하면 부인의 비인바앙에 있었고, 칠흑 같은 어둠에 숨이 막혔다. 다만 이번에는 이불을 제때 차내지 못했고, 설리가 날 이불 속에 가둬버리는 바람에 발로 그를 찰 수가 없었다. 설리는 한 손으로 내 양 손목을 베개 위에 잡아 눌렀고, 다른 손은 스핑크스트로피를 향해 뻗었다. 그가 머리 위로 스핑크스를 들어 올리자 달빛이 청동 날개에 반사되어 반짝 빛났다. "나한테서 달아나는 건 불가능하다, 꼬마 아가씨." 설리는 그렇게 말했고, 나는 스핑크스에 얼굴을 맞기 직전에 깨어났다.

팅리에 도착한 후에야 내가 리의 성을 모른다는 사실이 떠올라 고등학교로 갔다. 여름방학이었지만 안내 데스크는 계속 운영 중이었다. 친절한 안내원이 카일라의 번호를 눌러준 다음 내게 전화기를 넘겼다.

"안녕, 난 매런이야. 리의 친구. 지난번에 너희 고모할머니 집에서 봤지." 내가 말했다.

"아, 그래." 카일라가 느릿느릿 말했다. "기억나."

"그날 너한테 인사하고 싶었는데……."

"응, 괜찮아. 우리 오빠랑 같이 있어?"

"오빠가 집에 없다는 말이야?"

"지난번에 다녀간 이후로 돌아오지 않았어." 카일라는 잠시 말을 멈췄다. "오빠는 별일 없는 거야?"

"분명 그럴 거야. 우린…… 약간의 말다툼이 있었거든. 난 여기 돌아와서 리와 화해하고 싶었어."

"오빠가 집에 갈 거라고 했어?"

"응. 하지만 다른 곳에 머물고 있을 수도 있지. 일자리를 구했다거나."

"응. 아마 그럴 거야."

카일라에게 하고 싶은 말이 또 있었지만 어떻게 말문을 열어야 할지 몰랐다. 다행히 카일라가 내 고민을 해결해 주었다. "나 아르바이트하러 나가야 해. 혹시 이따가 만나서 이야기할래? 8시에 끝나." 카일라는 잠시 침묵하다 말을 이었다. "네가 원한다면 아이스크림콘을 가져갈 수 있을 거야."

나는 빙그레 웃었다. "고마워. 나 아이스크림 좋아해."

약속대로 카일라는 땅콩버터 퍼지 맛 두 덩어리를 얹은 아이스크림콘을 들고 할리데이스 아이스크림 가게 주차장에 날 만나러 왔다. 그 애는 조수석에 탔고, 나는 아이스크림을 핥다 말고 물었다. "면허 시험은 통과했어?"

카일라는 고개를 끄덕였다. "친구의 트럭을 빌려서 시험을 보느라 약간 긴장하기는 했지만 그럭저럭 잘 해냈어. 빨간불에 멈춰야 한다는 등의 규칙을 기억해 냈지. 오빠는 픽업트럭으로 평행 주차를 할 수 있으면 아무 문제 없을 거라고 했는데, 오빠 말이 맞았어."

나는 미소 지었다. "잘됐다."

카일라는 선바이저를 내리더니 거울에 비친 자신의 얼굴을 보며 말했다. "너도 면허를 딴 모양이네." 내가 고개를 젓자 그 애의 눈이 휘둥그레졌다. "면허증도 없이 여기까지 운전해서 왔단 말이야?"

"경찰에게 한 번도 걸리지 않았어. 네 오빠가 정말 잘 가르치는 것 같아."

카일라는 슬픈 미소를 지어 보이더니 아이스크림을 핥아 먹는 날 지켜보았다. 와플 콘의 마지막 조각까지 다 삼킨 후에야 나는 내가 팅리에 온 또 다른 이유를 말할 준비가 되었다.

"리는 너한테 차가 있으면 좋겠다고 했어. 그래서 이 차를 너한테 주고 싶어. 나중에 리가 집에 오면 번호판만 바꿔 달라고 해."

카일라는 입을 딱 벌린 채 날 바라보았다.

"누구 차냐고는 묻지 마. 훔치지 않았다는 사실만 알아줘."

아침이 되자 카일라가 초코 맛 시리얼 두 그릇에 우유를 부었고, 우리는 현관 계단에 앉아 먹었다. "당분간 우리 집에서 지내도 돼. 오빠가 돌아올 때까지. 우리 엄마는 신경 쓰지 않을 거야." 카일라가 말했다. 내가 온 후로 엄마라는 사람은 계속 집에 없었다.

"그렇게 말해줘서 고마워. 정말 친절하다. 하지만 리가 원치 않을 거야."

카일라는 얼굴을 찡그렸다. "내 생각도 그래. 근데 도대체 이유를 모르겠어."

"리는 세상 누구보다 널 사랑해. 널 보호해 주고 싶어 해."

"무엇으로부터 보호한다는 거야?"

나는 한숨을 쉬었다.

"레이철과 연관 있는 거지? 오빠한테 레이철 이야기 들었어?"

나는 고개를 끄덕였다.

"나 레이철 좋아했는데." 슬픈 목소리로 카일라가 말했다.

"리 말로는 아직 병원에 있다면서."

"한 번 면회하러 간 적이 있어. 병원에 입원한 직후에. 근데 병원에서 난 면회할 수 없다고 했어."

"우리 아빠도 정신병원에 있어." 나는 그릇 바닥에 가라앉은 초콜릿색 우유를 휘저었다. "위스콘신주에 있는 브라이드웰이라는 병원에."

카일라는 그릇을 내려놓고 내 어깨를 토닥였다. "속상하겠다."

나는 샤워하고 카일라의 옷으로 갈아입었다. 검은색 티셔츠를 달라고 하고 싶었지만 그러지 않기로 했다.

카일라는 고속도로까지 날 데려다주었고 나는 음식과 갈아입을 옷, 카일라가 날 위해 집 안을 샅샅이 뒤져서 찾아낸 매들렌 렝글의 소설 두 권이 들어 있는 트래비스의 배낭을 메고 차에서 내렸다.

카일라는 시동을 껐다. "정말 내가 이 차를 가져도 돼?"

"응."

"어디로 갈 거야?"

"다시 브라이드웰 병원으로 돌아갈까 해."

"아빠를 만나려고? 그다음에는?"

나는 어깨를 으쓱였다. 다시 위스콘신주로 돌아가려니 설리의 딱 벌린 입 속으로 들어가는 듯했지만 달리 갈 곳이 없었다.

"리가 집에 오면 거기서 만나자고 전해줘."

카일라는 차에서 내려 차 앞머리를 돌아와 나를 껴안았고 나는 미소 지었다. 카일라는 친절했지만 리가 날 만나러 올 거라는 희망을 품어봐야 소용없다는 걸 알고 있었다.

이번에는 기적적으로 히치하이크가 쉬웠다. 둘째 날에는 켄터키주 오베론까지 갔고, 날 태워다 준 중년 부부는 24시간 영업하는 식당에서 미트로프와 아이스크림까지 사주었다. 트래비스의 돈 덕분에 모텔에 투숙해 욕조에서 오랫동안 목욕하고 텔레비전을 틀어둔 채 잠들 수 있었다.

이튿날 아침에는 언덕을 산책했다. 졸졸 흐르는 강을 가로지르는, 지붕이 있는 목조 다리를 건너 허물어져 가는 농가 앞 여기저기 널린 빨래를 지나쳤다. 목적지는 없었지만 몇 주만에 처음으로 마음이 편안했다. 카일라를 만난 뒤로 여러 상황을 긍정적으로 볼 수 있게 되었다. 만약 리를 다시 만나지 못한다면 리에게는 더 좋은 일이다. 트래비스는 자신이 원하던 바를 이루었고, 만약 설리가 날 죽이고 싶어 한다면 어디 해보라지. 나는 준비가 되어 있었다.

길모퉁이에 이르러 잠시 걸음을 멈추고 풍경을 감상했다. 초원―사실은 밭이었지만 오랫동안 경작되지 않았다―가 장자리에 아주 오래된 빨간 헛간 하나가 있었고, 그 너머로 빽빽한 소나무 숲이 근처 산마루까지 뻗어 있었다.

헛간은 길 건너 농가의 소유였다. 농가와 뜰 주위로 조잡하게 수리한 흰 나무 울타리가 둘려 있었고, 집 자체도 전혀 나을 바가 없었다. 몇몇 창문은 유리가 깨졌고 현관문에는 주거 금지를 명령하는, 물로 얼룩진 공고문이 스테이플러로 붙어 있었다. 오랫동안 사람이 살지 않은 집이었다.

나는 작은 나무 대문의 걸쇠를 들어 올리고 안으로 들어가 집 주위를 걸었다. 뒤뜰에는 입구를 막아놓은 우물이 있었고, 녹슨 농기구를 넣어둔 자그마한 막사가 있었다. 나는 손도끼를 꺼내서 들어보았다. 철조망을 두른 작은 텃밭에는 잡초와 야생화 사이에 아직 바질과 로즈메리가 남아 있었다.

이번에는 헛간을 살펴보려고 길을 건넜다. 문에 달린 걸쇠는 아직 튼튼했다. 문을 열자 그 안에 둥지를 틀고 있던 새 몇 마리가 서까래에서 짹짹거리며 항의했다. 소들이 있던 우리는 비어 있었지만 헛간에서는 아직 향긋한 건초와 소똥 냄새가 났다. 다락으로 올라가는 사다리는 내 체중을 지탱할 수 있을 정도로 튼튼해 보였다. 나는 사다리를 올라가 창밖으로 나무들을 내다보았다. 이보다 더 좋은 은신처는 구할 수 없으리라.

다시 고속도로로 걸어가 모텔 근처 군인 용품점에서 텐트와 침낭, 3.7리터짜리 생수, 그 외 몇 가지 필수품을 샀다. 이번에는 깡통 따개를 잊지 않았다.

몇 주 동안은 콩 통조림과 텃밭에 남은 채소만 먹으며 살았다. 잠은 헛간 다락에서 새로 산 텐트를 펴고 손도끼를 옆에 둔 채 잤다. 꿈에서 아빠가 손을 내민 채 미소 지으며 내게 다가왔다. 내가 입을 벌리면 아빠가 입에 손을 넣었다. 또 구불구불한 복도를 달려가는 꿈도 꿨다. 벽에는 글씨가 적혀 있었고, 나는 그들을 한 명씩 찾아냈다. 다들 어둠 속에서 날 기다리고 있었다. 심지어 설리도 벽에 등을 기댄 채 바닥에 털썩 앉아 지친 눈으로 날 바라보더니 내게 목을 내주었다.

잠에서 깬 나는 고속도로를 따라 드러그스토어로 걸어가

대용량 리스테린을 두 병 샀다. 그날 밤, 시나몬 맛 리스테린 속에서 익사하는 줄 알았다. 아침에 일어나 보니 아직도 코가 얼얼했다.

가끔은 오후에 헛간 지붕에 앉아 무릎에 매들렌 렝글의 소설을 펼쳐놓은 채 고속도로를 바라보았다. 그러다 모퉁이를 돌아 나오는 빨간색 녹슨 픽업트럭이 눈에 띄면 몽상에서 깨어났고 갑자기 가슴이 두근거렸다. 또 어떨 때는 영원히 이렇게 살면 어떨지 상상하기도 했다. 매일 햇님에게 '아침 인사와 저녁 인사를 건네고 나만의 별자리를 만들며 누구에게도 혹은 무엇에게도 해를 끼치지 않는 삶.

그러다 물론 하루 종일 비가 오거나, 우물에서 죽은 개구리를 찾아내거나, 이웃 사람이 불편할 정도로 가까이 다가오는 날이 있을 테고 그러면 여기서 영원히 살 수는 없겠다고 생각할 것이다.

이 근처 고속도로 주변에는 중고 서점이 하나도 없었고, 농가에도 양초와 10년 전 신문 더미, 성냥갑 말고는 아무것도 없었다. 그래서 7월 마지막 주에 내 물건을 챙겨서 마지막으로 사다리를 내려왔다. 손도끼는 다락에 두고 왔다. 손도끼가 있으면 든든하기는 했지만 그걸 들고 히치하이크를 할 수는 없었다.

사흘 뒤 여자 트럭 운전사가—비틀스 팬이라는데 레드불

323

과 오렌지색 땅콩버터 크래커가 주식이었다 — 타브릿지에 날 내려주었다. 나는 검은색 트럭이 있기를 바라며 브라이드웰 병원으로 이어지는 길을 걸어갔다. 하지만 트럭이 없을 거라는 확신에 속이 울렁거렸다.

트럭은 보이지 않았다.

트럭은 보이지 않았다.

그러더니 트럭이 보였다.

리가 다리를 대롱대롱 흔들며 트럭 짐칸에 앉아 있었다. 오후 햇살을 피해 배리 쿡의 카우보이모자를 쓴 채 한 손에는 펩시 캔을, 다른 손에는 잡지를 들고 있었다. 나는 트럭 뒤로 돌아가 배낭을 바닥에 떨어뜨린 채 그를 한 번 보고는 양손에 얼굴을 묻었다.

"울지 마." 내 어깨를 부드럽게 잡는 그의 손이 느껴졌다. "괜찮아. 난 우리 둘이 다시 만날 줄 알았어." 나는 리가 날 안아주길 바랐지만 그의 손이 그저 낙심한 어린아이를 달래듯이 내 머리카락을 쓰다듬는 걸로 만족해야 했다.

나는 뭐라고 말해야 할지 몰라서 이렇게 말했다. "지금까지 뭐 하다가 온 거야?"

"그냥 누굴 좀 도와줬어." 리는 특유의 냉소적인 미소를 지었다. "약간의 도움이 필요한 수리공을 우연히 만나서 그 사람과 2주간 함께 지냈지." 리는 내 새 배낭을 내려다보며 얼굴을 찡그렸다. "배낭은 어쨌어?"

"잃어버렸어."

"그 안에 든 물건도?"

나는 고개를 끄덕였다.

"E.T. 인형도?"

"E.T. 인형도."

리는 어깨를 으쓱였다. "어쩔 수 없지."

나는 손바닥에서 손목으로 이어지는 부분으로 눈물을 닦았다. "어쩌면 이렇게 우연히 딱 만날 수가 있지?"

"우연 좋아하시네." 리는 그렇게 말했지만 미소 짓고 있었다. "난 일주일 동안 여기 매일 앉아 있었어. 너처럼 뜨개질을 하면서 시간을 죽일 수도 없었다고."

리가 트럭 짐칸에 앉자 나도 그의 옆으로 폴짝 뛰어올랐다. 리는 콜라를 한 캔 따서 내게 건넸다. "이젠 뜨개질 안 해." 내가 말했다.

"왜?"

나는 브라이드웰 병원에서 봤던, 휠체어에 앉아 뜨개질하던 여자아이와 다른 사람의 물건으로 빼곡히 채워진 설리의 벽장에 들어 있던 하먼 부인의 털실과 바늘을 생각했다. "말하자면 길어."

"카일라에게 차를 줘서 고마워. 나한테는 정말 큰 의미가 있는 선물이야."

당연하지. 그러라고 준 건데. "그래. 번호판은 새로 달아줬어?"

리는 고개를 끄덕이며 "근데 어디서 난 거야?"라고 묻더니 의심스럽다는 눈으로 날 바라보았다. "혹시 말하고 싶지 않아?"

"난 그 차 주인을 먹지 않았어." 내가 말했다.

"그럼 누가 먹었는데?"

나는 대답 대신 콜라를 한 모금 마시고는 물었다. "설리 아저씨의 오두막에 다시 갔어?"

리는 고개를 저었다. "넌?"

나는 고개를 끄덕였다. "네가 오기를 바랐어." 그러고는 설리와 있었던 일을 전부 말했다.

"가족은 과대평가된 개념이라고 내가 말했잖아." 마침내 리가 말했다.

나는 두 주먹을 청바지 주머니에 찔러넣고 발부리로 돌을 찼다. "내가 너무 멍청했지?"

리는 고개를 저었다. "네가 무사해서 다행이야."

"언제까지 무사할지 모르지."

"그게 언제 일이야? 한 달이 조금 넘었나? 그 정도 시간이 흘렀으면 그 인간이 벌써 널 찾아내지 않았을까? 유원지에서도 우리를 찾아냈잖아."

"그 말은…… 그 말은 내가 아저씨를 죽였을 수도 있다는 뜻이야?"

리는 어깨를 으쓱였다. "무거운 물건으로 누군가의 머리를 세게 내려치면 당연히 죽일 수 있지. 그 생각은 한 번도 못한 거야?"

나는 고개를 저으며 불안정한 숨을 내쉬었다.

"내가 너라면 너무 죄책감을 느끼지는 않을 거야. 그 아저씨를 죽이지 않았으면 네가 죽었을 테니까." 오랜 침묵이 흐른 끝에 리가 물었다. "아빠 면회 갈래?"

나는 곧바로 대답하지 않았다. 경비실의 작은 창문 너머로 경비원을 보았다가 쇠창살이 달린 창문이 끝없이 이어지는 듯한 3층 건물을 올려다보았다. 담요 아래 숨어 있는 오른손의 유령과 함께 그 의자에 앉아 있을 아빠를 생각했다. 이제는 아빠가 누구인지, 혹은 어떤 삶을 살았는지 관심도 없는 간호 보조사가 아빠의 얼굴을 닦아줄 것이다. 이 병원까지 먼 길을 오기는 했지만 다시 들어가고 싶은 마음은 추호도 없었다.

리는 나를 바라보며 고개를 끄덕였다.

11

우리는 래스킨 국립공원으로 차를 몰았다. 지금은 한창 캠핑 시즌이었고 공원에 사람들이 너무 많아서 트럭 짐칸에서 자기보다는 그냥 다른 사람들처럼 요금을 내고 공원 내 캠핑장에서 자기로 했다. 밤에 작은 텐트에 홀로 누워 눈을 감으면 어둠 속에서 우리 부모님이 완벽한 여름에 찍었던 사진들이 차르륵 지나갔다. 우리에게도 카메라가 있으면 좋을 텐데.

그러다 8월 말이 되었을 때 우리는 배리 쿡의 픽업트럭과 작별하게 되었다.

그날 아침에는 도어 카운티로 낚시를 갈 작정이었다. 공원을 벗어난 지 얼마 되지 않았을 때 엔진에서 이상한 기침 소리가 나서 갓길에 트럭을 세워야만 했다. 리는 거의 한 시간이나 후드를 열고 그 안을 들여다보다가 마침내 무엇이 잘못됐는지 말해줬지만 난 하나도 알아들을 수가 없었다. 문제가 무엇이든 리 혼자 힘으로는 고칠 수 없었고 우리는 여러 가지 이유로 견인차를 부를 수 없었다. "네 잘못이 아니야." 차 트렁크에서 짐을 꺼내며 내가 말했다. 그래도 리는 짜증을 냈고, 걷는 동안 별로 말이 없었다.

차가 지나갈 때마다 리는 엄지를 들어 보였지만 30분이 지나서야 차 한 대가 멈춰 섰다. 우리 앞쪽에 멈춰 선 차 운전석에서 마젠타색 선글라스를 쓴 금발 여자가 고개를 내밀었다. "거기, 너희들, 차가 고장이라도 났어?"

우리는 그녀 옆으로 갔고 리는 의심스러운 눈으로 뒷좌석 차창 너머를 바라보았다. 뒷좌석에는 물건이 든 투명한 플라스틱 상자들이 천장까지 쌓여 있었다.

"난 기숙사로 돌아가는 중이야." 여자가 말했다. "괜찮아. 내가 자리 만들어줄게. 너희들 어디로 가니?"

리가 말했다. "당신이 가는 곳이 어디든 거기가 우리 목적지예요."

여자는 차에서 내리더니 이를 드러내며 미소 지었다. "이거야말로 완벽한 동행이네."

리는 케리 앤 와트에게 우리를 소개했다. 그녀는 위스콘신 매디슨 대학에서 이번 학기부터 4학년이라고 했다. 케리 앤은 날 거의 보지 않았고, 나와 악수하는 그녀의 손은 라자냐처럼 축 처졌다. 만약 나 혼자였다면 그녀는 차를 세우지 않았으리라. 그런 이유로 리는 조수석에 앉고, 나는 상자 사이에 끼어서 뒷좌석에 앉았다. 리는 계속 딱하다는 눈으로 날 돌아보았다. 케리 앤은 리에게 온갖 사적인 질문을 퍼부었고, 그가 거짓말을 할 때마다 나는 웃음이 나와서 입을 가려야 했다.

우리는 4시 직후에 매디슨 대학에 도착했다. 케리 앤이 기숙사에 입소하고 열쇠를 받아오는 동안 리와 나는 차에서 기다렸다. 사방에 오소리가 그려진 티셔츠를 입고, 오소리가 수놓아진 야구 모자를 쓴 대학생들이 바글거렸다. 다들 웃고, 주차장을 가로질러 친구를 부르고, 껴안고, 하이 파이브를 했다. "너희들 오늘 밤에 잘 곳 없지?" 케리 앤이 차로 돌아와 말했다. "원한다면 내 방에서 자도 돼. 남는 침대가 하나 있어." 그러고는 리를 향해 씩 웃었다. "대신 짐 나르는 것 좀 도와줘."

"물론이죠. 셋이 나르면 금방 끝날 거예요." 리가 말했다.

우리는 짐을 전부 들고 계단을 올라가 케리 앤의 방으로 갔다. 나는 대학 기숙사에 와본 적이 없었지만 이 방이 일반적인 수준인 듯했다. 콘크리트 블록을 쌓아서 만든 벽은 페인트칠이 되어 있었고, 바닥은 회색 리놀륨이었으며, 원목이 아닌 저렴한 섬유판으로 만든 가구가 있었다. 케리 앤이 벽에 포스터를 거는 동안—그녀가 〈위험한 청춘〉에 나온 톰 크루즈나 라이트 세이드 프레드 밴드의 포스터를 꺼낼 때마다 리는 한심하다는 표정으로 눈을 굴렸다―우리는 기다렸다가 저녁을 먹으러 교내 피자 가게로 갔다. 케리 앤은 내 앞에서 리와 나란히 호숫가 길을 걸었고 무언가를 가리킬 때마다 그의 팔 안쪽을 슬쩍 쳤다. 저런 여자들을 보는 것도 점점 지겨워졌다. 내일 아침이면 우리는 앞으로 어떻게 해야 할지 생각해 내야 했고, 그것이 무엇이든 케리 앤 와트를 다시 볼 일은 없을 것이다.

"넌 정말 손놀림이 능숙하다, 리." 우리가 방에 돌아오자 케리 앤이 말했다. "내 로프트 침대*에 시트 좀 깔아줄래? 그동안에 난 화장품 정리하고 있을게. 매런, 나 좀 도와줄래?"

나와 함께 욕실에 들어간 케리 앤은 문을 닫더니 세면대 옆에 세면도구와 화장품을 하나씩 꺼내며 말했다. "새 학기가 시작되면 이거 할 때가 제일 좋아. 화장대 세팅."

"화장품이 엄청 많네요."

케리 앤이 웃었다. "마치 그게 나쁜 일인 것처럼 말하네."

"당신한테 이게 다 왜 필요한지 모르겠어요. 화장 안 해도 예쁘잖아요."

케리 앤은 내 칭찬에 고맙다는 말도 없이 그저 다양한 모양의 유리병과 브러시들을 정리했다. 나는 케리 앤을 지켜보았고 마음속으로는 그녀의 손톱 가위를 움켜잡았다.

---

* 2층 침대와 비슷한 형태이나 1층이 없고 2층만 있다

잠시 후에 케리 앤이 만족스럽게 정리를 마치더니 날 위아래로 뜯어보았다. "있잖아, 너도 노력하면 매력적인 여자가 될 수 있어."

나는 가슴 앞에서 팔짱을 끼고 거울 속에서 그녀의 눈을 보며 말했다. "또 무슨 말이 하고 싶어요? 늘 검은 옷만 입지 마라, 얼굴이 창백하고 시무룩하고 아주 불행해 보인다, 아무도 너와 친해지려 하지 않을 거라고요?"

"전에도 그런 말을 들었다면 그럴 만한 이유가 있다고 생각하지 않아?"

"리는 내 친구예요. 내가 뭘 입든, 화장하든 말든 신경 쓰지 않아요."

"흠." 케리 앤은 내 머리카락을 귀 뒤로 넘겨주었다. "나도 그게 신기해."

"리는 날 여자로 좋아하는 게 아니에요."

"그건 네 생각이지. 남자와 여자는 친구가 될 수 없어."

"우린 아무 일도 없었어요. 어차피 리는 날 어린아이로 생각해요."

"네가 몇 살인데?"

"열여섯 살이요."

케리 앤은 웃음을 터뜨렸다. "리는? 스무 살?"

"열아홉 살이요."

"그 정도면 괜찮아." 케리 앤은 작은 플라스틱 단지를 끌어당기더니 손가락으로 그 안에 든 분홍색 찐득찐득한 액체를 찍어서 입술에 발랐다. "난 약간 어린 남자가 좋더라."

우리가 욕실에서 나왔을 때 리는 침대 정돈을 다 끝낸 뒤였다. 침대 옆 탁자에 놓인 시계는 11시 33분이었다. 이제 잘 시간이 다 되었는데 나는 어디서 자야 할지 알 수 없었다.

케리 앤은 침대로 올라가더니 책상 옆 바닥에 놓인 상자를 가리켰다. "저 안에 에어 매트리스가 들어 있어. 리, 네가 거기서 자. 전기 제품이라서 코드만 꽂으면 돼. 입으로 불 필요 없어. 매런은 복도를 따라가면 공용 거실이 나오는데 거기 소파에서 자는 게 더 편할 거야. 아주 안락해. 작년에 나도 영화 보다가 늘 거기서 자곤 했거든."

리는 미덥지 않다는 눈으로 날 보더니 말했다. "저기, 매런이 에어 매트리스에서 자고 내가……"

"에어 매트리스에는 구멍이 뚫렸어." 케리 앤이 단호하게 말했다. "매런이라도 잠을 푹 자야 하지 않겠어?"

싫다고 해봐야 말다툼만 하게 될 터였다. 케리 앤은 내게 누더기 같은 회색 담요를 던져주며 말했다. "아침에 보자."

공용 거실은 불이 꺼져 있었다. 창으로 들어오는 가로등 불빛에 한쪽 구석에 있는 간이 부엌과 냉장고, 다른 쪽 구석에 있는 초대형 텔레비전, 여기저기 흩어진 소파들이 보였다. 나는 소파 하나를 골라 누웠다. 소파에서 맥주와 더러운 양말 같은 냄새가 났다.

케리 앤이 리의 셔츠 단추를 풀어 바람 빠진 에어 매트리스 옆으로 던지는 상상을 했다. 그녀의 맨살을 쓰다듬는 리의 손가락도 보였다. '넌 정말 손놀림이 능숙하다, 리.' 나는 그 말이 떠올라 어둠 속에서도 어이없다는 표정으로 눈을 굴렸다. 아무 생각도 하지 않으려고 더 노력했다. 잠이 들자 꿈에서 다시 그 구불구불한 복도를 달리고 있었고, 분홍색 스틸레토 힐을 신고 앞서 달리던 케리 앤이 넘어져서 나보다 뒤처졌다.

다음 순간 누군가 플래시로 내 얼굴을 비췄다. "여기서 자면 안 돼." 엄격하면서도 다정한 목소리였다. "공용 거실은 이용 시간이 끝났어. 이 기숙사에 사는 학생이니?"

나는 손을 들어 눈을 가렸고, 상대는 플래시를 치우더니 잠시 후에 머리 위의 등이 켜졌다. 간이 부엌 쪽에 경비원이 서 있었다. 키가 크고 다부진 몸에 머리는 반삭이었다. 조금 후에야 경비원이 남자가 아니라는 걸 깨달았다.

"전 케리 앤 와트의 친구예요." '친구'라고 말하려니 숨이 막히는 듯했다. "229호에 살아요."

"오늘 자고 가는 손님이라고 등록했니?" 경비원이 조심스럽게 말했다. 영어가 모국어가 아니었다.

"음……. 등록해야 하는지 몰랐어요."

"네 물건 들고 따라와라. 네 친구 방으로 가자."

나는 담요를 질질 끌면서 경비원을 따라 복도를 걸어갔다.

경비원은 케리 앤의 방문을 세게 두드렸다가 잠시 기다리고는 다시 두드렸다. 마침내 문 쪽으로 다가오는 발소리가 들렸다.

케리 앤이 문을 열었다. 그녀의 어깨 너머로 힐끗 보았더니 침대에는 아무도 없었다. 에어 매트리스는 바람이 다 빠진 채 바닥에 퍼져 있었다. "네?"

"이 학생이 공용 거실에서 자고 있었는데 당신 친구라고 해서요."

케리 앤은 멍한 표정으로 날 위아래로 훑어보았다. "아닌데요. 미안하지만 모르는 애예요."

나는 반박하려고 입을 열었지만 경비원은 케리 앤에게 미안하다고 사과했다. 케리 앤은 경비원의 등 뒤에서 살짝 의기양양한 눈으로 날 힐끗 보고는 문을 닫았다.

"거짓말하면 안 돼, 학생. 이젠 널 신고할 수밖에 없구나. 캠퍼스 경찰이 너한테 소환장을 발부할 거야."

"거짓말 아니에요." 내가 피곤한 어조로 말했다. "저 여자가 거짓말하는 거라고요. 내 친구를 독차지하려고요." 아까 기회가 있을 때 손톱 가위로 찔렀어야 했다.

경비원은 다시 케리 앤의 방문을 힐끗 보더니 날 보았다. 우리는 빨간색 비상구 등을 향해 복도를 걸어갔다. 그 순간 나는 경비원이 내 말을 안 믿는 건 중요하지 않음을 깨달았다. 그녀는 이 일에 전혀 관심이 없다. 그저 자기 일을 하고 있을 뿐이다. 설사 내가 지금 당장 사라진다 해도 그냥 어깨만 으쓱하고 아무 일도 없었다는 듯이 순찰을 계속할 것이다.

"이제 캠퍼스 경찰서까지 걸어갈 거야. 여기서 두 블록 떨어져 있다." 계단을 내려가며 경비원이 말했다.

나는 계단을 다 내려간 뒤 그녀를 따라 밖으로 나갔다. 하지만 그녀가 기숙사 건물 모퉁이를 돌 때 반대편으로 도망쳤다. 그녀는 따라오지 않을 터였다.

나는 몇 블록을 더 걸어서 호수로 갔고, 호수가 보이는 공원 벤치에 앉았다. 해가 뜨려면 아직 몇 시간 남았다. 내 배낭은 케리 앤의 방에 있었고, 수중에는 낡아빠진 담요 말고는 아무것도 없었다. 배낭을 어떻게 가져와야 할지 막막했다. 몇 달 동안 노숙자로 지내기는 했지만 이제야 그 사실이 뼈저리게 실감 났다.

그러다 깜빡 졸았는지 갑자기 주위가 환해졌고, 옆에는 리가 앉아 있었다. 이른 아침에 조깅하는 사람들 두엇이 내 앞으로 빠르게 지나갔다. 나는 낡은 담요 밑에서 벌거벗은 바보가 된 기분이었다. 목구멍이 아팠다. "간밤에 어디 있었어? 케리 앤 방에 없던데." 내가 게슴츠레한 눈으로 물었다.

"정말 미안해, 매런. 그렇게 되기 전에 끝냈어야 했어. 케리 앤은 처음 만났을 때부터 재수 없었어. 근데 그 정도일 줄은 몰랐어."

"내가 다녀간 얘기 들었어?"

"들을 필요도 없었어."

"그 방에 내 배낭을 두고 왔어. 좀 가져다줄 수 있어?"

"네가 직접 가지러 가도 돼. 하지만 지금 당장 여길 떠날 필요는 없어." 리는 숨을 내쉬었고 나는 그 냄새를 맡았다. 민트 향 아래 숨어 있는 그 악취. 아마 케리 앤의 칫솔로 이를 닦았으리라. "이제 그 방에 있는 물건은 전부 네 거야."

나는 케리 앤이 가지고 있던 검은 옷은 전부 다 입었다. 심지어 속옷까지. 매일 그녀의 학생증으로 대학 도서관에 갔다. 아무도 학생증의 사진과 내 얼굴이 같은지 확인하지 않았다. 그저 안내 데스크에 앉아 있는 지루한 표정의 학생에게 학생증을 잠깐 보여주고 회전문을 통과해 내가 지금까지 본 중에서 가장 큰 도서관으로 들어갔다.

두세 시간 책을 읽은 뒤에는 다리를 펴주려고 서고 사이를 돌아다녔다. 거기에는 늘 다시 서고에 꽂아야 하는 책들이 북 카트에 잔뜩 담겨 있었다. 주위에는 늘 그 일을 할 사람이 없는 듯했고, 그래서 내가 직접 책을 꽂기 시작했다. 다른 사람이 읽던 책을 꽂다 보면 마음이 편해졌다.

낮에는 리를 거의 보지 못했다. 리는 어디에 가든, 무엇을 하든 늘 마지막에는 맥도날드나 버거킹에 들러 저녁으로 먹을 햄버거와 딸기 밀크셰이크를 사 왔다.

이런 생활을 언제까지 지속할 수 있을지 몰랐지만 시간이 얼마 남지 않았다는 생각을 떨칠 수가 없었다. 왜냐하면 이 곳이 좋았기 때문이다. 나는 이 도시가 좋았다. 캠퍼스도 마음에 들었다. 구내식당은 진갈색 목재를 많이 사용하고 고딕풍 글자를 써서 독일 귀족들의 사냥용 별장처럼 꾸며놓았고, 날씨가 좋을 때면 테라스에서 호수를 내려다보며 먹을 수 있었다.

사람들도 친절했다. 비록 그들에게 말을 걸 수는 없었지만. 테라스에서 함께 뜨개질하는 세 여대생을 몇 번 보기도 했는데 하루는 그들 중 하나가 자기들을 지켜보는 날 발견하고는 미소를 지으며 말했다. "너도 뜨개질해?"

나는 고개를 저었다. "배워보려고 했는데 실패했어."

"처음에는 다들 그래." 그녀가 몸을 내밀어 자기 옆에 놓인 의자를 톡톡 쳤다. "여기 앉아봐. 손에 익을 때까지 가르쳐줄게."

"하! 잘도 가르치겠다." 옆에 있던 그녀의 친구가 말했다. 그들은 이야기하는 동안에도 뜨개질을 멈추지 않았다.

"지금은 시간이 없어." 내가 웅얼거렸다.

"아, 그래." 그녀는 실망한 표정이었다. "우린 자주 모여서 뜨개질하니까 언제든 찾아와."

"우리는 규모가 큰 동아리는 아니지만 대신 이야기는 엄청 많이 해." 또 다른 여대생이 말했다.

"사람들은 뜨개질은 할머니들이나 하는 거라고 생각해."

내게 처음 말을 걸었던 여자가 한숨을 쉬었다. "시간 나면 다음 주에 와. 네 털실이랑 바늘 가지고." 나는 고개를 끄덕이고는 애써 웃으며 뒤로 물러났다.

믿을 수가 없었다. 저렇게 친절하다니.

잘 시간이 되면 리는 에어 매트리스의 코드를 꽂았지만, 한밤중에 일어나서 보면 매트리스는 바람이 다 빠져 있곤 했다. 리는 공용 거실의 은신처나 케리 앤의 자동차 뒷좌석에서 잤다. 아침에 일어나 보면 리는 샤워를 하거나 아니면 벌써 나가고 없었다. 그날 밤에도 나는 리에게 침대에서 자라고 권했지만 리는 역시 거절했다. 그는 케리 앤의 물건, 이를테면 빗이나 탱크톱을 집어 들고 한숨을 쉬곤 했다. "빨리 누가 날 게걸스럽게 먹어줬으면 좋겠어. 난 그래도 싸."

그러면 나는 이렇게 말했다. "그런 말 하지 마."

"왜? 왜 하면 안 돼?"

나는 대답하지 않았다. 마땅한 이유가 생각나지 않았다.

이튿날 평소처럼 도서관에 자리를 잡았다. 두 시간 정도 책을 읽고 글을 쓴 다음 화장실에 다녀왔다.

자리로 돌아와 보니 내가 펼쳐놓은 교재 책갈피에 무언가가 놓여 있었다. 처음에는 내 뇌가 그걸 기억해 내길 거부하는 듯했다.

기다랗고 흰 띠 같았다.

그런데 털이 복슬복슬했다.

끝에는 팔찌처럼 보이는 물건이 달려 있었다.

그걸 집어 들고 자세히 보아도 대체 무엇인지 알 수가 없었다. 한쪽 끝의 털이 마른 피로 뭉쳐 있었는데 누군가가 이걸 어디에서 잘라낸 듯했다.

'꼬리다. 고양이 꼬리. 하면 부인의 고양이.'

꼬리가 내 손에서 바닥으로 툭 떨어지면서 희미하게 쨀랑거리는 소리가 났다. 꼬리 끝에 달린 건 팔찌가 아니었다. 고양이 목걸이였다. 나는 한쪽 무릎을 꿇고 목걸이를 천천히 집어 들었다. '야옹이'라고 새겨져 있었다. 뒷면을 보았다. 'PA, 에드거타운, 슈거부시 애비뉴 217, 하면'. 그 순간 나는 다시 비인바앙으로 돌아갔고, 하면 부인의 예쁜 흰 고양이를 문밖으로 밀어내던 내 모습이 떠올랐다.

야옹이를 방에 들였어야 했다.

도서관에는 학생들이 많았는데 무언가 잘못되었음을 알아차린 낌새는 전혀 없었다. 정적이 저절로 증폭되었다. 다들 마네킹으로 변했지만 내 등에 꽂히는 설리의 시선을 느낄 수 있었다. 속이 울렁거렸고, 골이 지끈거리면서 손이 거기에 맞춰 떨렸다.

고양이 꼬리를 숨기고, 설리가 날 건드릴 수 없는 이 공개된 장소에 계속 앉아 있을 수도 있었다. 하지만 도서관은 시간이 되면 문을 닫는다.

나는 책을 덮고 처음으로 서가에 다시 꽂지 않은 채 그대로 두었다. 고양이 꼬리를 집어 들어 제일 가까이에 있는 쓰레기통에 얼른 버렸다. 날씨가 끝내주게 좋은 오후라서 다들 잔디밭에서 원반던지기를 하거나 일광욕을 즐겼다. 나는 뒤돌아보지 않고 그냥 다시 기숙사로 걸어갔다.

계단통으로 들어가 2층 층계참까지 올라간 다음, 계단에 앉았다. 이중문 뒤로 보이는 복도에는 아무도 없었다. 나는 계단을 올라오는 설리의 발소리가 들리기를 기다렸다.

1층 문이 열렸다가 닫히더니 발소리가 났다. 느릿하면서도 규칙적으로. 손이 웅웅거리고 심장이 두근거리는 동안 나는 눈을 감고 귀를 기울였다. 지난번에 그를 물리친 적이 있지만 오래된 공포는 떨쳐내기가 더 힘들다.

다시 눈을 떴더니 설리가 음흉한 눈으로 날 바라보고 있었다. 어떻게 한때 저런 사람을 믿었는지 이해할 수 없었다. 그가 쥐고 있는 주머니칼이 번득거렸다. 칼을 쥔 손, 그 끔찍한 손의 손톱 가장자리에 피가 말라붙어 있었다. "오랜만이구나. 너도 네가 못된 아이라는 거 알지? 네 할아버지로서 널 따끔하게 가르치는 게 내가 해야 할 일이지. 안 그러냐, 꼬마 아가씨?"

나는 한숨을 쉬었다. "한 달 전에는 뭐 하시고 이제야 오셨어요?"

"기운을 차려야 했다. 게다가 복수는 분노가 한풀 꺾인 후에 해야 제맛이라고들 하잖니. 어서 일어나라." 설리가 칼로 내 뒤의 문을 쿡 찔렀다. "그동안 고생은 충분히 했으니 더는 하고 싶지 않구나."

설리는 날 따라 케리 앤의 방으로 들어온 다음 문을 잠그고 날 침대 쪽으로 밀쳤다. 나는 나도 모르게 그의 어깨 너머를 힐끗 보았지만 소용없었다. 리는 몇 시간 후에나 돌아올 것이다. 햇빛이 약해지고 있었고, 방 안엔 그림자가 짙게 드리웠다.

"내 말 똑똑히 들어라. 또 한 번 저 문을 봤다가는 널 반으로 갈라버릴 테다. 알겠니?"

나는 고개를 끄덕였다. '왜 굳이 칼을 쓸까? 사투르누스는 그냥 잡아먹던데.'

설리는 책상 의자를 내 쪽으로 돌리고는 거기에 앉았다. 그러더니 칼끝으로 손톱 밑의 흙과 말라붙은 피를 파내 바닥으로 던졌다. "이번에도 네 남자 친구는 너를 구하려고 오지 않는구나." 설리가 히죽 웃었다. "참 대단한 남자 친구일세."

"곧 올 거예요."

"아니. 내가 이미 처리했다."

그 순간 나는 이 남자가 불쌍했다. 그는 마치 40년간 거울을 한 번도 보지 않은 듯했다. 또 엄마도 생각났다. 엄마가 날 얼마나 보살피고 보호해 주었는지. 설리는 사랑받는다는 것 혹은 그와 비슷한 경험을 하는 게 어떤 기분인지 결코 모를 것이다.

"리를 죽였다는 뜻인가요?" 내가 물었다.

설리는 킬킬 웃었다. "목을 그어버리고 이른 저녁으로 먹었지."

거짓말이다. 그 말을 믿을 필요가 없었다.

"트래비스의 집까지 날 따라왔어요? 날 계속 지켜본……"

"그만 입 좀 닥쳐라, 꼬마 아가씨. 지금 넌 살려달라고 목숨을 구걸해야 할 처지야." 설리는 몸을 움찔하며 뒤통수를 문질렀다. 뒤통수에는 트로피의 모서리가 두피를 찢으며 지그재그로 생긴 상처와 함께 심한 피멍이 들어 있었다. 복숭아의 멍든 부분 같았다. 한 달 전보다 머리숱도 적었다. "너한테 머리를 맞은 뒤로 몸이 이상해. 자꾸 잊어버려. 지금 내가 어디인지, 뭘 하고 있는지도 잊어버린다고. 가끔은 앞이 안 보이기도 해. 원래도 두통이 있었는데 더 심해져서 낮에 외출도 못 한다."

"날 그냥 뒀으면 내가 아저씨 머리를 때리지는 않았겠죠."

설리는 칼끝으로 날 가리켰다. "너야말로 그냥 입 닥치고 발길질하지 않았으면 우리 둘 다 그 고생을 할 필요가 없었잖아."

뭐, 맞는 말이기는 하다.

설리는 다시 칼끝으로 손톱을 팠다. "예전에 어떤 남자를 알게 됐어." 이상하게 퉁명스러운 어조였다. "자기 엄마를 먹었다고 하더구나. 물론 그냥 날 겁주려고 한 말일 수도 있어. 하지만 난 어떤 놈이든 무섭지 않아. 설사 자기 엄마를 먹어버린 놈이라고 해도."

"리도 친아빠를 먹었을 거예요. 당신 정도는 식은 죽 먹기라고요."

내 할아버지의 눈이 어둠 속에서 번득거렸다. "내 말 못 들었니? 우리 식인자들은 다 친족을 먹는다니까."

복도 끝에서 문이 쾅 닫히는 소리가 나더니 무겁고 규칙적인 발소리가 이쪽으로 다가왔다. 리였다. 틀림없다.

"어차피 들통날 거짓말을 왜 해요?" 내가 조심스럽게 말했다. "앞으로 무슨 일이 벌어질지 당신도 알잖아요. 당신이 날 먹을 수는 있지만 그러면 리가 당신을 먹어버릴 거예요. 그게 리가 하는 일이에요. 리는 이 세상에서 사라져야 할 사람들을 먹는다고요."

열쇠 돌아가는 소리가 들렸다. 하지만 설리가 문을 잠갔기 때문에 열리지 않았다. "매런? 매런, 안에 있어?"

설리가 날 노려보았다. 그는 숱 없는 머리카락을 쓸어내렸다.

"당신이 있다는 걸 말해야 할까요?" 내가 물었다. 설리가 언제든 내게 달려들어 칼로 찌를 수 있다는 걸 아는데도 이상하게 마음이 차분했다. 리는 다른 방법으로 문을 열려 하고 있었다. 그가 잠금장치를 만지면서 금속이 찰칵거리고, 신발 고무 밑창이 뻑뻑거리는 소리가 났다. "리는 문을 열 거예요. 온갖 잠금장치를 열 줄 알거든요." 내가 말했다.

그렇다면 지금 해치우지 않으면 기회가 없다고 생각했는 지 설리가 내게 달려들었다. 나는 준비가 되어 있었다. 나는 그의 오른팔을 꽉 잡았고, 설리가 나를 찌르고자 손안의 칼을 바꿔 잡는 동안 몸에서 분리된 기분으로 그를 지켜보았다.

"나 들어간다, 매런!"

나는 문이 열리기 직전에 설리의 팔을 놓았고, 설리는 침대 위로 넘어지면서 칼로 베개를 푹 찔렀다. 나는 그의 등에 올라타 칼을 쥔 손을 잡았고, 그때 잠금장치가 항복하면서 문이 벌컥 열렸다. 설리는 깜짝 놀란, 거의 겁에 질린 듯한 표정으로 리를 돌아보았다. 그 순간에는 지난 한 달간 나를 추적해 온 사람이라기에는 믿을 수 없을 정도로 약해 보였다.

리는 날 쳐다보지도 않고 곧장 설리의 팔을 잡았다. 문이 저절로 쾅 닫혔고, 나는 설리의 등에서 내려왔다. "욕실에 가 있어." 리가 말했다.

나는 욕실로 달려가 문을 잠갔다. 설리의 목소리가 들렸다. "잠깐만 기다려라, 얘야……."

리가 말했다. "그렇게 부르지 마."

나는 욕조로 들어가 샤워 커튼을 치고 눈앞에 혜성이 보일 때까지 양손으로 눈을 꽉 눌렀다. 얼추 7분이면 된다. 이젠 안전하다. 안전하다고 봐도 된다.

마침내 리가 욕실 문을 두드렸다. "들어가도 돼?" 나는 대답하지 않았지만 그래도 리는 들어왔고 욕조 옆에 무릎 꿇고 앉아 샤워 커튼을 젖혔다. "괜찮아?" 그러고는 한 팔로 나를 끌어안았다. 그의 숨이 내 얼굴에 닿자 악취에 토할 것 같았다.

"미안, 양치할게." 리가 말했다.

"자기가 널 먹었다고 했어."

"저 인간은 평생 한 번도 사실을 말한 적이 없을걸."

나는 그를 올려다보며 말했다. "고마워."

"천만에." 리는 손을 내밀어 날 부드럽게 끌어당겼다. "일어나. 욕조에서 나와."

내가 방으로 돌아가는 동안 리는 손과 얼굴을 씻고, 케리 앤의 칫솔로 이를 닦았다. 가뜩이나 아늑한 구석이라고는 없었던 방이 이제는 한층 더 그랬다. 리는 이미 커버를 벗긴 매트리스에 케리 앤의 깨끗한 꽃무늬 이불을 깔아놓았다. 나는 침대 발치에 누워 최대한 몸을 동그랗게 웅크렸다. 시야 한쪽 구석에 문 옆에 놓인 노란색 비닐봉지가 보였다. 손잡이는 이중으로 묶여 있고, 안에는 인간의 파편이 잔뜩 들어 있었다. 내 할아버지는 그다지 인간이라고 할 수도 없었지만.

리가 욕실에서 나와 책상 의자에 앉아 눈을 비비고는 말했다. "하마터면 네가 죽을 뻔했다니 믿기지가 않아."

"왜 일찍 돌아왔어?"

리는 어깨를 으쓱였다. "왠지 그래야 할 것 같아서."

방구석의 열린 벽장에서 무언가가 길게 나와 있었다. 밧줄 같았다. 그러니까 설리는 날 찾아 도서관에 오기 전에 먼저 이 방에 들러서 자기 배낭을 숨겨둔 것이다.

리는 내 시선을 따라갔다가 그게 무엇인지 보려고 자리에서 일어났다. 벽장 문을 활짝 열고는 머리카락으로 만들어진 밧줄을 집어 들었다. "이게 대체……?" 그가 잡아당기자 밧줄이 나오고 또 나오고 또 나오고 또 나왔다. 리는 마치 샐러드 바에서 절단된 손가락이라도 발견한 사람 같은 표정이었다. 마치 자기는 사람을 안 먹는다는 듯이.

리가 배낭에서 밧줄을 꺼내는 동안 밧줄이 바닥에 똬리를 틀었다. 어찌나 긴지 저 배낭에 다른 물건도 들어 있다는 게 놀라웠다. "구역질 나네. 프랑켄슈타인 좀비 라푼젤이야 뭐야." 리가 중얼거렸다. 이런 상황에서도 나는 그 말에 웃음이 터졌다.

마침내 밧줄의 끝이 나오자 리는 날 올려다보았다. 그의 얼굴은 그걸 처음 보았을 때의 나처럼 신기하면서도 역겹다는 표정이었다. "이거 본 적 있어?"

나는 고개를 끄덕였다. "거기에 하면 부인의 머리카락도 있어. 거의 맨 끝에." 밧줄은 지난번에 내가 봤을 때보다 몇 센티미터 더 길어졌다. 밧줄 전체를 다 보고 나니 만약 설리가 이미 죽은 사람만 먹었다면 밧줄에 회색, 흰색, 은색이 훨씬 더 많았을 거라는 생각이 들었다.

리는 밧줄을 저쪽으로 차버리고 책상 의자에 앉아 그걸 바라보았다. "세상에서 저렇게 역겨운 물건은 본 적이 없어."

"과연 그럴까?" 우리는 침묵 속에서 배낭을 바라보았다. 마치 저기서 징그럽고 놀라운 물건이 언제든 스르륵 나올 수 있다는 듯이.

나는 갑자기 저 배낭을 빨리 없애버리고 싶었다. 그래서 벌떡 일어나 머리카락 밧줄을 배낭에 밀어 넣고는 배낭 손잡이를 잡아끌며 방을 가로질렀다.

"뭐 하는 거야?"

"밖에 있는 대형 쓰레기통에 버리려고."

"기다려." 리가 일어나더니 내 손에서 배낭을 가져갔다. "버리지 마."

"다른 사람 물건 뒤지는 거 신물 나, 리. 특히나 이 인간 물건은 뒤지기 싫어."

"내가 할 테니까 넌 보지 마."

"더 끔찍한 무언가가 들어 있을 거야. 도서관에서 내 자리에 남겨둔 걸 너도 봤어야 해." 나는 몸을 부르르 떨었다. "하먼 부인의 고양이를 죽였더라고."

우리는 잠시 말없이 서로를 바라보았다. "내가 계속 그런 기분을 느껴야 해? 설리가 죽은 지금도?"

"넌 마음을 가라앉힐 시간이 필요할 뿐이야. 지나갈 거야. 가서 샤워하는 게 어때? 배낭에서 뭐가 나오든 너한테는 절대 말하지 않을게."

뜨거운 물을 맞으니 기분이 조금 나아졌다. 욕실에서 나왔더니 리가 두툼한 20달러 지폐 한 뭉텅이를 들어 올렸다. "봤지? 이래서 버리지 말라고 한 거야."

"그 돈은 필요 없어. 하면 부인의 돈이라고."

"그 부인 돈만이 아니야."

리의 말이 맞았다. 나는 뭐라고 해야 할지 몰라서 케리 앤의 책을 집어 들었다. 《지킬 박사와 하이드》였다. 하지만 글이 눈에 들어오지 않았다. 날 바라보는 리의 시선을 느끼고 마침내 입을 열었다. "왜?"

"책 읽을 때 네 표정이 좋아. 정말로 다른 곳에 가 있는 듯한 표정이거든."

"내가 책 읽는 동안 날 지켜본 거야?"

리가 어깨를 으쓱였다. "책에 푹 빠져서 전혀 모르던데." 리는 뭔가 다른 말을 하려는 듯하다가 엄지에 침을 묻히고 돈을 세기 시작했다. 나는 다시 책을 읽었다.

"전부 589달러야." 리는 작은 파우치를 들어 올렸다. "그리고 여기에 또 있어." 파우치를 살짝 흔들자 짤그락거리는 소리가 났다. "틀림없이 보석이야."

"봐도 돼?"

리는 내게 파우치를 건네주었다. 나는 파우치 입구의 줄을 느슨하게 당기고 안에 든 내용물을 전부 침대에 쏟았다. 이 삼십 개 되는 장신구 속에는 내가 하먼 부인의 벽난로 위에 올려두었던 오팔 반지와 진주 반지도 있었다.

배낭을 들여다보고 있던 리가 고개를 들었다. "네 물건도 있어?"

"아니, 하먼 부인 거." 나는 뒤죽박죽 섞인 장신구 속에서 반지 두 개를 꺼내 손바닥에 놓았다. 부인의 조카에게 보내 주고 싶었지만 그녀를 찾아낼 방법이 없었다. 목에 걸린 로 켓을 손으로 쓰다듬으며 당근 케이크와 에메랄드 시티에 있 던 신랑 신부를 생각했다.

"미치겠다." 리는 배낭에서 또 다른 물건을 꺼내며 웃었다. "설리는 악랄한 산타클로스 같아." 그러고는 설리의 빛바랜 은색 플라스크를 들어 올리더니 뚜껑을 돌려서 열었다. "건 배!" 리는 고개를 젖히고 오랫동안 들이켰다.

"정말 거기에 입을 대고 싶어?" 내가 물었다.

"어때서?" 리는 셔츠 자락으로 플라스크 주둥이를 닦고는 내게 내밀었다. "괜히 양치했다."

"난 사양할게."

"다시 생각하는 게 좋을걸. 이거 진짜 고급 위스키야."

리는 일어나서 침대로 오더니 내 옆에 누웠다. 나는 플라 스크를 가져가 마셔보았다. 알코올에 목구멍이 화끈거리며 기침이 나왔다. "웩." 나는 그렇게 말하고는 다시 꿀꺽꿀꺽 마셨다. "토할 것 같은 맛이네."

"그런데도 계속 마시네." 내가 플라스크를 건네는 찰나에 우리의 손가락이 닿았다.

"맛은 고약한데 뱃속이 살짝 훈훈해지니까." 갑자기 마음이 너무 편해졌다. 설리가 내 목에 칼을 대고 위협했던 일이나 리의 배 속에 설리의 뼈가 자갈 더미처럼 쌓여 있을 거라는 생각도 전혀 불편하지 않았다. 이제 내 할아버지가 날 데리고 낚시하러 갈 일이 없다는 사실도 신경 쓰이지 않았다. 내가 정당하게 소유한 돈은 하나도 없다거나, 아빠가 여생 동안 매일 아침 내가 찾아오기를 기다리며 깨어날 거라는 사실이나, 누군가가 케리 앤을 찾아왔다가 방에 불이 켜진 걸 보고 또 우리 목소리를 듣고 캠퍼스 경찰에 신고할 거라는 사실도 신경 쓰이지 않았다. 이래서 사람들이 술에 중독되나 보다.

나는 이불을 턱 밑까지 끌어당겼다. 리가 플라스크를 내밀며 말했다. "자, 네가 다 마셔."

"난 됐어." 더 마셨다가는 이 따뜻하면서 포근하고 아무것도 신경 쓰이지 않는 기분이 사라질 것 같았다. 마음이 말랑말랑해졌다. 오늘 밤에는 행복한 꿈을 꿀 것이다.

리는 어깨를 으쓱이더니 위스키를 다 마시고 빈 플라스크를 머리맡 테이블에 내려놓으며 말했다. "오늘 하루를 뒤로 할 시간이네." 그러더니 자리에서 일어나 머리맡 등을 껐다. 그래도 캠퍼스 안뜰 건너편에 불이 켜져 있어서 방 안을 볼 수 있었다. 리는 셔츠를 벗어 책상 의자에 던진 다음, 손을 입으로 가져가 입 냄새를 맡더니 다시 욕실로 가서 케리 앤의 칫솔로 양치했다.

다시 나온 그가 바지 버튼을 풀며 말했다. "우리가 서로 알고 지낸 지 얼마나 됐지, 매런? 정말 석 달밖에 안 됐나?"

갑자기 모든 단어, 심지어 응, 아니오 같은 단답형 대답도 말하는 데 엄청난 노력이 필요했다. 따뜻하면서 무거운 기운이 사지에 퍼지면서 눈꺼풀이 감기고 혀가 둔해졌다.

그래도 옷을 벗는 리를 지켜볼 수 있을 정도로 실눈을 뜨고 있었다. 그의 몸은 근육이 잘 잡혀 있었다. 리는 허리를 숙여 청바지를 벗었고 안뜰의 불빛 덕분에 등에 난 솜털을 볼 수 있었다. 그의 그림자는 어둠이 아니라 금으로 만들어진 것처럼 은은하게 빛났다. 우리가 만났던 첫날 밤이 생각났다. 내가 물침대에서 의식을 잃고, 리는 소파에서 자려고 거실로 나갔던 때. 아무짝에도 쓸모없는 에어 매트리스는 한쪽 구석에 구겨져 있었다. 나는 리에게 이렇게 말하고 싶었다. '왜 오늘은 여기서 자는 거야? 오늘 밤은 평소와 뭐가 다른 거야?'

리는 청바지를 허물처럼 바닥에 그대로 남겨둔 채 조심스럽게 침대로 올라와 나와 벽 사이로 들어왔다. "여기 누워도 되겠어? 너 불편하지 않아?"

'당연히 불편하지.' "응." 내가 속삭였다.

그는 한 손으로 내 어깨를 잡았다. "매런……."

"응?" 혼미한 상태에서도 내가 무덤덤한 척할 수 있다는 사실이 놀라웠다.

리가 나직이 웃었다. "너 아침에 숙취로 고생하겠다."

"나 두어 모금밖에 안 마셨어!"

"한 번도 안 마신 사람에게는 그것도 많지." 리는 내 어깨에 턱을 올렸다. 무언가를 말하고 싶어 하는 듯했는데 물어볼 수가 없었다. 마침내 리가 말했다. "그날 밤 월마트 사탕 코너에서 널 보자마자…… 느꼈어. 무언가를. 나도 모르겠어. 아무튼 난 널 봤고 그걸 느꼈어."

"그게 뭔데?"

"이거. 난 우리가 이렇게 되리라는 걸 알았어."

'이렇게? 이렇게라는 게 뭐지?' 다시 따뜻한 기운이 조금씩 팔다리에 퍼지며 나를 점령했다. '그냥 잠이나 자자. 잠으로 다 잊자.' 나는 생각했다. "사탕 코너에서 날 본 순간에 바로 내 정체를 알았어?"

"확신은 없었어. 네가 앤디랑 차에 있는 걸 보기 전까지는." 내가 움찔하는 걸 리도 느낀 모양이었다. "미안. 네가 그 얘기 싫어하는 거 알아."

한동안 우리 둘 다 아무 말도 없었다. 리는 여전히 한 손으로 얼굴을 받치고 있었고, 다른 손은 내 어깨에 있었다. 그러더니 그가 내 머리카락을 쓰다듬었다. "네 머리카락. 설리는 네 머리카락을 썼을 거야." 리가 중얼거렸다.

그 전까지는 내 머리카락에 아무 관심도 없었다. 그저 검은 긴 머리였고 아무런 특징도 없었다. 하지만 리가 내 머리카락을 쓰다듬자 실크로 변했다. 리는 부드러운 손길로 내 목에 있는 머리카락을 쓸어냈다. 그러고는 몸을 앞으로 내밀어 키스했다. 우리가 사람을 먹을 때 늘 처음으로 입을 대는 곳 바로 옆에. "하지 마." 내가 말했다.

"싫어? 아니면 날 위해서 하지 말라는 거야?"

"그건…… 널 위해서."

"내가 쌀쌀맞게 군 거 알아." 그는 내 팔을 쓰다듬었다. "미안해. 너도 알겠지만 그럴 수밖에 없었어."

술이 마법처럼 불러낸 안도감과 온몸에 퍼지는 묵직한 온기 아래에서 배가 허기로 꾸르륵거렸다.

12

아침에 눈을 떠보니 리는 없었다. 입 안에 불쾌한 맛이 감돌았다. 내가 한 짓을 도저히 부인할 수 없었다.

우울한 잿빛 아침이었고, 방에는 없어야 할 물건들이 있었다. 책상에는 리가 놓아둔 카우보이모자가 있었다. 그의 청바지는 아직 바닥에 허물처럼 남아 있었다. 그가 절대 두고 갈 수 없는 것들, 내가 절대 봐서는 안 되었던 그의 몸 일부도 있었다.

나는 눈을 감고 시트에 남아 있는 그의 냄새를 들이마셨다. 리가 날 안아주었을 때 모든 것이 녹아내렸다. 내 안에 있는 어둡고 흉하고 부패한 모든 것이. 그를 통해 나는 순수해졌다. 리는 내가 그렇게 하도록 내버려 두었다. 하지만 나는 오랫동안 침대에 누워 리가 날 말렸기를 진심으로 바랐다. 이제는 리의 이름도 내 가슴 한편에 새겨졌다.

그날 저녁 도서관에서 돌아왔을 때 방문에 분홍색 쪽지가 붙어 있었다. '케리 앤, 왜 델타 환영 조찬 모임에 안 나왔어?? 숙취에 시달리기라도 하는 거야? 이거 보는 대로 연락해. 멜리사.'

난 어떻게 해야 할지 몰랐다. 계속 이렇게 살 수는 없다. 내가 케리 앤의 방에서 살고 있다는 사실이 들통나는 건 시간 문제였다.

이튿날 아침, 서가에 책을 꽂고 있는데 책상에 앉은 한 남학생이 그런 날 지켜보았다. 어리지는 않은 듯해서 2학년이나 심지어 3학년 같기도 했다. 그는 리만큼이나 몸이 좋았고, 은행원처럼 빳빳하게 다린 와이셔츠를 입고 있었다.

나는 책을 다 꽂은 뒤에 《바빌론의 전설》이라는 책을 꺼내 남학생 맞은편에 앉았다. 책을 읽으니 머릿속이 복잡해졌지만 그걸 이해하려고 한다는 게 기분 좋았다. 또한 맞은편 남학생의 눈이 교재를 벗어나 책상을 가로질러 내 팔 안쪽으로 올라온다는 사실도.

15분쯤 지나자 남학생이 노트에 무언가를 적더니 그걸 찢어 내 쪽으로 내밀었다. '방해해서 미안한데 바빌론에 관한 책을 읽는 걸 봤어. 레지널드 투미의 《나는 티그리스를 꿈꾼다》 읽어봤어?'

내가 고개를 젓자 그가 다시 썼다. '도서관 목록을 찾아봐.

356

대출 중이면 내 책을 빌려줄게.'

'고마워. 정말 친절하구나.' 내가 썼다.

'고고학이나 인류학을 전공할 거야?'

'아직 결정 안 했어.'

'나는 둘 다 복수 전공하고 있어. 궁금한 거 있으면 언제든 물어봐. 클로드 레비스트로스 책은 읽어봤어? 마거릿 미드는?'

우리는 그런 식으로 그가 듣는 수업과 책에 관해 몇 분간 필담을 나눴다. 그는 귀여웠고, 도서관에 틀어박혀 있는 걸 좋아했다.

'난 제이슨이야.' 마침내 그가 자기 이름을 밝혔다. '만나서 반가워.'

나는 그의 이름 밑에 내 이름을 썼다. 그가 어찌나 환하게 미소 짓는지 치약 광고에 출연해도 될 듯했다.

'아니면 리스테린 광고나.' 내 머릿속에서 작은 목소리가 말했다.

그의 다음 질문은 예상대로였다. 당연히. '남자친구 있어?'

나는 제이슨을 힐끗 보았다. 그는 미안할 정도로 진지하게 날 바라보았다. 너무 쉽게 갈 수는 없으므로 나는 '응'이라고 썼다. 종이를 돌릴 필요도 없었다. 내가 계속 쓰는 동안에 그가 움찔하는 게 느껴졌다. '미안. 책 추천해 줘서 고마워.'

'어차피 알려줬을 거야. 정말이야.' 제이슨이 썼다.

나는 고개를 끄덕이며 미소 지었고 내 책을 챙겼다. 나는 제이슨을 다시 만나게 될 것이다. 그는 이 학교에 다니고 거의 매일 도서관에 올 테니까.

가끔씩 도강할 때면 책을 읽다가 이런 생각이 들었다. 만약 내가 정말로 이 수업을 들으며 에콰도르의 히바로 원주민들을 주제로 에세이를 써야 했다면 뭐라고 썼을까? 그들은 적의 머리를 잘라 보존 처리한 뒤 원래 크기의 3분의 1로 쪼그라들 때까지 삶는다고 했다. 어쩌면 지금도 그럴지 모른다. 그 이후로도 제이슨은 서가에 꽂힌 책들 사이로 날 바라보았고, 나는 그가 날 보도록 내버려 두었다.

하루는 책을 읽는 게 지겨워서 평소처럼 서가에 책을 꽂기 시작했다. 다시 책을 가지러 북 카트로 갔더니 한 남자가 한쪽 팔꿈치를 카트에 기댄 채 통로 끝에 서 있었다. 입고 있는 흰색 반팔 셔츠는 살짝 구겨진데다 안에 입은 러닝셔츠 윤곽선이 다 보일 정도로 얇았다. 양쪽 겨드랑이의 젖은 자국에 저절로 눈이 갔다. 바람직하지 않은 생각이 내가 검열하기도 전에 머릿속으로 올라왔다. '흑으로 만들어진 것 같은 남자네.' 그의 코도, 팔도, 얼굴도 흑 같았다. 긴 검은 머리는 귀 주위에서 제멋대로 뻗쳐 있었고, 한동안 면도도 하지 않은 듯했다. 키는 나보다 작았다. 그가 안내 데스크에서 학생들의 질문에 대답해 주는 모습을 거의 매일 보았지만 지금처럼 주의 깊게 본 적은 없었다.

나는 초조하게 서서 그냥 서가를 둘러보는 척할까 고민했다. 마치 그가 밀가루 반죽처럼 새하얀 팔꿈치로 짚고 있는 책들을 꽂으려고 한 적이 없다는 듯이. 그는 날 바라보고 있었고, 한쪽 입꼬리를 비틀었는데 아마도 자기 딴에는 미소를 짓느라 그랬으리라. "지금까지 난 이 책들이 저절로 꽂히는 줄 알았어." 그가 말했다.

"그냥 심심해서 한 거예요."

"넌 읽어야 할 교재 없어?"

"다 읽었어요."

"좋을 대로 해." 그는 카트 옆으로 비켜섰고, 나는 책을 한 아름 집어 들었다.

그가 북 카트에 굴러다니던 연필을 집어 들더니 그걸로 코를 톡톡 쳤다. "서가 정리는 시간당 69센트야. 관장님한테 말하고 등록해야 해." 그러더니 연필로 저쪽에 있는, 문이 유리로 된 사무실을 가리켰다. "보통 일주일에 열 시간인데 지금 인력이 부족하니까 네가 원할 때마다 2교대로 해." 그는 잠시 말을 멈추었다. "1학년이야?"

나는 고개를 끄덕였다.

그가 손을 내밀었다. "난 웨인이야. 지금 박사 과정을 밟는 중이지."

"전 매런이에요."

"만나서 황공무지로소이다." 웨인이 장난스럽게 말했다. 나는 불현듯 농담과 조롱의 차이를 이해하게 되었고, 그를 좋아하기로 마음먹었다. 우리는 절대 친구가 되지 못할 테지만—그에게는 다행스러운 일이었다—그는 분명 나를 존중했고 그건 내게 큰 의미가 있었다.

나는 한쪽 발에서 다른 쪽 발로 체중을 옮겼다. "전공이 뭐예요?"

"도서관학." 웨인이 어깨를 으쓱였다. "재미없어."

우리는 둘 다 미소 지었다. 웨인은 가려고 돌아서다가 멈칫했다. "있잖아, 내가 관장님께 말씀드릴게. 네가 이미 일주일 반이나 일했으니까 돈을 받게 해달라고."

"고마워요. 정말 친절하시네요." 불현듯 나는 너무 고마워서 눈물이 날 것 같았다.

웨인은 마지막으로 어깨를 으쓱이더니 발을 끌며 다시 안내 데스크로 갔다. 나는 공학 교재를 한 아름 안은 채 서고로 가며 빙그레 웃었다. 마치 걱정거리라고는 하나도 없는 사람처럼.

그날 오후 도서관에서 나가는 길에 교내 신문 한 부를 집어 들었다. 학생 식당에서 샌드위치를 사서 먹는 동안 신문을 펼치고 월세 정보 섹션을 훑어보았다. 가장 싼 방이 200달러였는데 교정에서 겨우 반 블록 떨어진 곳이라서 그가격도 너무 싸다고 느껴질 정도였다.

프런트가 355, 오전 10시에서 오후 6시 사이에 방문 바람. 여학
생만 가능.

빅토리아 양식으로 지어진 크고 낡은 하숙집이었다. 잔디
밭에 놓아두는 의자나 테이블은 접힌 채 포치에 쌓여 있었
고, 정원에 놓아둔 땅속 요정 인형*의 행복한 얼굴은 페인트
가 군데군데 벗겨져 있었다. 다 허물어져 가는 집이었지만
어딘가 유쾌했다. 하먼 부인 만큼이나 연로하지만 덩치가 훨
씬 큰 노부인이 현관문을 열었다. "안녕하세요. 방 보러 왔는
데요." 내가 말했다.

부인은 고개를 끄덕였고 내가 들어갈 수 있도록 옆으로
비켜섰다. 현관에서는 곰팡이와 목 사탕 냄새가 났다. 현관
부터 깔려 있는 길쭉한 오리엔탈 카펫은 군데군데 닳아서
회색 안감이 드러나 있었다. 집 안으로 들어가니 왼쪽에 니
들포인트 자수를 놓은 쿠션이 잔뜩 쌓인 갈색 소파가 있었
다. "독립하기에는 아직 어려 보이는데." 노부인이 말했다.

"1학년이에요."

"룸메이트랑 사이가 안 좋았니? 여기서는 아무도 널 귀찮

---

* 주로 빨간색 뾰족한 모자를 쓰고 수염이 덥수룩한 할아버지처럼 생겼다

게 하지 않을 거다. 난 여학생만 받는데 나머지 두 명은 교회 생쥐처럼 조용하거든. 잘 볼 수도 없을 거야. 부엌은 쓸 수 없지만 어차피 식사는 학교에서 할 테니까 문제 될 거 없지. 방 볼래?"

"네."

부인은 계단을 가리켰다. "오른쪽 두 번째 방이다. 욕실은 복도 맨 끝에 있어. 내가 직접 안내해 주지 못하는 걸 이해해 다오. 요즘에는 위층에 잘 안 올라가거든."

나는 고개를 끄덕이고 계단을 올라갔다. 방은 작았지만 아주 깨끗했다. 책상과 서랍장, 빳빳한 흰색 시트가 깔린 싱글 침대가 있었다. 벽장 문을 열었더니 봉에 걸린 세탁소 철제 옷걸이가 짤랑거렸다. 창문은 닫혀 있었지만 다른 집 뒤뜰에서 아이들이 까르륵 웃는 소리가 들렸다. 고개를 들어보니 문 위에 십자가가 걸려 있었다.

계단을 내려갔더니 부인이 아직 복도에 서 있었다. "방은 어떠니?" 부인의 태도는 퉁명스러웠지만 무례하지는 않았다. 그녀가 부엌에서 차와 케이크를 함께 먹자고 청할 일은 결코 없으리라.

"마음에 들어요."

"방세는 한 달에 200달러야. 첫 달과 마지막 달 집세를 합쳐서 400달러를 주면 그때부터 네 방이다."

"현찰로 드려도 될까요?"

부인이 눈썹을 치켜세웠다. "현찰이 그렇게 많아?"

나는 가방에서 트래비스의 남은 돈뭉치를 꺼내 20달러 지폐로 400달러를 세었다.

"그렇게 많은 현찰을 가지고 시내를 돌아다니는 건 별로 바람직하지 않아."

"평소에는 안 그래요." 나는 부인에게 돈을 건넸다. 부인은 검지에 침을 묻혀 다시 돈을 세었다.

"넌 착한 학생 같다만 그래도 미리 말해두는 게 낫겠구나. 내 손자를 제외하고는 이 집에 어떤 남자도 들이지 않는 게 내 규칙이다. 가끔 우리 손자가 잡다한 일을 하러 오니까 봐도 놀라지 마라."

"알겠습니다." 나는 그렇게 말했다. 그러고는 그 집에서 나와 다시 케리 앤의 방으로 돌아가 물건을 챙긴 다음 문을 닫고 나왔다.

내게는 일이 생겼고 집도 생겼다. 이 정도면 신나야 마땅했다.

클리퍼 부인이 다른 두 학생에 대해 한 말은 사실이었다. 다만 그들은 교회 생쥐가 아니라 유령이었다. 나는 일주일에 한두 번 그들이 젖은 머리에 몸에는 흰 목욕 수건을 감고 침실로 사라지는 모습을 보았다. 한번은 밤늦게 두 사람이 계단을 살그머니 올라오는 소리와 함께 틀림없이 남자 목소리가 들렸다. 옆방에서 소리도 들렸지만 아침이 되니 한 사람만, 발소리가 거의 나지 않는 유령 같은 하우스메이트만 계단에서 내려왔다. 나는 그녀의 방문을 두드려 너도 나랑 같은 부류냐고 묻고 싶었으나 부인할 게 뻔했다. 트래비스가 생각났다. 나는 그의 부탁을 들어줄 수 없었지만 그런 부탁을 들어주는 사람도 있을까? 분명 있으리라.

이제 내게는 정해진 일과가 생겼다. 서가 정리를 한 다음 점심시간이 되면 도서관의 외딴 구석에서 참치 샌드위치를 먹고 앤 라이스의 소설을 읽었다. 그러고는 다시 클리퍼 부인의 집에 있는 나의 작은 방으로 돌아가 낮에 읽기 시작한 소설을 마저 읽었다. 일주일에 두 번씩 오전 근무를 쉬었는데 그런 날이면 도강하면서 마치 학점이 걸린 수업을 듣는 사람처럼 열심히 필기했다. 또 어떨 때는 제이슨이 도서관에 있는 바람에 내 일과가 물거품이 되어버렸다. 특히 그가 서가 사이로 날 따라다니면 더욱 그랬다.

"최근에 괜찮은 유적 발굴 보고서 읽어봤어?"

나는 깜짝 놀라 숨을 헉 들이쉬며 온갖 종류의 최신 대학 교재를 한 아름 끌어안은 채 그를 올려다보았다. 제이슨은 날 놀라게 해서 기분 좋다는 듯이 살짝 미소 지으며 미안하다고 속삭였다.

"괜찮아." 나는 다음에 꽂아야 할 책의 라벨을 힐끗 보고 그 번호에 해당하는 서가를 찾아 걸음을 옮겼다.

그러자 제이슨이 내 이름을 불렀고 나는 몸이 떨리는 걸 참았다. "책 좀 내려놓을 수 없어? 잠깐이면 돼."

내가 반쯤 빈 서가에 책을 내려놓자 제이슨이 한 발짝 다가왔다. 금속이 자석에 이끌리듯이, 꽃이 태양을 따라가듯이 내 몸이 그를 마주 보려고 돌아갔다. 제이슨은 오른손을 내밀었다. "좀 봐도 돼?"

나는 고개를 끄덕였다. 그는 내 목에 걸린 로켓을 부드럽게 들어 올리더니 옆에 달린 조그마한 버튼을 쿡 눌렀다. 그러자 로켓의 뚜껑이 딸칵 열렸다. 그 안에는 더글러스 하먼이 오래전에 죽은 사진사를 향해 영화배우 같은 멋진 미소를 짓고 있었다.

"잘생기셨네." 제이슨이 말했다. 그의 셔츠에서 희미하게 세제 냄새가 풍겼고, 그가 숨을 쉴 때면 리스테린의 민트 향 아래로 훈연한 베이컨 냄새가 났다. "네 할아버지야?"

'그랬으면 좋겠네.' "누구의 할아버지도 아닐걸."

제이슨은 얼굴을 찡그렸지만 나는 그가 다음 질문, 그러면 이 목걸이를 중고품 가게에서 샀냐고 물어볼 기회를 주지 않았다. 내가 뒤로 물러서자 로켓이 그의 손가락 사이로 빠져나와 아까보다 더 따뜻해진 온도로 내 살갗에 툭 떨어졌다. "나 책 꽂아야 해." 나는 아직 더글러스 하먼의 사진을 쥐고 있다는 듯이 허공에 손을 뻗은 제이슨을 통로에 그대로 남겨둔 채 자리를 떴다.

그 후로는 한 번도 로켓 목걸이를 걸고 다니지 않았다. 정작 내게는 사랑하는 사람도 없는데 남의 소중한 사랑을 추억하는 목걸이를 걸고 다니는 게 불현듯 잘못된 일처럼 느껴졌다.

몇 주가 지났고 나는 옷차림을 바꾸기 시작했다. 검은 카디건에 검은 스커트, 검은 레이스 스타킹을 신었다. 다리가 보이면 제이슨이 더 좋아할 것 같았다. 나는 대영 박물관이 소장한 바빌론 제국의 유물 사진을 뚫어지게 바라보았다. 반질거리는 화강암에 새긴 아름다운 괴물들의 부조였다. *이 생명체는 공중 정원의 기이한 향으로 어리석은 모험가들을 유혹해 모든 꽃이 천 년 전에 이미 재로 변했다는 사실을 잊어버리게 한다. 그는 곧 괴물에게 잡아먹힌다.*

11월 중순에 제이슨은 또다시 책을 한 아름 들고 있는 나를 가로막더니 각자 먹을 것을 싸 오는 추수감사절 파티에 초대했다. "난 못 가." 내가 말했다.

"네가 채식주의자나 뭐 그런 거라도 상관없어." 제이슨이 얼른 대답했다. "칠면조 말고도 먹을 게 잔뜩 있을 거야."

나는 고개를 저으며 웃음이 나오려는 걸 참았다. "나 채식주의자 아니야. 그래도 초대해 줘서 고마워, 제이슨. 정말 다정하구나."

12월 첫 주에 그는 노란색 열람 신청서를 들고 날 따라 서가로 들어왔다. 서가에 없는 고서나 잘 알려지지 않은 책이 필요할 때는 저 신청서를 작성하면 사서가 찾아주었다. 하지만 원래는 안내 데스크에 물어봐야 했다.

제이슨은 내 목에 자신의 뜨거운 숨이 닿을 정도로 바싹 다가와 나직이 말했다. "나 이 책이 필요한데 찾아줄 수 있겠어?"

나는 고개를 끄덕였고 그가 들고 있던 신청서를 가져가 도서관에서 제일 조용한 구역을 가로질렀다. 뒤쪽 벽에 있는 문으로 가서 비밀번호를 입력했고, 제이슨은 날 따라 보존 서고로 들어왔다. 나는 그를 좌우 지그재그로 이끌며 서고의 맨 뒤로 데려갔다. 머리 위의 등이 깜빡거렸고 잠시 불이 나갔다가 들어오기도 했다. 고서에서 먼지와 곰팡이 냄새가 났다. 아마 내가 절대 읽지 않을 책들이리라.

마침내 나는 몸을 돌려 제이슨을 보았다. 그는 통로에 서서 날 기다리는 동안 가죽으로 장정한 희귀본들 책등을 무심코 손으로 훑고 있었다.

나는 그에게 등을 돌린 채 케리 앤의 프릴 달린 검은 블라우스 단추를 풀기 시작했다. 제이슨이 숨 막힌다는 듯이 컥 소리를 냈다. 나는 마지막 단추를 풀고 블라우스를 벗었다. 내가 다시 돌아서자 그가 눈을 빛내며 벨트 버클로 손을 가져갔다. 양팔과 배에 소름이 돋았고, 나는 벗은 블라우스를 동그랗게 말아서 서가에 꽂힌 책들 위로 밀어 넣었다.

"여기는 안전한 거야? 아무도 못 보는 게 확실해?" 제이슨이 벨트를 풀고 바지 지퍼를 내리며 물었다.

"확실한 건 아무것도 없어." 나는 그렇게 말하고 부르르 떨었다. 가끔은 말한 후에야 그 말이 얼마나 진실인지 알게 된다.

"맙소사." 제이슨은 팬티 허리춤 속으로 손을 살짝 넣었다.

나는 바닥을 보았다. "널 흥분시키지 않으려고 노력 중이야." 하지만 사실은 그 반대였다. 그 말을 할 때는 진심이었지만 지금 생각해 보니 정말인지 아닌지 알 수 없었다.

"글쎄. 효과가 없네." 제이슨이 숨을 헐떡거리며 한 발짝 더 다가왔다. 그러고는 팬티 속에 넣지 않은 손을 뻗어 내 쇄골을 쓰다듬더니 브래지어의 오른쪽 끈 아래로 넣었다. 그의 손이 내 옆구리를 쓰다듬고 그의 손톱이 내 등 아래쪽을 파고들자 나는 몸을 부르르 떨었다. 제이슨이 다시 한번 내 목에 대고 숨을 내쉬자 리스테린의 민트 향 아래로 건강한 아침 식사의 냄새가 났다.

"내가 블라우스를 벗은 건 옷을 더럽히기 싫어서야." 내가 말했다.

제이슨이 씩 웃었다. "그럼 치마도 벗었어야지."

나는 고개를 젓고는 뒤로 한 발 물러섰다. 그의 손이 닿지 않는 곳으로. "식인의 듀이 십진법 숫자가 뭔지 알아, 제이슨?"

그가 멍한 표정으로 날 보았다.

"391.9야." '사실. 사실은 내게 큰 위로가 된다.'

"내가 이걸 왜 알고 있는지 말해줄까?"

제이슨이 웃으며 가까이 다가왔다. 한 손은 여전히 허리춤 안에 숨긴 채."날 먹기라도 할 거야, 책벌레 아가씨?"

나는 한 발짝 더 물러섰다. "악마학은 133이야."

"계속해 봐. 너 서큐버스*야?" 제이슨이 속삭였다.

"지금 당장 여기서 나가지 않으면 난 널 먹을 거야. 목부터. 그다음에는 전부 다." 나는 심호흡을 하고 기다렸지만 그 틈에 못된 생각 하나가, 기억이 꿈틀거리며 올라왔다. '네가 아무리 물어봐도 엄마가 절대 대답해 주지 않을 질문들이 있어.' 지금까지 난 계속 내가 알고 싶어 하는 줄 알았다.

서고의 어둠 속에서 제이슨의 눈이 빛났다. 그는 내게 다가와 혀로 내 턱을 핥았다. "너한테 이렇게 뒤틀린 면이 있는 줄 몰랐어."

나는 그의 목에 입술을 대며 한숨을 쉬었다. "다들 모르더라."

---

* 밤에 자고 있는 남자를 덮쳐 정기를 빨아먹는 여자 악령

본즈 앤 올

1판 1쇄 인쇄 2022년 6월 13일
1판 1쇄 발행 2022년 6월 23일

지은이 카미유 드 안젤리스
옮긴이 노진선

발행인 양원석 **편집장** 차선화 **책임편집** 이슬기
디자인 정세화, 김미선 **영업마케팅** 윤우성, 박소정, 정다은, 백승원

펴낸 곳 ㈜알에이치코리아
주소 서울시 금천구 가산디지털2로 53, 20층 (가산동, 한라시그마밸리)
편집문의 02-6443-8916 **도서문의** 02-6443-8800
홈페이지 http://rhk.co.kr
등록 2004년 1월 15일 제2-3726호

ISBN 978-89-255-7814-9 (03840)

※ 이 책은 ㈜알에이치코리아가 저작권자와의 계약에 따라 발행한 것이므로
   본사의 서면 허락 없이는 어떠한 형태나 수단으로도 이 책의 내용을 이용하지 못합니다.

※ 잘못된 책은 구입하신 서점에서 바꾸어 드립니다.

※ 책값은 뒤표지에 있습니다.